危世盛言

WEISHI
SHENGYAN

梁龙溪 / 著

上海三联书店

目 录

上 卷

上卷

楔　子

我中华泱泱大国，自三皇五帝以降直至大清，已有几千年文明历史，富庶繁荣，国势强盛，向为世界仰慕。然升平即久，渐渐就有些傲视四夷，固步自封的模样。近世西洋诸国兴起，仗着船坚炮利，横行天下。道光二十年，英吉利国竟籍口朝廷禁毁鸦片烟，就动起刀兵来。朝廷抵挡不住，只得在江宁下关英国兵轮皋华丽号上，订了城下之盟，割地赔款，开通商口岸，国门就此洞开，强梁不请自来，接踵而至。

法兰西国、俄罗斯国、德意志国、美利坚国……纷纷登堂入室，纠缠不休，软硬兼施，各各分了一杯羹去，予取予求，赖而坐享；更有那欺师灭祖的东洋强盗，非但割我中华的地，讹我中华的钱，还要吞我神州，灭我华夏。自此，中土的银子，流水也似往外淌，富了列强，苦了中华，国势疲敝，内囊日甚一日。

大清早年虽有永不加赋的金科玉律，此时也顾不得了，抽厘加捐，变着法子搜刮百姓，无忌于饮鸩止渴，驱民啸聚。果然官逼民反，南有洪杨揭竿而起，北有捻军攻城略地。朝廷患外忧内，左支右绌，国库如洗，颇有些大厦将倾，摇摇欲坠之危象。有识之士痛定思痛，急欲自救，而自救之策，莫如中学为体，西学为用，师夷之长技，求富求强。

于是有了洋务，有了办洋务的人，有了第一杆快枪，第一艘轮船，第一封电报，第一匹机布，第一所学堂，第一家银行，第一部电话，第一座钢厂，第一条铁路，第一个慈善机构，第一幢对外开放的私人图书馆……可惜，这许许多多的第一，并未能阻止国力的衰落，民族的危亡。个中，有一盛姓之人，身体力行，在这危难之世做了一些事，于这危难之时说了一些话，这"危世""盛言"，流传至今，庶几可为看官茶余饭后的消闲之资——

第一回

避兵火老叟溯渊源
投官亲公子涉江湖

盛曰：聪明才智之士，莫不避难就易，避险就夷，皆各思安坐而致尊荣，不肯历患难而希勋业，此尤人心风俗之忧，而为富强大局之弊也

话说大清咸丰年间，江南常州府有个武进县，武进县里有户人家，姓盛。

这盛府乃是读书仕宦之家。太公盛隆，已然致仕，居家延寿；老爷盛康在外做官，因虑堂上双亲年高，特意留下长子杏官侍奉，代父尽孝。只因近年时势不靖，东南兵火不断，朝廷束手，盛府在城里安身不牢，太公只得带了全家上下十几口男女，避居江阴旸岐庄上。

这一日，太公见莺飞草长，天气晴和，一时动了逸兴，便携了杏官出来。信步庄外，但见阡陌连横，禾苗青青，桑柳错落，枝条碧碧，举首远山翠微，飞鸟皋鸣，低头绿波环流，水禽嬉戏，倒是一派太平景象。太公赞得一声，心中一动，复又叹得一声，想这田园光景虽好，却不是久恋之地，且夕兵火将来，须得及早想个法子，离了这里方好。一转首，见杏官正眺着庄河若有所思，便问何事神游？杏官未及答言，忽见老仆盛福匆匆赶近

来,喘吁吁报说郑师爷到了,太公和哥儿请回罢。

太公见说,掉过竹杖,祖孙二人回来。那郑师爷已在草堂前伫侯,一见太公,忙上来施礼,问了安好。说,观察特特的遣晚生来接眷,到任所安置。及见杏官斯文清秀,便拉着手道,世兄长高了好些,今年十六了罢。杏官还礼不迭。一边早有丫鬟奉上茶来,方各各归座。杏官只在太公身边侍立。

原来洪杨金田起事已有九年,早已立国,改江宁为天京。因信奉天父天兄,号称太平天国,又因散发披肩,百姓不明就里,呼之为长毛。近来国主洪秀全因朝廷围攻甚急,亟欲解天京之困厄,差忠王李秀成带了天兵天将东来,一路攻城略地,兵锋所指,官军披靡,不日间将个常州府城,围得铁桶相似。

却说太公次子盛康,字旭人,乃两榜进士出身。初时任铜陵令,做了几任州县,循资过了班,放庐州府、宁国府知府,又迁和州直隶州知州,亦曾在任上治水赈灾,造福地方。因有些政声,颇受上司器重。自太平军兴,拔安庆、克江宁,朝廷震动,急调大军征剿,其时盛康亦奉了札子,调江南大营帮办粮台。

不数年间,时逢胡林翼开府武昌,做了湖北巡抚。因素知盛康熟习粮秣厘金诸事,且为官有年,又恰在军前效力,经的事多,乃不惜折节礼聘至鄂,出掌湖北督粮道,以全省厘政委之,一力为官军筹措粮饷军资。近因东南军情紧急,盛康特遣幕宾郑思照专程来家,接全家老小到武昌署中,好避这兵火。

定了定神,思照对太公道,此次晚生来,一路艰险。说来却也话长——忽然想起盛康家书,忙解怀取出,双手递与杏官,杏官奉与太公。盛康信中特意关照,路途艰险,宅中老小能行则行,不可强勉。太公点头称是。待看信毕,思照又请见太夫人、夫人。太公想不日间就要一同长行,早晚少不得见面,便唤出老妻徐氏,媳妇费氏,一一厮见过了。

原本江宁已唾手可得矣——思照呷了口茶,说道,立春前数日,钦差大臣和春已督率各路官军,攻占了南北往来的要道九洑洲,把个江宁水陆咽喉切断,江南江北两个大营顿成合围之势,大年初五又连克下关上关等处,洪秀全几成釜底游鱼,朝廷上下弹冠相庆,莫不以为大局已定,巨寇不日可平。

岂知李秀成见情势危急,施出攻敌所必救之计,带了李世贤等几员悍将,率大军于正月间袭占了苏浙皖交通要隘广德,又差李世贤攻下安吉,大败官军于梅溪,复与李秀成南北夹击,攻破泗安官军营垒,顺利合兵。

元宵灯节后,李秀成率军从长兴妙西出发,沿莫干山小道进军,攻克孝丰,越天目山,连占武康、德清,正月廿一黎明出其不意,立马杭州武林门外。其时,城中只有八旗兵勇数千,守无可守,李秀成遂炸塌城墙,破了杭州城。和春果然中计,深恐断了饷源,忙忙中抽调万余人马驰援。

李秀成乘和春身边空虚,迅即回军,出浙入皖,会集各部太平军,趋进江苏,从背面进逼江南大营,与官军在建平、东坝、溧阳、溧水、宜兴、长兴、句容、金坛、秣陵关等处大战,频频得手。三月中,太平军十道并进,猛扑官军营垒,到得立夏这日,到底打破了江南大营。如此一来,苏常危如累卵,指日可下,把个观察急得了不得……

郑思照一气说来,家下众人听得心惊,只问师爷一路如何来得,莫非官军护送?思照道,官军纪律差弛,无端便要寻事的,我哪里敢去惹他,沿途只是靠地方团练照拂,昼伏夜出,好歹寻到此地。不然,现今还不知在何处蹉跎呢。众人叹息一回。太公看看日色将暮,少不得设席相待,虽是家禽野蔬,倒也颇可吃得。酒不数杯,思照因一路辛苦,但请歇息。一宿无话。

次日,思照留在外边打探消息的黄荣,一早来到庄上。这黄荣原是盛康的亲随,进来先拜了太公,方向师爷禀道,府城已破,和帅已死——自失了江南大营,和春退往镇江,太平军趁势挥军东征,攻占丹阳,和春溃奔常州,太平军于五月初五围攻常州,和春一战负伤,逃在浒墅关上。初九日常州城破,和春闻报呕血身亡。李秀成乘势连克无锡苏州,江苏巡抚亦自尽了。

太公闻得,与思照相顾失色,喟叹道,不意短短一月之间,苏南膏腴之地,尽入长毛之手,这李秀成真有大将之才,好生了得。只是一件,如今道途已是不通,如何到得湖北?一时愁上心来。思照亦皱眉道,确是棘手之事,即便是时通时断,也不敢走,此地又不可久待,只恐长毛要下乡来扫荡呢。思照受观察嘱托,身荷接眷重任,这却如何是好?

杏官在侧,听得如此,便伸手扯扯思照衣袖,悄声说道,江南走不通,可否从江北走,世叔看呢?这思照见杏官如此说,却也欢喜,遂向太公说道,还是世兄有见地,过江倒是一条捷径。太公听了低头一想,果然不错,不觉心头一松,因问杏官,你如何想得来?

杏官道,孙儿亦恐府城早晚不保,这些日正发愁呢,昨日随爷爷在庄外,正想着如何才能脱此困厄。因见庄河那一弯流水,想起来是通运河的,转出运河,便是扬子江了。不如先过江北,或许有路可走。

太公不觉点头。便对思照道,作速过江,暂避一时再作道理,如何?这思照其实心中早有盘算——不得已时只能泛舟走水路过江。只为太公年事已高,盛府女眷又多,再者天气日暖,桃花春涨,江面宽泛,浪颠涛簸,万一有个闪失,不是玩的。故筹之再三,委实难定。如今难得杏官说破,太公亦有此意,且实无他路可行,落得顺水推舟。当下便定下章程,只待收拾起身。

数天忙乱。这日午后,盛福、黄荣上来禀道,诸事已备,就请太公师爷上船。当下太公只是乡村学究装束,太夫人夫人俱荆钗布裙,一干人颤巍巍过了跳板,扶将着坐入舱中。杏官但做村哥模样,就在舱门口坐地。盛福与家下人等在后舱押着箱笼,郑思照行商打扮,督着舟子前后照应,见俱已安妥,便命开船。那舟子竹篙一点,篙竿一弓一直,船便离了岸。

　　盛府上下十数口离了庄上,沿着庄河入了运河,行不多久,便已到了扬子江边。那黄荣已在芦苇荡里候着,先前已探得的确,其时虽未封江,却不时有太平军快船往来巡哨,只为搜寻那官船及逃难的大户,所以特地挑了黄昏时分,天色将暗未暗之际,偷过这大江。黄荣眼见太平军哨船一过,便扬手为号,思照见了,急命舟子将船撑出苇丛,往江心便去。却喜一阵好风,撺得那船追波逐浪,一路到了北岸。

　　当晚,就在江边村庄里胡乱宿了。因怕撞着长毛,微明时分又匆匆上路,直到远远离了江边,方才稍稍安心。其时江北地方,官军与太平军兵势交织,太平军势大,陆路镇杨一带,水路江宁一带,俱已不通,西边俱不安靖,只有东北近海之处稍稍稳当些,地方虽不及苏南富庶,却也顾不得了。自此,一站一站向盐城走,这原是在过江前就已经商议定了的。

　　一日,来到泰兴季家市,就便借宿在宗祠后进。看那祠时,虽已破落,享堂上还有些个神主,隐隐可见描金字样。因等着铺排行李,一干人便上街闲步,太公边走边道,要说呢,这世事亦沧桑得很。这户人家,国初时富甲天下,人称北亢南季,何等富贵风流,不过一二百年,就烟消云散至此,也不知究竟因何败落。倒是当年嘉树园的藏书,虽然已经散佚,却大半留了下来。正说话间,见一个茶庄对面有片茶馆,便踱了进去歇脚。

　　茶博士见客来,近前引到座头,招呼道,客官安坐,小店多有徽州好茶,歙岭青、时雨、松萝、大方……。思照问,大方是顶谷的么。伙计道,是老竹的,要顶谷也不难,对街胡永泰就有。太公道,就是老竹罢,真正顶谷,一年出产不多几斤,市面上不过有个名目罢了。茶博士忙道,他家真有,这店东就是徽州人。思照道,我知道,你且泡茶来吃。

　　一时茶来,斟出来色似淡金,香气高长。思照呷了一口,指着对门道,这茶庄的店东,是胡光庸观察的族人,本是徽州绩溪的贫寒之家,自小在茶叶店里学生意,因他人聪敏,肯吃苦,出师不多几年就出来与人合伙经营,慢慢积了些银两,有了几处生意,这就是他自家开的第一家店铺。太公听了道，这商贾中人呢，徽骆驼的吃苦耐劳，精明强干是出了名的，就是雪岩，出身也苦。你看他现在的手面，又是丝栈，又是钱庄典当，银钱调度，动辄百万，还了得么。只是成事易，守成难，你不看我才说的那家么，就是个镜鉴。

思照道，想来不过是骄侈豪奢罢了。说到这家，倒是有些说道的，据说蒲留仙《聊斋》里的"霍女"这一篇，影射的就是他家。杏官听得，问道，莫不是编全唐诗的那家？思照道，正是。当日曹寅编纂《御定全唐诗》，用的校刊底本，说是内库发下，其实就是季振宜的《汇编全唐诗》。太公道，曹楝亭也下了不少功夫，听说李煦亦曾出力。思照道，那是康熙二十五年春，圣祖下诏访辑经史子集，中书舍人张丕扬，将收藏的《汇编全唐诗》清稿本进呈御览，后来曹寅即据此纂成《御定全唐诗》。

太公道，据说《汇编全唐诗》有七百一十七卷，当时并未刊印。思照道，是，这话说来就长了。季氏原本此地望族，亦官亦商，祖业经营盐务，大得其利，成一方巨富，举家迁入泰兴县城朝阳铺，起的大第，方圆三里。相传晚间敲梆巡夜的更夫，有六十人之多，每晚需得犒劳南酒十瓮，烧肉三十盆。家中养着戏班子，无日不宴，笙歌不绝……。太公摆手道，太过了，太过了，真是不知惜福。据说他家那个园子，倒好。

思照连连点头道，这个花园，可谓大兴土木，当年在县学宫旁拓地，凿石为山，引水为池，亭台楼阁，天桥曲廊，回旋相接；佳木灵草，四季芬芳。因园内有宋朝乡贤孙益亲手种的桂花树一棵，大十围，根株蟠曲，蓊郁苍翠，三秋时节，香飘数里，所以这个园子就叫嘉树园，以所藏黄公望的"富春山居图"，为镇园之宝。园中有春柳读书堂，又有静思堂和辛夷馆等处，是季氏昆仲幼时读书之所。

这里太公与思照说得娓娓，杏官在一边听得入神，想着日后怎生也做一番事业出来，只是家世清华，非是素封，因问道，没有海样家财，只怕也做不下编纂全唐诗这等事罢？

思照道，这个自然。不但是藏书纂书刻书，凡做大事，必得有大财力支持。就如现今胡大人严大人在湖北整军经武，如非尊翁在彼经理钱粮，爬剔搜厘，广开财源，调度所有，一定事事掣肘，如何平得长毛。杏官点头。自忖人生在世，是先出仕还是先致富呢，有否两全之策？一时不得主意，也就丢开不提，只是无钱难成事，豪奢必败家，牢牢记在了心上。

自过了泰兴，天气一日日热起来，行路最是辛苦。亏得思照调度得法，黄荣得力，打前站，寻宿头，一站站安排妥帖。杏官紧随太公照看，前攘后扶，饭时进羹汤，睡时排铺盖，克尽孝道。这一日，太公携了杏官坐在车上，看看盐城将到，心中欢喜，因说道，我盛氏故国，本在北地——

相传，我盛氏远祖，是周文王第七子叔武，因封在今山东宁阳左近的郕国，就以国为姓。文王五传至穆王，易郕为盛，此是盛姓之始。后来盛氏又分南北二宗。南宗东汉时从梁国迁至广陵，宋康王南渡时，随迁到金陵。到了明代，历城侯盛庸之孙盛睿公带了本支迁居常州，在城西北的龙溪河畔筑屋造室，就此在常州世居。天长日久，子孙繁衍，族人渐多，这聚居之处，就是我家老屋所在盛家湾，你的出生之地。

见杏官听得出神，太公接道，俗话说，数典不可忘祖。历朝历代，我盛氏出过不少人物。有帝师王佐，东汉盛允公官至司空；唐时彦师公，武德年间功封葛国公，授武卫将军，贞元间云鹤公，为翰林院侍讲学士；宋时盛度公，翰林学士，官至参知政事知枢密院事。元明两朝，家风一变，出了不少文人秀士，盛懋、盛彧、盛时泰是诗画名家，也有名医与围棋国手，便是盛寅、盛年诸位先公。

思照在一边听得真切，接过话头对杏苏道，再就说到府上了——令祖惺予公，本朝嘉庆庚午举人，江西吉安县正堂，浙江海宁知州；令尊旭翁，庚子举人，甲辰进士，如今已是布政使衔，掌一省粮秫厘金……

太公见说，摇首道，我不过是风尘俗吏罢了。旭人呢，风云际会，也算做了些事，将来如何，还要看朝廷的气数。思照乃看着杏官道，前在道署时,曾见塾师给令尊的书信,说到世兄,下的考语是"聪明颖秀,多思好问"。贵处常州文风最盛,想必世兄的学业大进了。

杏官正待答说,太公笑道,谬奖了。莫说杏官还未进学,就算读了些书,但多是我常州学派的经世致用之学,平日喜读的是黄宗羲的《明夷待访录》《今水经》,顾炎武的《日知录》《军制论》《天下郡国利病书》,庄存与的《春秋正辞》,刘逢禄的《左氏春秋考证》,魏源的《海国图志》,徐继畬的《瀛寰志略》及龚自珍的《定庵文集》,在四书五经上不怎么下功夫。我看,他在八股上有限得很,日后下场,恐难博一第。

正说话间,忽见黄荣牵着头口站在道边——原来地头已到,城郭遥遥在望。黄荣报说,所赁之屋业已收拾干净,诸事俱备。太公便命进城,暂且住下。说不得又忙乱了数日,方才安顿。

第二回

顺时势朝廷开洋务
初发轫衙内参庶政

盛曰：发轫之初，即当为将来善后之计，固不可瞻顾而缓事，
尤不可草率以邀功，但事有缓急，则办法亦有权宜

　　常言道，光阴如白驹过隙。太公与家下人等在盐城盘桓，不觉一月有
余，看看炎暑将过，金风徐来，恰是长行之时，便命起程。

　　这一日，船过白驹镇，上岸打尖，盘中有一味咸蛋做得甚好，破开了油
汪汪的，惹人喜食。太公吃着便说，这蛋味道纯正，想是盐下得好。思照
道，盐也好。太公一想，笑道，是了，盐城盐城，原是产盐之地，我竟忘了，
有道是吴盐胜雪，只是在此地雪白可爱，及至运到别处，还不知要掺多少
沙子泥土。

　　见思照点头，太公接着道，再说这河，原是人工开凿，有四百里长，串
着白驹、刘庄、草堰、东台等一十三个盐场，因客商络绎不绝，把个市面也
带得兴旺起来，然盐工却只管叫它穿肠河。元末，与朱洪武争天下的张士
诚，就是附近草堰镇上的盐工，只因做盐实在太苦，受尽盘剥，没有了活
路，才聚众造的反，倒也像长毛一样，做了好一阵草头王。

　　思照道，传说这白驹镇，是施耐庵的故乡。他老先生做了好大一部

《水浒》，里头那些落草的人物，大多被逼无奈，或是听多了家乡故事，有感而发，亦未可知。如今，长毛造反，割据一方，要是他老先生在世，正好再做一部书，怕是比《水浒》还要好看。说得众人一齐笑起来。思照又道，我也久闻盐工疾苦，一直未亲眼见得。前一阵，观察为着盐税上的事好生繁难，原要我到产盐之地察看实情，我一向未得其便，目下近在咫尺，倒是个机会呢。太公道，便船便道，去亦何妨，老朽也去开开眼界。一旁杏官听得，便说，我也同了爷爷与世叔一起去。

到得海边，只见木栅拦着大片滩涂，望之无垠，一格一格的盐池，星罗棋布。一干盐工正在劳作，引渠的引渠，摊盐的摊盐，好不忙碌。地势稍高处密密的皆是草屋，屋上冒着烟，窗口映着红。杏官年少有目力，见那些盐工衣衫褴褛，蓬头赤足在劳作，便道，那草屋里的，想是熬盐的了，嘉纪先生说得果然不错，今日方信。遂吟道：小舍煎盐火焰举，卤水沸腾烟莽莽。斯人身体亦犹人，何异鸡鹜釜中煮。

太公道，你读了吴嘉纪的诗了么，眼下正是秋天，如是夏日，更是苦的了不得呢，就是春秋，也还要看天公的颜色。杏官复吟道：白头灶户低草房，六月煎盐烈火旁。走出门前炎日里，偷闲一刻是乘凉。思照亦吟道：今年春夏雨不息，沙柔泥淡绝卤汁。坐思烈火与烈日，求受此苦不可得……

正磋叹间，却见黄荣远远而来，将思照请至一边，附耳说了几句。思照大惊，转过身来对太公道，近日道路传言，英吉利国与法兰西国，联军攻破了京城，把个圆明园烧了，皇上避到热河行宫，京里只留恭亲王爷与洋人周旋。太公听得目瞪口呆，半晌方说，内忧未去，外患又来，果真如此，大清危矣。我等赶紧走，到了旭人那里，再做区处罢。

岂知船到通州，西边的路依旧不通，只得换乘沙船，向东从长江口出海往南，直航到宁波，奔金华，出衢州，水陆逶迤，历尽风尘，辗转西行。但见地方残破，稼穑失时，哀鸿遍地，几番险险乎撞着乱兵。太公只是忧心忡忡,摇头叹息,亏得杏官尽心侍奉,日夜不敢懈息。一干人奔奔波波,直到来年仲春,方才到得湖北省境。这杏官虽然吃足辛苦,却也长了不少见识,暗暗佩服古人说的,行万里路如读万卷书,所言不虚。

这日,到了武昌城下,盛康带了从人轿马,在城门洞口接着,拜见了父母,道了思照的辛苦。杏官上来见礼,盛康看儿子面色红润,健壮了好些,心中却也欢喜,遂携了杏官的手,一同进城。自此,一家老小团聚,俱在盛康署衙中居住。

且说这武昌府,长江汉水于此交汇,东联吴会,西接巴蜀,南拊湘黔,北通秦豫,水陆四达,向为九省冲衢,扼八方咽喉。自太平军兴,曾国藩、胡林翼起兵相抗,秉持欲整肃下游,必先经略上游的宗旨,驻节鄂赣,以为剿灭洪杨、精励图治的根本要津,屡败屡战,苦苦经营。其时,总领湖北政务军务的大员,皆是一时之选,都是读通了书的,把个经世致用的学问,演化成治世的政道,凡事务实,追求功效。因此上,这湖北的风物气象整饬有序,竟与别处大不相同。

日子既然过得安定,太公便不肯放松了杏官的功课,亲自教授,督学甚严。这杏官呢,倒也上进,只是四书五经之外,始终不忘经世致用的学问。想起一路上的阅历,便到盛康书斋中选了好些盐务及航运的书籍研读,又时常到盛康签押房中,看往来公文奏折。盛康并不阻止,有时有兴,每每就着文牍因势利导讲解一番,倒教杏官知晓了不少时事舆情,胸中渐渐就有了些丘壑。

天气晴和时,杏官便叫黄荣带着,城里城外,三街六巷地转,把个繁华热闹的武汉三镇,着实领略了一番,风土民情,也渐渐熟习起来。忽一日,市井风传皇上在热河晏驾,大阿哥接了位。果不多时,哀诏到了省城。自总督、巡抚以下,不论官民,家家户户都挂了孝。一连多日,盛康俱随着督抚藩臬接诏,举哀,成服,复又拜了新君牌位,忙得不可开交。直到转过年来,改元同治,又庆贺一番,方才稍稍得闲,重理政事。

这日，朝廷颁下谕旨，著设立总理各国事务衙门，凡一应外交、通商、海关、海防、军械、同文馆及留学童生事务，俱属该衙门办理。各省督抚接着，各各召集属员，晓谕此事。巡抚严树森特为留下盛康，开言道，现今四夷侵华，民不聊生，啸聚造反，顽不畏死，这内外交困的局面，实在让人焦心。所以，这洋务呢，不办是不行的了，但凡有些见地的，都识得到此。

盛康道，中丞说的正是。不过真正要铺排开来，恐怕不轻容易呢。据本省京官来信，朝中大老，多有反对，背驰于道的。现今曾大帅已经着手在办安庆内军械所，听说李鸿章也请好了洋人，上海的洋炮局眼见得就要开张。职道愚见，这些都是当办之事，但都是要银子堆起来的，如今户部两手空空，一文不名，凡有兴作，没有一样不是要地方自己想法子的。这些款项，还不知怎生筹措。

巡抚道，说得好，我念着你，就是要你在度支上想想办法。旭人兄，现今皇上年幼，朝廷内里是太后垂帘听政，外边是恭亲王爷掌权。同治同治，就是君臣同治，内外同治，共同做出一番局面来，还望好自为之。盛康唯唯而退。

盛康回衙，踱过花园，进富姨娘房中。富氏服侍盛康换了衣裳，说道，今日川中自流井四大堂来人，送了几娄土产进来，我到上房回明太太，教厨下收了，还有一张礼单，是封着的，放在小书房拜盒内哩，老爷看看罢……

盛康皱眉道，我是粮道，不管盐法，有道是不在其位不谋其政，只顾缠我做甚么，理他呢。复到前头，见太公在书房闲坐，便进来与太公说话。因道，今日上院，严中丞交下一角文书，为的是川淮互争引地，兄弟阋墙，不得要领，要我怎生想个法子，平息了这争讼方好。看来，还有迁转我接任盐法道的意思。

太公道，这盐引，就是销盐的凭证，朝廷划分引地，为的是规定销盐的地界，凭引销盐，无引便是私盐，有干例禁的。这湖北湖南，自来吃的是淮南的盐，是淮盐的引地，一到长毛起事，占了这长江下游，淮盐就到不得两湖，全靠四川的井盐救急。不然，楚地早已淡食矣。盛康点头称是。

太公呷口茶，叹道，这又是件棘手的事。盐法、漕运及河工，为朝廷三大政，此三者中，河工限于流经省份，漕运止于八省，皆与鄂地无干。盐法则遍及全国，从国赋而言，盐税是第二大财源，仅次于田赋，其紧要可想而知。现今朝廷支出浩繁，处处要钱，想想也真是了不得呢。

说话间，杏官捧了窗课进来。盛康便问，你日常喜读盐铁一类的书，我签押房里的文牍，亦看过不少，现在两湖地面盐务上的这些事，你也晓得些么。杏官回道，儿子日逐听师爷们谈论，说是淮盐因官商盘剥，又掺泥沙又加价，积重难返，只是不肯放弃了引地。川盐呢，雪白干净又便宜，商家愿卖，百姓喜食。

说着，看看盛康，实是不敢卖弄的意思。及见太公暗暗点头，杏官方道，自咸丰三年，户部奏准"川盐济楚"以来，虽说过了明路，再不算私盐，这两湖却不是正经的引地，四川那些大盐商心里始终不踏实，所以争得不可开交。盛康见说，背着手踱了几步，问道，那据你看，究底是用淮盐好，还是川盐好？

杏官想了想道，近日在盐码头上听来一个笑话，说出来博父亲一笑。说的是这淮盐川盐争这楚地，就好比一家子娶两房媳妇，一个呢，粗蠢邋遢，懒惰呆笨，不招人待见，只是已经定了亲，不好毁了婚约；一个呢，干净俊俏，勤快伶俐，家下人人喜欢，却还未曾拜堂，正经算不得这家的人。盛康听得果然笑道，胡说，国计民生大事，有这么比方的？太公也笑道，虽是调侃，倒也有些道理，看来这两房媳妇，是都要进这户人家的门了？

盛康因对杏官道，你这一说，我倒想起一件事来，你年纪也不小了，该做亲了，前些日还有人来探我的口气，要替你做媒。杏官一听，红了脸，讪讪地说不上话来。盛康一笑，哂道，男大当婚，女大当嫁，你难为情的甚么？我还要禀过你爷爷再定呢。你且先去，我和你爷爷还有话说。

　　杏官欲退，盛康又说，站住。冯桂芬编修新近撰了一部《校邠庐抗议》，都是安邦兴国的策要，真正有见地，郑师爷那里有，你可借来好好读一读。杏官忙道了是，自去借来，一看不释手，连日研读不止。

　　这日，门上拿着一封信来签押房，回道，适才提塘官送来一封书子，江西董粮道处转投来的。盛康看了无话。少时公退，进来对费夫人笑道，杏官喜信发动，你我一起上去见二老罢，遂一头说，一头同往太公处来。见了太公及太夫人，先请了安，乃呈上书子，禀道，好教老太爷老太太得知，董蓉初特为写信来，说是女儿业经长成，待字闺中，已合了杏官和探梅的八字，上吉，只看我们这边的意思。儿子和媳妇特为一起上来，讨二老的示下。

　　太夫人先笑道，我说呢，怪道今早几回听得喜鹊叫，果真有喜事。说起这董府，与我盛家几代结亲，原是通家之好，平时见着，也是互称亲家的。他家的女孩子，一样也是从小在塾里读书习字。杏官这门亲，原是说起过的，两边也都心许，不想这些年逃难的逃难，转任的转任，耽搁了。于今看来，董府倒是心诚，只是庚帖还未换呢，倒已经合了八字了，他倒上赶得紧。说得一屋子人都笑起来。　.

　　太公道，蓉初翰林出身，人品学问都是好的，一向在曾涤生帐下参与戎机，我听得他新近署了江西粮道，倒也门当户对。杏官今年十九了，早该成亲，为的要避国丧，延了下来。只是两家都是身处客地，如何行聘、如何过礼呢？又不是在常州盛家湾、青果巷，诸事方便。

　　盛康回禀道，蓉初的意思，实因时势尚未平靖，通家至好，不妨从权。三媒六礼，一切从简，聘礼也不要，就是陪嫁，也预备折干，一应等天下太平了再置办不迟。太夫人道，这也不是什么繁文缛节，他当是闹虚文么，只怕女孩子家不开心，嘴上不说，心里委屈，那才叫无趣呢。还有一件，探梅随她父亲在任上，怎么来法呢，莫不真像戏文里说的，差了官船去接了来吗？说着，看费夫人道，婚姻大事，要做婆婆的人，你也说说。

费夫人赔笑道，这探梅小时，在青果巷董府原是见过的，性情模样都好，女红针黹也拿得起，我看着欢喜，就是太过清秀，身子弱了些。至于礼节上头，我看那孩子知书识礼，心胸该是宽的，想必不会往心里去。媳妇的糊涂想头呢，但凡只要不误老太爷老太太抱重孙子就好。太夫人笑道，倒说得好，你就不急着她早点过门，抱孙子么。众人又笑。

太公乃问，旭人，你的意思呢。盛康道，近来前方将士用命，长毛兵势日微，缩到了江宁城里，难得道途已通。蓉初亦不是有意要减杀礼仪，实在是洪杨到底还未平定，只怕日后攻城时，难免有漏网的长毛窜扰，江西在所难免，所以急着把这婚事早早办了，也是有的。再说，若正经大操大办起来，传到京里，都老爷闻风参上一本，麻烦得紧。不过儿子想，也不好过分委屈了董家姑娘，我们男家这边，把事情做在实处就是了。

太公道，那冰人呢，总不见得大媒也不用了罢。盛康笑道，这是一定要的。不但要请人做媒，聘礼亦不可少。路上呢，现有美利坚国的旗昌洋行，新设了轮船公司，开了定班船，走海道，亦走长江。那洋人的火轮船很大很稳，渡江海如履平地，九江到武昌一水可通。儿子准定订上好的舱房，请郑思照走一趟，多带从人，把探梅接了来。蓉初那边，也请幕宾一路送过来。

太公道，这也罢了。倒是长毛的事不得不防，理路上该当体谅女家的，我看这头亲事就这么定了罢，了我一桩心事。太夫人道，也只好如此了，都是长毛闹的，结个婚成个亲也这么烦难。若照我说呢，但凡能周全的，要尽着法子周全，怠慢了我的孙媳妇，我是不依的。遂指房中小丫头名叫柳絮的，随郑师爷同去，专为服侍新人。盛康俱应了，又把紧靠花园的三间屋子，指与杏官成婚。自此，盛康署中为操办杏官亲事，色色预备起来。

上下各各忙碌，反倒是杏官，无事人一般，只在书房中坐地，望着虚空想心事，或到花园踱步，口中喃喃呐呐，念念有词，间或写几张字纸，看看却又撕了。众人见了,皆以为他怕人打趣,害羞躲人,故此装模作样,也都不去管他,各忙各的事。盛康问起,费夫人只说在书房里温书呢。盛康因署中事多,日逐与人议事,也不遑多问。

忽一日,探梅船到,太公太夫人闻报,俱各欢喜。盛康着人安排轿马,仍由郑思照一干人等,送入别馆安置。思照来向盛康复命,盛康问了些别情,道了辛苦。至正日,杏官一大早拜过祖宗,署中早已张灯结彩,人人换了吉服,欢声笑语不绝。吉时到,鼓乐响,花轿临门。探梅身着大红吉服,金绣云霞孔雀纹霞帔,蒙着盖头,柳絮秦月两个丫头一边一个扶着,到得堂上,与杏官并肩而立。

第三回

破金陵天兵失天国
应科举杏荪贺杏荪

盛曰：吾祖吾父，以科第起家，吾少壮时，欲脱继绳，而卒屡踬于秋驾。家有治谱，常以理繁治剧自许

且说杏荪大婚。司仪鸣赞，拜了天地，请出太公太夫人，双双拜了四拜，再请盛康费夫人登堂受礼，再是夫妻对拜。须臾，礼成，新人送入洞房，坐床撒帐，饮合卺酒，自此夫妇一体。前头厅上，早排了喜筵，直摆到廊庑两厢，总督、巡抚俱差人送礼来贺，司道以下，多有来坐席的，粮署衙外一条街上，导子轿马几乎排满。众官员亲朋，各各观礼道喜，甚是热闹，尽欢方散。

杏荪一朝成了亲事，翌日赶早起身，夫妻衣冠端正的，来上房拜见高堂。费夫人亲将一扣折子交于探梅手中。说道，好孩子，只为世道不太平，委屈了你，这是你的聘礼，你父亲官身不能来，又不肯受彩，你自收着。探梅再三不受，及见婆婆执意不允，方磕头谢了。费夫人欢喜道，这才是呢，你过了门，就是我家的人了。我看着，你和杏荪合调，你敬我我敬你的，我心里高兴，只要杏荪争气，日后不怕没有你的风光。探梅听得脸红红的，娇羞不已。

　　过了三朝,杏荪上签押房见盛康。盛康看见,便问,你拿的是甚么。杏荪双手将禀帖奉上,回道,因见父亲日夜为川淮互争引地的事烦心,儿子心里也盘算了好一阵,有了些许想法,就试着议了一议,不敢当真,写出来请父亲看看,若不能用时,还请父亲教诲。盛康接过,见上写着"川淮盐斤并行楚地之议",微微一惊,不觉定定看了杏荪一眼,忖度杏荪前些日是在这上头用功,便将禀帖放在桌上,说道,你先下去罢,这个东西,待我看了再说。再一件,明日郑师爷去巡抚衙门文案上办事,你可跟着同去,也阅历阅历。杏官应了。

　　隔天,杏荪随郑思照到巡抚衙门。谈毕公事,文案委员留思照吃酒。杏荪因是晚辈,同席不便,就辞了出来。看看日头尚早,一时无处可去,想想还是去城外山上转转,便上山踏看了一回。正下山时,觉得有些肚饥,暗道,这武昌府的热干面有名好吃,我何不也去尝尝。举头一望,恰见远远有个店招挑出来,一个斗大"麵"字迎风翻卷,又有几个小字,却看不真切,遂循着路头,进店坐下。

　　但见小小一个店堂,只放得三几张桌子,却擦抹得十分洁净。一个眉目韶秀的年少妇人,素衣银簪,上来招呼道,这位小爷,是要吃面么,喜欢什么浇头?杏荪道,我是头一回,只要是热干面,随你来一碗甚么。这女子听了杏荪声口,看看杏荪身上服饰,并不答言,转身上灶头去了。

　　不多时,小妇人端上一个托盘来。杏荪看时,一碗莲藕清汤,另一碗却不见面,恰似一碗金黄的细沙,沙上盘盘曲曲卧一根带根须的青葱,闻着却是喷香。举筷一挑,青葱寸断,金沙下方才是热热的干面,略略一拌,上口鲜香爽滑,甚是好吃。细品一品,才知那金沙是剁成沫的开洋,配着香酥的青葱,合着筋道的切面,越加得味。杏荪不觉连着吃了几筷,只不知何以名之,看那壁上粉牌,头一牌就是"青龙卧金沙",晓得就是这面了。

　　须臾吃毕,杏荪一摸身上,铜钱只有不多几个,就手顺袋里取块碎银,放在桌上。那女子微微一笑,说道,蓬茅小店,哪里找得开这偌大银子。

也罢,小爷下回来时,一齐算还罢。杏荪听了道,这却有些不便。女子道,不妨。我听小爷的官话带几分外路口音,穿着虽不光鲜,做工却是精细,想是衙门里的官亲罢。这面呢,若还适口,多光顾光顾就是了。杏荪只得说声多谢,出来。回头看那店招上的小字,题的是"一碗鲜"。

回到署中,走过厨院,杏荪看见厨头买了好些鸡鱼鹅鸭,菜蔬果子,正督着厨娘在那里洗剥,就住了脚。厨头看见杏荪,连忙过来招呼。杏荪问,是要做席么,明日请谁?厨头回道,说是请抚台藩台衙门里的师爷议事,老爷正为盐斤的事操心呢。小的本也不知,刚才郑师爷来关照,要整治得细巧,酒菜要多,饭菜要少……,杏荪便道,今天我吃了一样好东西,明天你上点心,包你得窍。

厨头忙问,杏荪就告以青龙卧金沙。厨头啊呀一声,拍手道,到底是做官人家的大少,真正识货,我道是甚么,原来是这一口。杏荪道,你倒晓得。说起来,海米只要发得好,剁得匀细,原也平常,倒是难为那葱,又酥又香又碧碧青,定是油里走过,只是怎么不变黄呢?厨头道,正是哦,难就难在这里。我会做大席面,却弄不出这个小吃,讨不得这个赏。不然,我也去卖面了。复又叹道,那个小寡妇有这手绝活,人又生得标致,将来还不知便宜了哪个有福的呢……,忽觉说漏了嘴,脸上一红,忙住了口。杏荪一笑而罢。

却说杏荪外边回来,正值探梅从上房下来。夫妻坐一处说话。杏荪因道,今日我在码头,又见洋人那火轮船,真个高大,像座楼一般,你前回来,坐着还适宜么。探梅笑道,你又不来接我,管我适宜不适宜呢。杏荪道,说得我怪不好意思的,但凡职官家结亲,与民间有别,并无迎亲一说,你也是衙门里的小姐,难道还不晓得么?探梅道,我不管,偏要你来接,你不来接,总是欠着我这个情,看你怎么还呢。杏荪笑道,那容易得紧,等日后我办个轮船公司,多备几条大洋船,你想坐哪条就哪条,想坐到哪里就坐到哪里。我呢,排齐了导子轿马,专门在码头上,恭候我的董舜畹夫人,你看好不好？

齐巧秦月倒了茶来。听得，便笑道，姑爷说话要作数啊，也让我们做丫头的，好跟着姑娘风光风光。探梅道，你听他说嘴呢。秦月道，姑娘可别说，上回我在太太那边，听见老爷在夸奖姑爷呢。说是姑爷上的甚么说帖，外头师爷们都说好，还说甚么甚么有见地，我也学不来。探梅道，就你耳朵尖，该不该的都被你听见了，我可不要人嚼舌，说我的陪嫁丫头是耳报神。

秦月笑道，我不做姑娘的耳报神，做谁的呢，难不成做姑爷的耳报神吗？一语未毕，自觉说错了嘴，连忙把个脸飞红了。探梅拍手笑道，那敢情好，我索性就把你给了他，你俩做一处，好么？说得杏苏讪讪的，站起身来要出去。探梅叫住道，你先别走，我有事问你。回头又说秦月，还不去看看上房里摆饭了没有，我好上去伺候呢。正说着，柳絮进来，说老太太那里摆饭，探梅忙忙地上去了。

原来自杏苏成婚，与探梅一双两好，情投意合。一来两人自小是见过的，虽说不上青梅竹马，却也两小无猜，自有一番朦胧天真的情趣，再则，成年知晓人事，平日里听人说郎才女貌，乃俱各有意。及至晓得家长将其婚配，外表没事人一般，心里却比谁人都急。于今一朝成婚，真正是皆大欢喜，各遂心愿，更兼色色般配，一见倾心，房闱之间，竟是卿卿我我，耳鬓厮磨，一时间如胶似漆，不可胜言。情到浓处，自然珠胎暗结。

这日，盛康端坐签押房，着人唤杏苏说话。见杏苏进来，遂道，自我转了盐法道，掌理一省盐务，严中丞几番发话，再三要我把川淮互争引地的事平伏了。因见你上的条陈有些见地，我与师爷们商量了几回，不想都说可以使得，上司衙门的幕宾也一力赞成。我申详到抚台那里，严中丞一见心许，便写折拜发了。

说着，盛康看看杏苏，带着笑道，前些日朝廷批文已经下来，军机处的大老及户部都觉可行，准定川淮并行，二八引盐。杏苏忙问，这么说，今后湖南湖北,两成吃川盐,八成吃淮盐了?盛康道,正是。朝廷原不管百姓吃哪一处的盐,只要不误盐课国税就成,只是两地盐商互不相让罢了。杏荪听了,心下激越荡漾,一时却说不出甚么话来。

盛康道,你爷爷听说朝廷用了你的条陈,高兴得要不得。据我看,这件事也难为你平日用心,你虽然未曾出仕,起手就做了这样一件事,这个格,也不算低了。但艺无止境,不可因此轻狂,愿你上劲读书,日后以有用之学,经世治世,传我盛氏家风。杏荪忙站起来,垂手应了是。

盛康因说,你鸿章世叔新近开府,升署了江苏巡抚,还兼着通商大臣,你宗濂世兄现今在他幕府中执事,前些日来信说,已上奏设立方言馆。今后,这洋务上的事,只怕越来越紧要,你须多多留心才好,上回我要你看的《校邠庐抗议》,你看了么?杏荪道,已经读了几遍了,这冯老前辈说的极是,其中采西学、制洋器、改科举最是切中时弊。

盛康道,有人将冯先生这书的宗旨,概括成八个字,叫做"中学为本,西学为用",我也是赞成这一说的。复正色道,虽说西学为用,却万万不可忘了这中学为本,不然,就离经叛道了。学洋人的学问,造洋人的机器,固然是好,但这科举,是我中华立国之本,一时是废不了的。于今你已成了亲,不可因此荒疏了功课,更不可存着科举早晚要废这个念头。

见杏荪点头,盛康又道,再有一件,于今曾九帅带着湘营,已经把江宁团团围住,你鸿章世叔在上海,还有在浙江的左宗棠大人,用兵也都频频得手,长毛眼看气数将尽。日后,一旦平了巨寇,朝廷必定要开科取士的,正科之外,一定还会放恩科,你切不可错过了这个机缘。可记住了?杏荪站起来道,儿子受教,一定不负了父亲的期望。盛康满意,又赏了些文房四宝,自回上房去了。

时逢初夏,端阳将近,费夫人因打点督抚藩臬衙门内眷节礼,在上房督着丫头一份一份分派。探梅恐婆婆累着,便上来帮忙。费夫人见了,忙摇手道,快放下,我年年做惯了,年年都是这样,看着乱,其实我心里有数。

你怀着身孕呢，已经显了怀了，还不与我坐下。一面又说柳絮，不好好护着你们大奶奶，万一有个闪失，看老太太怎么整治你呢。

探梅听得脸上飞红，只说不打紧。费夫人因笑道，媳妇一定要帮我，这么着罢——这礼单倒是要紧的，往年都一张张归齐了拿到前头，请师爷们誉正，多有不便。于今你过了门，这事就交予你罢。你是长媳，这担子早晚要挑了过去，熟熟手也好。一面便命丫头取过笔墨，费夫人一边念着，探梅一边就写了下来。

写不几多，费夫人又怕媳妇累着，忙叫歇歇，又命柳絮揉手腕，捶臂膊。臊得探梅坐也不是，立也不是，忙笑着说，我这一来，非但没给太太帮上忙，倒是给太太添了乱了。费夫人笑道，不然。要是让老太太知道了，只怕连我也有不是，正经你写完了这些个，快回房里去罢。

一时探梅回房。到得晚间，探梅与杏荪说了日间的事，捎带着悄悄问杏荪，你是爱儿子呢，还是姑娘？杏荪抚摩着探梅的肚子，喜道，我儿子也要，姑娘也要。探梅嘻嘻一笑，昵声道，那么我给你生一堆儿女，你嫌不嫌多？杏荪道，我不嫌多，只怕累着你。探梅道，我不怕累，只怕你养不起。杏荪道，养不起送人。探梅笑嗔道，你敢！

小夫妻两个说笑一回，探梅乃执着杏荪的手，说道，杏哥哥，我们分床罢，于今后，我教秦月柳絮两个，轮流进来陪着我，有些甚么事，也方便些。你呢，外边书房里睡去，也好多温温书。我教丫头们做了点心，送来与你吃，可好？杏荪满心不愿，又怕动了胎气，无奈只得允诺，一面又傍着探梅，凑在耳边说了好些体己话。这探梅红着脸，一一点头应了。

自探梅有了身孕，盛府人人欣喜，上上下下，早早做了整备，专待探梅临盆。那探梅倒也不负众望，到得冬日里足月，一声响亮，诞下一子。太公太夫人得了重孙，喜得嘴也合不拢，因是颐字辈，太公取名昌颐。满月那日，盛康办了汤饼筵，请众亲友同喜。众人见了昌颐那哥儿粉妆玉琢，煞是可爱，不免大赞一番。太公太夫人及盛康夫妇，更是爱如拱璧，含饴弄孙，光阴便过得快了。

转过年来，春去夏至。忽一日，郑思照匆匆进签押房来，先与盛康道喜，笑说，刚才我在抚台衙门，恰好见着提塘飞马来报，衙中纷说曾九帅已经破了江宁，现今详情未知，但破城是一定的了。盛康一听大喜，说道，此乃朝廷洪福，辛苦了这么些年，到底平了巨寇。高兴了一回，复又叹道，只是东南残破，这河山要收拾起来，还要费偌大功夫，自此以后，你我都要更加劳碌了。

再说这洪杨，自金田起事，一篇讨清檄文惊天动地，一路风风火火，摧枯拉朽般打到江宁，创下太平天国，也曾分田亩，开科举，颇有些正色立朝的模样。岂知不数年间，就堕怠起来，建了金镶玉砌的天王府，洪天王就在这金陵古都自成一统，安享起尊荣富贵来，军国重事，一概付之左右。初时，还靠着天兵天将用命，打得官军狼奔豕突，杀洋兵斩洋将，后来就渐渐不济，历经杨秀清韦昌辉内斗，石达开走，太平军元气大伤，北征西征俱不收功。

后来，虽用了陈玉成、李秀成一班青年将帅，有了起色，终因洪天王不思进取，以致丧师失地，江河日下，教官军困在天京城内，动弹不得。延至同治三年六月，官军在太平门外挖掘地道，埋地雷轰塌城墙，蜂拥而入。半日间，天京全城各门均为官军夺占，城内守军与官军巷战，大半战死，小半自焚，十余万太平军，没有哪个投降的，不枉好汉一场。城破时，洪天王早已升了天，忠王李秀成护着幼天王洪天贵福冲出城外，且战且走。

急难中，李秀成将战马让与幼天王乘骑，奔至东南方山，遭乱军冲散，身边亲兵各各死伤，秀成力尽被擒，洪天贵福辗转跑到江西，亦教官军捉了。吁，太平天国兴也勃焉，亡也速焉，前后只得一十三年，虽教朝廷洋人联手灭了，却也摇动了大清的根基。朝廷论功行赏，封曾国藩侯爵，李鸿章左宗棠伯爵，以为酬庸，其余大小将士，俱有赏赐。

果不多时，朝廷复了科举。那盛康吩咐杏荪道，明年二月中就要县试，你须早作整备，误了考期，我是不依的。再有一件，你爷爷梦见老屋杏花将开，说这个吉兆一定应在你身上，定要亲自领着你去，我几回劝不听。你须小心在意，护持老人家，不可有一点闪失了。杏官重重应了，自去整备。

杏荪备考应试，内里忙坏了这探梅。出行前日，探梅检点了考篮，换穿的衣服鞋袜，又去床头拿出一件丝绵背心，一双皮护膝，唤道，杏哥哥，这是我赶出来的，你来试试。一面就替杏荪换上。那背心密密地衍了针脚，穿着又轻又软，甚是合体，那护膝，也是扣准了尺寸的，扎上了不松不紧，伸缩自如。

杏荪心里一阵暖意上来，不觉握紧了探梅的手，柔声说，辛苦你了。探梅道，二月里春冷，考院里号舍挡不得风，你记着穿上。又一件，两个丫头，你看让谁跟了去好？杏荪道，又跟甚么呢，都在你身边服侍的好，再说有了昌颐，这屋子里的事也不少呢。

第四回

天宁寺高僧遗偈语
淮军营秀才言夙志

盛曰：守吾尧舜、禹汤、文武、孔孟、程朱之道而不变不易，用彼西洋气学、化学、算学、重学、电学之器而精益求精，天下之大，谁能御我哉

这探梅为杏荪赶考，色色备细，又赶了手工针黹出来。杏荪不免动情，夫妻执手说话。探梅且抽手出来，正色道，赶考是大事，身边有个人，早晚做些琐碎杂事，也免你分心，你要吃些汤水点心，添减些衣服，也方便些，我准定让柳絮跟了你去。一来她自小在你家，知道你的脾性，二来若让秦月去呢，恐人说我差陪嫁丫头看管着你。杏荪笑道，我理书还来不及，哪里还想别的事呢。

探梅也笑，因道，我别的都不管，只指望你挣一件圆领青衫回来。杏荪道，我一定替你挣来，也好教你做个秀才娘子。一头说，一头退半步作个揖道，娘子放心，小生这厢有礼了。逗得探梅红着眼圈笑出来，轻轻拍了杏荪一掌，倒惹得杏荪心猿意马，觑个方便，悄声软语温存了一番，方罢。

这日，杏荪别了父母妻子，随太公一路东来。到得江阴，仍在旸岐庄

上安顿。太公见风物依旧，想起那年逃难的光景，不免磋叹。眼看县试临近，太公着盛福引着杏荪，一径往武进县礼房报名，填写了姓名、籍贯、年岁及三代履历。到得县试三场考毕，杏荪自觉八股，帖诗、经论、律赋都还过得，便静待府试。到四月里，杏荪到常州府学中，依样画葫芦，幸喜院试在案。

杏荪正与盛福坐船回庄，见河埠头上围着一群人，便靠过去看热闹。只见岸上并排两乘官轿，武进、阳湖两县大令端坐轿中，边上衙役抬着一口大木箱子，一个骑马的县尉拿着县令的名帖，大呼，使臣接供应！船舱里应声出来两个人，宽衣高帽，腰系阔带，足蹬缎靴，接过名帖捧于顶上，伏地高呼，谢天朝赏！

那大红名帖约莫八寸宽，二尺长，居中并行写着核桃大的字，杏荪细看，乃是天朝文林郎知常州府武进县正堂，天朝文林郎知常州府阳湖县正堂。杏荪记起儿时印象，便问盛福，是藩国使臣么。盛福道，看这服色，是东海琉球国的正副使臣，规矩是从福建泊了岸，就要走内地进京的，沿途由地方供应。约莫前些年闹长毛来不得，今年复贡了罢。一时，使臣受了食用等物事，船去人散，杏荪亦走。

却说这年院试的宗师，乃江苏学政鲍源深，驻节江阴。旸岐近在咫尺，杏荪省却了好些奔波。五月间，风和日丽，正是赶考的好时节，那常州府属武进、阳湖、宜兴、荆溪、无锡、金匮、靖江、江阴八县的童生何止千百，于今齐集一处，把个江阴县城闹热得过节一般。从大司马坊至三元坊，安利桥到北锁巷，逶逶迤迤搭起了考期篷子，鳞次栉比，百货杂陈，酒楼食府，人头攒动。

到得头场那日，杏荪绝早起身。掀帘到外间，点心已经摆了，有拖炉饼、马蹄酥、桂花糕、血糯粥、酱瓜菜，又是扎腻头、鳝丝烩面、蟹油汤包……铺排了满满一春台。见杏荪出房，柳絮忙倒茶上来，杏荪见她俏伶伶的只穿了一身夹袄衫裤，星眼微饧，想是一夜未睡，便握她的手，笑道，倒是辛苦了你,冷也不冷。

柳絮先检点杏荪身上,见该换的衣衫裤袜俱穿戴了,方悄声笑道,我就熬了一锅粥,裹了那点子刀鱼馄饨。桌子上这些,都是外边店家晓得今日考生赶头场,连夜做了,将将送过来的。杏荪道,这时候,我倒想一碗热干面吃呢,你说怪也不怪。柳絮笑道,我见怪不怪,你不就是这牛心古怪的毛病吗?这里可没有热干面冷汤面给你吃。依我说,快趁热吃几口上去吧,太公房里的灯早亮了。来,我这里先替你梳头打辫子。

堂屋里,太公唤杏荪到身边,谆谆道,你父亲三十岁那年进京会试,我正在吉安县任上,夜间梦见我家老屋院中杏树,花发如锦,果然你父亲就中了进士,齐巧你又出了娘胎,所以我替你起的字,叫做杏荪。昨日管事的从老屋来,说院中杏花开得正好,这是喜兆。你今年虚岁二十三,正是博取功名的年纪,俗话说,秀才是宰相根苗,这头一场,你定要考好,不要负了我老人家这些年的心血。

杏荪顿首领命,依依别了太公,赶天明前到了学署,恰好执事唱名。杏荪忙忙的应了,从老仆手里提过考篮,接考卷进了龙门,寻着考棚对号坐了。不多时,云板响,学政传谕封门,于大堂暖阁中端坐监临。执事领题,发下。杏荪见大半是窗课中做过的,心中一松,文思泉涌,笔下便来得快了,至巳时击鼓饮茶水时,已经做了大半。待得完卷誊真,杏荪见离申时尚早,不肯赶头牌,便从考篮里趸摸些考果来吃,又细细的检视一遍,方才交卷。

如是考了正场,再过复试。三场考罢,出案那日,学署大开正门,大吹大擂,送榜文到文庙前杏黄大照墙上张贴。众童生争前恐后,紧随着观看,一时也有笑逐颜开的,也有捶胸顿足的。那杏荪亦挤在人丛,对了号名,幸喜高高得中,忙抽身出来。那接场的家人,飞也似的去了,急急报于太公知道。

转天众生员谢师。这鲍学政照例办了庆贺筵宴,请在籍耆老作陪。

是日,太公与杏荪一道,往学政衙署而来,到照壁前下了轿马。原来这学政衙署,建于前明万历四十二年,北负万寿山,西连雪浪湖,前后一十三进,依穿宫九星法营造,规制甚是宏大,素称江南衙署之冠。辕门正中大书天开文运,东镌文章司命,西刻风教总持,门前竖着高大旗杆,黄旗上紫书"钦命江苏督学部院"斗大字样。

进了仪门,就是督学正堂,乃学政考督生童之地,两边又有书房、承差、号房、舍人诸执事之所。太公睹物思旧,命杏荪扶着到后花园,一一看了状元亭、荷花池、千年紫藤、心经碑、二侯祠、三到楼,又在雪浪湖边列岫亭上,小坐歇脚,看那万寿山高。因对杏荪道,这鲍宗师就是读书人的榜样。宗师和州人,家世贫寒,苦读成名的,学问优长,后来中了两榜进士,殿试一甲三名,皇上钦点的探花郎,命在上书房教皇子读书。那年你父亲在和州为官时……,一语未毕,执事来请太公入座,杏荪便转来会那一众生员。

至吉时,学政端坐堂上,两廊鸣炮奏乐。众新秀才集齐了,穿青衫,簪金花,披红绸,一班一班上堂,向宗师行礼如仪,鱼贯而退。学政乃与众学官、耆老至燕喜楼坐席。酒过三巡,鲍学政开言道,自放了榜,我复看了一遍案卷,有些个生员的卷子做得甚好。文运盛,国运昌。龚自珍有诗曰,天下名士有部落,东南无与常匹俦,其无虚言。满座皆与学政道喜。

这学政道了同喜,因向太公道,隆翁,适才所言,内中就有令孙。太公道,多亏源公抬举。说来惭愧,这孩子平时不喜做时文,在意杂学,侥幸有些可取之处,自然难逃宗师法眼。学政道,平心而论,这回的考题呢,我出得中规中矩,不脱窠臼,难为他顺题挥发,文章做得不落窠臼,足见他跟着旭人兄历练,眼界是宽的。

太公道,宗师过誉,能出自源公座下,是这孩子的福分。学政又说了好些秀才是宰相根苗的话,着实勉励了一番。因笑道,昔年隆翁、旭人兄俱是在此进的学,今日令孙又青了衣衫,可喜可贺。这祖孙同游泮宫,也是一段士林佳话了。一时兴至，便命取过纸笔，大书"携孙同游"四字，赠与太公刻匾。太公大喜，称谢不已。

再说盛康在武昌接得杏荪捷报，一时署中上下，人人笑颜俱开，探梅自是比众人又多了一层喜盼。一日太公携了杏荪归来，众人接着。杏荪先到祖宗牌位前磕了头，复又到后堂拜了太夫人、盛康夫妇，还未及与探梅说话，前头一片声的叫唤，快请新秀才。原来盛康门下清客相公，幕中师爷等众约齐了来贺喜，杏荪忙到厅上厮见，着实周旋了一番。又是管事的盛福黄荣等一干家人上来，磕头讨赏，真个是喜煞了太公，忙坏了杏荪。是晚，杏荪方与探梅执手细话，有道是小别胜似新婚，绣帷中自有一番旖旎。

太公自有一班老友置酒相贺。自那年到武昌盛康署中，不数年间，先是得了重孙，儿子又加了布政使衔，再者家乡克复，孙子又中了秀才，诸事顺遂。因俱是老年人开怀之事，身骨越发健旺，精神越发矍铄。成日家，不是含饴弄孙，安享天伦之乐，便是吟诗唱和，作文酒之会。

光阴荏苒。一日春际，天气阴晴不定，太公偶感风寒，微觉鼻塞声重，便自开了一副麻黄桂枝汤，命人煎了服下，发了一身汗，身子轻松了好些，遂不在意中，依旧与一般老诗友至郊外踏青。不意归时淋着了些细雨，至晚间便觉不适，有些寒热上来。

盛康听说，忙进来问安。太公摇手道，不打紧，吃些发散的药，将息几天就好了。盛康不放心，叫人请了大夫来看。一时大夫到，诊了脉息，盛康请至书房用茶。这大夫道，封翁乃是外感失于调养，复受风寒，已然由表及里，眼下这症候，竟有些春温的模样，加之年事已高，亟需小心调治，万不可大意。学生这里先开个方剂，待老人家退了热，再慢慢调和营卫，补气养荣罢。盛康谢了，一面命人抓了药来，亲自看着煎了，奉于太公服下，直待太公安置了，方携杏荪悄声退下。

岂知接连两日，太公寒热不退，眼见得有些沉重。家下众人着急，遍请名医诊治，有说热郁胆腑，主用黄芩汤的，有说气营两燔，主用玉女煎的，也有说阳明热结，主用增液承气汤的，全然不见效验。还是郑思照请得一个大夫，乃是吴鞠通传人，识得是热灼营阴，病家心烦身热，时有谵语，体隐瘢疹，脉细数，须用清营汤加减，清营和阴方可。待开了方，复又密密对盛康说，封翁脉象不好，府上不妨早做准备，冲冲喜罢。

盛康听了泪下，只得传话下去，悄悄预备起来，一面与杏荪等子弟日夜侍奉汤药，犹希冀纯孝可以格天。争奈太公阳寿已到，不多数日，竟是去也。盛康呼天抢地，擗踊嚎啕，杏荪想着太公慈爱，更是哭得气噎声干，家下众人俱放声大哭。这盛康一面报了丁忧，一面发丧。外面尽有郑思照等诸幕宾及管家操持，只是内里，太夫人年高动不得，探梅有孕在身，全靠费夫人一人撑着。一应成服开吊祭奠，诸事忙乱，直待断了七，方始稍稍安顿。

太公归天，盛府上下极是感伤。太夫人本有恙在身，骤然丧夫，惊痛交集，遂致病势转重，延俄至十月间，亦撒手西去。盛府迭遭大丧，哀痛至极，加之操办丧事，一应繁文缛节，最是劳人心力，真个是人人俱疲，个个神伤。待诸事初定，盛康意欲扶柩回籍，乃上院见巡抚申办交卸。

这严中丞先道了恼，安慰道，尊翁及老夫人驾鹤西游，兄弟亦伤感得紧，就是内人，提起来也是垂泪，还望旭人兄节哀顺变。这交卸一节呢，日前总督的意思，于今百废待兴，湖北诸多事体，离不得理财之人，看来是要旭人兄夺情。兄弟我，还有藩臬两司呢，也是想着旭人兄留任的好，只是人伦大事，不好唐突。盛康告道，实在是职道连丧老亲，哀痛难当，方寸已乱，精神亦不济，勉强夺情，恐拖累了公事，还请大人体谅。严中丞见说，亦不好过分相强，只得允诺。

盛康扶着双亲灵柩，回到常州老宅。恰逢李鸿章调署湖广总督，发来书子，要盛康招股，多多开办公典，薄取利钱，以方便劫后穷民。盛康领命着手办理，带头入股。一面又修宗谱，增祭田，设义庄，建义学，为族中做些善事。及见杏荪因丧误了乡试，便命他做个帮手。忙到来年，头一家"济大"典在吴县开了张，来典当的倒也络绎不绝。盛康陆陆续续，又在常州、南京、江阴、无锡、宜兴、常熟等处，大张旗鼓开起典当来，架本不够，就开了钱庄来融资，利钱便在典当钱庄，钱庄典当间水一般流转。

俗话说，大乱之后，必有大疫。费夫人自堂上公婆得病至殁，一力侍奉，操办丧事又费心费力，身上积了劳损，回籍路上又吃了辛苦，染了些时气，到得家中便一病不起。虽延医吃药，终不见好转，杏荪探梅自是揪心。一日，费夫人自觉不好，便拉着探梅的手，嘱咐道，自你过门，为我盛家连生三子，立了大功了。你是长媳，今后这个家内里的事，你要撑起来，你的辛苦，还在后头呢……

探梅先是摇头后是点头。这费夫人歇得一口气，挣扎道，好孩子，我的儿子、孙子，就交给你了。杏荪才情是有的，又跟着他父亲阅历了这些年，将来怕是有一番事业要做，只是我看他在色字上头看不破，你要看着他点，不要伤了身子。说着，下泪，呼吸渐出渐短。杏荪正在外干办典当的事，待闻讯赶回家中，费夫人已瞑目而逝，直把个杏荪哭得死去活来。盛康见家中人口凋零，恐再有不吉，便将太公等棺木移至城外天宁寺停放，一面就请寺中僧众做佛事超度。

自此，杏荪只在父亲身边，帮扶理事。因这数十家公典钱庄散布江南诸地，杏荪不惮辛苦，不时往来奔波，颇下功夫，到底将这些个典庄当铺盘得日兴日旺。升斗小民受益良多，盛府的股本亦越滚越大，盛氏"愚记"账户上资产水涨船高，积存了不少家私，自是渐有富名。杏荪心中暗暗得意，自撰一联悬于杭州鑫泰恒钱庄：朱提公子千金诺，白水真人四海游。盛康见儿子于理财上显头露角，自也欢喜，连老友李鸿章亦有所风闻。

忽一日，世交杨宗濂有书信来，言说其因随总督李鸿章剿灭捻军有功，奉调晋京襄助神机营军务。恰逢西北回民起事，朝廷命李鸿章整顿淮军，入陕平乱，帷幄需才，为此特荐杏荪到李总督幕中，参与戎机，就请作速起身,云云。盛康询问杏荪之意,杏荪愿去,遂往天宁寺太公等灵柩前叩辞,就便面谢方丈。

原来这天宁寺乃东南第一丛林,有八殿,二十五堂,二十四楼,三室两阁,雄伟广大。大雄宝殿重檐九脊,高可十丈,供着三尊大佛,两厢有石刻罗汉五百一十八尊。寺中广有田产,香火极是旺盛。这方丈原是得道的高僧,一向与盛府有来往的,因说与杏荪道,公子此去,功在国家,有一番大事业要做。老僧今有八字偈语,公子谨记,一生因缘,尽在于此,日后自然晓得。说着以指蘸茶,书于几上。杏荪看时,乃"因武而起,缘武而止"八字。一时心中不解,想来天机不可泄漏,遂不问而返。

行前,盛康命杏荪将和颐出嗣早夭的二弟隽怀。杏荪二十有七,已有三子,乃是长子昌颐,次子和颐,三子同颐。当下便唤奶子抱着和颐,与隽怀妻张氏叩了头,一时几乎把个张氏喜倒。这探梅归房,心中难免舍不得,垂下泪来。杏荪劝慰一番方止,乃嘱咐探梅,好好奉侍公公,养育儿女。探梅复又滴下泪来,哽噎道,我自嫁你,已有八年,不说齐眉案举,也是相敬相知,从未有如此长别。今后,你在军中凡事留心,万一有个闪失,叫我如何得过……,杏荪忙乱以他语,心中自也不舍,夫妻二人相偎相依,恰似交颈鸳鸯一般,絮絮叨叨过了一宵。

次日,杏荪起个大早,拜过父亲,别过妻小,奔武昌军中而去,为只为谒总督,言夙志,谋大事。一路风尘到得武昌,杏荪见风物依旧,想起昔日在盛康署中,一大家子人乐融融的,于今天悬地隔,物是人非,感伤不已。及至到了总督衙门,原来李鸿章已在城外扎了大营,驻节营中了,当下翻身出城,赶到辕门。鸿章听得是老友盛康的儿子到了,便命引到书帐相见。这一见不打紧,直教杏荪开襟吐腑,尽倾胸中韬略。

第五回

从军旅陕甘驰戎马
司粮台津沪结买办

盛曰：读书不得科第，入世不趋时尚，子身从戎，毫无凭藉，官小而任事大，功至而谤亦随

　　原来李鸿章自从曾国藩幕府中出来，自创淮军，到上海借洋师助剿，打长毛，击捻杆，十数年间，大小百战，到底平了洪杨，灭了捻军，与曾国藩左宗棠等人，俱成了中兴名臣。因朝廷倚重，一路扶摇直上，此时已是太子太保、协办大学士、湖广总督，上马管军，下马管民，位封伯爵，顶插双翎，声光正盛。

　　杏荪到时，李鸿章将将用过中饭，正在饮他饭后一杯的"铁水"。杏荪见总督未穿公服，只是寻常衣衫，便以世侄见父执之礼，拜谒鸿章。鸿章见杏荪器宇轩昂，眉宇间蕴着一团英气，暗暗点头，便教陪着饭后百步。待问了盛康近况，又问公典开了多少，穷民是否得便？杏荪一一答说了。鸿章见杏荪言语便给，落落大方，心中欢喜，命先去换了行装，吃些汤饭，明日说话。

　　晚间，鸿章戎幕中人约了杏荪会食，有文案上的周馥、黎庶昌、薛福辰、李金镛，营务处的杨宗翰、赵继元、袁保恒等人，一时俱厮见了，互道仰

慕。酒过三巡，众人说起此次进兵回地，人地皆不相宜，左大人正在陕甘总督任上，保境安民是其本事，用兵几年，一向以诸葛武侯自命，欲独成其功，自不愿客军插手。因此上，淮军援陕，无地利乏人和，胜则无功，败则有咎，竟有些进止俱难的尴尬。又说起前年李鸿章到武昌接他老兄李瀚章的手，兄弟前后任，李太夫人在湖广总督衙门内住着不用动窝，古来少有，不免感叹一番。

转天李鸿章召杏荪进帐，开言道，我听得说，你在武昌时，上了个盐务条陈，军机处的大老都说得用，解了川淮争引这个结。按着这法子行使了这几年，颇有效验，川淮相安无事，湖北的盐税也增收了不少，倒难为你，怎生想得来？杏荪便将那年上条陈的前因说了一遍。又道，晚侄自到署中，日逐听家父与师爷们议事，长了见识，自家亦留意琢磨，求诸典籍，也曾亲至市肆民家，印证求实。本想试着议一议，不想竟采纳了，实在侥幸。晚侄寻思，还是实事求是的缘故。

鸿章点头道，有理。这税收理顺了，饷源就宽。行兵打仗，明里是靠指挥得当，将士用命，实在要紧的是粮秣辎重供应及时，调度得法。不然，这个仗是没有法子打的。说到底，打仗打的就是两个字——银子。那年我在武昌时，亲见你父设卡收厘，催督军粮，购造兵器，恤死救伤。也难为他，仅以楚中一隅之力，供水陆六十万人之食，有时忙碌得脚不点地。我也曾与你父亲切磋，有所建言，要他严禁偷杜侵蚀，搏浮糜烂。后来我去上海，行前还写了一个横幅送他。

杏荪道，是"萧何关中，刘晏河北"，现在还挂在家父书房里。鸿章掀髯大笑道，你父亲有度支之才，将经世致用的学问，用得活了，是做粮台的一把好手，曾大帅胡中丞皆得他大力，成了大事。你在父亲身边，受他熏陶，潜移默化，自然日有长进。杏荪唯唯。鸿章正色道，你已中了秀才，科名虽低，现在到了我这里，也算是出仕了。不妨说说，想做些什么事，日后有甚打算？

这杏荪见问，不慌不忙，站起身来说道，我中华向来农耕立国，自给自足。方今洋人破我国门，迫我通商，侵我利权——美商旗昌洋行、英商太古洋行都已在华设立了轮船公司，承揽沪粤、长江航运，英商开了好几家银行，放贷盘息，好些洋商还闹着要通电报，掘矿藏。凡此种种，不一而足，意欲将我中华利薮，尽乎揽于囊中。我中华经济破碎，白银外流，长此以往，国将不国，但凡有识之士，无不寻思自救之道。

见鸿章捋须不语，杏荪接着道，然中华若要自强，必得效法洋人先进之处，那洋人兴科学，精器械，办实业，重商贸，自有其富强之道。所以，莫如大办洋务，以其西学，为我中华所用，冯桂芬老前辈已有专论，晚侄亦颇以为然。于今朝廷虽说开了洋务，世叔办了江南制造局、上海方言馆，左大人办了福州船政局，崇大臣奏设了天津制造局，俱已有了实绩。然以晚侄愚见，洋务实在尚未布展开来，可行之事多多。唯其洋务上的事，方兴未艾，晚侄愿以陋质菲材，尽绵薄之力，追随世叔办实业，济贫弱，富家国，挽回我中华利权，重振我中华雄风。

鸿章听了喜道，好，好，志气不小，口气亦不小。我欲行之事多多，日后你一样样替我办来，我总撑你的腰子就是。这洋务上的仗，你替我去打，我来做你的后路粮台。言毕大笑。不一时，辕门挂出牌来：派盛宣怀为行营内文案，兼充营务处会办。当下军中上下通知道了，便有刘铭传、潘鼎新、丁寿昌、郭松林、周盛传等一班军官，约齐了来会杏荪。这武夫与文士又不一样，席地而坐，高声说话，大口吃肉，一海碗老白干轮转着饮。诸人均是淮军大将，豪爽豁达，神采飞扬，说的多是攻城拔寨，战斗厮杀之事。这杏荪闻所未闻，艳羡不已。

因朝廷催得紧，这李总督便传令拔营西进。杏荪是内文案，掌理文牍，总督不时命他写些公文军报，自然在中军营行止，常在总督左右。路途间，杏荪常与杨宗翰并辔而行。这宗翰乃宗濂三弟，文字上一把好手，总督器重，杏荪原是熟识的，就便讨教些军旅规矩，相得甚欢。

　　只因这李总督不愿与左大人共事，路上就走得拖沓了，一共四十营兵马，前队走了数十里，后队尚未出营。只是苦了杏荪，因还兼着营务处的差使，需堪定行军路线，又要供应军需，每日必得往来各营，联络调度，有时竟要骑着快马，疾驰几十上百里。日头之下，挥汗如雨。

　　如此，直到至六月下旬，方才入陕。这一日，军临西安城下，正欲结寨，忽接到军机处八百里加急密谕，著李鸿章酌带各军，克日起程赴近畿一带，相机驻扎，拱卫京师。原来天津发生教案，法兰西国领事官丰大业枪击知县，被百姓群起殴死。列强大哗，派兵船麇集大沽口，欲动刀兵。此时洪杨、捻军皆平，绿营腐朽不堪毫无战力，湘军裁撤将尽，只剩三几万散布各处，淮军已成朝廷精锐劲旅。故此，中枢紧急调回，以备不测。

　　这李总督正愁无由退兵，见有此一说，正中下怀，立马传令星夜回军，千骑拥高牙，刀枪耀霜雪，北上勤王。因宗翰患病，卧在车中，中堂便唤杏荪，赶紧拟檄文一道，布告全军。杏荪领命，靴中抽出水笔，倚着马鞍，文不加点，一挥而就。总督阅毕首肯，赞道，我原说杨三捷才，非他人可及，如此看来，杏荪不输于他。当下众文武一齐喝彩，敛手推服。李总督即命刘铭传一军留陕，杏荪随同郭松林、周盛传领前军先行。

　　且说郭、周、杏荪统带前军，走渭南、灵宝一路，沿渭水、黄河往东疾行。这一日，军到函谷。是夜，月色甚明，寰宇清远。杏荪与郭松林、周盛传诸将，登关揽看那山川形胜。但见这函谷关雄踞峡谷，西据高原，东临绝涧，南接秦岭，北塞黄河，深险如函，乃是烽烟际会、兵家必争的要地。周盛传喝一声彩道，秦时明月汉时关，我等竟身临其境。想当年，楚怀王举六国之师伐秦，秦国凭此天险，杀得六国军队伏尸百万，流血漂橹，真正是一夫当关、万夫莫开。

　　郭松林道，确是。安史之乱时，安禄山与哥舒翰大战桃林，就在此关下，可怜廿万唐军，只剩得八千骑。我等身为武将，自随总督大人起兵，征战十余年，大小百余战，还未蹑此险地，今日得见，此生不虚了。众人皆叹。杏荪道，此处虽是百战之地，亦是祥瑞之端。当初老子过关时，关令尹喜苦苦留住，老子乃著《道德经》传世，道家发端于此，至今尚有太初宫遗迹，供人凭吊瞻仰。

三人说得高兴，乃乘兴出函谷，上太行，过八陉，星夜急进。一日，过了居庸关，赶到北京昌平，在此顿住扎营，等待李总督大军。亲兵见到了地头，弄了一瓮酒，几个盘子，来请三人打尖。这周盛传见马瘦兵疲，叹口气道，我等这一路行军，甚是辛苦。那年借师助剿长毛时，我淮军全师乘洋人火轮船赶到上海，渡波涛如履平地，好不松快。听洋将说，他西洋各国运兵，水上有轮船，地上有火车，快捷异常，全不费力。我等不知何时，才能有这等手段。

郭松林道，再有一件，洋人的电报，传达军机，瞬息既至，我淮军虽是劲旅，传令还靠快马，早晚要误大事。杏荪道，教二位说着了。我要踏看一个营盘，必要骑马驰上几十里，几十个营盘看下来，哪一次不是颠得我几乎散了架子。周盛传道，还有那洋枪，开花炮，也是极厉害的，一炮下来死伤几十个人。我等向上头提了多少回，皆不见下文。

杏荪道，上头的意思，办是都要办的，只是诸事掣肘，要等待时机。周盛传看看郭松林，二人一笑，齐道，现今杏荪在营务处，正该管这些事，这副担子，大抵要压在你杏荪的肩上了。杏荪道，义不容辞。总督大人如有话下来，弟一定尽力去办。三人一头说，一头斟酌，不觉夜深，乃各各归寝。

再说李鸿章带兵勤王，到了京畿，先奔宫门拜阙，随即来保定城中见曾中堂。师弟相见，不免执手磋叹。原来此番曾中堂办理这教案，朝野不满，皆谓偏袒洋人，有失国体，而洋人以武力胁迫，必要重办，所以左右为难。见了鸿章，曾中堂便叫着门生的号，摊摊双手道，少荃你看，现今我这事办得朝廷不见谅，百姓不服气，洋人不罢休，实在窝囊，真正是外惭清议，内疚神明。你来接手，再好不过，只是你如何措手呢。

　　见老师如此烦恼，李总督排解道，此事本来棘手，怪不得老师，朝廷原不许开衅，就是要打，也打不过洋人。难啊，现今连老师的"挺经"亦不见用，我也没甚么好法子，说不得，我只与他打痞子腔罢了。这曾中堂听了默然。半晌方道，我办交涉，只是一个"诚"字。李总督机警，知道老师不以为然，赶紧谢过道，我师教导的极是，上国大臣，岂可与洋人一般见识？心中却另有想头。

　　也是这李总督有手段，幕中有人，居然搬出国际公法来，与洋人理论，一面又暗地疏通，缠绕厮磨。终了，也偿了洋人的命，也赔了洋人的钱，方才把这一场交涉平复了下去。朝廷见勉勉强强办得比曾中堂圜转了些，总算有了个交代，便调曾中堂到两江，命李鸿章接老师的任，做直隶总督，自此只在京畿驻节。

　　且说这李鸿章中堂见杏荪自到身边，勤谨得力，有干才，且历练日深，同僚推服，新近在教案中也多有劳绩，便想使他独当一面，多捐些差使。因自己出任直督，便奏请以刘铭传督办陕甘军务，奏调盛宣怀为陕甘后路粮台，兼管淮军后路营务处，一身数任。这日李中堂唤杏荪道，今后刘铭传那边的粮草辎重，都归你管，不可短少，我淮军的枪炮弹药，也要你去采办，务要精良。

　　杏荪领命。李中堂想了一想，又道，你也知道，徐润、席正甫、严信厚、朱其昂兄弟这一班人，正在沪上办理枪械转运，天津也有些人在，都是熟手，你可去找他们接洽。杏荪听得便问，严信厚，莫不是胡雪岩观察荐给中堂的人吗？中堂点头道，这严信厚当铺伙计出身，却识大体，不贪财，官员子弟多有不及他的，你可不要小觑了他呢。这杏荪下来，思量道，离家日久，回家过个年也好，我何不顺道先到天津，然后回南，岂不两便。计算既定，便禀过李中堂，一路径往天津。

　　原来这天津开埠已有十年，市面兴旺，英吉利国法兰西国均辟得有租借地，多有洋行。这杏荪一到，便来会旗昌洋行的买办刘森，刘森又约了沙逊洋行的买办胡梅平,为杏荪洗尘。杏荪晓得刘森是专为旗昌轮船招揽生意的,便讨教些旗昌运作的内情,胡梅平又谈了些地产生意经,看看天色已暮,杏荪因定下的海轮当晚就要启碇,就便告辞。二人还要叫局,见苦留不住,只得送杏荪上船方罢。

到得上海,投了客栈,便来访严信厚。信厚见杏荪精明干练,言谈微中,全无纨绔习气;杏荪见信厚诚谨敦朴,外圆内方,不落官场俗套,都有相惜之意,一见投缘。这信厚便道,杏荪兄初到沪上,有失迎迓。兄一向在中堂身边聆教,我等也想分享些许,待我约了徐雨之、席正甫诸兄,晚间畅谈吧。

杏荪称善。因旅途劳累,便回公馆路客栈歇了个中觉。正朦胧间,听得茶房来报客到,原来是严信厚引着席正甫、徐润等一干人来了。这席正甫不等众人落座便道,杏荪兄,我等这就走吧,已经定了房间,到书寓里聚聚,近得很,过了三马路就到。于是一齐下楼,安步当车,往书寓里来。

进了弄堂,杏荪见是幢石库门房子,条石箍着两扇黑油大门,石刻门楣,黄铜门环,门口安着两只白瓷圆灯。进门一个天井,一底一楼,东西厢房。天井里种些花木,过了天井就是客堂,吊着四盏宫灯,正面挂一幅和合二仙中堂,下面条案上居中摆着西洋八音座钟,左右是一对鱼瓶,两边天然几上各放盆栽,地上八仙桌,靠背椅,俱是大红平金桌帏椅披。

席正甫熟门熟路,领着众人穿过客堂往楼上便走,原来二层前楼,方是倌人房间。到得房门口,席正甫做的倌人周瑞仙已迎了出来,嗔着正甫昵声道,如何这多晚才来,叫奴好等,你说的贵客呢,到了也未,是哪一位?席正甫便推杏荪上前。瑞仙见杏荪人物俊雅,忙福了万福,说声盛大少请——

众人进得房来,里边早有人在等。两个五短身材的,面容相像,一望而知是朱其昂朱其诏兄弟,还有一位面相清癯穿布衫的却不识。席正甫招呼众人四散坐了,便取笔来写票叫局。四面看一看,因晓得徐润一向是做严丽英的,便写了严丽英,朱其昂兄弟是蘅芳阁老二老三,严信厚是顾抱玉。因问穿布衫的道,叶兄,贵相好哪一位?这叶澄衷笑道,我是无可无不可,随你写一个罢。

席正甫听得叶澄衷说随便,便拣一个老成的写了。徐润招呼一声,点着杏荪笑道,杏荪兄第一回到夷场上来,怕是未有知音,要么这样,瑞仙你荐一个罢。瑞仙不等杏荪答话,连忙笑道,再好不过。我呢,存个私心,就是自家妹子罢。一面向厢房里叫着瑞凤你出来,一面便引着她妹子到杏荪面前。

杏荪看这瑞凤十七八岁年纪,肌肤丰盈,面若银盘,一双杏眼扑闪扑闪,恰似会说话的,倒有几分像秦月的模样,不觉微微一笑。众人以为杏荪中意,拍手叫好,倒闹得瑞凤红了脸。一时娘姨来说席面摆好,恰好叫的倌人的也都来了,莺莺燕燕的好不热闹。这边瑞仙便请入席,众人尊杏荪做个主客,瑞凤便随杏荪坐了,倌人俱在各自相好身后坐下。瑞仙执壶斟了一巡酒,正甫开言道,我等久仰杏荪兄名号,今日有缘,得识尊颜。初次相会,这样,也不须一一引见了,我等自报家门罢。

第六回

会绅商畿辅济灾黎
游东洋岛国采风情

盛曰:外人每謂中国办交涉,向来只有应著,从无先著,实皆慎重二字贻之戚也

　　且说众人在瑞仙房里叫局,正甫等欲自报名号,杏荪道,岂敢。小弟既与诸兄同在中堂麾下,久仰大名,神交已久,只是未曾谋面罢了。兄等自家都有大买卖,与各大洋行渊源深厚,在洋场上呼风唤雨,但凡中堂光顾洋商的生意,皆是诸兄操办,此弟所深知。只是这位叶兄,小弟识不得,失敬,我自罚一杯罢。

　　严信厚笑道,你还不知道他么,澄衷兄现做着五金、火油的大生意,与洋商多有往来,我淮军兵丁的被服鞋帽,都是他经手,现今中堂交代了你后路勤务这些个差使,你须好好地亲近亲近他呢。叶澄衷忙摇手道,好些都是信厚兄作成小弟的,杏荪兄还须多向信厚兄讨教。正甫笑道,你们几个倒是你抬我捧的,你们亲近了,岂不冷落了众位姑娘。来来来,吃酒吃酒。

　　众人举杯,杏荪呷了一口,递与瑞凤,瑞凤一笑,一口便饮尽了。徐润看见,笑道,瑞凤倒是体贴,杏荪,接下来就看你的了。说着,向瑞仙使个

眼色。瑞仙忙笑道,我这妹子就一样好,心实,等下教她唱个曲子盛大少听。瑞凤便撅着嘴嗔徐润道,就是徐老爷眼尖,等一歇你吃不了,我也代你一杯就是了。徐润笑道,我可不敢劳动你,你代我吃一杯酒,杏荪怕要吃一杯醋了。众人哄然大笑。

正甫笑道,雨之只顾说别人,就忘了你自己了,你这么打趣他两个,就不怕丽英哇酸吗?该罚你的酒。说着便移杯过来。徐润便回头看严丽英。丽英扭头笑道,我才不替你喝呢,自作自受。徐润无奈,笑着一吸而尽,觍着脸道,我也不闹了,再闹要闹成个孤家寡人了。正甫乃道,杏荪,瑞凤这么样护着你,你也该敬她一杯才是。众人一齐哄着说,极是,正该如此。

杏荪笑笑站起身来,擎杯道,雨之兄莫要取笑,小弟还有事请教诸兄呢,先敬各位一杯,我先干为敬。待干了杯,便对朱其昂道,云甫兄,如今好几国洋商都开了轮船公司,不但江里海里,连内河的驳运生意,都让洋人做了去,贵昆仲是沙船巨子,想来与洋人交手过多少次了,必是有些心得罢。

朱其昂道,心得谈不上,说倒可以说一说。自道光廿四年,怡和洋行派哥萨尔号定期航行香港广州不久,大英火轮船公司也开辟了香港上海间的航线,美利坚国也来分羹。到咸丰十年,五口通商之外,又新开了北自牛庄南及琼潮,东迄天津西至汉口这些商埠,各国闻风而至,纷派洋轮直入长江、大沽口,航行于各埠,自行其是,一发不可收拾。时至今日,为头的大户是美利坚的旗昌,英吉利的太古、怡和这三家。还有会德丰、美最时、省港澳几家,也是有实力的。

说到这里,其昂喝口酒,比划道,这些洋轮都是机器船,船身大,吃水深,抗得风浪。平心而论,就是我,坐船也愿坐洋船,运货也愿洋船运。这些年来洋人的轮船公司,都得了大利,只是苦了我沙船帮。咸丰年间,帮里尚有几千只沙船,现在只剩数百只,若不是朝廷顾忌漕丁水手闲下来要闹事,还留着些许漕运,糊糊这些穷弟兄的口——说着,伸筷拣只蜜汁樱桃来吃了,指指空盘道,那些个沙船只怕就像这樱桃,一只也不剩了。

杏荪见话头渐渐入港,忙问道,那兄等何不也买他几只洋船,自己开个公司做起来呢?朱其诏听了,接过话来道,啊呀,杏荪兄这么说,莫不是责我等于不义,坐看洋人攘利,这可敬谢不敏,说说容易,做起来繁难。

徐润道,这桩事确是繁难。前些年容闳不是上书曾大帅,要试办轮船公司,就有宋晋那一班人反对,据说后头还有人撑腰,就此没了下文。这个事要做呢,只有朝中几位掌权的大老会同议政王爷,定了主意,才能说动太后。就是太后点了头,还要有敢做的人来牵头呢。

正甫因问道,杏荪兄,你是中堂身边的人,掌管机要,中堂的意思,你总知道些?杏荪道,中堂并未说明白这件事,但诸兄都在中堂幕中,追随有年,中堂中学为本,西学为用的洋务宗旨,多是晓得的。所以小弟揣测,从大面上看,中堂是有意于此的。众人听了,各各点头。

徐润因不见唐廷枢到,遂道,要说洋人的轮船公司,怡和的事,一本帐俱在唐景星肚里……,恰好娘姨端了两碗鱼翅来上菜,便道,原来正甫摆了个双台,我道迭盘架碗的,菜多了,吃不了呢,这唐景星不知又有什么事绊住了脚,不然我们八个,正好凑成两桌麻雀,真正该罚——

忽听门外道,谁说要罚我。只见唐廷枢进来,也不等众人引见,便走到杏荪面前,笑道,这位想是杏荪兄了,洋东找我谈事,一时走不开,未及赶来迎迓,其实该罚。说着便接过徐润递过来的酒,一口干了。杏荪忙起身笑道,景星兄真个快人快语。小弟久仰兄台大名,今日得见,足慰平身。说着陪了一杯。

这边瑞仙便站起来,让景星在正甫身边坐了。正甫便问,茂之兄呢,怎么不见来,我也是发了帖子的。唐廷枢道,家兄大约近日就要调天津分行总办,方才约翰逊大班与我等就是商量这事。杏荪听了便说,真正缘悭,我来时在天津错过,不要在这里也错过了罢。

徐润道，中堂一年中多半驻节天津，你是长随中堂的，日后茂之兄到了津门，促膝之时正多，你急个甚么呢。一面又笑对廷枢道，正要寻你商量，前些天有人兜我，说公共租界边上有块地皮要卖，可巧我们宝顺有意在那里开马路，我想着倒好，景星，你愿不愿投一股，我几个凑起来买他一块，几时抽空去看一看地，如何？老兄的眼光，我一向是佩服的。

唐廷枢道，看倒可以看看。这马路一开，地皮一定看涨，只是我也要归整归整，看看头寸够不够呢。徐润揶道，你如今管着怡和的金库，还怕短了头寸吗？廷枢道，你还不知道呢，约翰逊几个月前，就鼓动我买北清轮船公司的南浔号，说是买了下来可以给怡和代理，挂怡和的旗。我一直没有答应，约翰逊缠得紧，看来不应他是不行的了。这样子一来，银码子就要好好地排一排了。

徐润转首道，正甫，你们汇丰如何？正甫道，好说，你要头寸，我总帮你调就是。徐润哈哈一笑，举杯道，我们只顾说话，把个杏荪晾在一边，失敬了，我们干一杯罢。杏荪道，听各位攀谈，比喝酒还有味，再说我酒也够了，明早还要去沪西营盘里，看看我们淮军弟兄呢。廷枢道，我也还要去会会家兄，公私俱有事计较，我们早点散罢。

正甫左右看时，多几个倌人已经转了局，只剩得丽英、瑞仙、瑞凤几个在，只说得一声罢了，便叫上粥菜。因道，这些个姑娘如今都红了，凳子还没坐热，人都不见影子了。一面又嗔着瑞仙说，你也不应酬应酬台面，你这个主人是做甚么的。瑞仙笑道，你们在说正事，那里有我说嘴的地方。若像往日，你和徐老爷闹腾起来，我照料还照料不来过呢。

一时吃罢粥，众人起身。杏荪作个罗圈揖道，今日得见诸兄，三生有幸，小弟长了好些见识。待我省亲后回津，路过上海时，做个小东道，大家一起聚聚，还有不少事要请教。众人一面说好好好，一面拿眼觑那瑞凤。瑞凤听得杏荪就要返乡，十分不舍，便有些泪光盈盈的模样。

正甫看在眼里，便道，盛大少来时，我们再在这里相会，那时还少得了你瑞凤小姐吗？杏荪见瑞凤不像做作，便也朝瑞凤点点头。那瑞凤微红了脸，把个头低了，送杏荪出来，暗地里又牵杏荪的袖。杏荪只得在袖中捏一捏这姑娘的手，瑞凤方安了心，莞尔一笑，看着杏荪去了。

　　且说杏荪又盘桓了几日，与严信厚叶澄衷筹划购置军装枪械之事，大致谈妥，看看腊月将尽，便离了上海，回常州省亲度岁。先是，因小营前鲜鱼巷老宅年久敝旧，盛康另寻地皮，建了一座新宅。看地的时候，见四至宽展，就依势造了一座五楹八进的大宅子，前有轿厅轩廊，后有花园楼房，大门在青果巷，临着运河，后门一直开到周线巷，甚是宏敞。

　　这日杏荪到家，转过照壁，见明堂大方青石铺地，屋宇齐整，雕梁弧橼，一色落地长格扇，自也欢喜。众人接着，俱相见了。盛康见儿子衣锦还乡，满面喜气。杏荪指着廊下禀道，这一担塘沽的珍珠稻米，一斗静海的金丝小枣，是丁寿昌教带给父亲早晚熬粥的。又唤人取过一个藤箱，打开道，这些金石碑帖，是郭松林、周盛传他们送的，说是请父亲赏收，慢慢观玩罢。

　　盛康看时，有魏晋的，也有唐宋的，有擦墨拓的，也有扑墨拓的，多是卷轴经折，蝴蝶包背。因笑道，难得这班武夫风雅，弄这些"黑老虎"来消磨我，倒是深惬我意，替我谢谢罢。杏荪见幼弟星怀与昌颐在侧，便取出两方嘉峪石砚，一方给星怀，一方与了昌颐。这昌颐八岁了，聪明懂事，盛康甚是爱惜，平素不离身边，星怀更是长大了不少，高出昌颐半个头来。

　　杏荪问了问二人的功课，见答说不差，勉励了几句。一时杏荪下来，到自己院中，见探梅携着同颐，二房的张氏也领着和颐来凑趣。杏荪抱抱这个，亲亲那个，逗笑了一回，说了好些别后的话。一时又网篮里取出茯苓饼、海棠脯、香崩豆，好些京津吃食，又是一套套泥人张的彩塑，两个孩子见了高兴得要不得，欢天喜地的玩耍去了。

　　晚间，杏荪取出一双绞丝玉钏，套在探梅腕上。探梅举着手，端详道，这是蓝田玉啊，倒是好东西，生受了。因笑道，皓腕肥来银钏窄，前呼苍头后叱婢,我这不成了白居易咏的盐商妇了么。只不过,我是皓腕窄来银钏肥呢。杏荪道,我晓得你辛苦,说着便捧了个锦囊出来。

探梅看时,里边是几朵碧盈盈的干花,淡淡的香气沁人心脾。杏荪道,你识不得罢,这是雪莲,极难得的,有补血暖宫、滋阴调经的功效,女人家服食最好。探梅道,听说雪莲产自西域天山,你哪里得来。杏荪道,当年跟随左大人西征的将官送的,多少人讨要,我都舍不得给呢。

探梅见说,不免情动,软语温存道,我有了三个儿子,有了你,尽够了,还要这些物事做甚么呢。杏荪便搂着探梅的肩,夫妻相偎相依。少顷,探梅道,你出远门回来,这房里两个丫头,也不意思意思么,她们也是一年辛苦到头的。杏荪道,有倒是还有一对簪子,只是给谁呢,这个有了那个没有,也是不好。探梅道,你只管拿来,我自有区处。是夜,荪梅方信久别远胜新婚。

次日,探梅见柳絮秦月都在房里,便拿出那对簪子来,对二人道,这是大爷带回来的,你俩一人一支,插戴去罢。二人谢了赏,欢喜不迭的去了。探梅乃笑对杏荪道,她两个也不小了,该当配人,只是我使惯了,还是收了房吧,你自挑一个。杏荪扭捏道,你倒是贤惠,我看用不着呢。探梅道,我主意已定。依我看,收了柳絮罢,她自小是老太太身边的人,放出去不好。

却说探梅禀过盛康,收柳絮做了杏荪偏房。这杏荪一连在柳絮房中歇了几夜,一时想起,悄悄说与柳絮道,你与我这等亲热,只怕冷落了秦月,你两个好过姐妹呢。柳絮点着杏荪额头,咬牙笑道,我就知道你,吃着嘴里的,看着碗里的,急个甚么呢,早晚还不都是你的人。你不看,大奶奶给的簪子,我和她一人一支么。杏荪一笑而罢。

杏荪在家度岁,本想享享天伦之乐,不意更享了齐人之福,心满意足,便来禀过盛康,就要动身北上。盛康取出一封书子,付与杏荪道,旧年的股息花红,我已归置停当。公典的事,不用与你少荃世叔说,都在这信里了,他看了自然知道。杏荪应了,仍旧来上海写船票,泛海回津。

岂知这一年风不调雨不顺，畿辅河北一带，发起大水来，田里将熟的庄稼，冲了个一干二净，一时饥民遍野，枵腹蓝缕。朝廷体恤，拨下赈米来，只是杯水车薪，哪里得够。这日李中堂唤来杏荪，吩咐道，你父亲捐了两万件棉衣，已经差人送到，另有书信，建议你速去两淮一带募捐购粮，接济灾民。据我说呢，这是好事，你辛苦一趟罢。

杏荪领了钧命，不敢怠慢，放下手头添配各营装备的事，赶到清江浦坐镇，知会各方，日夜筹办赈灾。幸得上海的那班买办，广通声气，联络了镇杨苏沪的大商大户捐输，升斗小民亦不甘人后，集腋成裘，捐出一大笔银子来。杏荪就地买米，装船直航天津。到了灾区，杏荪按户核实，视情发放，事事躬亲，赈济了无数灾民，不啻做了一堂大功德，倒也落下个好口碑。

中堂闻报，大喜道，我听不少州县说，这趟赈捐救灾办得实在，活民无算，很替我直隶挣了些声光。这样罢，你也辛苦了，到东洋去逛逛，散散心，我准你的假。杏荪逊谢不遑。中堂道，现在中土与东洋民间通商，往来渐多，你顺便看看情形，回来告诉我。停了一停，又道，你可晓得我的意思？杏荪略一思索，点头道，杏荪领会得。遂不再推辞，下来便去写了海轮的船票，真个去东洋游历一番。

这东洋国倒也山明水秀，杏荪拣那通都大邑一路游去，遇着士子野老，也攀谈一番。这日到了横滨地方，有中山氏温文儒雅，便与之叙礼，彼此语言不通，遂以指蘸茶，于几上笔谈。说了些当世舆情。这中山感慨道，泰西列强，强逼我国通商，我心不甘，而力难独抗，惟有于可允者允之，不可允者推拒之。我国与中国为近邻，最宜通情好，结和亲，以冀同心合力。

杏荪道，诚然。中国虽地大物博，亦常见欺于强梁，果何策以自振？使贵我两国成掎角之势，则苞桑永固。唇齿相依，焉有虢亡而虞在乎，兄弟阋于墙，外御其侮。外人离间不可听也，贵国执政，能识此大体否？至于通商,乃意中之事,中国已开关纳客,无论远近强弱之客,均为接待。

中山道,方今贵我两国,唯有商船往来,未尝修交际之礼、通商约款,遗憾之事也。杏荪道,贵国素来上海口岸通商,嗣后仍当一如既往,似不必有所更动。彼此相信,此古人所谓大信不约也。中山道,方今中土,如坐漏船,何以救此燃眉之急?杏荪道,我中华赖祖宗法度,积德累仁,但得朝廷发奋,民心团结,足可自立,只欲守在四方,与天下相安于无事也。中山唯唯。

别了中山氏,杏荪泛海而归,把个岛国的风土人情,民心士气,密密地写了个说帖,交予中堂阅看。

第七回

上章程船局招商股
坠红尘洋场识贤助

盛曰：火轮船自入中国以来，天下商民称便，以是知火轮船为中国必不能废之物，与其听中国之利权全让外人，不如藩篱自固

却说这李中堂自率军勤王晋京，抚平教案，接了直隶总督北洋大臣的任，曾中堂殁后，俨然承了老师的衣钵，官场奉之为疆臣领袖。近来，阗缅边事、直隶赈灾，外事内情处置得当，一时政声鹊起，朝廷青目。皇上乃颁下旨意，右迁李鸿章为太子少傅、武英殿大学士。按旧例，既为大学士，便算是入了阁拜了相，一时官场皆称这李中堂为"傅相"。

这日正逢辕期。李中堂见畿辅灾情缓解，河清海晏，愁怀一宽，心里想着出力官将，该当有所酬庸，便传话下来，请丁道。一时丁寿昌上来，因见任着天津河间兵备道，救灾的事正着落在他身上，黑瘦了好些。中堂道，寿昌，现今灾情大致缓解了，你辛苦了好一阵，我心里有数。还有个中出过力的，总也要有个功赏，这事你想过么。丁寿昌道，正要禀告中堂，职道拟了个单子，请中堂过目。

中堂看时，手本上写的是"南省劝捐办赈出力员绅缮具清单"，提笔在

一头一尾上添了"谨将拟保""恭呈御览"八个字。再看里边，咂道，你也不必过谦，抗灾时自己拿着簸箕立在泥水里头，舀那淤泥不止，身上的老伤，无碍罢。寿昌道，酸痛难免，好在未曾发作，不碍事，中堂放心。中堂道，能为兵丁民夫作榜样，也算是好的了，等下我教文案上附个夹片罢，准定给你一个密保。

看毕，中堂抬头道，杏荪呢，这次虽也弄来许多钱粮，但总不如你这个抓总的人劳绩大，我看给他个明保罢。遂在杏荪名下写上"盛宣怀上年驰往苏沪杨镇等处实力劝导，集捐甚巨，又捐春赈米二千石，洵属尚义急公，拟请赏加……"数语。一时，丁寿昌毕了公事下来，正遇着杏荪，两人叫应了。寿昌道，杏荪，我记得你的底缺，是克复洪岗时保的府班，可是么。杏荪点头。寿昌道，恭喜，等午时炮响，中堂拜发了折子，你不日就要过班了。

杏荪忙道了同喜，说，我父亲吃了老兄的小枣熬粥，很对脾胃，说是生受，多谢，写了一幅字给你。因这一段事忙，没来得及转交，还有一个方子，泡酒服了，平复刀枪老伤极有效验的。晚间我做个小东，我兄弟喝一杯。寿昌笑道，老伯的赏，一定要领的，我准定来叨扰你。杏荪一时想起，又道，老兄路过关上，替我约一约陈子敬罢，前些日他到差时，扰了他一顿，我还未还席呢。

是晚，杏荪邀了丁寿昌、郭松林、周盛传，还有新任津海关道陈钦诸人，改了服色，轻车简从，到侯家后清吟小班看花吃酒。席间，谈说些江船海轮，集股招商的事，众人七嘴八舌，尽兴方散。

这日，杏荪在北洋通商衙署值夜起来，见签押房尚关着，便问听差道，中堂还未到么。听差道，快了，刚才望见顶马已过了金刚桥。杏荪听得喝道声近，便迎了出去。那李中堂下轿看见，便道，杏荪你跟我来。到得签押房坐定，中堂从屉中拿出一封廷寄放在案上，点着道，朝廷明见万里，但凡实心办事的，从来不吝赏赐，你看看。杏荪打开，见是军机处录的朱批，后有"奉旨：盛宣怀以候选道三品衔补用，赏花翎二品顶戴"等字样。

杏荪见了，便跪下叩头，谢皇上的恩典，中堂的栽培。中堂道，你从军不过年余，皇上一道恩旨，你就入了特旨班了。这个恩典，抵得上多少年资历，你总明白。杏荪道，理会得。杏荪自跻身门墙，若无中堂提携，如何得有今日，实在是感激涕零。中堂道，我不要你涕，不要你零，只要你好好为我办事——因看见听差端了包子汤面进来，便道，杏荪还没有吃早饭罢，就在我这里用了，我有话说。听差忙添了碗筷。

中堂乃道，于今眼门前的事多已趋平，可以腾出手来做些别的了。前次要你留意的轮船事情，有了打算么。杏荪道，自承中堂面谕，杏荪萦怀于心，反复研求。去岁回南时，在天津、上海也与人讨论过。中堂道，怎么说？杏荪道，多说虽然难处不少，只要中堂拍了板，办还是办得起来的。中堂道，听这话，好像底气不足啊。杏荪道，中堂责备的是。大家伙是担心话说得太满了，万一不尽人意，不好收场。不敢瞒中堂说，杏荪平日也盘算过，开山辟路的事，十全十美是没有的，只有一边摸着一边做着。有中堂高屋建瓴，我等只要实心去办，百折不饶，总归是能办好的。

中堂听了点头道，好个边摸边做。就譬如两军临阵，兵无常势，水无常形，敌变我变，方能克敌制胜。你能见得到此，我放心了一大半。这轮船航运的事，我准定要办起来，现在是个时候。陈钦的方案有不尽之处，你去拟个章程来我看。杏荪应了。为求清净，特地趄摸到挂甲寺，与方丈说了，要个清净阁子住下，定下心来拟草。这轮船章程，杏荪是在肚里盘熟了的，待写出底稿，稍稍润色，便誊清了，上与中堂审阅。

过不几日，中堂招杏荪说，你弄的章程比陈钦那个说得透，大致可以使得。别的暂且不论，这公司的性质呢，你主张官督商办，可有甚么说法？杏荪道，愚见以为，我国官商久不联络，在官莫顾商情，在商莫筹国计，然筹国计必先顾商情，倘不能自立，一蹶不可复振。轮船局试办之初，必先为商人设身处地，知其实有把握，不致废弛半途，方可着手。办通之后，则兵轮商船并造,采商之租,偿兵之费,息息相通,生生不已,务使利不外溢,兵可自强。

中堂听了,端着烟锅子只顾喷烟,沉吟半晌道,话是有理。花好桃好,到口最好,凡事想得顺遂,还要看办得通办不通?这一回,我不独断,你到上海去,与朱其昂、唐廷枢几个商量商量,看看这些人的意思怎么样。

且说杏荪到得上海,先来拜严信厚叶澄衷。寒暄一回,澄衷动问道,这回添置的军装枪械,可还使得么。说着,递上个红封套。杏荪道,装备已经发下各营,弟兄们都说合身称手,蛮有兴头的。及打开封套看时,内里却是一张银票。因道,这是做甚么,无功不受禄啊。澄衷道,是例规。杏荪笑道,我正捐了两千担米,米价还未付,就烦老兄替我了账,转到通裕罢,或者就是阜康。

澄衷听了道,我道是哪一家,原来是财神胡雪翁的银号。即如此,我谨遵台命。只是雨之、正甫他们,原打算拿这笔款子替你办一件事呢。杏荪道,甚么事?信厚笑道,今日老地方,少时你见了他们自家问罢。杏荪见他两个皮里阳秋,暗想不知又弄甚么玄虚?一时猜不透,也就不再多话。

黄昏,杏荪与徐席唐朱诸人,重会于周瑞仙妆阁。因有事要谈,杏荪不待上灯,早早便来饯约,恰逢瑞仙送一个青年女子出门。那女子见杏荪身穿淡金衬绒宁绸袍,罩着珊瑚扣枣红马褂,瓜皮帽沿上缀指节大小一块宝石,越显得面如冠玉,神采飞扬,不觉深深看了杏荪一眼。杏荪猛可里见那女子长挑身材,雪白肌肤,眉清目秀,盼顾含情,倒像是哪里见过的,看得呆了。瑞仙见二人那神情模样,不禁好笑,忙与杏荪招呼了。转头又对那女子说,教你丽英姐早点过来罢,我这里专等呢。那女子脸上一红,低头转身去了。

一时,众人皆到。徐润笑道,杏荪,于今你过了班,皇上又赏戴红顶子,真是一帆风顺。今后,我等俱要叫你观察大人呢。杏荪道,不敢。大水漫不过桥去,日后靠诸位老大哥帮扶的日子正多呢,我们言归正传罢。这次中堂命我来,原是与各位商办轮船局子的事,各位俱要不吝赐教才好。遂看朱其昂道,云甫兄航运世家,更要开襟吐腑,畅所欲言呢。

朱其昂笑道,杏荪你好口才。说到办轮船局子,我等几个,实在也动过这念头,看着我中国的银子,白花花的往洋人的腰包里淌,哪一个甘心?若要买他的船呢,倒也不难,凑些银子就是,雨之、正甫从宝顺、汇丰调些头寸,容易得紧。只是买了洋船哪个来开呢,沙船上的水手弄它不转啊。

见众人点头,其昂复道,若是请洋人来教习呢,又是一笔银子,再说那洋人的脾气,颐指气使,真正是伺候不来。还有码头、栈房,也要大注的银子。这些不过费些事罢了,到底还是在大清的天下,不是在他洋人的土地上办事。只是还有别样顾忌,总之我等心里,多少有点投鼠忌器。

杏荪心想,这些人都是上海滩上数得着的大买办,我何不激他一激?遂笑道,那洋人,怕他怎的。前些时小弟随中堂排解教案,多与洋人打交道,也不过如此。我听说,当年长毛在南汇城想要投诚,又怕不保险,要官军一人入城做质当,是云甫兄挺身而出,长毛佩服云甫兄孤身入虎穴的胆量,当下就开了城门。于今,不过是生意上的争衡,就难倒云甫兄了么?

朱其昂听了摇头,喝一大口酒,感慨道,好汉不提当年勇,彼一时也,此一时也。不过,真要说起来呢,最教人灰心的,莫过于官府。须知洋人的生意,全是受他领事馆保护的。我中国人做生意,官府向来是你赚了伸手,你赔了自便,你和洋人起了争执,官府头一缩,指望不上他半点。所以只好看着洋人赚钱,朝廷的税收流失。

说着叹道,包里归堆一句话,我中国历朝历代,商人多是厌官的,避之唯恐不及。你总也听见过,现在还有一般等而下之的商户,索性昧昧良心钻在洋人怀里,扯着洋人的旗号赚华人利钱的,甘受洋人盘剥,亦不愿与官府交道。不信你问问雨之、正甫,是也不是?

杏荪道,那据云甫兄说来,这船局是商办最好的了。朱其昂道,这又不然。这么大一个局子,离了官,单靠商人怕难以成事。我实话实说,在座这些人,不论是宝顺、汇丰的也好,怡和、美孚的也好,要不是为中堂办事,受中堂庇护,如何得有今日这个局面。杏荪道,那由官府设局商人办理,官督商办,如何?

朱其昂道,这也不然。现在上海殷实商人,要么自买轮船,要么投资航运,到各口岸装载贸易,一向是依附在洋商名下。洋人呢,一点子小财,他还看不上眼,只要华商替他不断头赚活水钱,你不见怡和大班约翰逊,隔三差五鼓动景星买轮船么。这些商人,最怕的是官府把他吞了,若由官府设局招徕商股,一定担心投进来的股本,一点一点叫官儿干没。所以,杏荪你上复中堂,船局要么不办,要办必是官办,为取信于商,还须拨官款,我是这个主张。

杏荪见话不投机,还要再说时,叫的局三三两两到了,只不见瑞凤。徐润道,杏荪,这回不巧了,你的那个瑞凤,新近嫁了人了,临嫁说起你时,还滴了几点眼泪,倒教我等为你伤感。本想,再替你寻一个"观察夫人"补缺,又怕你眼界高,你看怎生是好?杏荪听了,也有几分惘然,索性借着酒遮脸,笑道,她有情,我难道无义么,真正是此情可待成追忆了。既然这样,我独善其身罢,任是谁人也不要了。一句话,几乎把个严丽英笑倒。

正甫看着丽英道,你笑甚么,有何话说?丽英笑道,盛大少年少新进,身边怎好没有个人呢,怕是不便罢,这事包在我身上。只是盛大少有情有义,不好拣到篮里就是菜,这一席酒,怕是真的要成全盛大少独善其身了呢。杏荪忙笑道,就是这样最好。众人还要起哄时,见徐润使个眼色,方才罢了,却道,到了花丛不叫条子,自来少有,花就不要,酒不可少。便叫换了大杯来,殷殷的劝了好几杯酒。杏荪却不过意,不觉酩酊大醉,人事不知。

睡梦中,杏荪觉得口干,开眼却不知身在何处?坐起来看时,睡的是黄澄澄的大铜床,垫的是软绵绵的席梦思,头上半亮着水晶灯,天鹅绒窗帘边沿已透出日色来，心想这是外国势派啊，莫非是洋客栈么。正不知所以，套间外走进一个丽人来，杏荪急觑一眼，却是日间在瑞仙门首见到的那个窈窕女子，一时大惊。

杏荪忙不迭下床，自顾衣冠不整，赶紧又缩了上去，拥被而坐。女子微微一笑道，你醒了，可是要喝茶么。说着，递过半盏温温的茉莉花茶来。杏荪道声费心，谢道，你请自便罢，待我起来说话。待穿戴齐整了出来，见那女子在厅房坐着，便先施一礼，歉然道，晚间甚是亵渎小姐，真正失礼之至。有道是不知者不罪，还请小姐见谅，我实在还不知道是怎么回事呢。

那女子道，你不用多礼，我也不是什么小姐。哪里有做小姐的，随随便便和一个男人同房度夜的呢。你也不用猜疑，是你的那班朋友，把我送到了这里。杏荪失声道，啊呀，这班人真正胡闹之极，怎么霸王硬上弓起来。只是……你如何就容他们胡来呢？那女子道，你们这班贵介公子，就是要胡来，我还能怎么样呢，逆来顺受，这是我的命啊，命该如此，我挣得过么。说着，滴下泪来。杏荪最见不得妇人女子伤感，及见梨花带雨，分外动人，心里越发怜香惜玉起来。

恰好听得门铃响，原来是茶房引了徐润、席正甫等一大帮子人来拜。那女子赶紧收了泪，避进套间里去了。徐润笑道，恭喜啊，新人呢？总不会到现在还没有梳妆罢。众人一齐哈哈大笑，都道，快请新人出来，一起去吃喜酒。只闹得杏荪手足无措，发作又不是，答应又不是。还是周瑞仙上来排解道，盛大少，你随他们到丽英那边去吧，我来招呼新人。

杏荪无奈，只得随众上了徐润的亨斯美马车。徐润道，杏荪，我等虽是鲁莽，也是真心为你好。要与你明说呢，怕你不好对老伯开口，难向夫人交待。你看，这样一等一的人才，哪里去寻？能够遇着也是缘分，好在又不是正室，就让她住在外边也好。正甫道，本想为你置所小房子的，怕你不中意，所以包了这理查饭店，等你看中了住处，再乔迁罢。这刁姑娘人是好的，你不可辜负了众人的美意。

　　杏荪此时方知那女子姓刁,心里实在也是欢喜的,遂松了绷紧的脸,
一一谢了。到了丽英处,齐齐坐下吃酒。过了数巡,这丽英请杏荪下席到
厢房里,笑道,恭喜盛大少。新人还中意么,你怎么谢我这个大媒呢?杏
荪笑道,原来是你做的好事。媒是一定要谢的,只是我还不知道是怎么回
事呢。丽英道,我正要说与大少。这刁姑娘呢,是我新结的干妹子,我看
着她还配服侍大少,所以使个法子,让你俩打了个照面。瑞仙告诉我你俩
在她门首那个模样,直勾勾地对着看,眼睛里好似飞出彩线来,我就知道
好事必成的了,真正不是冤家不聚头。一头说,一头笑得花枝乱颤。

第八回

窥海疆东寇侵台湾
放洋债西贾盘重利

盛曰：惟当坚持战局，处处得人，总使琼州、台湾可保，则大局必可转圜。台湾一失，虽则十万陆师不能复，千万巨资不能赎也

严丽英便说与杏荪道，这刁姑娘原是好人家出身。她也曾悄悄与我说起，父祖都是在河工上管事的，逃难时一家子教捻子杀了。有个老成的捻子见她年纪小，清俊伶俐，就留她一条命，寄养在相好的家里。

杏荪见说，不觉道声万幸。丽英道，是啊。谁知不上两年，捻子被官军杀败了，那捻子还记着她，寻着了，带她逃到南边，就以父女相称，隐姓埋名过日脚。那捻子原是个小头目，身边有点财货，慢慢变卖了，倒也不愁茶饭。

见杏荪听得仔细，丽英接着说道，想不到捻子又生起病来，刁姑娘服侍了几个月，捻子拖不过，死了。那捻子的拜兄弟就骗她说，带她到城里来投亲，一个眼错，就把她卖在幺二角落里。那天堂子里正逼她接客，齐巧我的梳头娘姨去看她老姐妹，撞见了怪可怜见的，就说动本家，带她到我这里来。我端详这女子是做校书的材料，一问还真识得字，就还了身价

留下她来，在我这里盘桓几个月，从未见客，更谈不上梳笼了。

杏荪听了暗想，我说呢，怪道无一丝风尘气。只听丽英絮叨道，平日空闲时，也做些女工针指，问到她父母家事，抵死不肯说，大约怕辱没了先人，只告诉我姓刁，名玉蓉，也不知是真是假，据她说十七岁了，还没有破瓜。我看这女子虽花容月貌，却是绝不甘心吃门户饭的，也不愿勉强她，想想还是寻个好人嫁了罢。不想她真个有福，遇上了贵人。

杏荪道，原来如此，多谢费心。这身价，还有替她置的衣服首饰，我兑好了就送银子过来。丽英道，不用费事了，徐老爷与席大少早了清了，请到外间吃酒罢。杏荪回到席上，众人还要逼问昨夜风情。杏荪回说一夜风清，众人却又不信。杏荪只得装痴作聋，胡调了一回，推说宿醉未醒，要回查理补觉，逃席走人。

到得饭店，瑞仙正在房中与玉蓉说笑，见杏荪回来，就便告辞，又低低的密嘱了杏荪些女儿家心思，方笑着去了。杏荪便问玉蓉，你吃了饭么？这洋客栈是可以叫到房里来吃的。玉蓉回说才与瑞仙姐吃了些茶食，心里饱饱的。杏荪想了想，遂道，劳你倒碗茶我喝罢，我要写些东西。

这里杏荪便把与朱其昂等人会议的情形，细细写个禀帖，好报于李中堂知道。一旁玉蓉换茶添水，不时绞个手巾把子，又问要不要点点心。杏荪道，你坐坐罢，我就完了。心想虽然是在洋人居所，倒有几分红袖添香夜读书的味道，不觉有些陶然，顿时文思泉涌。

一时完篇，叫了茶房进来，即时发了出去。玉蓉又叫送了点心进来。杏荪道，刁姑娘，你请坐，一道用些点心，我们说说话。二人吃了一回，杏荪遂正色道，这些天难为姑娘了。我呢，知道姑娘心里委屈，人生大事，这样草草，任是随人也不甘心。虽然我不知情，却是因我而起，我心里也替姑娘不平，亏歉了姑娘，容我想个法子，补报姑娘罢。

玉蓉见杏荪一副诚惶诚恐的模样，不觉莞尔。便道，你怎生补报呢，莫不是花轿抬了我，家去拜堂不成？杏荪听了，也是好笑，回说道，姑娘总也知道,我家有贤妻。玉蓉道,丽英姐瑞仙姐都与我说了。你新近升了道台,家里太太贤惠,上有老太爷,下有三个小少爷,还有小姐。只是我怎么听说,已经有了好几房姨太太呢。说着紧绷了脸。

杏荪看出玉蓉故意调皮,也绷了脸不语。霎时两个人一齐笑出来。杏荪道,不敢瞒姑娘,姨太太说不上,通房丫头是有一个的。玉蓉道,我就说罢,一般的世家子弟,哪里没有个三妻四妾的呢。

杏荪道,我正为这事烦恼。因这丫头是才收房的,老太爷怕是不允我再讨人呢,这且不必说了。我只请问姑娘,愿不愿与我一双两好? 实告诉姑娘,我心里是爱敬姑娘的。这玉蓉听了,满面娇羞,低了头不说话。杏荪想了想道,这样罢,姑娘安心在这里住些天,我自有道理,日后一定为姑娘挣一乘花轿来坐。

玉蓉听了一呆,少顷,将帕子蒙了脸,嘤嘤哭将起来。杏荪心知是姑娘家喜极而泣,也不去劝,绞了把热手巾递与她,玉蓉益发哭得双肩一耸一耸的。杏荪看看那西洋钟,柔声道,时辰不早了,姑娘请卧房里安置罢,我就在这厅里歇,好在这洋人的沙发,软得很呢。说着,二人各各就寝,一夜无话。

自此,两个你敬我我敬你的,倒有些齐眉案举的模样,只是无夫妇之实。这一日,玉蓉因久未出房,想散散心,杏荪遂陪玉蓉到龙华走马看花。走了几圈歇息,玉蓉四下里张望,忽道,这里好似离我那捻子爹爹住家不远,我依稀还认得路,想去看看。杏荪便与玉蓉一路踅摸到了地方。

寻着那屋子看时,只见俱已破败了,蛛网百结。玉蓉不管不顾,教杏荪外边候着,自进屋摸索了一回。片刻,提着一个旧包袱出来,对杏荪道,这原是我儿时的衣裳,失散那天我娘亲手穿在我身上的,我一直留着当个念物,不想还在。杏荪见说,自也心酸。玉蓉道,我也心里不好,赶早回罢。

二人方回理查,却见朱其昂坐在饭店大堂里。见了杏荪,其昂道,刚才上海道沈秉成，差人转了寿昌兄的信到我这里，中堂命你我与唐景星即日到天津说话。杏荪道，是了。就烦景星兄写怡和的船票罢。又道，多要一个单仓，刁姑娘随我等一起走。其昂听了纳闷，心想双宿双飞这些天了，还撇什么清。好在其昂君子一路性情，也不调侃，匆匆自去。这里杏荪玉蓉亦自整备，刻日启程。

这玉蓉头回坐船出海，一路新奇。到了津门，杏荪先带玉蓉到金钟河南岸金家窑大街李中堂公馆，见继莲夫人。杏荪请过了安，送上些夷场的外国洋货，禀告道，杏荪见夫人左右一向少人，这一回带了个人来，原是寒舍管事之女，倒还纯良爽利，夫人留在身边使唤罢。夫人道，你倒替我想得周到，莫不是乘机安个人在我身边，好打探关节罢。杏荪笑道，岂敢，夫人说笑了。说着，便唤玉蓉拜见。继莲夫人一见欢喜，当即留在上房听用。

杏荪安顿了玉蓉，即与朱其昂唐廷枢会着，同到天津道丁寿昌衙里。寿昌又使人到津海关请了陈钦来，一道把轮船局子的事情谈了个大概，便一起来见李中堂。中堂见了欢喜，问了些上海的市面民情。因道，我恍惚听见，这筹办船局的事，云甫与杏荪意见相左，云甫就在这里先说一说，我听听。

朱其昂未及回禀，丁寿昌道，朱其昂的意思，官办容易号召，他拟了两个章程，职道与陈钦已经做了签条。说毕，呈了上去。中堂见是《轮船招商节略并各项条程》《轮船招商局条规》两个条陈，点头道，你等辛苦了。也罢，我看了再说。说着，扶一扶茶碗。众人看见，一齐辞了下来。

隔日，丁寿昌陈钦上堂。中堂早膳方罢，正在吃烟。中堂见了二人，用烟锅笃笃桌上几个条陈，说道，这些个说法，我并无定见。若要按云甫的方案，就是官办；若要按杏荪的方案，就是官督商办。不过我想，办轮船局子，原无先例，只好走一步看一步。我看倒过来罢，先定了谁是总办，也就定了谁的案。你二人意下如何？

　　陈钦略等一等,见中堂再无下文,乃道,中堂睿见。办船局是开山辟地的事,须得先趟出一条路来。职道以为这总办人选,一要熟悉海运及轮船生意,二要熟悉南北各地口岸情形,庶几少走几许弯路。丁寿昌道,陈钦所言甚是。职道在想,这开办费怕不是小数,不论官办官督,早晚均要招商入股。既要招商,总要那些殷商大户信得过,招过商办过事的,方好抓总。中堂道,是了。有理。遂在朱其昂的呈本上,批了“依议”,咨总理衙门备案。

　　到得过了重阳,总理衙门回了批文。这轮船招商公局就筹办起来,买了大英轮船公司的伊敦号船,上挂黄旄龙旗,下悬双鱼局旗,装满了货色,从上海直航汕头。李中堂见天公作美,一路顺风,乘势呈递了《试办招商轮船折》。皇上准奏。总办朱其昂得信,赶在腊月封印前,在上海洋泾浜本部挂起了牌子。当日《申报》发了贺词,道是“轮船招商公局之设,诚中国航运之希望。从此,中国江海之利,不再操诸洋人之手,富强之道,全在于斯”云云。

　　岂知事与愿违。过了数月,这船局竟有些难以为继的光景。齐巧杏荪奉中堂之命,到福建船厂考察船务,中堂即命杏荪转道上海,赴轮船局查研,究是何因,何以扭转颓势。杏荪看出是官本菲薄,商人却步,漕运不足,官场骚扰的毛病,便找总办求证。朱其昂却也开诚布公,所说弊端,与杏荪所见略同。杏荪心中了然,另写个《轮船招商章程》,飞递直隶总督衙门。

　　这日,丁寿昌在衙,接得中堂发下来的公文。见有《轮船招商章程》,拆开看道:“伏思火轮船自入中国以来,天下商民称便,以是知火轮船为中国不能废之物。与其听中国之利权全让外人,不如藩篱自固……”不觉点头,即到关上与陈钦同看。陈钦指指点点,首肯道,杏荪有见地,捉住了病源,对症下药,我看可以使得。这仿照外国洋商招集商股,认票不认人,按年支息,总账公阅,盈余公派,亦合商人脾胃,实乃经商之道。

寿昌道，这"委任宜专、商本宜充、公司宜立、轮船宜先后分领、租价宜酬足、海运宜分与装运"六款，与杏荪前头的《上李傅相轮船章程》雷同，当时我等并未在意，于今看来颇有道理。这新提的"气脉宽展，商情踊跃，持久不敝，由渐扩充"十六字要旨，倒是真知灼见。

商议既定，二人来见中堂复命，禀道，招商局非但未能与洋商争利，还有倒闭之虞，不如改组为商办。盛宣怀所论，理路清楚，或可施行。但既要商办，需商情踊跃，这做总办的人，必是要殷商大贾，方能号召一切。唐廷枢一向力主商办，且有实力，不若就由他来承当。请中堂定夺。

中堂颇以为然。当下议定唐廷枢以商总主政，朱其昂会办主管漕运。陈钦拟了谕令，中堂看了，旁批"漕运、揽载及一切规画事宜，均令盛宣怀会同商量办理"一行。乃是一正两副。事毕，丁寿昌陈钦联袂出衙，不想远远望见琉球使臣，又来辕门长跪，悲泣呼号，效那申包胥哭秦廷故事。二人心中酸楚，遂上前抚慰一番，摇头叹息而去。

不日札文下来，应唐廷枢所请，添了徐润一个会办，专管揽载。这唐总办果然有办法，登高一呼，百商云集，足足招了一百万银子的股本，徐润一人投了二十四万两。于是乎修栈房，建码头，添置永清轮、利运轮、福星轮……大做起来，一时国人伸腰，洋商皱眉。杏荪因见商办显胜官办，局事颇有起色，执事愈加勤谨，综核经理，愈加细致。一日，杏荪正在局治公，忽报海疆有警。

却说这东洋大海里有个东洋国，列岛串成。国人相传是一尊大神遗在世上的子孙。这东洋人最喜的是菊与刀，闲时玩菊，忙时舞刀，自来是看见别人有好东西，就要弄到手的。别人强盛时，他来取经受道；别人孱弱时，他来明偷暗盗。弄了去又不放心，怕人说不是他的，还要改头换面。别人写的字，他拿去画几道符，就是他造的了；别人做的衣，他拿去驼个包，就是他创的了。别人的茶，他弄去捣成末；别人酿的酒，他偏要掺点水，好像这一来，便坐实了自来是他生发的东西。这东洋国近年仿效泰西诸邦,维新得法,有了些发迹的模样,便按捺不住,思量鲸吞四方,朝野上下本来就垂涎我宝岛的,今番要下手了。

这年春上,东洋国咬定台湾土著杀了琉球商民,拜陆军大辅西乡从道为都督,来犯台湾。这西乡大辅统带日进、高砂、牧源吾等七八艘兵船,四五千人,在台湾琅峤登陆,上岸扎定了数十处营帐,登时大开杀戒。可怜台民饱受屠戮,朝廷却不知情,及至英吉利驻华公使威妥玛、法兰西公使德微理亚、总税务司赫德等人,先后到总理衙门探询告白,方才得了实信。

我皇下旨,命福建船政大臣沈葆桢为钦差大臣,办理台湾等处海防兼理各国事务。这沈钦差原是道光名臣林则徐女婿,极有操守,最是忠君爱国,当下统军赴台抗敌,因虑楚勇广勇难敌倭兵,须厚集兵力,乃火急奏调淮军劲旅增援。李中堂奉旨,即令提督唐定奎,率步队十三营援台,一切运兵调饷粮草医药诸事,著"接办轮船招商局淮军后路营务处布政使衔直隶候补道"盛宣怀经理。

杏荪得令,血脉贲张。此时,杏荪方知中堂遣己游历东洋采风之深意,叹服不已。及细研军报,一眼看破东洋人此番兴师寇华,不似过往,只在大陆东南沿海烧杀,抢掠子女玉帛,乃是处心积虑,包藏极大祸心——随船载着妇女及农具种籽,意在长盘久踞,夺我宝岛为己有。中国若非痛击,不能遏其野心。

然操办起来,却有些事不凑手,远水难救近火。因这唐军门驻扎之处,在徐州地面,离海疆甚远。杏荪乃一面知会唐军各营集结扬州,一面飞调招商局利运、福星、永清诸轮就近驰扬,先行运兵出海。再调局船,装载粮秼辎重,随后出发,拨了一批又一批。但见江海之上,悬着双鱼旗的招商局船,飞梭也似游走。一连数月,杏荪与沈钦差李中堂飞函往还,参赞军机,夙夜在公,幸得血气方刚,即便是握发吐脯,倒也支撑得住。

再说东洋兵在台攻石门,占龟山,建督府,修筑营房道路,遇抗即杀,却杀不服台民。这台民为保家园,舍命用弓矢刀矛与东洋兵缠斗。不日间，我各路援军兵到，台民箪食壶浆，以迎王师。自此军民合击，东洋兵渐渐难支。加之台湾气候炎热潮湿，东洋兵久居雪国，水土难服，因此上三停中病倒了一停，病死了半停。东寇不得已，想要退兵又不甘心，遂变着法子逼勒朝廷。中枢颟顸，但求苟安，到底被他讹了五十万两雪花银子去。东寇又得寸进尺，偷天换日与中枢约了《北京专条》的款，就此种下祸根。

轰轰烈烈保台一场，竟如此了局，杏荪几番扼腕叹息。十月，恭亲王等自省，因海防空虚，奏请拨款购买铁甲战船，以强海防。朝廷命李鸿章、沈葆桢等沿江沿海各省督抚大员详议此事，限期出结。众大员思来想去，固海防是好，无奈国库空虚，只有借洋债了，却不料，教洋商狠狠敲了一笔。

第九回

探矿山蹒跚勘煤铁
说南洋逶迤吞旗昌

盛曰：中国试办各矿，尚无一处得手，人情易于图成，难于谋始，即难克期成效，尤难无米之炊，任事者未尝不望而却步

这日，杏荪正在调船运兵，才忙完了唐军门援台军马回驻原防的事，席正甫来访，边进来边说道，我要去天津了，你有事要办么。杏荪道，中堂正招我进京，你我一路走罢。因问何事匆匆？正甫道，你不知道么，为的是福建沈大臣要借我们汇丰大笔款子，王老夫子不敢作主，要我到总行接洽。杏荪道，你们的华总办，不就是槐山先生么。这是有进项的好事，怎么反倒胆小了呢。

正甫笑道，所以叫他老夫子啊，为的是数目太大，怕吃倒账，瞻前顾后的，把个头摇得瓜皮小帽几乎戴不住。边说边摇头，学着王槐山的样子。杏荪也笑，叹道，真是个老夫子，这洋人还怕朝廷倒账么，他可以开着兵船来讨账啊，割地啊。正甫道，正是这话了。我也不说穿，让老夫子着急去。又催道，你既要到津述职，收拾收拾就走罢。

二人方上了船，就听说李中堂晋了首辅，赶紧问茶房要了新闻纸来看。见《申报》转载宫门抄，上有"奉旨：太子少傅肃毅伯武英殿大学士直

隶总督北洋大臣李鸿章,即日调文华殿大学士授太子太傅"云云,不觉弹冠相庆。待船到津沽,正甫去汇丰总行洽事,杏荪径奔直隶总督衙门,叩头道喜。

这李中堂满面笑容,道了辛苦,问了好些保台兵丁医药抚恤善后的事。乃道,这次用兵保台,你筹粮集秭,转运调拨,诸事周全,前方无后顾之忧,后方无骚扰之乱,很为我淮军挣面子。沈大臣很是夸赞,给你下的考语,是"兼筹全局,无微不至,有帷幄之才"。我自然高兴。杏荪得了如此褒奖,满面飞金。

中堂道,你且慢得意,马上就有烦难的事交于你做。喏,这我看这海防空虚,借些洋钱来筑炮台买兵船,终不是个了局。思来想去,只有自家造得来,方是长久之计,这就要从源头上想法子。说到这里,招手唤杏荪近前,低低吩咐道,我中国地面,多有产煤产铁的地方。从今日起,你把手里的事先放一放,去把这煤铁蕴集之地,密密地查勘的确了来,告诉与我。杏荪一听,兴头得了不得。待别了中堂出衙,迎面西北风一吹,头脑冷静了些,想着此去或许经年,怎生见得玉蓉一面。正待寻个由头拜辞继莲夫人,不想夫人正差人传唤,赶紧进了相府。

这继莲夫人传了杏荪来,不待杏荪开口,便虎着脸道,杏荪,你在我面前调得好花枪!玉蓉这小妮子到底哪路来的?那天相爷看见,问是甚么人。我说是杏荪送进来的。相爷哈哈大笑,与我一五一十说了备细,我方知她的来历。我说呢,怎么送这么个绝色的妮子来给我做丫头,原来是暗度陈仓,你真正该打。

见事情穿帮,杏荪连忙笑着赔不是,情愿认罚。继莲夫人笑骂道,罚你哪一件哪一桩?罚你抬了花轿来娶她。杏荪听见,正中下怀,几几乎喜倒在地。继莲夫人乃正色道,你既钟情于她,早早实说,我自然与你作主。这妮子果然不错,我见她识字知礼,早早教她伴着几个小姐读书去了。你且莫心急,待她明年十八,你们圆了房罢。

　　杏荪见夫人如此体谅,不觉流下泪来,谢恩不迭。继莲夫人本就要作成他二人,便笑着命人领了杏荪去见玉蓉。到得后花园,杏荪远远望见玉蓉已在水榭上坐了,正看着那一水锦鲤出神。二人相见,各慰相思之苦,只缘身在相府,不好越礼,没奈何对坐说话。杏荪见玉蓉略略丰满了些,身上的袄子裹得有些紧,越显得得丰胸细腰,凹凸有致,不觉恣意饱看。这玉蓉也定了凤眸,盯着杏荪一闪不闪,那一副你恋我爱,眉目传情的样子,实在也难描难画。

　　半晌,杏荪道,我要远出公干,恐怕要耽搁好一阵呢。玉蓉道,你自去办你的事,不必顾念我。心里却道,你送我到这宰相府里来做甚么?你虽是好意,须知侯门深似海,我可闷呢,其实我不求荣华富贵,只要长相厮守就好。当初跟你,我自心里愿意,没有人强逼我。不然,还怕少了决绝的法子不成?

　　杏荪心想,我怎能不顾念你呢,送你到这府里,原是为你的将来,你怎么不懂我的心啊。嘴里却道,这样才好。你与夫人小姐朝夕相处,谨言慎行。玉蓉道,放心,我识得轻重。说来我也不做甚么事,就是照料照料小姐的书房,还跟着洋西席,就是那个美国人丁家立学洋文呢,我说几句你听听?杏荪道,也好,就拿洋话说说你想不想我罢。

　　玉蓉面上一红,咬牙道,坏!见杏荪偷笑,扯开话头道,你可知道,夫人的学问可真是好,怪道是状元的孙女呢。小姐遇着疑难,不用问女先生,都是夫人教导,连我听着也明白了好些。杏荪展颜道,那感情好,真个是近朱者赤了。遂乘着玉蓉高兴,就势作别,心里还想说几句体己话,却当不得玉蓉临去秋波那一转,一时心头撞鹿,赶紧辞了出来。

　　这里杏荪整备南下,行装甫毕,席正甫得了信,约了刘森、胡梅平一干买办,还有怡和新近由沪调津的唐茂之,设席为杏荪践行。杏荪因问起借洋款的事,正甫道,已经谈妥,只待签字画押了。这回由沈大臣出面,名义是"福建台防借款",总共两百万银子,合七十五万英镑,八厘起息,九六实收，十年为期本息两清。

杏荪惊道，这还了得，这利息比行市高出一倍，此例一开，日后都要依样画葫芦了。正甫道，人穷志短么。洋人心知这笔款子沈大臣必定是要借的，咬死了不松口，真教人无法可想。杏荪摇头叹气道，如此巨款，拿哪一款进项来还，以何质押？

正甫道，由福建以京饷改还洋款，所欠京饷由粤海、九江、江海、浙海、镇江、江汉、山海、津海、东海等关分摊补足。这质押，以洋税作抵，兑银还须税务司押印，苛刻是苛刻了些，但事关海防，也说不得了。杏荪心想，这汇丰近来经营不善，洋股东啧有烦言，圈内之人多有耳闻，只要周旋得法，洋人也会让步，何至于吃这么高的利息？

暗里屈指算算，按规矩这笔利息正甫有一成的提成，每年约有一万六千银子进账。虽然一定有暗盘，用来分润各方，却也赚得盆满钵满的了，不免就有些疑惑，这席正甫到底脚踏何方？因事不可究，也就丢开，只顾吃酒谈笑。席间，诸人都说这聚庆成的菜肴烹调得味，杏荪倒是吃了不少。

回到馆舍，杏荪颠来倒去睡不着，只是盘算那笔洋借款，想着不知被洋人赚了多少利银去，又想中国也须有个银行才好。一时又自觉好笑，若有了银行，有了这天大的银子，还借什么洋债？倒像着了魔一般，索性起来，整装待发。忽道继莲夫人着人来请，立等说话。

杏荪诧异，及赶到李中堂府中，夫人低低说道，昨夜京里来人，宫里传出消息，皇上天花痘毒内陷，症候凶险，这万一有个山长水短，官民尊制要停婚娶的。我看，你和玉蓉赶早圆了房罢，已经吩咐下去铺排新房，今天是来不及了，明日来做你的新郎官就是了。杏荪听了，又惊又喜，一时呆呆的，说不出话来。

夫人见了好笑。哂道，你总也知道，我这府里的女子，不坐花轿不穿红裙是不嫁人的。这玉蓉，我本想认作义女，让她姓了李，又怕过分抬举

了她,将来压你一头。还是相爷说出来,收她做我娘家的外甥女,嫁了你
罢。只是现在不能吹吹打打的闹忙,怕的是日后有人看破,说相爷早早得
了关节,赶着办喜事,与官声不利。说不得,我托大替你作主,明日你二人
就在府里拜堂,我这个一品夫人招你做个外甥女婿,也不算辱没了你。你
看好么?

杏荪见说,早红了眼圈,拜谢夫人抬举之恩。夫人不待杏荪说出感激
的话来,吩咐杏荪赶紧归去,自家做些准备,转身退入后堂去了。这杏荪
下来,竟有些不辨东西,到了馆所,也只怔怔地坐着。想着所愿得遂,总算
不负玉蓉,替她挣了名分,家中也好说道了,相府招亲,父亲必定允诺;又
想着婚后与玉蓉双飞双宿的旖旎风光,不觉神驰天外,好一阵才回过来,
思量日后怎生肝脑涂地,报答中堂与夫人的恩德。

翌日黄昏,杏荪换了一身簇簇新的袍褂,到了相府。府里执事上来替
他披红挂花,引到堂上,那边喜娘也搀着玉蓉出来,双双拜了天地,又请继
莲夫人转上落座,受了大礼。夫人笑容满面,只是中堂身为首辅,这些天
日夜在公廨值守,以防万一凶信到来,就要进京奔丧,所以不曾在府中,无
缘拜得。

少顷,礼成,两行宫灯导着一对新人,引到花园,入了洞房,撒帐坐床。
这杏荪挑了盖头,见玉蓉身穿玫红阔袖绣袄,大红百褶湘裙,那妩媚端庄
的闺秀模样,活色生香,方才相信好梦成真,只管呆呆地与玉蓉十指相扣,
四目相对……那喜烛一夜未息,也不知二人怎生度了这新婚之夜,是说了
一夜的话,还是交了一夜的好?

不日,果然凶信到,同治皇上驾崩。中堂赶忙进京,行前吩咐杏荪守
在总督部堂,应接京津机要诸事。杏荪虽然忙碌,心中一直记挂探矿的
事。因想起那年在武昌时,曾在父亲签押房案上,看见有《广济县禀禁开
挖武穴煤山》一件,知道那原是官山,开采应无窒碍,又想先前中堂曾说起
他大兄李翰章将调鄂督,莫不是暗示甚么?几件事凑拢了想,似应在湖北

着手。正在筹思，忽接沈大臣来函，俯允张斯桂听调。于是意决，乃密札一通，令张斯桂速赴武穴一带先期勘探。

过不多时，新皇接位，改元光绪。因皇上年幼，说不得太后只好辛苦些，再来一回垂帘听政。杏荪见中堂回衙，就便禀告行将离津赴鄂，并请今后常驻上海，好兼顾矿事与招商局务。中堂允诺。杏荪接出玉蓉同到上海，那徐润、席正甫、唐廷枢一干人，见杏荪携美同归，少不得接风洗尘，安置公馆。众人仗着身在洋场租界，天高皇帝远，大清法度管不着，无所顾忌，大大热闹了一番。席间，同仁说起招商局甚有起色，旗昌经营不佳，杏荪听得甚有兴味。

一连数日，杏荪流水般赴席，脱身不得，忽接招商局转来公文一件，原来是湖北的委札到了。湖广总督李翰章，札委直隶道员盛宣怀会同汉黄德道李明墀，督带随员，前往广济县阳城山地方查勘。这杏荪倒也不肯拖沓，札到遵照，别了玉蓉，径奔湖北。到了武昌，张斯桂已经候着，细细将探看矿穴的情形说了一遍。杏荪听说煤质尚优，大喜。乃先拜督抚，领了钧谕，然后会了李明墀，带了从人，到武穴踏勘。一路涉水过滩，入谷爬山，蹒跚前行，甚是辛苦。

这一日，到了地头。张斯桂指点山势矿脉，引着看了露头的矿苗，色色可行。从人看看日头平西，一声吆喝赶散围观的山民，请盛李二人到当地乡绅家打尖宿夜。这乡绅姓陈，打扫了一个幽静的院落，备了席面，待二位道台稍事歇息，亲身过来请用晚膳。陈乡绅在福建做过一任同知，致仕不久，席间说起当日保台战备之事，宾主意气相投，言谈甚欢。一时酒止，烹了山茶来吃，倒也清醇回甘。

陈乡绅呷口茶，说道，二位观察千辛万苦，来这荒山野地踏看矿穴，勤劳国事，老朽佩服得紧。这煤确是要紧之物，那年老朽在闽江口，曾亲见兵船少煤，升不得火，把个管带暴躁得拔刀捆人。听说当下只有河北磁州，台湾基隆产煤，供应不及，从外洋买来烧呢，实在不上算，还受人牵掣。

现今洋务日兴，以后用煤之处，必然越来越多。老朽愚见，开矿采煤势在必行。

杏荪见说，心想到底是出过仕的，颇明事理，正要赞几句，陈乡绅话头一转道，敝处这山虽是官山，只是山民愚昧，怕的是矿穴一开，泄了地气，破了风水，又怕雷击露煤，引发山火。当年，亦曾有人私底下挖矿的，山民一齐出来拦阻，闹得不可开交，所以县里出告示禁了，这些年没有再破过土。李观察正管着治下地面，是父母官，不妨把这些下情，上陈府院宪台，庶几未雨绸缪，防患于未然。其实，鄂中不乏产煤之处，或者换个地方踏看踏看？

李明墀原与杏荪一般，对这乡绅心中暗许，不料话不入巷，因是地主，一时也不好驳他，敷衍几句，就便携了杏荪同回客院。因问道，杏荪兄，你知道老陈的意思么。杏荪道，说的也是实情，只怕还有隐情。老兄看呢？李明墀笑道，是了。如今我等来采矿，与乡绅无益，与山民无利，这无益无利之事，任谁都要推三阻四，摇头呢。杏荪笑道，这也容易，许点好处，自然就摇头变点头了。当下二人议定了对应的法子，各自归寝。

到得几处山头看完，李明墀命人山外招了些民夫，挖开矿苗，探寻矿脉。不多几日，矿脉渐渐展露，势头甚好，那煤质亦颇坚致。盛李二人遂定了宗旨，先行试采，绷住了局面，徐图发展。一面命随员督促民夫采挖，一面饬广济县张贴告示，晓以大义，号召民众急公好义。又捐资修堤塘，建书院，以副在地方办事，为地方造福之民望。这杏荪因矿事乘手，不过两个月就有了头绪，正在兴头上，忽然招商局会办徐润赶到，称有要事相商，务请速到江宁。杏荪见事关招商局前程，不敢怠慢，辞了李明墀，上船便行，好在下水船快，不日即到下关。

原来招商局自开张以来，唐盛朱徐等人，锐意求取，局务日进。同治十二年末，招商局已有天津、汉口、长崎等十九个分局，船十六条，伊敦轮已来往长崎、神户、菲律宾、吕宋等地。时过半载，招商局公布第一届结账,略有盈余。光绪元年六月第二届结账,结余两万四千两,破天荒分发了花红,计有六千七百余两。开局前前后后,统共不过三年,有此局面,这就惹恼了旗昌这个巨头。

眼看招商局分利日多,旗昌的洋东福士与合伙人金能亨议定,压低水脚竞争,好来拖垮了这招商局。招商局诸公无法,只得奉陪。两家你压我,我压你,以牙还牙,直压到旗昌的水脚只有原价五成。华总办陈煦元看出败象,也劝谏过洋东几回,无奈福士仗着实力雄厚,只是不听。

及至旗昌股价大跌,方才慌了手脚,而外洋萧条未过,银根极紧,又少有人愿意增资。旗昌既无力支撑,又束手无策,也是天无绝人之路,美利坚国新近通过了土地条例,福士与金能亨思来想去,不如卖了旗昌,抽出资金下旗回国,到西部大开发去。这洋人做事讲求爽利,主意拿定了,就来与招商局接洽。

总办唐廷枢猛可里又喜又愁,喜的是总算把个旗昌打得难以立足,愁的是何来偌大银子? 滋事体大,所以急急请回杏荪来商量。杏荪与徐润在路上再三盘算过,买下旗昌大是合算,一来旗昌出价不高,二来招商局必定实力大增,一进一出关系甚大。当下唐盛朱徐一总办三会办商议,唐廷枢与福士逶迤缠磨,压他的价,徐润活动交易所,在股价上动些脑筋,请款则非杏荪莫属。因招商局总部在上海地面,事关南洋,杏荪第一个要说动的,就是新任两江总督南洋大臣沈葆桢。

第十回

庆乔迁留园添新景
赈奇荒赤地巡村落

盛曰：江南义赈，闻于天下，凡遇各省荒歉偏灾，一经官绅布告，靡不竭力集资，四出拯济

这沈葆桢因保台之事，极赏识杏荪的。见了面，先夸赞勉励了一番。提起买旗昌的事，但说明知好事，只是无钱，爱莫能助。

杏荪着急。因沈葆桢字幼丹，人称幼帅，乃道，幼帅容禀，航运事关国防大计，江海利源，这些庙见卓识，大人胸有成竹，职道不敢置喙。现从小处着眼，沥陈于大人——当初，创办招商局原为挽回利权，起步维艰，旧年完了官税，盈余不过区区两万多银子，但旗昌因与我压价争衡，少从我商民收取百万之利益，暗亏不可谓不大，以致动摇根本。职道以为，只这一桩，就是招商局最大的成功。

见总督将须点头，杏荪屈指道，旗昌本银二百万两，船步屯栈值到一百万两，现在洋人连船连码头栈房一脚踢，统共二百五十五万银子，乃是干不带水，实价无虚。招商局若是揽下旗昌这一大摊子，如虎添翼，身价将与怡和、太古比肩齐平。目下，难得如此劲敌甘愿俯首称臣，实为招商局时来运转，化弱为强之一大机缘，错过了实在不能甘心。如我们这边有

意要买,洋人那里一定还可杀价,这个职道是有成算的,可以前程担保,大人尽管放心。

沈葆桢见杏荪激越昂扬的模样,不觉笑道,杏荪,你这个话一点不错,你这个人我也信得过。为国为民,这桩事都可以做,应该做。只是两江财政紧张,捉襟见肘,教我拿哪一处的银子借与你呢?杏荪见说不动沈葆桢,索性赖坐在花厅上不走。沈葆桢无法,只得留杏荪小酌,说些当年盛康在湖北理财的旧话。

这沈葆桢最佩服盛康,打起算盘来,左右开弓,十指翻飞,万金千款,毫厘不差,至今津津乐道。杏荪无心饮食,席不暇暖,只顾见缝插针,把话头往归并旗昌上头圜转,直说得舌燥声干。沈葆桢实在当不得杏荪死缠烂磨,松口答应与幕府中人商量了再说。杏荪见有了端倪,便也识趣,暂且收篷。

杏荪回局,诸人因大事未谐,不免皆有些落寂,当夜聚合了到秦淮河房消遣。六朝金粉之地,果然盛名无虚,醇酒妇人,别有一番光景。歌姬上来,破樱桃,含皓齿,衣香鬓影媚眼如丝,檀板轻敲珠喉婉转,浅斟低唱,那余音衬着水音,在桨声灯影间撩撩绕绕,引人遐思逸飞。席间,江督衙门的文案师爷颇有兴致,乘着酒兴,将沈总督到任后裁繁汰冗,厉行节约,暗暗积存了几十万公帑的秘情,有意无意漏了出来。杏荪会意,两人相视一笑,好在早有安排,心照而已。一时曲终人散,师爷自去巫山云雨,众人各各散了。

回到馆舍,却见房中灯亮,正在猜疑,却是秦月迎了出来。杏荪吃了一惊,酒也醒了大半。急问,姑娘怎么来了,还有谁,家里安好么?秦月笑道,姑爷放心。小姐挂念姑爷,差我送些吃用的物事来。一面打开藤箱网篮,一样样拿出来与杏荪看。穿的有驼绒袄、丝绵裤、海虎袍,用的有香囊、怀炉、鼻烟壶,吃的有大麻糕、银丝面、寸金糖、浇切片、豆斋饼……都是些常州的名物。

这又秦月侧过身子,解开衣襟取出封信来,递于杏荪道,是小姐写的。听说姑爷到荒山野林去钻煤洞子,小姐担心得人也瘦了一壳呢。杏荪拆封看时,见抬头是"红杏书农"四字,心头一热,这原是当日小夫妻闺中密约的呢称,想起新婚时的种种,不觉神驰天外——及至听见秦月吃吃地笑出来,昵声道,姑爷发甚么呆呢,怕不是在外边做了甚么好事罢,青果巷里高门楼多,做官的人也多,消息灵通着呢,难瞒小姐的啊——杏荪方回过神来,展看下文:

君离家日久,不胜相思。前信恐君沾染习气,此原妾过虑。因听旁人所说,君曾涉身花柳,妾甚发极,故写信与君,望勿见怪。君亦不用如此发誓,真令妾不安,不胜悔恨心粗,不应惹妾主人动气。寄上衣物吃食,聊慰君乡情之思,唯恐君沃饱身暖,又不知何年何月返乡矣,真正是寄与不寄间,妾身千万难了。妾与子女近况,可问之于秦月,堪叹当年豆蔻婢子,而今年过风信。君昔日无心插柳,今可有意得月,庶几可代妾身侍君于万一,勿使其老大婢终身也……

看到此处,杏荪又感又愧。愧的是自身荒唐失检,感的是玉蓉暗许自己纳了秦月。再看那秦月时,虽然二十好几了,依然明眸皓齿,妖媚可人。遂执着秦月的手道,姑娘,你探梅小姐把你许了我,你看好么。秦月涨红了脸,低头道,不好。怪不得呢,临来时,小姐说了好些教人摸不着头脑的话,一定要我插戴了这簪子来。说着,头上拔下来与杏荪看。杏荪认得是那年陕甘带回的碧玉簪,两个丫头一人一支。于今,柳絮收房许久,秦月无有着落,不免歉然,遂抚着秦月的肩道,只是这里是公事房,花烛也无一对,太简慢了,委屈了你。

这秦月把杏荪抱得紧紧的,滴着泪笑道,做丫头的人,指望甚么排场呢,只要做了姑爷的人,就心满意足。想我自小随小姐进府,心里就盼着将来怎生与姑爷通了房。原本,我是小姐的陪房,自然该先收了我啊,怎么就让柳絮占了先呢?这些年,暗地里我也不知哭了多少回,咬烂了多少绢头，今番总算等着这一天了。杏荪听了也是心酸，抚着秦月白腻丰腴的身子，细嗅肌香，舌度兰香，吐纳抽送，恰似腾云驾雾，不觉一泄如注。一宵易过，数日勾留，杏荪因诸事缠身，不愿秦月久留身边，原是黄荣护送来的，依旧教黄荣同了回去。

越日，杏荪再到督府见沈葆桢讨话，先为总督算了笔账。杏荪算道，同治元年旗昌开张时，本银一百万两，同治六年增至一百二十五万，七年速增到一百八十七万；同治六年至九年，每年获利七十多万，已有轮船十七艘，总吨位二万五千多吨，资本总额二百四十万两，力压怡和太古拔得头筹，为洋人在华最大商业船队。如旗昌并归了招商局，此大利皆归我中华所有矣！杏荪见总督微微点头，知道意有所动，赶忙站起来打了个千，昂声道——

幼帅，现今洋商已经松口，与职道等核价议定，旗昌共计轮船码头栈房等一切物件，作价规银二百二十二万两，可分期付款。如幼帅允诺，即可成交。南洋北洋一体，均是国家柱石，日后若有用着职道处，杏荪当效犬马之劳。这沈葆桢感于杏荪至诚，更为国家着想，再不推辞。当下请了幕宾来，一面吩咐开饭，一面开议。席间议定，两江藩库拨款五十万两，与北洋大臣李鸿章会衔奏请浙江、江西各拨二十万两，湖北拨十万两，以完第一期应付之款项。后款或招商本，或集腋局款提还，由招商局自行设法。

沈葆桢见事妥，倒也欢喜。遂取过公文批道，"据禀，旗昌公司甘心归并，可见招商局办有成效，慰悉。此后码头扼其要领，利权益有把握，其应准行毫无疑义。商本一时疑难凑集，请筹官本百万，事关大局，本部堂不敢不任其难。"钱款一经解决，余事水到渠成，旗昌就此归了招商局。消息传出，招商局名声大振，股价立时涨了四成，旗昌股则跌了五成，一入一出，每股相差竟有七十余两之多。局中诸公，多有闷声不响略施妙手，大发利市的。

招商局借宾定主,吞了旗昌,南洋办了北洋想办的事,迹近空手套狼,李中堂格外高兴,遣使赍谕,嘉勉局中诸公一番。杏荪另有一信,温语之外,末尾却添了一行,道是"闻金陵豪将花赌颇盛,而执事亦跌宕其中,毋亦少年结习欤!"杏荪吓了一跳,心想不过吃杯花酒,小赌怡情,人在江湖,身不由己啊,怎么就教中堂晓得了。看来老人家的耳报神灵得很,今后真个要收摄心神,办那正事了。正待束装西行,吴中传来消息,原来是留园修葺完工,盛康已经定了乔迁的日子。杏荪只得修书李明墀,托其督导矿事,自个则乘了局船,桴江东来。

这留园在苏州阊门外,明万历年间太仆寺少卿徐泰时所建,时称东园。嘉庆朝归了观察刘恕,更名寒碧庄,吴人俗称刘园。太平军攻苏州时,兵火骤起,三天三夜未息,自浒墅关至阊门城下,连绵十里,烧成一片断垣残壁。吴下名园,毁之大半,独独这刘园安然无恙。

盛康乡居后,爱其风水之胜,出资买了下来,以为娱老之地,就请郑思照主持修葺。三年功夫,平之,攘之,剔之,于是乎凉台澳馆,风亭月榭,高高下下,迤逦相属,嘉树荣而佳卉苗,奇石显而清流通,把个园子修得活了。盛康感念天留钟秀,取名留园。

杏荪到得阊门外,远远就见一带新茸的粉墙,管事的正在园门前张望,一眼看见杏荪到了,忙引入园中,往五峰仙馆而来。盛康携着昌颐,与郑思照、戴福庭正在厅上,品评一副才写就的对联,见了杏荪,不胜之喜。祖孙三代厮见了,杏荪又与清客相公见了礼,看那对联,见是"历宦海四朝身,且住为佳,休辜负清风明月;借他乡一厘地,因寄所托,任安排奇石名花",晓得是父亲自撰的亲笔了。闲话未几,宾客皆到,官绅士子,坐满了一堂。盛康先请众人游园。

郑思照引着众人安步长廊,一处一景观玩。但见洞天一碧、揖峰轩奇峰秀石,古木参天;五峰仙馆、明瑟楼曲院回廊,迭楼重檐;半野草堂、自在处、濠濮想亭竹篱茅舍,点点山林野趣;清风池馆、汲古得修绠流水清幽,步移景易，处处引人入胜。这长廊本身就是一景，依势曲折，通幽渡壑，长逾一里，廊壁嵌有历代书家石刻三百余方，绝佳者董刻二王帖，乃是前明嘉靖年间吴江董汉策，历经二十五年风霜，于万历十三年方始刻成。

最教人倾倒的，便是那冠云峰。刘恕晚年，偶见此石倒卧山庄东侧墙外，心仪至极，却无力再征地扩园，重新点景。这块太湖巨石，皱、瘦、漏、透，秀挺绝伦，实为神品，天将阴雨，即有烟云氤氲而出，相传为宋时徽宗皇帝花石纲遗物，本应置于艮岳。盛康得园，将此石移入，尊其为"冠云"，围峰绕石，构筑亭台楼馆。

众人看一回叹一回。这俞樾动问道，旭翁，这园子好是尽好了，只是这园名改不改呢？盛康笑道，也改也不改。当年刘氏改此园之名为寒碧庄，而民间皆称之为刘园，可见改名容易改口难。昔日袁子才得隋氏之园而名之曰"随"，今我得刘氏之园而名之曰"留"，此所谓名改口不改也。众人大呼其妙。一时坐席，压桌的碟子，却是鹅掌鸭信这些船菜。苏州船菜本来有名，闹长毛时船娘星散，无从吃得，近年又渐渐时兴起来，盛康别出心裁，特意叫到岸上来铺排设席。

在座诸客，皆是文人雅士，虽非饕餮，辨味皆精，今日品评，一般也是平常，独后来上了一味蜜莲炙火方，极其出色。那金红的宣威腿，嵌了一枚枚白胖胖的莲子，火工十足，入口即化，香腴非凡，令人口舌生津，欲罢不能。吃了一回，众人道，今日嘉园盛会，不可不记。盛康就请俞樾撰文。这俞老翁不愧才子，乘着酒兴，一挥而就，席上那新斟的陈酿，还温温的正适口。众人见是《留园记》，引杯传观，边吟边赞道，真可浮一大白，佳文嘉园，长留天地矣。

杏荪一则挂心矿事，一则探梅身子不爽，在常州家中未来，索然无味，次日便与盛康说了原委，便待赶回盘塘。到得沪上，因朱其昂患病，又与唐徐等人于局务上闹得不快，就在上海耽搁一二，一则探病，二则排解。不料接到李中堂函令，命速赴部验看引见。原来李中堂这些年着意栽培杏荪，见其日渐老成干练，洋务娴熟，特为专折夹片保荐杏荪，以尽大臣求贤为国宣劳之责。文案上抄了底稿附来，中堂奏云：

布政使衔直隶尽先补用道盛宣怀，历经臣奏调军营差遣。该员留心洋务，创办轮船招商局，建议买并美国旗昌轮船公司为收回利权之计，办理日有起色。又经臣会同江楚各督臣，奏派该员督办开采湖北煤铁矿务，业绩渐现。臣查盛宣怀心地忠实，才识宏通，于中外交涉机宜能见其大，其所经办各事皆国家富强要政，心精力果，措置裕如，加以历练，必能干济时艰。理合陈明，伏乞圣鉴。谨奏。

杏荪看了欢喜，便携了玉蓉进京。这玉蓉自与杏荪别后，招商局诸公的家室内眷见其独居沪上，怕她落单，轮流着来伴她，一回听戏一回吃番菜的，不时聚会，又带玉蓉做些小货，买进卖出。玉蓉倒也不觉寂寞，今见杏荪来接她一同进京，好不开心。二人上了小火轮，沿运河北上。杏荪道，自从继莲夫人身边接你出来，就将你撂在上海，冷落了你，心里过意不去，你不怪我吧。玉蓉道，你不在才好呢，我过得自在。你尽管忙你的事去。杏荪大笑。

良宵苦短，金乌东升，杏荪一早携了玉蓉的手，出仓观景。时近端阳，嘉禾将熟，两岸柳荫蔽堤，稻翻金浪。再看那农人居处，一水鱼塘皱，几畦菜花黄，屋后绿竹瘦，堂前白鹅昂。二人身如入画，心旷神怡，说说笑笑，不觉早过了清江浦。到得过了黄河，光景就不对了。田地荒芜，河浅渠干，行不得船，苏蓉只得上岸，按了宿头，一站站往京里来。

及到吏部投了文，定了带领引见的日期，杏荪急急奔天津来见中堂。不料李中堂道，于今北地大旱，直隶尤重。你有经验，引见毕，且与筹赈局李某人到沧州一带赈灾。杏荪不敢怠慢，翻身进京伫候。到了吉日，杏荪随了一般引见的道府官员，鱼贯殿庭，伏地唱名，自报家身，任凭是哪一个，也不敢抬头一睹皇上天颜，仍由吏部官员引着退了下来。杏荪再不耽搁，会了李金镛，直奔沧州。

原来山西、陕西、河南、直隶连年大旱，赤地千里，太后与皇上郊天祈雨，还觅了个老虎头抛到黑龙潭里，也不见效验。杏荪看那田间，土地板结龟裂，灾民早已断炊，不但粮种吃尽，连树皮草根也成了稀罕之物，多的是外出逃荒，卖儿鬻女，老弱只能坐以待毙。走了一个又一个村落，皆是如此。

杏荪心中酸楚，与玉蓉相对垂泪。玉蓉因杏荪满脚水泡，便烧了热水与他洗抹，用针挑了裹好。杏荪见玉蓉荆钗布裙，青帕包头，笑道，你倒成了个村妇了，我叫你不要来，你定要跟了来，如今吃着苦头了吧。玉蓉道，你以为我吃不了苦么，我吃过的苦，只怕你还吃不起呢。杏荪道，我原想着那些妇孺，衣裳破得遮不住身体，见了男人就躲，你女人家好接近些，如今倒真派着你的用场了，大姑娘小媳妇，见着你亲呢。

这日到了东光地方，路上那逃荒的灾民成群结队，过了一拨又一拨。玉蓉见路边一个孩子蹲着，只得三四岁光景，无依无恃，便拿了些吃食，又怕她噎着，扳碎了一块块与她吃。那孩子见玉蓉和蔼可亲，倚在玉蓉怀里啜泣起来，问她父母家事，只是摇头。玉蓉好生不忍，就带着这孩子一路走。到了晚间，竟然连落脚的地方都寻不着，好不容易寻着一个窝棚，玉蓉带着孩子与几个村妇挤了一夜。杏荪与李金镛及从人只得野地里露了一宿，早起便咳嗽起来。

十一回

悼原配玉蓉掌家事
哭辕门琉球恋中华

盛曰：各国举动，大端论势不论理，而独于启衅之初，偏欲先争理之曲直。势强者，每执非理之理，势弱者必守有理之理

且说杏荪与李金镛商量，灾民嗷嗷待哺，放粮十万火急，无奈手头空空，只得上禀李中堂请款，待善款筹到归还。中堂见禀，即命天津道丁寿昌拨一万银子的军粮五谷赈灾。杏荪与金镛一一核稽造册，发散了，方稍稍松了口气。虽活了万口灾民的命，还有无数饥民，盼着救济到来。

杏荪不敢懈怠，别了金镛南来筹款，只是徒步巡行村落日久，筋疲力尽，再则露宿野地受了风寒，咳嗽喘逆不止，又不肯就地将息，走旱路南来是不能够的了。好在玉蓉有见地，定了局里的海轮，从天津直航上海，事先又请洋大夫开好了咳嗽药水，于路好按时服用。

这玉蓉铺排得色色停当，就待上船，忽报朱其昂殁了。原来李中堂见朱其昂当差勤谨，多有苦劳，命其出掌津海关道。谁知人有旦夕祸福，到任才三日，突然发病去了。杏荪想着昔日共事情分，大哭一场。朱其诏劝道，杏荪不必过哀。家兄骤而离世，虽因勤于王事，操劳失度，实在也是天命使然。

　　待杏荪上了香行了礼，其诏道，所幸家兄至死神明不灭，留下话来，嘱我转告杏荪。道是自归并旗昌后，招商局确有起色，然唐徐二公固步自封，招徕亲朋，公私不清，不日恐有内囊上来，诸事还须杏荪多注心血，如能入主局务，则再好不过。杏荪听罢，越发哭泣不止。其诏再三劝住。杏荪因南下在即，不能久留，于灵前拜辞了亡人，告个罪，洒泪而还。

　　到了船上，杏荪说与玉蓉，惹得玉蓉也抛了几点珠泪。杏荪人既疲敝，心又哀痛，一路只是卧在舱里，任由玉蓉服侍。那失散了父母的女孩子，帮着玉蓉递茶端药的，好不乖巧懂事。杏荪见玉蓉替她洗换得干干净净，清清俊俊的小模样惹人怜爱，便与她说些闲话，倒也解了不少烦闷。轮船上的管事，见是盛会办违和，每日好汤好水的来献殷勤，杏荪得了调养，喘咳倒是平复了不少。

　　幸喜波平浪静到了上海，便请经元善来见。这经元善是江南富商经善人的儿子，人很能干，现今担着协赈公所总司的挑子，杏荪办赈捐一向是与他互通声气的。经元善见杏荪神形委顿，知是赈灾辛劳，苦口劝说着将息了几日。待杏荪略好，经元善联络了郑观应、谢家福等一干善堂的执事，在静安寺斋堂吃斋，议设了义赈公所。好在胡雪岩、郁松年与新起的唐廷枢、徐润这般富商一向热心公益，经元善可以作得主，当时就议定分派了一大笔银子，汇天津赈灾局，教杏荪放了心。杏荪就此结识了郑观应，因意趣相投，俱有惺惺相惜之意。

　　这杏荪赖玉蓉服侍，调理得一日好似一日，便思量要到湖北矿上视事，恰好李明墀的信也到了。原来杏荪先前请的洋矿师郭师敦已到，验看武穴的煤，烧锅炉行船尚可，要炼铁恐不敷用，须另行探勘，亟等杏荪前去定夺。杏荪即刻就要动身，玉蓉苦劝不住，只得安顿了那小女孩子，跟着一路到了武穴。

　　杏荪与明墀商量，采煤原为炼铁，炼不出铁的煤，采之无益，不如另外再择地踏勘，煤铁齐上。明墀甚以为然。杏荪见郭师敦虽是英吉利国人，却无洋人的习气,接物待人不骄不躁的,心里暗暗期许,便与明墀带了从人启程,溯沙江、入漳河,逶逶迤迤往沙市一带进发。其时水竭滩多,虽是小船,亦窒碍难行,不时需登岸跋涉,日行只得二三十里。

这一日,到了当阳县观音寺地方。那些个山民村夫,见郭师敦一个金发碧眼雪肤勾鼻的洋人,寒露节气还穿着厚布短裤,洋纱长袜,戴着铜盆帽,驮着个背囊,一手端个罗盘,一手拿个小锤,东瞧西看,上窜下跳,一面敲敲剁剁,一面喔咳喔咳的叫唤,好生诧异,三五成群远远的看着发笑。

不想郭师敦果然寻着了好煤,粗粗烧了一看,火力甚旺。杏荪忙问可否化铁? 郭师敦回说堪与美国白煤相比,炼铁有九成把握。有了煤,还须有铁。一干人回头向东往鄂州而来。入了兴国县境,矿苗渐渐显露。郭师敦循着矿脉踪迹一路寻到大冶。但见铁山、白雉山一带,自西向东有铁门坎、龙洞、尖林山、象鼻山、狮子山五个露天大矿床,且铁层平厚,一如煤层。郭师敦凭目力测度,看出是富矿,高兴得手舞足蹈,大呼小叫。众人皆大欢喜,一连忙了数日,大体有了成算。

是夜,月明星稀,清风徐来,杏荪与明墀人逢喜事,毫无倦意,只在庭院里煮茗清谈。这里玉蓉安排了杯盘,替他二人宵夜。二人吃了几杯,杏荪道,这郭矿师果然能干,办事扎实,不但通晓矿务,且谙熟采冶机理,化学、绘图也拿得上手,我看就与他签了合同罢。兄台意下如何? 明墀道,最好。难得郭矿师不以洋人自傲,不卑视我华人,一心讲求格物致知,以西洋之学,适我中华国情。我看,不但可以聘他,聘金亦须从丰。

当下议定,责成郭师敦带了当阳的煤样,大冶的矿石,到上海以西法化验试炼,出具报告;李明墀上省禀请湖北督抚,责成地方官张贴告示,官府行将开矿,晓谕绅民一体遵行;杏荪条陈李中堂,通禀一切,候钧意定夺。玉蓉因见夜深,山里寒意渐重,造了酸辣鳅鱼汤来醒酒却寒,请他二人上堂洗盏更酌。二人呷了几口汤,见河汉西沉,玉露生凉,也就歇了。

不说杏荪明墀各干各事,这郭师敦果然明快干练,验出大冶矿石,一百分内含铁六十分之上，已在小沙炉中炼出铁样来，用的就是当阳的煤，火力甚旺。杏荪闻报，忙不迭回上海来。那小女孩子见玉蓉杏荪回来，高兴得要不得，成天价围着玉蓉转个不停。因吃得饭饱，又将养了好些时日，越显得粉妆玉琢，聪明懂事。杏荪见了好生欢喜，玉蓉更是珍爱，便收了这孩子为女，杏荪为其取名，唤作阿蕙。自此，视如己出。

杏荪因煤铁俱妥，便要带同郭师敦上天津见李中堂，禀告购买外洋采矿冶炼机器之事。忽见星怀到来，告杏荪道，弟到苏州园子里接父亲回常州度岁，父亲说不用，自回，命我来接大哥，一同回家团圆。杏荪见星怀已然长成个俊朗小伙，心中甚喜，便唤玉蓉阿蕙出来与小叔见礼，一齐还家。

因素知星怀好武，路上杏荪便讲些当年在军中行伍之事，倒是星怀有些心不在焉的模样，杏荪以为多时不见，年少腼腆，亦不以为意。到得青果巷大屋，盛康已在堂上。杏荪携玉蓉阿蕙拜见了。这玉蓉的来历，盛康本也知晓，今日亲自见了，暗赞杏荪眼力不差，略略说了些话，也是意兴阑珊。杏荪因不见探梅出堂，不免疑惑。盛康看出来，遂道，你媳妇身上不好，进房里看看罢。杏荪心惊，急急往跨院走，只见柳絮秦月双双迎了上来，口未开，泪先垂。

原来探梅已病了数月，渐渐沉重。杏荪抢到床前看时，探梅面色萎黄，好不憔悴，登时心如刀搅，忙握着探梅的手，颤声道，我的好人，你怎么不早早告诉我，就耽搁到这个样子，如今身上怎么样？又嗔怪柳絮、秦月不好生服侍。探梅笑道，我自体弱，又与她俩何干？不过吃几副药就好了。你一路辛苦，还不赶紧歇歇。说着，转眼往地上看。

一旁玉蓉上来见礼，理理裙幅，就要叩下头去。探梅忙叫柳、秦扶住。玉蓉再三要行大礼，以定嫡庶名分。探梅只是不许，实在却不过，只得笑道，在我床前叩头，我怕是好不了呢。玉蓉方才罢了，遂推阿蕙上前叫大娘。探梅见阿蕙伶俐可爱，笑着抚摩了一番，吩咐秦月取个长命金锁，看着阿蕙戴在项上。

一时,杏荪往外间检看脉案药方,玉蓉便床沿上坐了,替探梅梳头。探梅道,好妹妹,我很知道你。又能干,又贤惠,风里雨里,一心只在杏荪身上,替我尽了多少的心,我感激得紧。玉蓉眼圈一红,忙道,奶奶快别这么说……,探梅笑伸一指,点住嘴道,快别这么叫,你是宰相府里穿着红裙与杏荪拜的堂,日后你我姐妹相称。不然,我就恼了。又笑道,看我现在这个身子,快不成个人样了,倒教妹妹见笑。玉蓉暗暗心酸,强笑道,姐姐说哪里话,不过将息些日子,就复元了,我来服侍姐姐,包管姐姐适意。

自此,玉蓉端汤倒水,调羹煮粥,成日介服侍探梅,以致衣带渐宽。这探梅甚不过意,抚着玉蓉的肩道,好妹妹,这么劳动你,倒是生受了,不要养好了我,病倒了你。我等女人家,这身子是最要紧的,我就是吃了生育太勤,气血两虚的亏。在这个大宅门里做长媳,当着这个家,不轻容易,多少次撑持不住,只为心性好强,总不肯告诉人,身子就日亏一日。这回,自重阳后来了月事,淅淅沥沥的就是不肯干净……,说着说着就喘息起来。玉蓉忙扶着躺了下去,待听见微微地了鼾声,方退了出来。

再说杏荪见先前大夫所开方剂,有妇人千金止血汤,用血余炭、白茅根、地榆、棕榈炭、丹皮、地骨皮、阿胶、甘草、荆芥炭、黄芩、生地、小蓟,水煎,日三次,饭后一刻温服;有备急千金要方,用海螵蛸、续断、当归、牛角、五味子、熟干地黄、赤石脂、甘草、龙骨,研细末炼蜜和丸,食前温酒下……方剂不一而足,俱无效验,想是均不对症。杏荪乃重金请得一位大夫,来为探梅复诊。一时大夫进来,望闻问切已罢,至厅上开方。

杏荪看时,脉案云:口干心烦,面色少华,四肢体瘦,吃食少味,月水不断,渐加乏弱。舌红苔黄,脉微数,证属血热妄行。拟投清热凉血之剂,以收止漏之功。用生贯众、生地榆、生白头翁、仙鹤草、当归、白芍、生地、熟地、川芎、茜草、炒白术、党参、炒蒲黄(包)、龙葵。每日一剂,水煎服。杏荪乃道,先生高明。寒舍备得有些须天山雪莲,久闻治妇科病最好,不知可以用得么。这大夫道,雪莲看似冰清玉洁,其性大热,破淤血有奇效。

然破淤必先止漏,否则漏而崩矣,于今万不可用。杏荪称谢不迭。

这日,探梅精神转好,杏荪道是药石见效,心甚慰藉,陪着探梅说话。探梅赞玉蓉贤良能干,容貌无双,倒把个杏荪说得不好意思。这探梅笑道,大凡女子颜色之美,分秀、丽、艳三种。以花比,大约水仙是秀,梅花称丽,牡丹为艳;以人誉,应是西施秀,貂蝉丽,昭君艳。所谓群芳争艳,无有高低,唯钟情者取之。更有兼美者,如秀而丽者,似兰花;丽而艳者,如芍药。难得这女子秀中有丽,丽中含艳,三美并蓄,堪称绝色。不用说你了,我看着也心动呢。

杏荪觍颜道,休要取笑。哪里及得上你。话说多了,看不累着你。探梅道,正要乘着我这会子有精神,有话说与你。因道,我自进了你盛家的门,公婆顾惜,夫妻恩爱,家人敬重,我也知足了。我虽命薄,也为你生了三个儿子,三个女儿,只是昌颐才十五岁,要是看他成了亲我再走,多少好呢。说着滚下泪来。杏荪心里一酸,赶紧执着探梅的手,强笑着比划道,你说甚么话呢,我还要排齐了导子轿马,迎请我的夫人乘高高大大的火轮船,游江看海呢。

探梅笑道,我知道。于今这些,也就是你一句话的事,难为你还记得成亲时许的诺。只要你前途顺利,怎么样我心里都是高兴的。歇了一歇,又道,这一大家子,内里少不得有个人作主。我走后,你就扶正了玉蓉,教她把这个家当起来罢。杏荪听得红了眼圈,哽哽噎噎话不出声来。探梅也难自持,偎着杏荪只管垂泪。那玉蓉与秦月柳絮等人,先前见他夫妻说话,都避了开去,此时听见啜泣之声,忙进房来,借着端汤倒水排解开,好不容易哄得探梅合眼睡了。

待得黄昏时服了药,到晚间探梅就不好了。杏荪忙来看时,探梅已是说不出话来,只眼睁睁看着儿女,一见杏荪,紧抓着杏荪的手不放,渐渐地手就凉了。杏荪五内俱焚,失声痛哭。一时家下人等,大放悲声。秦月更是哭得晕厥过去,玉蓉、柳絮赶紧掐人中灌姜汤,救醒转来。盛康在堂上听见，也是老泪纵横，杏荪携了昌颐，含悲忍泪，过来劝止。家中人星怀最为伤心，探梅长嫂如母，平日对星怀这小叔子是极关顾的，今见长嫂早逝，哀痛不可言表，拥着杏荪大哭不止。

因老父在堂，杏荪不欲丧事过分排场，只在仪礼上尽心。盛府父子两代俱是布政使衔，杏荪是皇上特旨赏过二品顶戴的，凡一二品职官，正妻俱称夫人，铭旌上便书了"诰授二品布政使享壮寿盛门冢妇董氏夫人之灵柩"。一面请了僧尼，放焰口，做道场。这董氏为人最好，族人皆是惋惜，有说操劳过度的，也有说误服凉剂的，叹其天年不永，多有早晚过来帮着料理的。忙到断了七，发送了亡人，杏荪也累病了，在床上将息，想起探梅好处，兀自伤感不已。这玉蓉也不劝，只顾陪着杏荪淌泪，如此非止一日。

待腊尽春回，杏荪自觉复元，便要上天津公干。盛康因道，这玉蓉自跟了你，待人处事，不输大家闺秀。听说在外捐出头面首饰，接济灾民，在家呢，尽心服侍探梅，照顾昌颐兄弟，是我亲眼看见，也当得一个贤字。今后这个家，就由她来当了罢。杏荪遵了父命。又到董夫人灵前哭了一场，与玉蓉洒泪而别。行前唤过星怀，取出一柄松纹古剑，庄容道，这是你大嫂祖传的陪嫁，沙场上杀过倭寇的，与你留个念想罢。你眼看就要出仕，须好好读书习武，莫负了父亲平日的教诲。星怀含泪躬身接了，因是董夫人所遗，越发珍爱不已。

且说杏荪带同郭师敦，上天津谒见李中堂，将煤铁俱佳详情禀上，交验了铁样，一面呈上购买西洋采矿冶铁机器禀文。中堂看了铁样大喜，说洋矿师实心办事，着实夸奖了郭师敦几句，命撤销盘塘煤铁总局，另立荆门矿务总局，即行招商股，商本商办。又嘱咐杏荪道，鄂中矿务成败利钝，事关大局，务必办有成效，做个榜样出来，以免朝士攻讦。中堂说毕，便有文案上洋务委员进来，引了郭师敦去参观总督衙门。

见洋矿师去了，中堂对杏荪道，琉球的事，你知道了么？杏荪道，已经晓得。适才来时，见琉球使臣又在辕门哭泣，心里好不难过。中堂道，我也是再三好言抚慰，尔等只是不肯去，要我想法子延其宗社。唉，这又何其容易？于今列强环伺四方，大清自顾不暇，实在是心有余力不足。想这琉球国主尚泰，做王子时，在国子监琉球馆虔心向学，诗文俱佳，对我中朝最有情义。同治五年春请封，朝廷派右春坊右赞善赵新、中书舍人于光甲为正副册封使，渡海到琉球，册封尚泰为王的盛景，恍如昨日。可怜今次被掳到倭京，只怕是终日以泪洗面了。

杏荪道，中堂说的是。尚泰自学成归国为王，与我中土时有诗文往还，常命人带了安澜金沙来，分送朝中那些喜好冶铸宣德炉的士大夫，还有那"泡盛"白酒，治风湿最有效验。虽说只是土产微物，可见其心向中华，感念旧情。中堂道，此所谓近朱者赤也。无论东洋国如何处分琉球，我大清总不承认，后世自有公论。杏荪道，现今长毛状元正在东洋，据席某人转报，倭人吞并琉球后，必进窥朝鲜，意在叩关内犯。中堂道，这东洋国，日后必为中土心腹大患。速告王、席等人，凡该国动向，必要详细报来，我也好早做绸缪，以为琉球被占之鉴。

十二回

施善爱筹建广仁堂
争利权创立电报局

盛曰：凡欲保我全权，只争先人一着，是非中国先自设电线，无以遏其机而杜其渐

须知，这琉球自隋朝大业年间，就与我中朝有交往。洪武帝在位时，琉球国主察度请封，明太祖欣然允诺，遣使册封为王，自此但凡后世国主嗣位，俱按例请封册立。宣德五年，明宣宗御赐琉球王姓氏为"尚"。琉球奉中朝正朔，建文庙，祀孔子，官文书俱用汉文，宫殿庙堂皆坐东向西，表其归慕中国之意。清按明制，顺治帝首封尚质为王，后世延绵不绝。凡洪武五年至同治五年，五百年间，中朝共册封琉球王二十五世，这尚泰就是新近册封的一位。

当年，明太祖命国子监专辟琉球馆，以为接纳琉球王子及官学生留学之所。清帝沿袭之，至今国子监西厢尚有琉球官学，免费入学，且按月发给银米。琉球崇汉学，士子以入中朝国子监为荣，称之为"唐监生"，遍习儒学、天文、地理、医药、音乐、绘画，及冶铁、造船、铸钱、烧瓷、合墨、制茶、炼糖百艺。使臣多有汉学出色者，曾与康熙帝乾隆帝诗词唱和。

琉球与中朝交好，贸易发达，号称"万国津梁"。这东洋国觊觎已久，

几番设局，弄得琉球国库如洗，民穷财尽。自明治维新，东洋国开了饕餮大口，日思夜想要吞了这琉球当点心，同治末年借口保护琉球，入侵台湾，逼勒琉球停止与中朝贸易，不许琉球遣使朝贺光绪皇上登极大典。到得这年春上，到底下了手。

是日，东洋国内务大臣松田道之统带四十余内务官，一百六十名巡查，六百余步兵，登陆琉球本岛，撞进首里王宫主殿，强宣东洋国主昭告，废"琉球藩"，设置"冲绳县"，命锅岛直彬为第一任"冲绳县令"。琉球朝野大惊，联袂抗议。松田不屑一顾，牵尚泰王出宫，至中城王子御殿暂住，搜罗国玺印信文书档案一空，窃归东洋国，逼迫尚泰及王子尚典上了东海丸轮船，掳到东京，明里封以虚爵，暗则监视居住。我中华驻东洋国公使何如璋、副使张斯桂闻讯抗议，对东洋国非法所为，概不承认。

这尚泰心有不甘，自谓身可掳，心不可掳也；家可破，国不可亡也。立誓凡子孙后世，绝不签订琉球归顺东洋国的誓约。如此，则琉球不为亡国，后世必有公论。王子尚典飞书传信，密遣紫巾官向德宏、王子讲解官林世功等人，速来中土向朝廷求救。所以这琉球使臣，日夜在李中堂辕门前哭泣请愿。最可敬那林世功，见所愿不遂，复国无望，遂在总理衙门留下绝命诗，挥剑自戕殉国。我皇太后感其忠忱，下旨厚葬于通州张家湾立禅庵。

杏荪领了李中堂钧谕，义愤填膺，下来便写了书信，将中堂之意晓谕关联之人，布置一番。安排初定，赶紧再到湖北办那矿事。这杏荪一路走，一路念着琉球事变，想这东洋国吞并琉球，是为占我台湾之跳板，亟应上书当路，有所建言，便安坐船舱，拟起说帖来。这日，正写到"台湾为南洋第一门户，日本窥伺已久，特虑我以全力搏之，彼未必胜，然其心不死，中国亟应早做绸缪，速请简放一员督办台湾海防兼抚巡道之卿贰重臣，以专责成……"忽报船已靠埠。

杏荪登岸，会合郭师敦在大冶择地安置冶炉。正在各处选址，李明墀来了，取出一通札子与杏荪道，这是当阳县上的禀贴。我因你才从天津来，手上又有事，压了几天，你看了再说罢。原来当阳山民不满官府采煤，又不敢公然对抗，乃遍张匿名揭帖，隐隐有啸聚的模样。

杏荪只得翻过身来，再到当阳。当阳县令邀了几位在籍士绅，置酒与杏荪洗尘，席间就便谈说些矿事。原来此地多有私开小煤窑的，土豪劣绅为头，山民出力，计工取酬以养家活口。因之，官府屡禁而难止，为的是一旦官府包圆了开采，就断了豪绅的财路，山民的生路。还有那些溪水山塘，竹坪林场，也是山民渔猎所在，一年多少也有点入息补贴家用。说来说去，还是一个"利"字。

一番攀谈，杏荪看出端倪。一来豪强难抑，二来确有扰民之处，虽说开矿事关强国，亦不可硬来，一时无有善策，因法不治众，好不棘手。这日，杏荪微服察访，见有面食小店，便踱了进去吃面。小二应了去，许久不见来，杏荪才要喊人，那小二笑眯眯端了一碗面来。杏荪见了，正对胃口，也不遑多问，提筷便吃。原来那热干面，正是当年在武昌吃过的青龙卧金沙，口味一般无二。

杏荪会了账出来，心想这山野小店，如何来这至味，却不知何人当炉，当年那女子安在？正可谓睹面思人了。却见那小二悄步赶上，招呼道，我家店主请官人晚间便饭，请官人赏光。见杏荪狐疑，又道，店主与官人是旧相识，见了便知。杏荪心里一动，便点了点头。晚来自去赴约，小二迎个正着，摆了杯盘便退了出去。杏荪看时，一盘子笋脯蒸风麂，一盘子香椿摊雉蛋，再是紫苏煎溪鱼、野葱炒鹧鸪，正有些摸不着头脑，只听身后招呼道，客官，面好吃么？

杏荪回头看时，兀是一惊。若不是口音不对，几几乎还当是玉蓉来了，只是略略丰满些。那妇人含笑走至灯下，杏荪方才看清，正是当年"一碗鲜"的当炉女子。杏荪又惊又喜，也顾不得许多，急急道，我想着就是你罢。这些年，你到哪里去了，我几番要吃你的面，只管寻你不着，我还想今世怕是见不着了呢。

那妇人道，官人说笑了，我还欠着你的前账没有清呢，怎么就见不着了。说着看看桌上，便替杏荪斟酒，殷殷劝道，时令不对，黄泥拱做成了脯，椿芽头是盐渍的，只怕不中吃呢。杏荪觑那妇人，虽说时过境迁，三十多了，那明快干练的气度依旧。因笑道，正好，有些物事，陈了才入味呢。

妇人笑道，盛大人倒会说话。只是今天的你，不是当年的你；今天的我，也不是当年的我了。杏荪愕然道，你如何晓得我？妇人道，我如何不知你盛道台盛大人，当年粮道衙门里的官亲公子，于今是宰相身边的得力干将了。杏荪惊道，你果真晓得我，失敬了。敢问我是为何而来？那妇人哂道，你不是来寻面吃的么？

杏荪也觉好笑，便道，你我不用打哑谜了。我确是有事而来，不想遇着了你，也是开心事一桩，了我多年愿心。妇人道，你倒是心诚。到底为的甚么事，光临这荒村野地？杏荪见问，把酒盏一放，吁道，说来烦人，不说也罢。妇人笑道，说说何妨。或许，皇天后土看你心诚，保佑你解了这烦恼呢。杏荪听得这话皮里阳秋，心中一动。

细看那妇人，虽貌若嫦娥，体似麻姑，通身却隐隐然涵着一股侠气，杏荪一时警醒，心想我今日不要遇着真人了罢，似乎可以烧一烧香呢。那妇人见杏荪沉吟，便道，男子汉大丈夫，怎么扭扭捏捏，有甚么说不得的。你是为甚么东西来，眼下又有甚么难处，我全知道。杏荪道，你怎么知道？妇人道，在你脸上写着呢。杏荪道，你便晓得，可有办法能帮我？妇人道，山野村妇，如何帮得了贵人，你自家帮自家罢。

杏荪见说，越发相信所料不差，遂站起来对那妇人一揖，正色道，杏荪也是为了富国强民，如何帮法，还请指点迷津。妇人亦庄容道，请坐了说话。须知，大凡做事业，不可治一经损一经。你知道多少人靠着这山里的煤斤讨生活么，你若把这煤都采了去，叫这些山民如何养家糊口？就是桌上盘子里这些山蔬野味，也是山民掏摸得来，好换些柴米浇裹度日，眼看今后是难得的了。若是断了这些人的生计，莫说此地民风强悍，就是那黄犬急了还跳墙呢。我也知道，你在武穴做的那些个修书院，捐膏火银子的事，风雅得很，可有几个山民子弟读得起书，进得了学，这一山一岭的穷家小户，又得着了甚么好处呢？杏荪被这妇人轻声细语一顿排揎，好不愧疚，亦不得不服这妇人，一番寻常言语，说尽了官府的毛病。

正不知如何逊谢，小二端了一钵山菌树菇汤来。杏荪见机，遂反客为主，舀一小碗敬那妇人道，你尽顾说话了，也不动筷，呷几口汤罢。只是，我如何帮得自家呢？那妇人道，这不是帮了么。晓得从自己碗里分出来与人，就是自家帮了自家了。杏荪是何等聪明之人，一时顿悟。拱手道，多谢了。请教，这一钵汤要舀出几碗来，还请明白开示。

妇人道，你又不是未曾见过世面，这些还要问我么。自然是你的大事要紧，山野草民，只要不断炊露宿就念佛了。你与乡绅商议，自然会有个章法出来。杏荪道，是了。当年结识了你，真正是三生有幸，只是还有后缘没有呢？妇人道，只要心诚，日后凡有事寻我，任凭天下哪个码头，只须到茶馆里当门桌子上一坐，便有人来招呼，我自然就会知道。

杏荪见说，大喜道，如此最好。因见妇人银簪素服，举止有度，又揣摩道，今日姐姐晓我以大义，杏荪感激不尽。敢问姐姐，的是何方神圣？这妇人朗声一笑道，你倒是嘴甜，我就认了你这个官人弟弟罢。妾身姓许，先夫姓焦，寄生于天地之间，行走于江湖之上，替芸芸众生操心些琐碎事罢了。说毕，离座起身出门，屋后转出四个矫健婀娜的劲装女子，随着去了，倒把个杏荪呆得一呆。

转天，杏荪命县令会集着老乡绅，告以矿区民山民田，官府或租或买，山民野户，各有安置，轻轻易易就定了一个与民分利的章程。一天大事，烟消云散，杏荪好不得意，不免将与许氏的一番际遇，略略与明墀说了些个。李明墀不听则已，听罢大惊道，杏荪你好生大胆，怎么与她打交道。你道她是何人？遂叠着两指，说出一番话来——

这个妇人，据说就是当年洪杨余部，后来大闹湘鄂的女首领许氏。这许氏姐妹二人，早年嫁与湖南廪生焦氏兄弟，入了天地会。太平军打破永安时，全伙投了洪杨，后来焦大焦二战死，两孤孀聚众数千人在湘南起事，把个湘鄂间搅得鸡犬不宁。这两个孤孀，一善谋一善战，官军团练费了牛劲，好不容易才平了下去。

明堠见杏荪愕然，接道，还有教你惊诧的呢。当时，明明将两孤孀俱正法了，不知怎么这小孤孀逃过一劫，江湖传言，是身边亲随替死的。如今这许氏做了天地会在两湖的舵主，统带湘鄂天地会众，呼风唤雨，广通声气，官府拿她无可奈何。这天地会，据说当年乾隆爷身边都安插得有人，根基深不可测，你如何敢去惹她。杏荪见说，暗暗惊心，不料竟有如此奇女子援手，忙笑道，我哪里晓得她偌大来头，不过吃顿酒饭而已，攀谈几句，逢场作戏，想来无甚大碍罢。打个哈哈，将许氏暗助之事，轻轻瞒过不提。自此，煤铁矿事少受掣肘，日渐顺遂。

再说这李中堂因直隶灾情方殷，孤嫠无算，缺食少穿，无家可归，俱要官府救济，然户部拨下的银子，真正是沧海一粟。地方亟待善后，而巧妇难为无米之炊，实在教人头痛。看来看去，会做官之人尽多，能筹款之人绝少，唯有杏荪，传承了盛康的人脉，颇能联络各方善士，募捐有方。遂上奏朝廷，升调丁寿昌为直隶按察使，放杏荪署理天津河间兵备道，一手料理赈灾善后之事。

杏荪出仕将近十年，为朝廷办了不少事，于今虽是署任，也算是第一回为民之父母，做了地方官。这日见辕门挂了牌，便循例上院请训。到了签押房，不见李中堂，只见案上一张八行，墨迹尚新，却只有一行字：养民不若令民自养之为佳。杏荪识得是中堂手笔，低头一想，心中了悟。

待接了印，杏荪头一件便是飞信南省，教经元善知会义赈公所诸董事，募集大笔银子。因思量临事抱佛脚，总非良策，须得要有个长久之计方好，遂与赈灾局李金镛等人商量，怎生像南省一样，也办起个善堂来。

不想李金镛也有此意，一拍即合。恰好郑观应经元善等人捐的一万银洋先到，杏荪便传了首县来办差，命先寻个地方，好教那些受灾的孤寡妇孺有个容身之所。一面细定章程，落实经费，以为常年开销的来源。

过不数日，首县来禀，堂址有了着落，请盛大人验看。杏荪出了道署大堂，街上高脚牌、轿班、顶马、跟马、亲兵小队，执事差役排得斩齐，看见道台出来，就要鸣锣喝道。杏荪摆手止住，笑对首县道，不过三五里路，骑马去，一鞭子就到了。说着翻身上马。首县只得招呼几个从人，策马跟上。到了东门外南斜街，杏荪见那院子规模欠大，只收养得几百人，因是富户捐赠，也挑剔不得，好在不远便是空地，可以开粥厂，便命暂且先用来救急，日后再想办法腾挪。

一时看毕，首县来请打尖，却是一桌燕翅席。杏荪便不落座，笑嗔首县道，老兄好不晓事。外头多少人连个糠皮窝窝也啃不上，你弄这些吃食，我怎么生受得了。首县陪笑道，越是灾年，这鱼翅燕窝越是不值钱，大人就请用些，何妨？杏荪摇头道，不妥不妥。这么着罢，这馍馍与一汤一菜留着，余下的送赈灾局，犒劳司事义工。首县不敢怠慢，赶紧叫装食盒抬了去。

不多几日，善堂住满了孤儿寡妇。这些灾民流离日久，于今有件旧衣遮身，有碗薄粥糊口，夜间不再露宿，白日有人照料，俱念佛不已。一时市井纷传，称颂天津道乐善好施，广有仁义。杏荪讨个口彩，就将这善堂名之为广仁堂，乃上禀李中堂，呈《拟筹广仁堂长年经费章程》，请将洋药厘金项下，每年定额支取缉私经费银四千两，由堂董按季到总督衙门领用。中堂许了，命津海关、东海关、山海关，此后每百斤洋药加捐税金一两，拨交广仁堂，以为长年之费。

杏荪与李金镛诸人又带头捐出俸银。中堂闻说，自报每年捐助养廉银五百两。一时群情踊跃，纷纷捐输，不多时便募得银两过万，够广仁堂维持一年半载的了。杏荪再开些手工作坊，挑些手脚麻利的灾民，做些出产卖了,成其自养之意。李中堂见诸事合意,一时高兴,笑道,北省向来无有善堂一说,广仁堂也算是开风气之先,于今我北洋不输于南洋了。杏荪,你一向以开通风气自任,肚子里还有甚么好主意,说出来我听听。

李中堂这一问,正搔着杏荪痒处。有些想头,平日无时无已萦怀的,只是无从置喙,今日机缘来了再不说,更待何时?遂道,中堂听禀。我中华欲谋富强,莫过于开办煤铁电报铁路诸大端。中堂高瞻远瞩,煤铁已有端倪,路事体大,宜稍缓,电报则非急起图功不可。中堂听罢,猛然惊觉,拍着书案道,好个杏荪,说到我心里去了。我久有此意,凤志要办好这些个洋务大头,你为甚么不帮我去办成了呢!这样,你先去把大沽、北塘炮台的电报通了,线拉到我这督府里来。

杏荪一听欣喜,忙应了是。李中堂又吩咐道,此事切勿张扬,朝中那些个守旧的大老晓得了,必定窜唆乌鸦嘴都老爷出头,来做反对文章。这个事呢,若要兴作,须奏准办理,至少也要六王爷点头,才可以行得通。今我忝为疆臣领袖,镇守京畿,这北洋军机要务,不妨先行后奏。杏荪心下明白,晓得中堂这话自有计较。须知,北塘炮台扼守海口,甚为紧要。道光年间,英法联军就是在北塘登陆,攻下大沽炮台,打破天津杀入京师的,朝廷记着教训,上年刚刚拨款重修过。

得了中堂均谕,杏荪便来寻大北公司的道森。这洋大班一见地方官上门,估摸是有大生意,还有个不好的,当下开了香槟大献殷勤。周旋了一回,道森动问来意,听说杏荪只要买他的铜线器材,自装自设,便有些拿乔,意思要包圆了这一单工程。及至通事说,大东的腾恩还候在那里,等着洽谈,连忙应承下来,又希图回头生意,不但在价款上打了个折扣,还答应施工时派洋匠来做教习。

十三回

查股案老吏劾能员
出私蓄红颜酬檀郎

盛曰：似此糊涂世界，何以尚想做事？不过要想就商务开拓
及自强，做一个顶天立地之人，使各国知中原尚有人物而已

原来此时钻头觅缝，想要做我中国电线电报生意的，一家是英吉利国
大东电报公司，一家就是这丹麦国大北电报公司。

这两家大洋商，两个洋大班腾恩和道森，虽是对头，却已经瓜分好了
利益范围，自南至北，将海底电缆铺设到了香港、厦门、上海及海参崴水
岸，几次三番缠着朝廷，要上岸架电线，通南北各地电报。朝廷怕失利权，
只是不许，所以此次北洋光顾，道森自然不肯放过，虽则利钱不多，难得的
是拔了头筹。

杏荪既折服了洋商，立时相度地势，出动兵丁，雇了民夫，在塘沽海口
炮台到天津总督衙门间竖起木杆，架上铜线，待洋匠来安设了收发电报的
机器，一试果然迅捷无比，便请来中堂验看。中堂在督署当堂发号施令，
塘沽炮台各营，顷刻响应，按部就班，如臂使指。

中堂大喜道，自此我军机不误矣，津沽电报效果显著，大可拓展。乃
奏请朝廷，就要开办天津电报局，当下便教杏荪拟个奏折，递了上去。因

皇上只得十来岁，尚由翁同龢教授读书，一应军国大事，皆由太后钦定。

这日，内奏事处呈进来的那几叠黄盒子，有李鸿章奏上一本。太后看到"今泰西各国，数万里海洋欲通军信，有电报之法，瞬息之间可以互相问答，独中国文书仍依靠驿道传递。现曾纪泽由俄国电报到上海只需一日，而由上海至京城，快马走驿道尚须十日，上海至京仅二千数百里，较之俄国至上海消息反迟十倍"一段，暗暗道声惭愧，遂用指甲划了个"依议"的记号。

改天叫起，太后说与军机道，李鸿章上的那个请办电报的折子，我看使得，有了咱们自己的电报局子，消息灵通，也免得洋人胡搅蛮缠，到东到西要架电线，省了一件烦心事。你们几个有甚么说道，拟旨来看。军机大臣自然说好，太后圣明。一时折子发到军机处，大臣述了旨意，章京拟了旨稿。旨云：

上谕军机大臣等，李鸿章奏请设南北洋电报情形，现在筹办防务必须消息灵通，以期无误事机，该大臣请于陆路由天津至江北镇江达上海安置电线，系为因时制宜起见，即著妥速筹办，并著江苏、山东各督抚，敕令地方官一体照料保护，勿任损坏，余均照所议办理。钦此！

太后看毕，归在明发一档，意思是好教洋人早早知晓。李中堂见了明发上谕，知大事可谐，便召杏荪商议。当下议定设立天津电报总局。自天津到上海，陆路电报主线三千里，设紫竹林、大沽口、济宁、清江、镇江、苏州、上海七处分局，一应器材从外洋购置，另设天津电报学堂，请洋匠专门教习电报生。杏荪荐郑观应出掌上海分局，郑观应转荐经元善为分局会办，中堂俱许了。杏荪因将《开办自津至沪设立陆路电线大略章程二十条》，呈与中堂。中堂阅毕，批道：

据详，现议由津至沪设立陆路电报，经道员盛宣怀等博访周咨，酌拟章程，大致均尚妥协。创设之始，头绪极繁，应札派盛道等认真尽心筹办。此系中国创举，必须集思广益，逐处逐事，均求与西洋电报法办理吻合，勿得稍滋弊混,贻诮外人,是为至要。如有未臻尽善之处,仍随时禀请更正。檄。

这杏荪做了电报总局总办,领了官本,就动起手来,所幸诸事顺遂。这里杏荪春风得意放手大干,那边没兴的事随之而来,却是招商局出了麻烦。先是御史董俊翰动本,奏道:

招商局购买旗昌,徒使该局轮船空增,承揽不足,船浮于事,以致每月亏空五六万两。又公款开支浩大,饭食银车马费丰厚。此等肥差,多有百计专营谋其一职之人,故荐牍摞案盈尺,局员借机安插私人,冗员多多,甚至地方官亦入局兼职领取干薪,而求其能谙练办公者,十不获一,似此不一而足,亟待整饬。

太后尚不以为意,留中未发。朝廷有意优容,不想却引恼了国子监祭酒王先谦,老先生上了个《招商局关系紧要议加整顿》的折子,弹劾招商局:

闻直隶督臣李鸿章奏请,拟将招商局所借官本一百九十余万两,分五年提还,而后该局归商不归官,是为国退而民进,损公肥私莫大之举。招商局并购旗昌一案,主办官员诡词恐惠,欺上瞒下,挟诈渔利。现招商局账面款项,人欠欠人计五百万两,实在局产只及其半,已资不抵债。总办唐廷枢、会办盛宣怀蠹帑病公,把持多年,仍复暗中勾串,任意妄为。若任其逍遥事外,国法安在?

这王祭酒是做过翰林院侍讲的,太后亦知其人,以为厚朴之臣,不言无根之事。再者,祭酒为学林领袖,如果士子监生群起响应,颇有声势,恐起政潮。因与恭亲王商议,贪腐之事不可姑息,遂下旨痛加整顿:

李鸿章创办该局,责无旁贷,著即整饬,唐廷枢等舞弊如有情实,即行从严参办。钦此!

李中堂得讯,即召杏荪问话,面凝寒霜道,王祭酒检举,你与小唐把我这里拨出的五十万,与南洋沈葆桢拨付的一百万,买了旗昌的股票,再返售与招商局，赚取差价，另外又收受旗昌回扣二十万现银，此事有也没有？

杏荪一听愕然，回了回神，方气愤愤道，招商局开办七八年，我从未经手银钱，就是朱其昂在总办任上，分给承揽漕运的公费，每年二千四百两，我早也奏明皇上，捐给了失事的福星轮船员家属，这些中堂都知道的。招商局凡有所兴作，无一不在中堂眼皮下过，明察秋毫，我还有甚么好辩的呢。

杏荪见中堂放缓了面色，接着道，那回扣的事，更是捕风捉影，洋人做生意并无回扣一说，莫说二十万，就是二十两，也要董事会通过上账，都老爷可以去查。虽说御史闻风即可言事，无须实证不用担责，但也不能这么样信口雌黄，还教人活不活了。中堂笑道，这么说，是没有的了？杏荪道，中堂明见。想来必是湘中大老，见我北洋日渐精进，眼皮急发驴脾气，拿招商局说事，买参寻滋。这王祭酒，不就是刘岘帅的湖南老乡么。中堂道，胡说。国家大事，岂可妄自测度。这中堂嘴上如此说，肚中却是雪亮。

李中堂自忖，近年我官符如火，封爵拜相，洋务又办得风生水起，轮船、煤铁、电报接连上马，北洋一枝独秀，同僚形相见拙。自沈葆桢积劳成疾病殁任上，南洋的事就有些不措手，及刘坤一接了两江总督南洋大臣的任，眼看那招商局所借官本一百九十多万银子，就要被我提去买铁甲兵船，南洋一文没有着落，心有不甘，遂寻事发难。明里拿唐、盛开刀，暗中拆我台脚，一则削我羽翼，一则插手实业，一石二鸟。若不消弭于无形，攻讦不请自来。

思忖停当，中堂便对杏荪道，这些年你也辛苦，为招商局出了大力，就是应得的薪水花红，也从未支领，我都知道。不过，招商局开办有些年头了，整顿整顿也是好事，但炒股票吃回扣不是小事，非辨明了不可，你先拟个折子驳上去，看怎么说。杏荪得命，当下动笔细细辩诬，逐条痛驳，又来请张佩纶润色。

这张佩纶本是清流中人，为翰林四谏之一，专一靠搏击名公巨卿爆得大名，真个笔锋到处，所向披靡，必有人丢官落马。因母亡守制，新近入了李中堂幕府。待看了折底，张佩纶笑道，杏荪，你这个能员，又碰着麻烦了。这一案，北洋南洋是两造，辩驳得再好，旁人总有个先入之见，且先请中堂拜发了，投石问路。得空，待我与黄体芳邓承修那几位说道说道，言路上有了公论，南洋必落下风。

奏上，太后见两边互不买账，便下旨刘坤一，速速勘查检察，如有情实，定然从严参办。刘坤一指派干员江南制造局李兴锐、江海关刘瑞芬稽核。两位资深道员查来查去，放过唐廷枢，独独拿杏荪下杀手。南洋大臣刘坤一上折回奏：

盛宣怀于揽载、借款，无不躬亲，而又滥竽仕途，于招商局或隐或跃，若有若无，工于钻营，巧于趋避，所谓狡兔三窟者。此等劣员有同市侩，置于监司之列，实属有玷班联，将来假以事权，亦复何所不至。请旨将盛宣怀即予革职，以肃纪纲。谨奏。

李中堂闻讯勃然大怒，心想果然是要折我股肱，遂亲笔写了《复查盛宣怀片》奏上，说是盛宣怀定招商局章程在先，尽心维护局事于后，其会议收买旗昌，设借宾定主之谋，去一大劲敌，为收回中国利权，关系大局甚巨。该员勤明干练，实属有用之才。一力为杏荪正名。打得一拳开，免得百拳来啊。

朝廷见此案无从坐实，又虑北洋南洋，均为朝廷重镇，南北失和，不利于大局，颇有些踌躇。那清流党见时机已到，另辟蹊径，由陈宝琛出面上本，专劾两江总督南洋大臣道，江南督臣刘坤一嗜好过深，广蓄姬妾，日中始起，稀见宾客，公事一听藩司所为，且又纵容家丁收受门包。其用人之姑息、任事之苟且，讵足以膺重寄？必至贻误封疆。

朝廷本已看出南北洋闹意气，不好明火执仗，便拿招商局作个筏子。陈宝琛奏上，朝廷知是舆论向着北洋，便不再细究，以事出有因，查无实据，结了这起招商局参案。遂将刘坤一开缺，调左宗棠坐镇南洋，握江督篡。还是杏荪见机，自请退出招商局，以避锋芒。中堂见杏荪树敌甚多，准其暂时不理局务。

岂知祸不单行，也是杏荪流年不利，才按下轮船这头，煤铁那头又冒出来。湖广总督李翰章转来公文：因据人告发，盛宣怀自办湖北矿务，迄今三载，始而收买运售，既又集股开采，成效未见，亏累已多，屡屡求告公家减免厘税，而局务毫无起色，亏空亦毫无弥补，上损国税，下碍民生。云云。

中堂见了，摇头不止，命杏荪速将矿局账册详细报上。及见收支不符，账面亏空一万六千四百零二串二百六十七文有零，将账册一摔，拂袖而起，蹀进后堂去了。越日，中堂饬下文书，责备杏荪道：该道试办鄂省煤铁矿务，无丝毫成效，反多累公款，官气深重，事不躬亲，听任司事含混，以致弊端丛生，怨谤迭兴。谕令将湖北煤铁总局裁撤，所亏局款一万六千余串，统由盛宣怀尽数赔垫。

可怜杏荪自弱冠之年，便存着采矿的念头，常以此番开矿，虽于官于商未及盈利，却养活穷民不少，颇得民心自慰。如今吃尽辛苦，却似竹篮打水，真个气得两眼直白，心口郁结。只是王法无情，气归气，局款还得要赔，这笔钱不在少数，想想只有回南，家里开在苏常的钱庄典当，或许还有办法可想。谁知正值胡财神与洋商斗法，大收生丝，庄典里的银钱都放了出去，市面银根极紧，杏荪一时无计可施。

这日，杏荪公退。因心里想着赔补的款子无从着落，不免唉声叹气，坐立不安。玉蓉见了，哂道，你也不必这样子烦恼，不要亏了银子又亏了身子，那才叫冤枉呢。就算不为我罢，教老太爷知道了，没的为你着急。杏荪皱眉道，你教我如何不愁，这么大一笔钱，我哪里去找来。老太爷买了园子才几年，典当和钱庄里的份子，已经抽出来买了旗昌与矿山的股票……

玉蓉笑道，不就是天大的官司，地大的银子么。杏荪道，地大的银子，总不会天上落下来罢。玉蓉且不言语,斟了盏茶与杏荪,自去开了柜锁取出个小藤箱,掀盖捧出一个包袱。杏荪认得是玉蓉儿时衣衫,正不解何意,却见玉蓉伸手从衣包里摸出个东西,递了过来。杏荪看时,是一个锡做的老旧茶叶罐子,黑黝黝的,约莫三寸来径,四五寸高。掂掂压手,便问里边是甚么。玉蓉道,你自看罢。

杏荪拔开上盖,往炕床上一倒,只听哗喇声响,顿时炫光夺目,五彩纷呈。细看时,全是金珠宝贝,有鸽血红的璎珞、祖母绿的戒面,黄豆钻、龙眼珠,猫儿眼、玻璃翠,羊脂玉佩珊瑚顶。杏荪惊道,你哪里来的这些东西?玉蓉道,你猜。杏荪哪里猜得着。玉蓉道,你不知道罢,这是我那捻子爹爹留下来的。

见杏荪似信非信,只看着那些个宝货发呆,玉蓉说道,我原也不知。那年他病得重了,才教我从墙洞里抠出这罐子来,原想当个金戒指赎药保命的,谁知他等不及便死了。过后,我就受他把兄弟的骗,到了上海城厢,所幸遇着了你,终身有托。你还记得那年龙华走马么,我带你去那破屋子里,拿我儿时的衣裳,看看罐子还在,顺便就取了出来。于今你拿去变换了,赔补你的亏累罢,有多出来的,日后遇着灾年,皇上家要你捐银子,也好活多少穷人的命。

杏荪不听则已,听了五味杂陈,心口膏张得突突乱跳。缓了好一歇,方道,好人,天教我今生今世遇着了你! 这份柔肠侠气,教我如何生受?无论如何,难补难报。玉蓉道,我要你甚么补报。你我一体,这个难关,自然一体来度啊。你好了,我不也就好了么。杏荪只是执着玉蓉的手,定定的看着她说不出话来。半晌,才攒拳发狠道,你放心,我日后一定挣一副一品命妇的诰封来给你。

玉蓉听了,横波一笑,柔声道,日后的事日后说罢。你想是饿了,吃了饭早些歇息罢,这些天你也忧心得够了。我温了壶善酿在那里,时久了要酸的,有你喜欢的金腿炝银鱼,荠菜烂面饼。杏荪见玉蓉如花解语,百媚俱生，心怀一宽，顿觉肚中叫唤，食指大动。

见杏荪开怀，玉蓉自也欢喜，素面含春，陪着杏荪推杯换盏，尽兴斟酌了一回，不觉玉漏深沉。檀郎谢女眠何处？楼台月明燕夜语。是夜，荪蓉共效于飞之乐，倒凤颠鸾，备极绸缪，道不完的旖旎缱绻。杏荪曲尽为夫之道，体贴玉蓉，直把个玉蓉奉承得如痴如醉，欲仙欲死，几乎将杏荪的肩膀啮出血来。

且说杏荪得了玉蓉的藏宝，就要完了亏累。玉蓉笑道，你真个是大少爷的脾气作派，一下子赔完了，外人还以为你真在轮船局子弄了不少钱，阔得很呢。杏荪顿悟，遂先垫补少许，上禀请将矿局余款十余万串，存于钱庄生息，逐次弥补亏空。中堂准了。

一天大事，烟消云散，杏荪顿觉浑身轻松，便回过头来，赶办那津沪电报线工程。到了冬天，津沪陆线竣工，自此我中国南北声气，通于瞬息之间，实是杏荪一大功劳。杏荪遂以电报应力图久计为由头，拟了个《电报局招商章程》，请改官办电报局为官督商办，分期缴还官本。

李中堂奏准朝廷，成立中国电报总局，本部设在上海，盛宣怀为总局督办，掌印，授以架设开通中国电线电报之专权。杏荪与郑观应、经元善等几位，集资八万两，首先了入股。中堂嘉许，说与杏荪道，你这个督办不是好做的，要把全国的电线电报通起来，顶要紧的是回护我中华利权，日后与大东大北这些泰西各国在华洋商交涉，这副担子就压在你肩上了。

杏荪领命。中堂又道，再有，水线毕竟是洋人不远万里通到我海口，总也有些个想头，洋人若是拿乔，我国与外洋的消息就阻滞得很，你何妨再唱一出借宾定主的好戏，是主角是龙套，我等着瞧。你好自为之。杏荪再拜受教。

十四回

跌财神申城舞长袖
敷海线金州挪专款

盛曰：洋人会计精密，而自为谋则自利，为我谋利则我损，其始甘言饴我，其继狠心吞我，其终破而讹我

转年开春，杏荪授意郑观应，禀请两江总督南洋大臣左宗棠，请设立上海到武汉的长江电报线。

岂料这左中堂不以为然，微哂道，电报快是快，若说到实在功用，也不尽如洋人所云然。譬如商贾利用电报探询市价，瞬息可知，但晓得了行情，未必就一定赚得着银子。再说军事，老夫用兵三十年，行走十五省，不知电报为何物，也从未失过戎机。说着，大话起当年用兵西陲，驰马天山的往事来。好在说得尽兴，左中堂又扯回话头来，摆摆手道，今非昔比，时势如此，这电报恐怕早晚要办。不过，长江电线，事关南洋，老夫须得通盘考虑，自有计较，这个事再说罢。郑观应进言不遂，怏怏而还。

左中堂不允所请，本在杏荪意料之中。前时洋商传言，财神胡雪岩有意架设长江线，且已有所动作，杏荪未雨绸缪，也早想好了应对的法子。这郑观应说完了请见左中堂的经过，又笑对杏荪道，我倒听来个笑话，道是胡雪翁着人去买电线器材，大东及大北都说现时国内生产量降低，一时

无法备到足够的货,请耐心等待。其实是你盛督办暗暗许了三倍的重价收购,除了我们电报总局,一概不得卖一寸电线与别家。杏荪听了一笑,击掌道,我有这么大本事么。改天我见了财神,倒要看他是怎么个说法?

只因胡雪岩是神不是人,巧言令色全然无用,杏荪见了财神,恳言道,雪翁,长江电线一事还请通融。电报总局请雪翁与大东大北通同合作,雪翁看行不行得?财神道,这样最好。只是左中堂以为南洋的事,还是南洋来办,已经发下话来,叫我好生筹划。这要大笔银子,这且不提,偏偏我又是个外行,洋务上头诸事隔膜,这样赶鸭子上架,真正叫我无可奈何。杏荪笑道,雪翁法力无边,哪里有办不了的事呢,既是雪翁愿意一力操办,电报总局愿意效劳。财神笑道,杏荪你真会说话,难怪李中堂离不得你。遂回头吩咐听差说,时候不早,点心不用再上了,就开饭罢,我陪盛督办小饮几杯。

二人吃了一回,财神道,杏荪你是膏粱子弟,有些事你晓不得。比如这吃的东西,自小吃来,一世吃不厌的。小时没有得吃,后来吃多了,慢慢就会厌。你看乾隆皇爷八十多岁,餐餐不离鱼翅海参,熊掌鹿尾这些厚味,就是自小打下的底子。人说不是三世富贵,不知穿衣吃饭。这起居食色上,最有讲究。你是世家出身,这些道理你比我明白多了。杏荪夹一筷菜,笑道,寒舍怎敢与雪翁府上比较。喏,这胭脂鱼,就是独一味,糟香透骨,别处再整治不出来。

财神道,这也容易,几时叫他们将做法说与你家厨子。杏荪笑道,多谢,只是这鱼少见,有钱也无处买去。财神一笑,说道,饮食上是如此,别的事也是一样,少小时根基不牢,老大了便难画难描。我自小在钱庄盘弄铜钱,现在有了年纪,也只会在钱眼里翻筋斗。所以,这电线电报的事情,真个要请你杏荪帮忙。杏荪忙道,雪翁放心,只要雪翁有所垂询,尽管吩咐司事,来总局接头便是。

财神听了,擎杯敬杏荪道,多谢了,来,满饮此杯。有杏荪援手,我高枕无忧。因笑道，似乎听下边办事的人说，怎么买不着大北和大东的电线器材，只好停工待料，杏荪你晓得是什么缘故么？杏荪诧道，我没有听说，莫不是洋人作怪罢，有货色不卖，于理不通啊。

财神哈哈一笑，说道，杏荪你虽是公子身，办的却不是膏粱事，这一点上头，我佩服得紧。我痴长你几岁，有些话，就倚老卖老了——外头人多说，我胡雪岩是为左大人做事，这话也对也不对，为左大人做事不假，为国人做事是真。我这后半生，只是想怎么把洋人垄断的那些生意打破了，顶好为我所有。

见杏荪重重点头，财神呷了口酒，拣筷菜吃了，接着道，现今人人皆说，左大人和李中堂是对头，读书人叫做甚么"参商"。在我看，他二位是庙堂上头决大事的，往大里说，是国事之争，往小处说，是君子之争。我不懂国事，也不是君子，我只想赚钱。左大人于我有恩，但我这心里，一向也是感激李中堂的，毕竟是朝廷柱石，胸襟阔大，看得出我虽为左亦为国，所以慈悲为怀，留着我在大人先生身边，鞍前马后听差罢了。

说着，财神举举倚在桌边的拐杖道，其实，真正识透我这个人的，是曾中堂曾大帅，晓得我眼里有钱，心里无钱，我佩服啊。所以你看，他老人家送我的这根拐杖，又是红木身又是银把子，重得不服手，我只一直随在身边，为的是个念想。杏荪，我是看好你，将来一定官高财富，那时你就晓得，一个人权握得重了，看得乌纱帽就轻，钱赚得海了，银子就成沙土了。

杏荪唯唯。暗赞真个世事洞明皆学问，人情练达是文章。只听财神顿了一顿，复道，有些事，我是在做，你杏荪也在办，你为李中堂做事，也是为国人做事。这电线电报呢，我做不做，你杏荪来做，都是一样。说句台面话，你我都是皇上赏了红顶子的道台，归根结底，当的都是大清的差使。就是我做丝做茶，人说我囤积居奇，实在也是冲着洋人来的。说白了，只要能从洋人手里挣回利权，我这个财神就是赤了脚，心里也安。

杏荪听得，心生敬意，面上倒有些热热的，好在有酒遮脸，遂道，雪翁真知灼见，不吝赐教，杏荪受益匪浅。这酒也够了，请赏饭罢。洋人那边，我去交道交道，如若再要弄鬼，我自有捉鬼的手段。财神大笑，干了门前酒，指着才上的一钵汤菜道，杏荪你尝尝，中不中吃。

杏荪看汤清如水，间杂以朱丝玉缕，舀起来尝时，却带着玻璃芡，入口鲜腴滑润，似若无物，只不知是甚么东西和的羹。因笑道，此味只应天上有，人间哪得几人知？财神道，这是雀髓羹。滋味也还罢了，却是有一样好处，能振男子雄风。日间食用，晚来自知，只怕房中人要告饶呢。杏荪笑道，雪翁府上的起居服食，王侯难及，何况凡夫？一时尽欢而散。

过了个把月，洋商说是有货到了，财神就去买了来，架设这长江电报线。岂知架了一段，一段不通，架了两段，两段不灵，查来查去，原来是器材出了毛病，全是劣等货，根本用不得。司事与洋商理论，洋人反说中国工匠学艺不精，安装不得法，概不认账。财神听了，哭笑不得，又不好对左中堂说得，白白教洋人骗了大把银子去，还耽误了功夫。左中堂晓得了，也有几分疑惑，存了个胡雪岩在洋务上，怕是不如盛宣怀的念头在心。

南洋捂住了这个闷包，京里都老爷偏要出头。有御史上本，弹劾胡雪岩办理长江电线不力，浪掷国帑，空耗时日，请改派郑观应接办。朝中大老亦多持此论。左中堂见讥评四起，也就借机收篷，传命杏荪来见。

杏荪看左中堂老态了好些，两眼昏浊无光，浑不似当年征西时英雄气概，自也心酸。待行了礼，于怀中取出个小小瓷瓶，进与中堂道，中堂为国宣劳，日理千机，恐有伤目力。职道所办广仁堂，有个大夫，合的眼药有口碑，前时家严患了眼疾，试用甚有效验，中堂不妨点点看。左中堂叹道，我这个迎风流泪的毛病，只怕不会好了。也罢，我试试，难为你费心。你父亲好？杏荪忙站起来回了好。

说起盛康，左中堂话就多了，说与杏荪道，你父亲有度支才。当年打长毛时，我在曾相身边帮办军政，偌大一支湘军，外加湖广千万百姓，全靠你父亲腾挪调度养活，一直支撑了好些年头，真正不易，就是李少荃也是佩服的。杏荪你也从过军，现在还是淮军的后路粮台，总也知道，这打仗打的就是钱粮呐。

见杏荪连连顿首受教，中堂感慨道，平常人或许不知，我等代天巡守一方的大员，牧民镇反，在在要钱，少不得的就是理财高手，于今是难得了。好在家学渊源，你杏荪这一辈后生，慢慢地上来了。于今洋人比长毛捻子，难对付百十倍，杏荪你要为国自重，挽权争利，莫要空负了我等老头子的期许才好。

杏荪连忙起身应是，禀道，有中堂这样老成谋国的重臣在，未雨绸缪，运筹帷幄，何愁洋人不俯首就范。只是杏荪才疏学浅，恐负中堂厚望。左中堂哂道，你无须自谦，你的本事我自知道。只要你明白，南洋与北洋比肩而立，同为国家柱石，一头高一头低，这朝堂就歪斜了，你省得么。杏荪大窘，忙道，职道如何敢分畛域，敢不尽心竭力，为中堂效犬马之劳。

左中堂颔首道，为国效劳。待换了一锅烟，方闲闲问道，这长江电线的办理，你怎么看？杏荪回道，电报固以传通军报为第一要务，而其本源尤在厚利商民，应力图久计。职道以为，中堂凡事洞烛几微，独筹远大，只要照中堂寓兵事于民事之中的宗旨去办，没有不成功的。左中堂呵呵大笑，暗赞不愧盛旭人之子，得窍。因问道，宗旨要紧，只是皇家不差饿兵，经费这一项，你可有打算？杏荪禀道，可以招商，请中堂恩准。

左中堂道，这么说，你是有备而来，这就有了谱了。长江这路电线，外国觊觎已久，洋人手长得很，莫教他着了先鞭。你，这就去办起来罢，教郑观应襄办，主管招商，我改天就说与藩司下札子。杏荪诺诺连声，领命下来，已是额头冒汗，待说与郑观应经元善知道，皆大欢喜。自此，长江电线办理权属落定，了了杏荪一桩心事。风声传出，电报总局的股价登时涨了几成，但凡手里有股票的，个个大发利市。

自借得南洋这股东风，杏荪一发将联通上海浙江福建广东的海线电报，敷设起来。偏偏工料又不够了，银子又不凑手，杏荪只得说通了股东，将金洲煤矿的十几万股金，先挪了来，投在沪浙闽粤海线工程上应急。杏荪卓有劳绩，不想惊动了主上。

原来近日法兰西国进占越南，觊觎我南疆，边关吃紧。朝廷借重柱国老臣，内调左中堂入了军机。左中堂想着国家多难，宰辅有荐贤之责，一来为朝廷效力，自家也好多个帮手，便奏保盛宣怀勤敏练达，才堪大用。主上求才若渴，特下一旨：盛宣怀以海关道、出使大臣交军机处记存。

这杏荪还来不及高兴，没兴之事又来。京里都老爷闻风言事，上本弹劾盛宣怀湖北矿事前账未清，又挪用金洲煤矿专款，含混铺张，请派员稽核，以正中外视听。朝廷交部议处。部议盛宣怀办理含混，铺张失实，请科以降级调用处分。左中堂见了，发话道，这个盛宣怀我倒有点晓得，当差还不至于如此糊涂，叫他明白回话，复议罢。部里便行文南洋北洋派员会同查复。

杏荪晓得了，一时心灰意赖。齐巧邵友濂出使俄罗斯国有所作为，新近放了上海道，便三天两头去道署宵夜解闷。这天，白日也不到局子里去，对玉蓉道，这满院的珠兰开得正好，你弄几味菜来下酒。自家科头跣足，携了阿蕙赏花纳凉。玉蓉陪着吃了几杯，闲闲道，你在家陪陪孩子倒好，怕是外边说你矫情镇物，继莲夫人常说，自古嘉誉既来，谤亦随之，越是此时，越是要上劲治公，方是男子本色。你说呢？

杏荪猛可里醒悟，顿杯道，是了。近来法越事急，这沪浙闽粤海线电报事关紧要，必要敷设通了，朝廷军政方略展布下达，方能如臂使指。难道有人掣肘，我就歇脚了么，岂不辜负了太后皇上。说着，一叠声叫拿袍褂，套车。

玉蓉笑道，也不争在这一时一刻，你忙得人也瘦了，多时不曾着家，今日就这天伦之乐，享享清福罢。说着，舀一匙虾珍煎雀米，送到杏荪口边道，尝尝。这是胡财神家厨子传授的，齐巧经元善送了一蒲包活蹦乱跳的河虾来，我看有珍，就教厨下和了些松仁炒了，你吃着好也不好？

杏荪笑道,经元善倒总想得着我。玉蓉道,自他升了上海分局总办,关照得很,不时差人送些时鲜来。上回,我恍惚听见,他家的老妈子对我的娘姨说,胡财神收丝收得多了,压住了本钱,弄不好要做空心大佬倌,究底是也不是? 杏荪道,我手头的事还顾不过来,哪里去管别人的事呢。

却说胡财神收丝。因江南的生丝出口,一向是洋商定价的,养蚕的农户,起早贪黑,实在赚不了几多铜钱。若是天公不作美,阴晴不定,蚕宝宝得了僵病,那些大姑娘小媳妇数月辛苦,尽皆泡汤,折了本钱,陪了功夫,洋商亦一无补贴。这财神眼看洋人予取予求,见利忘义,心有不甘,一心要把生丝先收尽了,再卖于洋人,来挽回这定价权。

自上年,财神就联络了杭嘉湖、苏松太的同业大户,南浔的"四象"刘、张、庞、顾,"八牛"邢周邱陈、金张梅邵亦是捧场,集了千万巨资收丝,差不多把市面上的生丝包揽,胡财神独占大头,要与洋商一决雌雄。洋商这边,赚便宜赚惯了,岂肯轻易就范,也联络起来,抵死不买财神的生丝。两边就这么干耗着,看哪一边先低头。

财神这边搁死了血本,洋商这边国内工厂等着开工,洋人看看难操胜券,死棋肚里出了仙着。借着法兰西国进占越南,边关有警,又扬言攻击上海,这英吉利驻华公使威绥玛,乘机到总理各国事务衙门告状,抗议胡雪岩操纵市场,垄断货源,违反了商约,各国公使亦鼓噪不绝,意欲乘我边警,逼华商低头。

总理衙门诸大臣正为法越战事头痛,不欲多事,朝中大老亦不想节外生枝,传下话来,只管教胡雪岩委曲求全,息事宁人。岂知商场如战场,既要委屈,如何求全? 一旦递了降表,只有任人宰割。风声传开,丝价一路往下。八月间市面行情,上等四号辑里丝每包四百二十七八两,九月里跌到三百八十多两一包,到了十月中,只好卖到三百七十多两。

财神无可奈何,只得跌价抛售。因折了巨本,周转失灵,自家开的金嘉记源号丝栈就此歇业,又连着带倒了朱永盛这几家大丝栈,南北市的那些行号栈铺,受拖累倒闭的不下三四百家,大钱庄年初头上还有七八十家,于今只剩了十家,亏空多者数十万,少亦数万。缘此,上海市面一片萧条,丝业偃旗息鼓,银钱业也有了颠簸不定的模样。

兆头不好,财神心头却还有一事未了,就是左中堂当年征西的协饷。原来光绪初年,财神代朝廷出头,以私家名号从汇丰洋行贷了六百五十万两银子,七年为期,每半年还贷一次,连本带息五十万两,上年又续借了四百万两。这两笔款,以各省协饷作担保。预先约定,各省协饷均汇到上海,上海道收齐了交付胡雪岩。虽然财神只是经手,用钱的是朝廷,洋行却只认定胡雪岩为债务人。

往年协饷一到,上海道就把这款子划到胡雪岩的阜康钱庄,以备还款之需。眼下,这半年还贷期限看看将到。若是寻常年头,这五十万银子,财神拨一粒算盘子,哪里不调了过来。于今,刚刚丝场上铩羽而归,大伤元气,想想本任上海道台邵友濂是北洋的班底,左中堂又远在京师,鞭长莫及,还是早做准备为上。恰好李中堂回籍省亲返津路过,朝廷命就地统筹中法交涉,正驻节上海,财神便来请见李中堂。

御外侮朝野齐关情
肃内务纶音褒佳绩

盛曰：凡事上苛而下恕，则苛亦使人感恩；凡事上恕而下苛，
则恕亦必招人怨

　　且说胡雪岩请见李中堂。中堂教在花厅上坐，关切道，雪翁，这次生
丝买卖上吃了洋人的亏，弄得市面如此萧条，究竟是怎么回事？财神回说
了大致经过。

　　中堂又问折损多少。财神回道，职道一人手里就有一万五千包丝，值
到一百二十五万英镑，分批折价卖出，每包低于市价十两左右，通扯总要
亏到一百五十万银子。银钱上职道看得破，也还赔得起，只是输给洋人，
实在不甘心，眼看着要赢了，上头刮下罡风来，硬生生叫变了局，好不教人
心寒。

　　见中堂点头肃容无语，财神感慨道，当初是职道起的头，鼓动同业齐
心合力挽回利权，反倒是职道先递了降表，同业的亏损怎生料理？散户又
怎生接济？职道真正是无以为人啊。中堂叹息不已，着实宽慰了几句。
财神乃禀道，好教中堂知道，这半年的西征协饷，还有半月就要到期，敢请
中堂，钧谕上海道邵友濂，按时拨付职道还迄，以免洋商生事。中堂一诺

无辞。

转瞬二十天到，上海道衙门的协饷不见拨出，财神只好关照阜康大伙，无论银根如何紧张，也要将汇丰的贷款付了。大伙无法，到各处联号收罗爬剔，将柜底扫尽了完账。未曾料想市人见阜康大伙急火火打电报到处调头寸，失了常度，纷纷传言财神生丝买卖大败亏输，阜康怕是要倒，赶紧先把自家的存款，提了出来为上。一时阜康门庭若市，俱是提款的，连街面上也挤得水泄不通。阜康虽尽力维持，官府也出来托市，只是储户不见真金白银兑现，怎肯歇手，金字招牌全然无用，竟将阜康生生挤倒，关门大吉。

消息传出，苏常、镇杨、南京、芜湖、九江沿江一路，闻风挤兑，阜康联号尽皆倒闭。胡雪岩这个财神，真个成了赤脚大仙，哈哈一笑传下话去，宁欠为官作贾的，不欠平民小户的，一面遣散姬妾，出卖元宝街巨宅，连名播四方的胡庆余堂，也作价抵给了协办大学士文煜。

虽然困顿，这财神却还不服输，意思是要赤手空拳，再打出一番光景来。市井中却传说，左中堂顾念老友，不满朝廷下旨追缴财神欠款，便召集京官，说可以帮着去阜康讨欠，一个个问吃了多少倒账。众官沉浮宦海，哪里看不出他老人家葫芦里卖的甚么药来，有那存十万的，只敢说三二万，存二三万的，只敢说数千，左中堂拿账簿一笔笔记了，倒替财神搪塞了好些亏欠。虽未知的确，亦可见百姓对贪官污吏恨之切齿矣。

胡雪岩听得，只是苦笑，不想又染了时气，内外交感，竟然撒手归西去了。这财神一朝升天，到了夏舍医药冬施粥的时节，老百姓又念起他的好处来，说胡大先生怎么着也是皇上赏过红顶子黄马褂的，做了这么多善事，不应该不得善报啊，只怕是着了暗算了。坊间传说纷纭，财神跌倒，全是邵友濂盛宣怀合伙弄的鬼，恨得胡雪岩临终大呼——杀我者，刀口耳！人人皆知这"刀口耳"，合起来恰是一个"邵"字。一时传得活灵活现，传来传去，连李中堂也晓得了。

李中堂本也有些疑心，莫不是左右心腹人护主心切，暗中联手削了左季高的羽翼，便问杏荪道，听说你传我的话，教邵小村扣住了西征协饷，缓发与胡雪岩，又教电报局职员放风此人是空心大佬倌，唬弄众人挤兑他破了产，这话有也没有？杏荪叫屈道，哪有这事？爵相的钧谕，是可以假传的么？中堂请想，前年湖北矿局余款十多万串，存在阜康生息还本，于今一齐赔了进去，弄倒胡雪翁，不就是弄倒我自家么。

中堂点头道，说得也是，我想你也不会。实在呢，南洋北洋，都是国家封疆，他胡雪岩你盛宣怀也好，他左季高我李少荃也好，都是为国家办事的人，哪一处哪一个受了折损，皆非社稷之福。唉，胡雪岩这一倒，恐怕要牵动朝局，听说京里不少公卿，都有大笔银钱存在阜康，太后皇上正教人查呢。你要做好准备，这湖北矿局官本的亏累，作兴要你赔出来呢。杏荪大惊道，职道如何赔得出，只怕要倾家荡产了。中堂道，我也只不过这么一说，你总防着点的好，现在西南正与法国对阵，你在我身边参与戎机，凡事小心为上。杏荪听了，只得快快而退。

不说财神升天，杏荪倒把条海线电报抢通了。新任两江总督南洋大臣曾国荃，本来嫌都老爷乌鸦嘴多事，罔顾大局，遂会衔李中堂奏复道，沪浙闽粤海线所以速成者，皆道员盛宣怀移缓就急之功，于军务裨益犹大。部议，改为降二级留任，以杜言官杯葛。朝廷准了，杏荪这个金洲挪款的参案，才歇了下来。不想湖北矿款的事，却教李中堂说中了，那吃了倒账的十多万串钱，部里一定要盛宣怀赔出来。杏荪无法，只得来与玉蓉商量。

玉蓉道，我早防着这一天呢。那茶叶罐里的东西，一半已经变了现，前一阵钱庄不好，想放到汇丰去，又虑着人说你在外国银行存了大笔款子，只好一锭锭堆在家里，好不狼亢，于今既然要用，教人来搬了去就是。杏荪满面羞惭，嗫嗫嚅嚅道，你的钱倒教我用了去，我答应你的诰封还未挣来呐。玉蓉笑道，挣了来又归谁，你的正室夫人，还虚位以待呢。

杏荪苦笑道，说良心话，我也常想着把你扶了正，只是你看这没兴头的事，一件接一件，就这么搁了下来。老太爷早也有过话，要礼待你，要不等我看个好日子，成了礼罢。玉蓉笑道，现在是办喜事的辰光么，外头还不说你银子多得罚也罚不完呢。诰封我也不稀罕，银子换来的东西，我更是不要。盛府的大少奶奶好做的么，又要传宗，又要当家，不看我那探梅姐姐，还不是生生累得坏了身子，时不时带着身孕操持家务，显了怀也不得歇……，说着坠下泪来。杏荪自也心酸垂涕。一时二人归寝，无话。

这杏荪想想，亏空赔归赔，苦衷还是要让上头知道，便修书一封，禀告户部尚书阎敬铭道：侄自李傅相奏调不足十四年，差缺赔累，祖遗田房变卖将尽，众皆知之。湖北开矿一事，受累甚重，傅相准许以息保本，部文要侄全赔，破家何作惜，徒贻老亲忧，父年古稀，无田可归。从此，侄出为负欠官债之员，入为不肖毁家之子矣。一席话，说得甚是悲凉。这阎尚书当年在湖北时，巡抚胡林翼曾奏保说，阎敬铭气貌不扬，而心雄万夫。因与盛康同地为官，有过交集，后来升了方面大员，朝廷敬他铁面无私，节俭为上，便内调执掌户部，看守国库。与今虽垂悯杏荪，却爱莫能助，也是人心似铁非似铁，王法如炉真如炉的意思。

越日，杏荪就要搬银子出去赔账。玉蓉道，且慢。我想了想，还是抽了济大、久大这几家当铺的架本，或者再典了常熟的那几倾水田罢，若是用现银子解库，只怕外头又有话说。现银子留着，眼看大少爷大小姐就要娶的娶，嫁的嫁，用钱的地方多呢，备着点好。杏荪叹道，是了。昌颐都这么大了，大姑娘也早已及笄，真是快啊。我一向忙昏了头，儿女大事都忘在脑后，难为你想着。玉蓉道，阿蕙都长这么高了，长兄长姐还不该成婚吗，你不在心上，我还能忘了么，探梅姐姐在天上看着呢。一面早又红了眼圈。杏荪长叹一声，自去。

这里杏荪完了矿款的账，边关与法国的仗，到底打了起来，广西镇南，台湾基隆，都动了刀兵。不想出师不利，连着败了几个回合，惹得左庶子盛昱上了《疆事败坏请将军机处交部严议》的弹章。太后本来嫌恭亲王尾大不掉，遂将军机处全班尽撤，开去恭王一切差使，居家养疾，再造军机处。礼亲王世铎因屡请垂帘听政有功，这回做了领班，遇有紧要事件，上命著合同醇亲王商办。谁知被人看破，有好事的做了副对子流传开来。

齐巧李中堂问及易枢的舆情，杏荪未及多想便吟道：易中枢以驽马，代芦服以柴胡……，一语未毕，只听砰然一声大响，中堂变色击案道，胡话！你敢再说一遍，我定将你摘了顶戴，褫去官衣听参，你信也不信？吓得杏荪面无人色，浑身抖战。半晌，中堂见杏荪面色青红不定，低头不语，意气稍舒，方谆谆教诲道，身为大清臣子，朝纲不振，更该朝乾夕惕才是，反倒妄传谣言，岂不知这话明里是说亲贵平庸，暗里是讥刺主上失政的吗？防民之口，甚于防川，你真是糊涂到家了，莫道我这里就无人听见，没有不透风的墙啊。还不下去，拿军报来我看！

自此，朝廷重整旗鼓，起用淮军宿将刘铭传领巡抚衔，出任台湾防务大臣，老提督冯子材帮办广西军务。署理都察院左副都御史张佩纶主战最力，连上十数个折子，论兵谋略，朝廷便命以三品卿衔，署理船政大臣会办福建海疆事宜。杏荪近年虽在忙矿冶、轮船、电报这些事，身上淮军后路粮台的差使一直未撤，兵马未动，粮草先行，自然忙得不可开交，好在南边的海线敷设通了，函电交驰，军情消息便捷，不然真正应付不来。为防法国兵船无端攻击，杏荪又与旗昌洋行定了密约，设法将招商局明卖暗托，教局船都挂上了星条旗，照常行驶。

那刘铭传冯子材与法军正斗得有声有色，战事方酣，独独张佩纶这边不见动静。本来法国兵轮已经封住了马江，堵在江口的南洋水师情势危急。官兵请战，张佩纶只是不许，道是彼若不动，我亦不发，严令不得先行开炮，必待敌船开火，始准还击，违者虽胜尤斩。又依天朝上国怀柔远夷之古训，优礼法军。法军总司令孤拔见有这等好事，机不可失，先下手为强，将南洋水师的兵船，击沉击伤了七八艘，又乘势轰塌了马尾船厂，直把个南洋官兵,憋屈得捶胸顿足,痛泪飚飞。

本来张佩纶丁忧期满,出了李中堂幕府,任左副都御史,因一意主战,朝廷将其大用。书生典兵,踌躇满志,意气风发,正欲一展胸中真才实学,图个青史留名,不料炮声一响,惊得昏倒于地,亲随急急拖起,奔出衙署往乡间躲避。百姓闭门不纳,都说哪有统军大臣不去督战,反倒跑丢了鞋袜毫无体统的,必是冒称,再要罗唣,定然报官了。张佩纶倒也洒脱,索性跑到山寺里与老和尚着棋,说佛谈经,也不知是陶性冶情,还是追忏那阵亡的八百余名水陆将士。

幸而刘铭传淡水一仗,杀得法军丢盔弃甲狼奔豕突,退出台湾。冯子材鏖战镇南关,亲自手执长矛,带着两个儿子跳出壕垒大呼杀敌,法军死伤惨重,节节败退。据说这冯老将早年入了天地会,御下极厚,部伍多是会党,故上下一心,极其团结,此时同仇敌忾,杀得法军在越南存身不牢。那孤拔还想扳回局面,带了水师北上内犯,不想在镇海中炮,沉了两艘兵船,自家也受了震伤,坏了腑脏,不治身死。败绩传回法兰西,远东舰队就此解散,茹费里内阁就此倒台,朝廷却借势落蓬,与法人讲和,签了《中法会订越南条约》。

条约一订,把个柱国老臣生生气倒,殁于军中。这左中堂一生勋业之巅,乃是收复新疆——从来大清疆域,只有割出,未见揽回的,此老巍巍功高,可昭日月。此番中法战起,老柱国抱垂暮病痛之躯,自请赴前线督师,以钦差大臣督办福建军务,练成一支"恪靖援台军"东渡援台。不料出师未捷身先死,临终,尚念念未大伸挞伐,张我国威,遗恨平生,死不瞑目!

中法战争,法国不胜而胜,做了越南的宗主国,中国不败而败,西南门户就此洞开,国人扼腕,朝野一片斥声。重臣中有那脑筋还清楚的,思量亡羊补牢,整军经武犹未为晚,想起杏荪当日上的说帖,便上奏台湾建省,简放巡抚。朝廷吃一堑长一智,将台湾设为行省,命刘铭传做了巡抚,专守防护,又大治水师,特设总理海军事务衙门。上谕:

海防善后事宜关系重大,自以大治水师为主。著派醇亲王奕譞总理海军事务,所有沿海水师,悉归节制调遣,庆郡王奕劻、大学士直隶总督李鸿章会同办理。正红旗汉军统领善庆、兵部右侍郎曾纪泽帮同办理。现当北洋练军伊始,即责成李鸿章专司其事。其应行创设筹议各事宜,统由该王大臣等详慎规划。钦此!

上下一心,实指望北洋水师早早成军,保卫海疆。李中堂奉了朝旨,招兵买船,夙夜操演,精练水师,因想着招商局这支船队,战时须保障后路勤务,等闲不可放手,遂招杏荪道,我先前听人说,招商局有弊病,一向无暇管得,你去查查,报我知道。还有招商局船挂星条旗的事,不明就里的人颇有微词,也要料理干净,不可授人以柄。

杏荪领命,返沪到局,唐廷枢徐润等众置酒接风。杏荪道,蒙诸公不弃,今番我以创始蒙谤之身,奉维持整顿之命,来讨人嫌了。唐徐笑道,杏荪莫要自嘲,你原是本局会办,中堂派你来,实是回护我等,尽管请秉公执法,不必瞻顾。众人说说笑笑,和睦如家人一般,连叫来侑酒的条子也跟着凑趣,承欢献艺,拿出看家本事,格外卯上。

越日,杏荪看完了账,来寻徐润道,雨之兄,我看你挪了好些局款出去,这是怎么说?徐润笑道,实不相瞒,我因见城北的地皮便宜,买了几块,造几条弄堂租出去,收来的租金,局里同仁,日后自然也有分润,还请你多包涵。杏荪道,你若是将款子抽回来,填了这些个窟窿,好办得很。现在账一笔一笔岙在那里,瞒怕是瞒不住的,你也晓得,中堂的耳报神一向灵得很呢。

徐润道,银子都投进了房地产,另外也还买了些股票,一时三刻抽是抽不回来的。也罢,等我去借银子来轧平了账,那怕吃息再重,也只好这么料理了。中堂那里,请慢些回禀罢。杏荪道,中堂面前,我自然替你转圜,你请办你的正事去罢。这里徐润自去寻席正甫帮忙筹款,天津李中堂已来电催问。

　　杏荪想,津沪电报已经通达,中堂一日要问三遍,也易如反掌,岂容怠慢,遂将实情报了上去。中堂一看,单是徐润一人就挪用规银十多万两,恼得把个烟杆子几乎敲断,立时将徐润革职,追赔公款,调唐廷枢出局,专办开平矿务,就命杏荪做了督办,着力整顿。自此,杏荪执掌招商电报两局,一尝夙愿。眼看唐徐一朝交卸,那些跟走的商人不免怨怼,道是当初靠着我等商本坐大,于今却派了个官督来收权,不是卸磨杀驴又是甚么?

　　话传到耳里,倒让杏荪觉得双肩沉重。只得打点精神,拿出真本事来,先与旗昌洋东士米德谈判,将招商局权属赎了回来,立了产契,重新换挂了黄龙旗;又与太古、怡和这两个洋轮公司定了齐价合同,免了竞相跌价利难保本之苦。整顿了招商局,杏荪再翻过手来料理电报局务,请了大北公司的大班道森、大东公司的大班腾恩来,议定了华洋电线分野,该买进的买进,该划出的划出,又依样画葫芦订了三家齐价合同,坐实了电报总局权利地位,方始稍稍松了口气。

　　中堂得知轮电两局面貌一新,特疏《盛宣怀请奖片》为杏荪请奖。奏云:

　　道员盛宣怀集资赶设沿海陆线,使洋商狡谋废然中止,保我自主之权,尤于国体商情所关匪细。今线路绵亘万数千里,京外军谋要政瞬息可通,成效昭著,其功实未可没。该员才具优长,心精力果,能任重大事件,足以干济时艰。

　　疏上,奉旨:盛宣怀著以海关道记名简放。

十六回

阅海防众口夸轮电
篆正印一身赋官商

盛曰：中国皆环海也，岂能畏难而置之不论乎？筹海军不可求远攻战胜，而不可不谋自守

玉蓉得了消息，晚间便添了杯盘替杏荪作贺。杏荪哂道，你何必又闹这些虚文。南洋北洋都保过我，军机处记我的名，也不是一回两回了，这海关道是紧要缺份，到简放实缺，还有得蹭蹬呢，且看着罢了。

玉蓉道，你也别这么说。不是有句话叫"简在帝心"么，天底下这么多做官的，除了常见的那些个大佬倌，皇上还能记得几个？说不定哪天朱笔一点，一道特旨就将你真除了呢。杏荪笑道，你倒说得好，那也要逢着机缘。只是我放了关道，更要忙得不着家了，你还不嫌冷清么。说着，与玉蓉对干了一杯，便道，今日这王宝和的花雕烫得好，再烫一壶来，吃了早点歇罢，我有些倦了。

光阴易过，说话间到了转年春上，太后闻说北洋水师办得有了些个模样，思量着个人去检视一番。这一日，召了醇亲王来，东暖阁赐座赐茶。叔嫂相见，说了些家常话，太后因道，这些年北洋又是买兵船，又是造炮台，花了好些银子，也不知这海防办得到底怎么样了。我倒有意带着皇帝

去瞧瞧，只为王公大臣还有那些都老爷，一定又要上折子拦劝，无趣得很，想想还是劳动七王爷，代我娘母子辛苦一趟罢。

醇王起身回奏道，臣蒙皇太后不弃，忝为海军总理，这操军的事，本是臣的职分，责无旁贷。臣谨尊懿旨。谢皇太后恩。又道，容臣下去拟个方案，恭呈御览，再行请训。太后道，甚好。七爷这一趟，要出海观操，就乘了杏黄轿去，压一压波涛。醇王跪奏道，皇家仪注，非臣下所能僭越，皇太后恩典过厚，臣万万不敢奉诏。太后哂道，七爷还是这般谦抑，且先回府，我自有后旨。

醇王出宫回邸，便叫人将行程仪注、随扈人等起个节略，封奏上陈，一面饬海军衙门行文北洋，知会本爵奉旨巡阅北洋海防水陆各营，又致书李中堂细商一切。四月初九，带同海军帮办都统善庆、副都统恩佑，递牌子请训，定了出都日期，太后再赏杏黄轿，醇王坚辞不受。

临行，醇王手谕定下规矩，凡出巡期间，车价饭食及马匹喂养，各人自备，不准稍有需索，严禁擅收银物请托之事，违者交地方官递解回京，从重惩办。命从人各执谕令一纸，以自警醒。李中堂这边，命津海关道兼北洋行营翼长周馥承差，总领一应接待、校阅事宜。醇王驻节之地，安在海光寺，因虑醇王随从多，周馥命人在寺外添造了五十多间屋子。

这海光寺乃是胜地，风水绝佳，前明时便是天津八景之一，谓之"定南禾风"。康熙四十四年，高僧成衡在此建普陀寺，五十八年圣祖南巡，驻跸天津，与寺拈香，亲书匾额，赐名"海光寺"。另赐对联两幅，一为"香塔鱼山下，禅堂雁水滨"，一为"水月应从空法相，天花散落映星龛"。自此香火鼎盛，重建了庙宇，再塑了金身。寺外，开凿内河外河，旱则汲引，涝则泄放。欢喜桥畔风摆万柳，无碍桥头葡萄垂累，周围水田漠漠，有小江南之称，高僧常来驻锡，讲经说法。

咸丰八年，英法联军打破大沽炮台，京师危急，文宗遣桂良、花沙纳赴津谈判，在海光寺订了城下之盟《和好条约》。咸丰十年，英法联军再陷大沽,占住天津城,兵营就设在海光寺,可怜清净佛地,沦为屠夫道场。后来朝廷开办洋务,洋兵方悉数撤出,三口通商大臣在寺外设立东西两个机器局。及至李鸿章督直,添设了铸铁厂、锤铁厂、洋枪厂、枪子厂,枪炉房、铜帽房及装药房打造兵器,后来竟能造出小火轮来,越发成了北洋军械制造的根本之地。

四月十一日出,醇王启节出都。随带海军衙门帮总办,营务翼长、委员,机器局枪炮局总办、委员,内外火器营戈什哈、章京,神机营戈什哈等文武三十余员及兵弁夫役,浩浩荡荡,往通州而来。李中堂早派官员带长龙座船三只,座船五十五只,小火轮两只,舢板二十三只,伙食船五只,厨役、听差等众并纤夫二百人,在通州码头等候。醇王登上龙船,号炮响过,启碇便行。其时桃花春涨,光景正好,运河波光粼粼,两岸垂柳夹护,田间麦穗初秀,那岸上的百姓,扶老携幼都来观看,官府不禁。沿途驻军,皆出队荷枪肃立,目送节杖过境。

十三日午前,到了天津境。李中堂乘小火轮前出浦口迎候,登上醇王坐船,跪请圣安,拜见王爷,同舟驶抵红桥。北洋行营翼长周馥、天津镇总兵郑国魁、直隶按察使陶模、长芦盐运使季邦桢、天津河间兵备道万国顺等提镇司道文武四十余员,在红桥码头立岸恭迎,赏过黄马褂的俱穿了黄马褂,赏过花翎的俱插了花翎,顶翎辉煌,站班请安。醇王温言道了辛苦,乘黄绊绿呢四人肩舆入城,进北郭出南门,至海光寺行辕。

醇王入殿掂香,又到御书楼宝座前行了礼,方到寓所小憩。因见屋子收拾得朴素简便,陈设器具实用平常,醇王喜动颜色,指点着对李中堂道,少荃,看当差的人办得,所有黄呀赤呀这些华丽颜色,一概不用,正撞在我心上。好,好。李中堂道,王爷位居亲藩,体制尊崇,虽然本尊体恤下情,毫不讲求,但这里实是太简慢了些,好教鸿章惶恐无状。醇王一笑而罢。

翌日,醇王接见了各国驻津领事、津海关税务司德璀琳,便来视察天津武备学堂。王爷见规模整肃,暗自点头,乃叫来学生询问,看了测绘功课，又看学生操演毛瑟枪法，再到印书房看了机器，便问办学者何人。一时总办上来参见，自报姓名职衔。王爷听是杨宗濂，颔首道，我说面熟，在神机营当过差罢？我晓得你。这学堂办得好啊，听说你编了八卷《学堂课程》，甚是得用，可否给我一套，我也开开蒙？说得左右李中堂、善庆等一干人都笑起来。中堂道，辱承王爷夸奖，回头就教他呈上。王爷又问了好些话，着实夸奖慰劳了一番，宗濂叩头感涕而退。

午饭过后，醇王乘小火轮赴大沽，众文武，天津防营、大沽防营、新城防营、小站防营，一队队鹄立河干恭送，百姓观者如堵。王爷高兴，命洋员来兴克打开照相盒子，留下影像。不多时，行了六十里至海河下游，展着龙旗的招商局船海晏轮早已恭候如仪，王爷与李中堂及善庆登船。盛宣怀在舱门口站班迎接，一路照料王爷，这是中堂特为派的差事。众随员就坐了保大轮，跟在后头，在大沽炮台下暂泊。神机营马步亲兵，水师亲兵按更轮值，只待潮涨，乘潮出海。

一出大沽口，北洋水师的五艘大兵船定远、镇远、济远、超勇、扬威，并南洋派来合操的南琛、南瑞、开济三舰围了上来，左右各四，铁甲大舰定远镇远当先，雁翅一般夹护王爷座船海晏轮前行，镇东、镇西、镇南、镇北、镇中、镇边六艘炮船殿后。那些随行的王府贴身仆从及带刀护卫，几时看见过这等磅礴恢宏的大场面，个个目不暇接，若不是怕坏了规矩，就要大呼小叫起来。

这和硕醇亲王乃是道光皇爷七子，自小尚武。辛酉那年，在密云擒住护送梓宫返京的顾命大臣肃顺，力助四嫂六哥上位，一个做了皇太后，一个做了议政王，当国执政，内外同治，凑合出一个中兴的局面来，功莫大焉。后来，儿子载恬入宫承继大统，做了当今皇上，因要避皇父干政的嫌疑，一直以满盈之戒忧谗畏讥，在什刹海边新造的北府颐养，几近闲废。太后看出这个小叔子静极思动，念他谨小慎微，便命总理海军。今番奉懿旨代天巡狩，视察海防，胸中好不畅意。

此刻醇王在舵楼上环眺左右,见水天一色,大清水师龙旗招展气势如虹,劈波斩浪一往无前,竟如此雄壮,不觉心潮澎湃,真个不枉做了爱新觉罗的子孙,喜得无可名状,浑然不觉波峰浪谷颠簸之苦。杏荪在旁,看王爷若非体制所关,就要手之舞之,足之蹈之,暗暗好笑。心想王爷这回定然晓得了,祖宗罔顾的万里海疆是何等金贵,日后北洋要用银子,该是好说话些了罢。

醇王这一行,行了五百六十里,到了旅顺口。歇了一夜,便来毅军教场阅操,那军士步伐整齐,分合旋转,起立进退,万人如一。看了一回阵法,提督宋庆便令军士演放地雷,瞬间硝烟如柱,轰鸣声声不绝于耳。王爷看得兴起,按捺不住,离座起身亲自揿下机关,霎时怒雷震地,沙土蔽天,众将士欢呼雀跃,喝彩之声响彻云天。王爷呵呵大笑,回头叫抬花红上来,放赏。

四月十七,吉日。一大早,醇亲王头戴三眼花翎宝石顶凉帽,身穿箭袖四开襟海水江涯行装,上罩绣金五爪四团龙石青马褂,足踏元缎薄底快靴,跨紫缰金蹬汗血宝马,神采奕奕上了黄金山炮台。登时军乐大作,号炮齐鸣,李中堂与帮办善庆一左一右迎住,请王爷到正中黄罗伞盖下,面海入座。

其时旭日东升,薄雾散尽,海面波平浪静,一览无余。王爷令旨:调定远、镇远、济远、超勇、扬威、开济、南琛、南瑞八舰,会集南面水深处演阵打靶。但见旗号挥舞,各舰旋转离合,进退有序,一字长蛇阵,双龙抢珠阵,八字雁行阵,随演随出。王心大悦,再命鱼雷艇在山下浅水处同时操阵。令旗一举,五艇齐发,先以空雷射靶,鱼雷入水,惟见白纹一线,如箭般直穿靶心,再换装实弹鱼雷攻击靶船,一轰而成齑粉。王爷赞叹不绝,传谕嘉奖。

午刻,王爷就在黄金山上打尖,用的是军中上下一般的夹肉烧饼胡辣汤。王爷满头大汗,吃得一饱。稍息须臾,传令各炮台打靶。自澳西馒头山起，蛮子营、威远台、老虎尾、牧猪礁、崂嘴炮台，用二十四生与十二生克虏伯后膛钢炮挨次联环打靶，周而复始。黄金山大炮每门演放五出，弹弹精准，声震山谷，烟焰成云。接下来放水雷，轰然一声，水立十余丈。王爷大呼过瘾，下得山来，看船坞库房各色工程。

这旅顺岸防，俱是洋将汉纳根设计监造。汉纳根原是德国贵胄，因非长子不能袭爵，便从军学了家传的要塞防务学问，赴华为大清效力。此时，毕恭毕敬上来行个军礼，请王爷看他最得意的崂嘴炮台，就由德璀琳通译。这汉纳根正与德璀琳长女谈婚论嫁，丈人替女婿说话，口讲指画，格外溢美，听得王爷满心欢喜，又见炮台雄浑坚固，易守难攻，不觉流连忘返，忘了时辰。

一时王爷肚饥，军中又未曾备饭，慌得从官团团转。还是杏荪有急智，使人就近采一把蕨菜剁末，香油打卤拌面，民居里讨头紫蒜，一同进上。王爷挑两筷面，嚼一瓣蒜，呼噜呼噜吃了，问道，这是甚么菜，好一股清香气。杏荪回道，这野蔬就是汉初商山四皓常食的"商芝"。王爷道，喔，长寿菜。遂拍了拍杏荪的肩膀，笑道，今儿个是借了汉纳根的光了。替我记着，回头赏这洋小子一个宝星。

越日，王爷又到烟台、威海巡阅了一转，水陆各军均有表现，王爷胜意，见功德圆满，便命返驾。逶迤到了天津，众文武在紫竹林新关马头接着，待打了尖，便视察制造局。看了枪炮子药，看了金光锃亮盘盘曲曲的洋吹鼓，还听人奏了个外国军乐，不觉已是黄昏，只见杏荪扬手一招，前头甬道上登时大放光明。王爷见是一连串拳大的雪亮玻璃球，晓得就是电光灯了，特意去看了发电的机器。

杏荪见王爷有兴，又请去看西法织布。王爷见洋织布机飞梭往还，织女不用费力，织出来的布光筋细密，拿起来不住摩挲，还嗅了一嗅。中堂命人捧上一匹机织布，告道，上海的机器织布局已经试产，这是才出的本布，王爷留着赏人。王爷摆手道，不忙。等你那个布局开了张，替水师的弟兄每人做套裤褂,我自然也得一份。说毕大笑。再到报房,亲自看电报生发了回程的电奏,满意而去。

二十五这日,醇王一大早到怡贤亲王祠拈香,祠建雍正十三年,见今广仁堂就设在祠内。王爷行完了礼,便踱进广仁堂察看,见账目清楚,理事有序,点头对李中堂道,正想着山东水患不止,灾民嗷嗷待哺,怎么着也要救济安顿一番。我看,现在照广仁堂这个法子,就很好。中堂听得,回头看杏荪。

王爷见了,招呼杏荪道,盛宣怀,你这个李相身边能人,我很知道你。你上给我的禀帖颇有见地,我还记得,办的轮船电报也好。最叫我高兴的,那海晏轮上不见一个洋匠,全由咱们的人操船出海,这是把洋人的技艺学到家了,以后学外洋的好东西,都该这样才是。杏荪躬身答应,连称过誉。王爷笑道,非是我夸口,随我出来的人,这些日也都赞这轮电,快而稳当,便利得很,可见你当差是用了心的。这趟回去,我那北府也要安上电报机,你来办,可要又省钱又好喔。

午间,李中堂特地叫了保定总督府的厨子董茂山来,整治了一桌督府菜为王爷饯行,酱爆什锦、炸烹虾段、醋炒代蟹、芙蓉鱼白、吉利蹦鸡、汤酿胶菜……摆了一台盘。王爷开怀畅饮,笑对中堂道,这直沽烧刀子入喉一条线,配这老卤驴腱子最香,我在京里也难得到口。今日燕会爽心得很,不可不记,在席哪个能文?

李中堂笑指长芦盐运使道,季邦桢文事最好。王爷便道,那就劳动你罢,可不要把我写醉了喔。众皆大笑。这季邦桢字士周,进士出身,国初"北亢南季"之季氏后裔,道光壬辰恩科探花季芝昌之孙,正与巡抚张曜、提督宋庆、津海关道周馥等人一同陪席,此时应声而起。中堂因知王爷平日克己,非逢年过节不动海味,又教上了一大盘京葱刺参。王爷吃得过瘾,乘兴教善扑营的护卫舞了一回刀拳侑觞。那边季邦桢展纸掭毫,作画一幅,撰文一篇奉上。王爷一看书画俱佳,大悦,亲自握笔作了序,题了跋,尽显天潢贵胄之武略文才。

午膳毕,醇王启行,驾返京师,即由辕门外登舟,传谕文武各官不可远送。李中堂一同上了船,绕三叉河,进北运河,直送到二十五里外桃花口。醇王道,少荃,这回北洋阅兵,深惬我意。水师将士颠簸浪涛,终年辛苦,这个薪饷、饭食钱不可少了。军舰、炮台,该买的买,该造的造,海防一定要办好。要用银子,我去户部讨要。中堂躬身,谨遵王爷令旨。醇王又命左右将《学堂课程》付与中堂,说道,这八卷头我看了,可以作为各处武备学堂的范本,多印些发下去罢,好好教习。再有一件,我听说杨宗濂前些时摘了顶戴,也不知为的甚么事。这个人呢,若用得着,或者可以用他一用。中堂俱应承了。

五月初一,醇王进宫复命。奉皇太后懿旨:

醇亲王奕𫍽此次巡阅北洋海防,将南北轮船调集合操,并将水陆各营一律校阅,技艺均尚纯熟,阵法亦极整齐。四川提督宋庆、署湖南提督周盛波、天津镇总兵丁汝昌,津海关道周馥、均著交部从优议叙。经理机器、轮船各局出力之直隶候补道潘骏德、盛宣怀,均交部议叙,俾昭激励。洋员教练兵舰,著有成效,除分别给予宝星外,琅威理教练水师尤为出力,著再加恩赏给提督衔,汉纳根建造炮台坚固如式,著再加恩赏给三品顶戴,以示鼓励。已革道员杨宗濂办学规制整肃,准其留于直隶,交李鸿章差遣委用。经此次巡阅之后,醇亲王奕𫍽当会同李鸿章等,物色将才,认真练习,力求精进。海防关系紧要,必须逐渐扩充,历久不懈,应如何筹集巨款,续添船炮之处,并著随时会商,奏明办理。钦此!

未几,军机处奉上谕:直隶候补道盛宣怀,简授山东登莱青兵备道兼烟台东海关监督,刻日到任。钦此。

登莱青治理小青河
风雨浪遇险羊角沟

盛曰：凡有水之处，可以抵铁路之用，而无铁路之费，庶可广销土货，以敌洋货偷厄，实为富强之所关

八月初一，恰是奉旨一月之期，杏荪动身上任。出仕一十六年，于今做了掌正印的地方官，还兼着轮船局电报局的督办总办，真个是集官商于一身了。行前，杏荪亲至三岔河口天后宫，于娘娘神座前掂香祈佑，方才登车。

这天津到烟台，本来一航可通，杏荪却舍舟就陆，按着驿路一站站走。大车一路颠簸，行旅哪有坐船从容舒适？玉蓉晓得杏荪是为体察风土民情，甘心陪侍，一路加意照顾，却是苦了跟随的家人差役，未免暗暗抱怨。倒是那阿蕙小孩子，天真烂漫，浑然不知辛苦，看着沿途光景，指东说西为爹娘开怀，添了不少童趣。

这日车到济南府，玉蓉放了赏，下人自去消遣。待打过尖，杏荪便去大明湖，察看小清河源流。回到馆舍，就便取那趵突泉水烹茶来吃，果然清冽甘甜，胜过天后宫的普济泉，泡出茶来又轻又醇，杏荪且与玉蓉阿蕙围坐灯下，闲话一回。

玉蓉一时想起，问道，这回太后差了驾前得宠的皮小连，随王爷一道

阅兵，听说倒是循规蹈矩，在王爷身边小心当差，好生伺候，不像以前小安子出京那般神气，太后好生夸奖。大约，是怕哪个大佬倌不买账，拿他削了脑袋，是也不是？杏荪道，你说李莲英么？玉蓉点头。杏荪哂道，咄，节钺宗臣，其才反不若阉竖！

玉蓉愕然。杏荪见阿蕙已去洗沐，遂笑道，哪有这回事？先前是有个御史，上折子说宦官出京，违反祖制，更不用说阅兵这样的国家大事，怎么可以差一个下边没有东西的太监杂在里边呢。太后摸不着头脑，教他明白回奏。这老先生还不收篷，说人人都知道有这事，千真万确，请太后收回成命。太后一生气，下旨将他贬了职……吁，偏是两广总督张之洞敬重骨鲠之臣，邀了老先生去，做书院山长教学生子，也算是替朝廷养士，还不知造就多少小清流出来呢。

玉蓉听了也是好笑，摇头道，这怕是以讹传讹了，传来说去，像煞有介事。杏荪道，谣言最是蛊惑人心，还不知是哪个细作放出来的风，好教世人笑我大清将武备当作儿戏，实在可恶。玉蓉奇怪道，细作，甚么细作？杏荪道，你们女流，怎生识得厉害，这且不说罢。我实告诉你，看着我说说笑笑，实在我这心上，一直闹得慌。虽说，皇上放我做了外官，可这副担子，岂是好挑的？自来山东闹水，山西闹旱，东省那水患还了得，多少年多少人治不了，偏偏就轮到我。我怎么这般命蹇，做的从来都是繁难事，吃够了苦头，哪有一天舒心的日脚过。

玉蓉听得，起身续了水，笑道，那是皇上晓得你有本事，教你去救一方百姓呢，你倒先自泄了气。杏荪叹道，你可晓得，这河工最费钱不过，多少银子都填得下去，我已打听得藩库与空的差不多，教我怎么不急。玉蓉道，你看，皇天有眼，没有白教你做了这官，人还在路上，就想着任上的事了，还怕做不好吗？船到桥头自然直，现在担心个甚么呢。

杏荪苦笑道，但愿如你所言，教我遂了心愿，只是恐怕你又要跟我去吃苦了。你不见沿途多少灾民，等着去救济么，莫说还要治河呢。正说着,阿蕙进来,听见了笑道,娘跟了爹爹去,这回再抱个弟弟回来,倒好呢。一面说一面上来替杏荪捶背,惹得爹娘一齐开颜,倒教杏荪忘了不少烦恼。

　　却说登莱青道属地,前朝有增有撤,于今管辖登州莱州青州三府,治下有二十八个州县,胶东名郡,多在其中。古来黄河与小清河相互为虐,乃山东一大祸患。这小清河发端于济南府,逶迤曲直东流,经州过县,越登莱青地界至羊角沟海口。明刘敕《历乘》载:小清河,水出大明湖,环城而东,合黑虎泉诸泉之水,东北绕华不注山,经章丘、邹平、新城诸县入海。

　　年深月久,河道常年失修,屡屡决堤泛滥,历任山东巡抚多次上疏朝廷,亦提出不少整治办法,却是一直未能根治。于今杏荪为官一方,自是以治理小清河为己任。到得烟台,择吉接了印,少不得点卯盘库,巡城察狱,官样文章,照例行过一遍。因灾民亟待接济,杏荪想得一法,与怡和太古洽商,招商局与各家轮船公司同增些水脚,同减些利润,先提一笔现银子放赈,聊补灾民无米之炊。

　　这洋人在华日久,都晓得我中华受人之滴水,报之以涌泉,做点善事,必有厚报,遂慨然应允。杏荪安顿了灾民,便着手治水大事。未雨绸缪,遍阅东省府州县志,就着乾隆三年全祖望的小山堂五校钞本《水经注》,比照英吉利传教士仲均安所撰《新清河策要》,潜心研究,又拜老农,访船工,做足了功课。

　　转瞬到了腊月二十六,大吉日。光绪皇上亲政。因领班军机世绪等再三固请,太后从善如流,再训政三年。黄封到省,阖省官员齐集济南,恭聆圣诏,行礼如仪。杏荪就在省城度岁,团拜时瞅个间隙,将治理小清河之意禀告巡抚张曜。巡抚听了,按按心口,说道,这是好事。水患肆虐,万民倒悬,我亦念兹在兹,只是力不从心。贵道既有此意,先预备预备,总是不错。

　　杏荪见抚台点头,回到治所便整备起来。到得天暖,色色停当。杏荪定了日期,即便启程。行前,玉蓉盥手焚香,取出个三寸见方木椟,庄容奉于杏荪。杏荪打开,见重重吴棉,裹着个小小白海螺,二寸来长,盈润如玉，隐隐泛着宝光，掂起细看时，却是右旋的，极是少见。便道，你哪里得来，我怎未见过。

玉蓉道，这是那年，我与你相府拜堂前，夫人给我的——继莲夫人说，这是我赵家祖传的东西。那年，我状元爷爷奉旨出使琉球，代天子册封世孙尚温晋位国王，在那霸沙滩上闲步时看见，便拾来把玩。因颜色螺旋，与嘉庆皇爷御赐的息风静波八宝白螺一样，只袖珍些，觉着有趣，就漂洋过海带了回来，也是留个念物的意思。我爷爷爱我最小，就传了与我，珍藏至今。玉蓉你一片孝心服侍我一场，今日大喜，我传了你罢。

说到这里，玉蓉凝眸看定杏荪道，这些年我一直藏在佛龛后头，今日你去蹈海巡河，愿这宝螺定风平波，保佑我夫君平安回还。一头说，一头红着眼圈笑出来。杏荪见说，心下感念，亦是眼眶发热，赶紧作个揖笑道，多谢娘子错爱。我已在天后娘娘驾前上了香，娘娘保佑呢，现在又有了这个宝物，就更无恙了，你尽管放心。说罢，将那赵文楷状元传下的宝螺，置于贴胸处，整整衣襟，翻身自去。

原来，小清河水患频频，明朝初年始渐筑堤。成化元年起，开陈恺沟分洪，后从历城至海口，全程疏浚小清河四百五十余里，建减水闸三十八座。嘉靖十二年，疏浚博兴至历城河道三百里，筑博兴、乐安境堤岸一百八十余里，二十三年疏浚章丘至博兴间河道两百二十余里。万历年间，历城至章丘，小清河逐渐淤废。

康熙二十五年，圣祖下诏疏浚小清河章丘至陶唐口河段，五十五年开支脉沟分泄小清河洪水，五十八年再开预备河分洪，遂成支脉沟、小清河、预备河三流平行入海之势。乾隆三十七年，发十三县民夫大开支脉沟，一律宽六丈深八尺，清浒山、清水二泊之淤，以备滞蓄洪水，同时疏浚章丘境内小清河，培修万家口至军张坝堤防。治后，章丘以下小清河由河入泊，由泊入沟，由沟入海，安稳了许多。章丘以上，小清河仍旧淤废。

且说杏荪从治所烟台出海，到了寿光羊角湾小清河海口，幸喜艳阳高照,波澜不兴。杏荪换舢板细细相度地势,察看水文,谁知还未靠近羊角沟,天色骤变,黑沉沉的,霎时雨线如注,打得人抬不起头来。风猛然大了,浪随之而起,晃得舢板落叶一般随波逐浪,一干人只管站立不住,只得抵死抠紧了船板,蹲伏于底。

杏荪见情势危急,赶紧就势跪下,手按怀中宝螺,默祝道:皇天在上,可怜我盛某为济一方百姓,不敢偷安不避险难,蹈海而来巡察河道,无意冲撞神灵。如蒙垂怜赦宥保佑平安,定当琢玉体,造宝刹,虔心向佛,还愿终身。至诚至祷,皇天可鉴! 说来也奇,杏荪才叩下头去,风浪便小,雨亦渐止,须臾间天光大亮,风平浪静。众人喜极而泣,齐颂佛号不已。

这杏荪道声惭愧,率众回大船换了湿衣,灌过姜汤,重整旗鼓,再往羊角沟进发。只见一群翠羽水鸟,绕杏荪坐船上下翻飞,直送到羊角沟口。一干人登了岸,溯小清河流而上。走了一县又一县,察看沿途村镇灾况,水患成因。这一走,走了三百里,爬高落低,餐风沐雨,探知河患主因,一是年久失修水道淤塞,涝处一片泽国,旱处满地龟板;一是屡次改道河曲太过,水冲堤岸易溃。

数月之间,杏荪不时比照《新清河策要》,凡关碍之处,多有心得。从官见道台颜面黄黑,劳力劳心,再三劝请少歇,杏荪只是不听。到得将辖境河道流域摸清,完事回署,人已瘦了一壳,又咳又喘,躺倒动弹不得,心疼得玉蓉埋怨家人不迭,赶紧请来大夫调治。

杏荪身卧病榻,心思却未停歇。河道何处清淤,何处取直,何处起坝,何处筑堤,何处设闸,何处分流,用多少工,投多少料,该征多少民夫,需要多少银两,想了一遍遍,大体胸中了然。只是工款这一项,尚不知在何处,烦难得只是辗转反侧,卧不安身。玉蓉道,你身子在我身边,心思却不在我身边,不好好歇息,又在闹甚么心呢。杏荪笑嗔道,我是闹心,就是不闹心,也伺候不得你。

玉蓉听得脸上一热,啐道,现在还有心思说这俏皮话! 你不就是为了放赈与河工那两笔银子，还没有着落么，看把你急得抓耳挠腮的一副猴相。杏荪道，那你要我甚么相？你只会哄我船到桥头自然直，于今哪里直来？只怕船未直，我的身子先直了。这玉蓉心里一酸，便凑过来抚着杏荪的颊，柔声道，我的哥哥，你真是聪明一世，糊涂一时。我早盘算好了，本想等你大好了说与你，现告诉你罢。

杏荪忙问是何盘算？玉蓉道，你把那河工款放了灾民的赈，教灾民来做河工，这两笔银子不就只要开销一笔了吗？你还急个甚么呢。杏荪一时大悟，拍着床头板道，以工代赈？好个以工代赈！除了我冰雪聪明的刁玉蓉，再也想不出来。玉蓉笑道，又灌我的米汤，你好好歇息，才是要紧的。这杏荪宽心大放，一时心猿意马，不禁偎住玉蓉，探手入怀，摸摸索索不安分起来。玉蓉赶紧捉杏荪的手，低呵道，你不要命了。杏荪涎笑道，不要了，人在花下，只要风流不要命了。

玉蓉道，你少跟我说没廉耻的话，教丫头听见了，看你这个道台老爷的官谱还怎么摆。快睡罢，前些日你喘得躺不下，替你又抚心口又拍背的，这膀子酸痛得这会子还抬不起来，你也不可怜我么。见杏荪敛声不语，复又悄悄说道，等你大好了，还少得了你的么。你可看见了？上回我随你在娘娘庙上香，红线拴了个"娃娃大哥"回家，就供奉在佛龛下呢，你自安心养生便罢，娘娘自然送子与你我，不然，就不灵光了。一番娇嗔软语，杏荪听了不禁掩口葫芦，鼾鼾睡去。

自得了玉蓉妙招，杏荪愁怀顿去，精神大振，笔走龙蛇，拟定了河工方案，做个禀帖，详上山东巡抚张曜。张巡抚看过，传齐了藩司臬司督粮盐法兵备诸司道，及几个当着要紧差使的候补道会议。待杏荪述了大略，以工代赈，众官一致称好。治河方案，有说可行的，有说不妥的，也有说等等看的，不一而足。最是那一大笔河工款，在哪里着落？一提到这上头，人人叹气，个个摇头。

最忧心的是藩台，几番摊着手说，藩库连常年开销还对付不来，谈甚么河工？就算户部肯拨专款，不过盏盏之数，杯水车薪，差着老大一截呢，如何是好。这日自辰时开议，议到午饭桌上，再议到吃完夜饭，掌了灯再议，熬得几个嗜好深的官儿，呵欠连连，几乎流下鼻涕眼泪来，暗暗生吞烟泡压瘾救急。巡抚看在眼里，怕失了体统，便教散了。改天再议，依旧不得要领，抚台本有病在身，难胜剧繁，只得作罢，就此拖了下来。

杏荪见状，晓得心急吃不得热豆腐，正好办早已看好的事。缘是上回巡河时，杏荪见小清河支流多多，那巨野河、绣江河、杏花沟、孝妇河、淄河……大小不等，却是支流又有支流，水网如织，小火轮恰能通航。如办个实业，填了这内河航运的空白，载客贩货，兴旺市面，于民于国皆是好事，便一头盘算，一头策划，一本正经弄起来。玉蓉看见，怪道，你怎么骚骚头摸摸脚，那河工的事，还没有个响动，怎生又办起河运来了？杏荪道了缘故。玉蓉道，那些个大老爷，靠不着一丝半点，还是你自家想法子，才是正办。

杏荪道，我早料着，已经电告经元善在南省筹集善款，只待银子一到，我就要动工了，看他们怎么说。只是兹事体大，一时三刻筹不得那么一大笔款子。又叹口气道，要是观应兄还在上海，有他助力，就好了。原来郑观应自上海电报局总办转任招商局，时逢法越事起，观应报国心切，毛遂自荐，为粤东防务大臣彭玉麟调到广东，总办湘军营务处。观应冒险潜往西贡、金边等地侦察敌情，联络鼓动南洋各地侨领及爱国人士抗击法军，随后受命办理援台事宜。

郑观应即赴香港，办理军需输送台湾，不料遭当局拘留。却是观应荐与太古公司的买办杨桂轩挪用公款，致使损失十万余元，太古即通过港英当局扣人索赔。杏荪晓得了，仗义联络朋友，凑了一大笔钱，助观应脱了难。郑观应痛定思痛，深感身处这"盛世"，却有"危言"要说，便隐居澳门，潜心著作。杏荪又寄了款子去，使观应无生活之忧，一力成全。为此观应感激，杏荪感叹。

　　所以,杏荪要乘着筹措资金这个空挡,办他几桩实事。待策划停当,杏荪上禀直隶总督李中堂,详道:查得东海各口,南毗江苏盐城,北连直隶盐仓,所辖一千三百余里大小海口百余处,水深七八尺,浅水小火轮一航可通者十余处。如能联运,集中管理,则便民利国,功效莫大焉。中堂见禀,批转东抚张曜。

　　张曜接总督批文,使人传话杏荪说,前次河工搁浅,实属无奈;今番内河航运,且夕可行。凡开发我东省有用之源,勃兴我东省阙如之利,只要不动本省度支,职官尽可大展长才,抚院一概喜闻乐见,垂拱而治。杏荪见巡抚首肯,即时发动,成立山东内河航运局,独资购进"广济号"轮船,可载重三百公吨,往来烟台、龙口、登州间营运,载货为主,兼带旅客。因利商便民,一时颇受称道。

　　杏荪一炮打响,乘势将航线往各口岸蔓延。忙碌大半年,因业务蒸蒸日上,杏荪正预备开辟烟台至旅顺大连的航线,忽报招商局船保大轮由沪北上天津,突遇大风,沉没在荣城石臼所海面,失事了。这船上除了人和货,还载着贡品,悉数落了海,有些潮水冲到岸边的,被渔户捞抢一空。杏荪吃惊,好在兵备道上马管军下马管民,立时传了游击来,令他火急率部赶到当地,会同地方救死扶伤,收缴民间散佚贡品,务须全部运回道署。若有差池,军法从事。

　　游击得令去了,杏荪想想未妥,赶紧再差亲兵小队,带了手令奔赴荣城,密嘱县令精选老成渔户及碰海的,潜水捞起舱中剩余贡品,押送烟台。布置停当,杏荪联络社团安置苦主,祭奠亡灵,善后一番。不数日,两军俱来缴令。杏荪看时,苏杭织造进的上用尺头绣品,虽遭水渍,大半灿烂如新,余者多是古董,内有宋瓷数件,或冰纹或天青,窑口非哥即汝,实为珍中之珍。杏荪亲自一一检点,封存入库,一面分禀抚院暨北洋大臣,致函内务府,只待重新装裹,上进宫中。

十八回

诘失缺内府追贡品
读家书姨娘悟终身

盛曰：盖今日之天下，做官人收名利，而人尽趋之，办事人受谗谤，而人尽戒之

　　却说杏荪处置了贡品，上海经元善募的河工款也到了一笔。杏荪思量，虽然只得十万，开个工总够了，萝卜吃一节剥一节，何不先动起手来，遂晋省上院，请张巡抚定夺。

　　抚台见银子有了着落，自然高兴，如何不答应？杏荪乃与僚属商议，先分段疏浚小清河下游，将支脉沟上段，截弯取直拓宽，接承上游历城、章丘来水，开引河经博兴龙汪洼金家桥至羊角沟出海，共一百余里，等后款来了，再及其他。方案既定，挑选青壮灾民，先吃几顿饱饭，将养些力气，择吉动了工。杏荪亲自督工，短衣布褂，一段一段巡察，民工吃的也吃得，民工宿的也宿得，弄得不像个道台了。玉蓉自以救济妇孺为己任，亦常抽空来河干，慰劳民工，补衣送药，见杏荪倒还精神，放心不少。

　　因杏荪听玉蓉埋怨，下边做公的时有克扣骚扰，衣物银钱未能全到灾户之手，一时想起各县民工亦多有诉说，情知是胥吏作怪。这些人位虽卑小，却最会钻营，所以史有蠹吏之称，好好的东西，看着不曾走样，内里却

蚀空了。更有那狐假虎威的，变着法子盘剥，非但为害百姓，也坏了朝廷敕令。杏荪先前署理天津道时，就裁撤过书办隶吏，这回听了动气，想想不安民工之家，何安民工之心？便传了各县大令来，严谕治下各处赈灾人等实心干办，救济务要落到实处，如有侵吞克扣情事，一律裁撤不贷。众县官得令，自去禁管部属，拣那实在不像样的，裁掉几个，杀鸡以儆猴。

这日，杏荪接李中堂电函，湖广总督张之洞履新路过上海，打算在汉阳办铁厂，说探矿当推盛宣怀首功，指名要杏荪赴沪洽商。杏荪遵命走了一遭，却与张总督说不拢，杏荪意在商办，总督只要官办。杏荪无法，只得将筹思已久的法子，写成《筹拟铁矿情形禀》，送与总督，又荐门生钟天纬，随总督赴鄂筹备铁厂。这钟天纬入过方言馆，后游历泰西，学有心得，当日杏荪曾为格致书院课艺命题，共六道，皆轮、电、矿、路、纺织诸强国富民诣要，钟天纬论说极有见地，杏荪拔置超等第一，视为高足。今番门生学成出仕，到鄂督身边襄办煤铁，自是欢喜，感慨道，坐而言不如起而行，天纬继我未竟之志，岂非天假之缘乎。

且说杏荪去后，玉蓉常到工地慰民。有那席棚下专司炊事的民妇见了，赞道，道台娘子又来送医施药了，这娘子大气会疼人，模样又俊巧，到这野地里抛头露面的，真正难为她。边上那个道，怕不是呢。那天，县里下来的差爷在我家打尖，说她不过是个妾罢了，原是堂子里的姑娘，凉药吃多了坏了身子，道台就是扶将起来，她也生不出儿子，终究做不得正房，上不得大台盘。

这个道，可不敢混说啊。看她那一团正气，没半点轻狂张致，布衣布裙，还是这般出色，说话行事，教人心服，不是大户人家的小姐，哪里做作得出来。那个道，你是不知道，差爷都这么说呐。这个听了暗想，这样的官家奶奶，除了观音，只怕也就是她了，一般还有人糟践胡嗳，红口白牙的，也不怕报应。口里便道，说戏文呢，我只是不信。你快添两条柴，这锅窝窝还差一把火呢。

　　齐巧阿蕙跟着丫头刘海在棚内补衣服，声声入耳。这阿蕙年未及笄，少不更事，回家便问道，娘，什么是堂子啊，人说娘是那里边出来的呢。玉蓉听了，头上如打了一个焦雷，心口如遭人猛击一掌，眼前金星直冒，片刻方道，你姑娘家家的，听那些人胡说甚么呢，今日你也帮着补了不少衣服，爹爹回来一定高兴，赏你好物事呢。快去，用了水早点睡罢。

　　阿蕙去了，玉蓉便唤刘海来问。丫头素来晓得主母心窍玲珑，瞒骗不得，只好半吞半吐学了个大概。见玉蓉半晌不语，上来替玉蓉宽了衣裳，打散了头发，服侍玉蓉睡下，又倒了一盏菊花茶搁在床头，闭了房门自去。夜半，玉蓉心口痛醒转来，延俄一回不见好，也不叫丫头，撑起身就五更鸡上倒了一盅热水呷下，略觉平服些，自回床假寐。

　　不日，杏荪归家，果然带了洋场上的巾帕香粉回来，色色时新匀细，又是一大包城隍庙梨膏糖，阿蕙好不开心。玉蓉道，这个糖清肺润喉，阿蕙就尝尝罢，留着爹爹气逆时含含，平平咳喘。阿蕙拿了物事，自去她房里细细观玩，杏荪便打量玉蓉，悄声打趣道，小孩子家吃得了多少？你只顾向着我。只是我看你怎么瘦了些，是辛苦了，还是想我想的呢……

　　正说话间，丫头捧了门房送进的公文来，却是省城抚院查问贡品缺失一事：据报，前失事之保大轮所载贡品，虽经地方官打捞进呈，并未完数，有截留侵渔情事。内府诘问，此事确否？务须据实回话，奏明办理。杏荪看毕，焦躁道，这又是哪个怕我盛宣怀不死的，鼓弄出这事来送我的忤逆。甚么都可以干没，这贡品也是可以干没的么，不要脑袋了吗？一连几日，闷闷不乐。

　　恰逢旧雨张振勋自南洋回国考察，船泊烟台，特来道署访晤，见杏荪神思不属，就要告辞。杏荪警醒，赶紧扯住袖头诉了缘故，恳留道，杏荪非敢慢客，实在是无计以对，正在烦恼。丫头见机，换了茶来。杏荪请振勋用茶，苦笑道，如果内务府一定说古董少了几件，我还真说不清道不明。另外，倒是捞得三百多包制钱，可要是把这个也贡了上去，不闹笑话吗？

振勋道,这事不必多虑,总有法子可想。这回带了几打葡萄酒来,振勋陪观察薄饮数杯,聊以解忧,如何?杏荪正要赔情,便教取了西洋高脚大肚玻璃杯来,倾酒入杯,托在手里,见色如玛瑙,微微晃一晃,香气便溢了出来。

烟台依山傍海,山珍海味尽有,厨房出了一桌子菜来款待远客。有软炸蛎黄、瓜姜黄鱼、油烹对虾,黄焖鱼翅,干烧海参、清汤鲍鱼……振勋久违唐山风味,也不客气,肆意吃了一回,对杏荪照照杯道,这干邑是洋人的最爱,白的配海鲜更好。十年前,有个法兰西领事离任归国,路过槟榔屿,来我下处勾留数日,说起中国烟台一带,气候环境适宜葡萄生长,可以酿出好酒来。我萦怀已久,这回要实地察看一番,果真条件具备,看能不能办出个酒厂来。白兰地价格不菲,中国能够酿造,就破了洋人垄断,也是一大快事。

杏荪听了,正中下怀,忙道,我也久有此意,张兄,你我联手,可好?振勋喜道,固所愿也,不敢请耳。有父母官撑腰,何愁大事不成?杏荪道,朝廷开办洋务这些年,与洋人交道日多,京津洋酒销量渐增,外埠又新辟了不少租界,非但洋人,就是一般的华商,也多有喜好这一口的,上海更不用说了,我看这洋酒有得做头。

二人说得入港,自买地皮、定机器,直说到辟土育种、筑厂房酒窖,如何内销如何出口,几番洗盏更酌。振勋又听杏荪介绍,上海已有了玻璃厂,做得出洋酒瓶来,越发高兴。这张振勋酒食尽兴,又心想事半成,心满意足,就着葡萄干品茶消食。因见桌上还有不少菜式,随口赞道,这海味,冷水鲜比暖水鲜长得慢,肉紧实细密,吃口更好,都说鲁菜为百味之冠,名不虚传。杏荪因医嘱忌口,发物一概吃不得,只拿开水胶菜淘饭,就着鸽松蕨酱吃了一回,便搁了碗筷。

振勋不知就里,哂道,观察胃纳不佳,莫非还在担忧那贡品的事么。这有何难哉?我游市容,看见贵处那个善堂已废弃了,观察不妨上报,只说新近捞得铜钱多少多少，观察添捐多少，募款多少，准定开设新善堂，安置灾民，以体太后好生之德。振勋不才，亦愿捐些银子，聊表寸心。杏荪拍手道，是了。上回在天津，醇亲王说山东灾荒不断头，也有个广仁堂就好了，意思要我依样画葫芦，因中堂无话，我未敢接腔。张兄有此一说，大妙，于今正好着手。

杏荪依此详文上宪，就在本处兼善堂旧址扩建，将个烟台广仁堂开办起来。太后闻奏嘉许，下旨每年拨付广仁堂官粮五百担小米，救济灾黎。这回，广仁堂建得极好，十个院落，房舍三百余间，田产数顷，还置了三十余亩义地。又办了手工作坊，缫丝厂，以工代赈，自养养人。一时灾民乐业，称颂不绝。

杏荪自家捐了一万银子。玉蓉不甘落后，尽脱钗钿，换了一千五百两赈济，见善款仍旧不足，又凑一千两捐上，专济妇孺。稍得空闲，时常荆钗布裙，与那些姑娘媳妇纺纱织布，话话家常，遇着心口痛，也不肯少歇。东省巡抚闻说刁玉蓉女流，如此深谙大体，感慨不已，特意上奏朝廷，说有刁氏宅心仁厚，寒者衣之，饥者食之，无依者周之，克己简约，历久不倦，为玉蓉请旌表。朝廷喜闻乐见，颁下"乐善好施"四字，刻匾以发扬光大。

善堂这里见了成效，那边还有河工在忙碌，好在上海经元善又募了十万银子后款来。杏荪手里有钱，如虎添翼，督导民工日夜兴作，定要抢在来年桃花春涨前头，疏浚了小清河下游这一百余里河道。因玉蓉细心服侍，杏荪肺经上的症候轻了好些，精神愈旺，仗着年富力强，时不时宿在工地不归。倒是玉蓉，自落了心口痛这个病根，常要发作，时轻时重，又不肯教杏荪晓得，瞒得铁桶一般。丫头也劝过几回，好生请大夫瞧瞧，吃几副药将息将息，玉蓉只是熬着，难忍时便吞些丸药压压，人前人后一丝看不出来。

这日，玉蓉自觉身软无力，扪扪心口那个痞块，似较往日又大了些，隐隐痛起来，无奈拥被床上靠了。人动弹不得，心思却在杏荪身上，因西北风渐起，便吩咐丫头去送添换衣物，捎带些吃食。阿蕙看见便闹着同去，看看爹爹。玉蓉道，不去了罢，你去要护院跟呢。及见阿蕙缠着不依，只得唤管事的套了车，着四个家丁护着去了。缘是白日难得着床，玉蓉假寐片时，不觉朦胧过去，身子却似在河工上巡游，那民工炊妇都远远看着笑，指指点点交头接耳，待走近时，却又没事人般住了嘴，一句听不真。

忽觉有人呼唤，原来时近饭点，娘姨不见丫头，便操着一口武进乡音，来请午饭。玉蓉正在焦躁，遂而惊醒，不觉嗔道，我难得歇一回，吃饭催个甚呢。这娘姨原是青果巷老宅带出来的，服侍日久，一向少见主母使气，自觉孟浪，赶紧赔个不是，上来替玉蓉松松靠枕，掖掖被，换盏茶，出房去了。玉蓉既醒，再难入梦，思思虑虑，不觉往事兜上心来。

……上年，继莲夫人五十大庆，我到相府拜寿。夫人见我未穿大红正裙，微微叹气，必是心里暗骂杏荪荒唐，这么些年了，还不将我扶正。因虑着我受窘，也不好提起，只得含笑将杏荪送的寿礼一一看过，说些这个好那个罢了的话。我不笨，晓得夫人顾惜，便偎着夫人道，哪天我也像夫人一样，穿着诰命的大装，那才教人高看，杏荪早说了，要替我去挣一副来呢。我又抿嘴笑嘱夫人，万不可教相爷知道了，不然，又要训斥杏荪只想办大事做大官了。夫人笑道，那自然好，如若不然，我教他吃不了兜着走。又拉着我的手，感慨道，光阴如梭，你离了我这里，有十五年了。

……十五年，十五年了，那道关，真的到了么？那年，我在相爷府里，也不知与杏荪到底有无夫妻之分，心中无主，总想着算个命打个卦问一问。只听那些家人仆妇说起，后街拐角上的瞎半仙最灵，便乘空去了一回。那半仙道，姑娘问甚么？我说不出口，半仙笑笑，要我说一个字。我见半仙卦桌上有代写书信字样，随口说一"信"字。半仙道，"信"者，信物也，婚姻方用信物，姑娘问婚姻事否？我只不作声。半仙会意，拆字道，"信"者，"人""言"也。婚姻奉上人之命，媒妁之言，既由人言而来，只怕也由人言而止。我问因何人之言而止？半仙道，"言"依"人"而立，亲近也，亲近而依依，当属小辈或下人。

……我不明白，见天色不早，便在桌上放了十五个鹰洋便走。半仙叫住我道，今日月半，恰是望日，望为十五之数，姑娘记着，十五年后有一道关要过。我问过不过得去。半仙道，人言籍籍，且看人言如何？于今十五年到，看来半仙是说准了。唉，今日这个情势，怕是到关了，我能过得去么？那日，我也曾问半仙可有禳解之法？半仙道，人言言人，信则有，不信则无，全在一念之间，心随意转，意转运随，姑娘切勿冲墙撞壁，泰然自若，自然无事。命不可改，运可以转，过了这个关，有大福泽。谨当记取。

……既然如此，村野妇人的胡话，皂隶下流的捏造，我当甚么真？这家中大小长幼，都顾惜敬重我，从无嫡庶之分，我又计较甚么，没来由自寻烦恼，岂不惹人耻笑。玉蓉一念到此，心头一宽，头脑顿觉清凉，遂唤娘姨端了粥进来吃。自是，起居一如往常，不想心头事，不管心口病，一力帮扶杏荪积德行善，衣带渐宽，终是不悔。

这日冬至，杏荪回衙过节，见彤云密布，笑吟道，晚来天欲雪，能饮一杯无？便命置酒，请各位师爷外边暖阁里消寒。酌酌一回，杏荪忽打了个酒嗝，心中一动，因道，工地上见个民妇，常打嗝噎，食不甘味，不知是何症候？内中一人精于岐黄，把得好脉息，便道，嗝有五，思、忧、喜、怒、悲也；噎亦有五，忧、思、气、劳、食也。巢氏《病源》上说，阴阳不和，则三焦隔绝。三焦隔绝，则津液不利，故令气塞不调也，是以成噎。此由忧思所致，忧患则气结，气结则不宣流，使塞而噎。张鸡峰说过，嗝噎是神思间病，惟内观自养者可治。然因人施治，要辨证方能下药，总要宽心怡养，否则药石难医。

一时席散，杏荪进内问玉蓉道，我见你常打嗝噎，身上也瘦了些，哪里不得劲，要不要请人把把脉，不要教我耽心。玉蓉笑道，打嗝是吃得饱了，瘦是外头走得多了，哪里就要请大夫了，我这不是好好的么。杏荪似信不信的，因玉蓉一向体健，也就丢开，并未放在心上。玉蓉自知病日甚一日，心口痞块渐大，却不言语，直撑到杏荪去了工地，方卧床将息。

忽一日，家信到，门房送到内宅。玉蓉见是侄儿春颐自湖北矿上寄来，想杏荪最是关心矿务，便起身拆了开看，幸喜并无急务。谁知世家子弟，礼法无亏，末尾特意提一句"姨娘大人前请安"。不想正撞在玉蓉心上，又钻进了牛角尖，胡思乱想起来——春颐这么称呼我，可见众人人前不言，心中自有丘壑，嫡庶之分，在在难免。难怪杏荪束手，外祛流言，内惧宗法，难行扶正之事。我的终身，实在早已定了啊。好在我这病是绝症，在日无多，我去了，杏荪也就脱了难堪了，也好早早再娶个正房娘子进门……

此刻，玉蓉精神已然恍惚，一时魔怔上来，不辨身在何处，好似当年与探梅对对相坐，窃窃私语说家常一般——

十九回

烟台城虚设迎宾宴
琵琶湖突发血光灾

盛曰：如有可兴之利，可裁之费，于国有益，于民无损，勿畏
烦难，勿拘成法，勿狃近功

却说这玉蓉着了魔怔，自言自语道，一晃，来山东三四年了，帮着杏荪做了些事，却不想得了病，心口这个痞块日长夜大，我自明白，医药难消，不会好的了。探梅姐，我就要来与你作伴了……

姐姐啊，你的三双儿女，我都替你与孩子们成了家。昌颐娶了宗府的小姐，同颐与郑家姑娘完了婚，和颐虽过继给了二房，有二奶奶张姐姐主婚，操办还是我操办的，亲家就是夏宅。大小姐配了嘉兴姚家的儿子赓韶，二小姐婆婆家最近，就是本地冯家，夫婿便是敦干，三小姐嫁的是无锡林家的那个志伟。媳妇的娘家都近着常州，归宁也还方便，女婿也肯上进，年轻轻的都有了官身——姐姐，等我们见了面，慢慢细说罢。只是，我那阿蕙的终身，还未有着落，想来杏荪总也不会亏待她，只不知将来许的是哪一家，总要近了娘家才好，时常回来省亲，我也好时常看看她……

絮絮叨叨正在说道，不想到了饭点，武进娘姨以为主母在内室憩息，便操着那口乡音，在窗下唤道，奶奶，饭好咧，是就吃呢，还是扶将起来，到

正房上台盘吃？玉蓉迷糊间断续听得……是旧妾……扶将起来……正房……上台盘……，惊怵道，了不得了，连身边的人也来糟践我。心头一紧，一口血直喷出来，身子往后便倒。娘姨及刘海先不见动静，忽听见訇然大响，赶紧抢进房来，只见玉蓉身压靠椅仰卧当地，血溅衣襟，唬得酥软了，动弹不得。半晌，方喊出来——不好了，不好了，快来人啊！

一面喊，一面扯块手巾，跪地搂着玉蓉掩嘴里那血，却哪里掩得住，兀自一口口溢出来，直洇到砖地上。那玉蓉还有知觉，见贴身婢仆泪眼凄切，心知错会了，只是说不出话来。众丫头仆妇听得，赶来站了一地，也有帮扶着擦抹的，端水的，多的是扎煞着手，跟着乱喊。眼见得玉蓉面如金纸，两眼渐渐上翻，出气多进气少，刘海骇哭出来，啊嗬一声开了头，众仆妇等人也跟着哭将起来。

外边师爷听见哭喊，顾不得许多，挤进房俯身往玉蓉腕上一按，脉息已无，垂首轻叹一声道，人已去了，安排后事罢。娘姨刘海急痛攻心，反倒噎住了声，四地里婢仆齐齐垂泪，想起玉蓉平日的好处，一发放声大哭。可惜玉蓉冰清玉洁一个人，年方三十出头，就此撒手去了。那阿蕙先前被管家着人看住在房中，此时听见各处男女哀声不绝，不究何事，骇得大哭起来，紧抱奶娘抖个不住。

且说杏荪闻耗，三时并做两刻，一路星火赶回署中，却见玉蓉小殓已毕，停灵在床，栩栩如生人一般。杏荪抚尸大恸，想起往日种种，心中愧悔，直哭得声嘶力竭，却是无人敢劝，还是阿蕙失了娘一朝懂事，含悲上来劝慰。那杏荪一见阿蕙，五中俱焚，号叫一声厥了过去。慌得家下人等手足无措，赶紧请了师爷来，掐人中，熏热醋，总算救醒转来，扶到房中歇了，兀自垂泪不止。

一连数日，杏荪神形消脱，念及玉蓉相待之柔顺，持家之勤谨，临事之机变，越发自责未将玉蓉的病放在心上，见今天人永隔，懊悔无及。因此上，哀伤过度不能理事，一应白事，俱托付署中幕宾，只命以夫人之礼办理丧仪。杏荪一日三次,亲自祭奠,哀泣难抑,直待断了七,送至寺庙暂厝,择时回籍安葬。举殡那日,沿路贫民长跪塞途,伏地痛哭不止,甚至有哭晕过去的。多的是跟在玉蓉灵柩后,一直送到城外观音苑,自愿守灵的不在少数。

那工地上的民夫,感念玉蓉,出力愈多,开春不久,到底把小清河下半段整治完工。河深一丈数尺,挖出来的土就地筑堤,河面连带马道,宽有三丈,载柳成荫,教人安欣悦目。到夏秋之交,上游历城、章丘大水频发,杏荪心里不免打鼓,不知这工程牢不牢靠,承不承得水头,幸喜洪峰冲过,一路东流入海,沿途博兴、乐安、寿光各县安然无恙。秋熟,田禾大收,芝麻棉花亦是累累垂垂。多年未见这好年景,兴头得两岸百姓踩高跷,扭秧歌,请了草台班子来唱大戏。

山东巡抚张曜,见这小清河治理初见成效,甚觉宽慰,表奏朝廷请奖,自家送了一幅八字立轴与杏荪。张公原是王府护卫,后来跟着左中堂征西,累次擢升,积功升到方面大员。武夫本不识字,娶妻李氏闺名雪如,是个才女,张公拜妻为师,苦学不缀。今日这"万家生佛,所赖唯公"八个大字,即是张公亲笔,居然黑大光圆,说是馆阁体,也将就得过。杏荪逊谢不已,想起当日玉蓉那个辛苦,挥泪不止,一发将上游河道,开工改造起来。

且说杏荪忙于治河,忽接李中堂电报,命从速预备接待俄国皇储。原来俄国皇太子今年二十三了,按例,即位前须完成列国巡旅,宫廷为之拟订行程,涵盖四大文明古国——埃及、希腊、印度及中国。此时皇太子正由表弟希腊亲王伴驾,乘座"亚述海胜利纪念号"一级巡洋舰在来华途中,烟台亦是考察之一站。

这烟台是洋人青睐之地,早年杏荪随李中堂办交涉,与英国公使威绥玛议结云南马嘉理案,就在烟台。这回为亲睦邦交,总理衙门命粤闽江鄂各督抚届时亲行款待,以彰国体。李中堂电令:俄储至烟,应就舟次往拜。此系代国家款接,岸上须备筵宴,公所铺陈华丽。查各国地主均如此接待,不可寒简贻讥。街道务须修好,队伍尤要精整。望妥为筹办。这等国家大事,杏荪自然照办,抽出人力去修桥铺路,装饰馆舍,采办食料。

须知沙俄对亚细亚洲负有崇高之使命,这回出访,中国是非到不可的。俄国皇太子自香港入境,观光过广州,换乘招商局轮江宽号,经闽浙沿海北上吴淞口,溯江西来,直放汉口。一应接待,湖广总督张之洞早已预备停当,供张极盛。城外造了东西牌楼,码头搭盖西式方亭,中央高悬俄罗斯国旗,四周彩旗杂陈,马道两边树白竿,联丝绳,悬彩灯。各国洋商自搭各式彩棚,沿路排开争奇斗艳。督署中军官派二百营兵扎束齐整,荷枪沿街巡行。

一时船抵码头,岸上鸣礼炮,放排枪,鼓乐齐鸣。但见俄太子头戴白绒缀羽冠,身穿金绣大红洋呢礼服,外罩湖色灰鼠大衣,缓缓下了舷桥。那武汉三镇黎民百姓,扶老携幼摩肩接踵,争睹洋太子威仪风采。远远望去,只见洋太子帽头上尺许长的鸟羽,一耸一耸地步过了摆得斩齐的仪仗队,万千人齐齐发了一声彩。检阅过仪仗,洋太子乘黄缎圆式金顶绣轿,中国乐队开道,俄国乐队殿后,逶迤行至禹功矶晴川阁下。张总督率省城文武,顶翎辉煌,在园门外迎候已久。待洋太子下了轿,张总督趋前寒暄,携手入园,拾级而上,同登晴川阁。

洋太子细细观赏一应陈设,遥览江上风景,赞叹不止。一时兴起,挥手招呼那八方民众,霎时中俄乐队齐奏,四围欢声悦耳。这张总督就在阁上摆下筵席,宴请洋太子一行。席间,张总督起立致辞,祝俄皇康泰,殿下一路顺风。洋太子居然拱手致谢,回祝中国皇帝福寿康宁,大臣健旺。言语往还,俱由中方通事督署洋务文案辜鸿铭翻译。当日席面,中国杯筋西洋刀叉齐备,名酒罗列,上肴馔烧烤切割及熊掌燕菜二十余味,进点心八道。

这洋太子久惯血食,尝了中华料理,食指大动,最喜的是汾酒与玫瑰露,频频举杯,张总督有些招架不住,赶紧袍袖一展。但闻铮琮一响,席侧绣幔大开,弹拨声大珠小珠落玉盘,美乐伎犹抱琵琶半遮面。那俏女子顿开银喉,一曲《滕王阁序》,听得洋太子如痴如醉,情不自禁,吟诵起俄国诗人普希金名作《皇村怀古》来。辜鸿铭同声传译,这张总督听出是诗词,顿时技痒,欣然赋诗一首,即席书赠洋太子。一时宾主尽欢,真个是日丽晴川开绮席,花明汉水近霓族。

宴毕,洋太子出园,会见各国领事及商人,参观洋商茶栈及汉口农产博览会,连称伟大。洋太子因无论与哪国洋人交谈,辜鸿铭俱翻译自如,对答如流,甚是惊讶,洋表弟希腊亲王亦极是佩服,拉着辜通事的手说了好一阵话。洋太子特赠辜通事镂花皇冠金表一块,高高兴兴离了汉口。船过江宁下关江面,岸上鸣礼炮二十一响,洋太子鸣礼炮四十二响致谢。

汉口张总督极尽奢华升平之能事,烟台盛道台听得皱眉不迭。一来胶东一隅,物力不及都会,二来耽心劳民伤财。只是不铺张罢,又怕伤了李中堂的面子,坍了北洋大臣的台,只得走一步看一步,做面上功夫,弄个雷声大雨点小。一日,忽报洋太子座驾径出吴淞口,直奔日本长崎去了,杏苏顿时心头一松,虽是空摆了迎宾宴,幸喜暗中留了一手,省下不少民脂民膏。铺下的路,修下的桥,尽可利商便民,于李中堂面前亦有了交待,一时心情大好。

原来大日本亦是文明古国,上国皇储,岂可不到?因此定要洋太子到一到。洋太子无奈,俯允所请。及接到滚单,日本特派政府要员,专程赶到长崎码头接驾,港内无关船只,一律驱离,余者高悬国旗,以示隆重。这洋太子本来有些勉强,只是盛情难却,及登了岸,游京都,逛大津,见了那和服木屐的东洋人,不知怎生有一种难描难画的印象。这日,洋太子于市肆中买了物事,正乘人力车在琵琶湖南边羊肠街道上观光,忽地里觉得右耳上受了重重一击,急转头看,却是一警察,狰狞着猕猴般的嘴脸,挥舞军刀劈杀将来。

洋太子吓得狂喊一声,一蹦下地,捂着流血淋淋伤口,满地里逃。幸得表弟希腊亲王人高马大，急赶来救驾，几拐杖将那刺客打倒，动弹不得，洋太子方才逃得性命。原来日本上上下下，早已视沙俄为其称霸东亚之拦路虎，必欲胜之而后快。今番洋太子到访，天赐其便，怎生按捺得住？这警察该出手时便出手了。

只是护驾警察反倒做了刺客，闹得不像了，明治下不来台，无奈只得亲赴停泊在港的俄国军舰，慰问洋太子。洋太子伤虽不重，已是受了惊吓，精神恍惚，也顾不上日本官方道歉，带着头上那条三寸长的永久刀疤，匆匆离了这个令他可怖的国家，却是再也忘不了这一刀之苦。自此俄日公愤之上，再添私仇。

杏荪得了消息，暗叫一声侥幸。心想胶州东洋浪人颇多，幸而洋太子没有来，不然在我治所遇刺，丢官不必说，这国际事件还不知怎生可了？正在嗟咨，忽报老太爷到了。原来李中堂有意请盛康接手直隶按察使，明里执掌刑名，实为北洋综理财政，盛康晓得是烫手山芋，一直未肯出山。这回恰逢张振勋从上海返烟台，便携了星怀同船北上，经停烟台看看长子，再上天津督府会会老友，就便遂了星怀从军之愿，一来相机行事，再则送子投军。

杏荪骤见老父幼弟，自也欢喜，及问明了缘故，一时语塞。盛康因道，掌北洋财权，需与户部打交道，翁叔平与北洋不睦，锱铢必较，这个差使就不好办，我想上京里会他一会，看怎么说罢，不管如何，对你少荃世叔也有个交代。杏荪道，翁尚书好碑版，我这里有，父亲带些去，若是入他法眼，就请他笑纳。盛康哂道，我早听说翁叔平好这个，下了朝不是书斋观玩，就是逛琉璃厂，所以特意带了些来，要与他切磋切磋呢。

因老父要会翁同龢，杏荪想起一事，遂道，父亲这回见了翁尚书，切不可提起星弟投军之事，翁尚书一向对北洋对淮营有成见。就说天津小站的新稻米罢，但凡登了场，年年是分润京中大老的，卫军门依例送到翁府，翁尚书见九百斤一大车，招人现眼的就不肯受，璧谢。这卫军门也是憨直，今年不受明年再送，年年一大车到门。翁尚书就恼了，放出风来说淮营贿赂大臣。

盛康笑道，卫汝贵一介武夫，怎生识得读书人肚里那几根弯弯肠子。其实翁叔平有个门生，专替他收小货，料理馈赠。这送粮呢，不过粗汉不明事理罢了，但也不至于较起真来。回头我见了汝贵，倒也不好劝得，这个门道，还是要他自家去摸索。

杏荪因见星怀斜背着那把探梅家传的松文古剑，便道，星弟今番从军，我有物事与你，壮壮行色。说着进内取出一圆一方两个锦盒，打开方的那个，拣看道，这还是那年朱云甫兄送我的，翡翠烟壶、白玉翎管、黄玉扳指、红牙珠顶，一共四色。我与他朋友一场，感念他高义，一直珍藏至今。白玉翎管与黄玉扳指就给了星弟罢。翎管图个官身吉利，这扳指呢，虽说于今临阵都使洋枪了，用不着开弓放箭，但套在指上也显武官的身份。

星怀道，扳指我向来喜欢，多谢大哥。翎管就不用了，功名要靠我自家去挣，方显丈夫本色。杏荪道，也好。你既有志，功到自然成。因道，你玉蓉姐还有一份赠与魏家妹妹的四样首饰，一直未得其便，这回你带了去，留个念想罢。遂将那圆盒递过来。星怀双手接过，仍放于桌上，红了眼圈道，我去投军，营中放着妇人插戴之物，多有不便，先存在大哥这里替我保管罢——玉蓉姐真是贤惠，怎么说去就去了，究底是怎么了呢？

杏荪未及答言，盛康叹道，玉蓉这个人，躬自简约而济人以宽，居常和易而虑事甚密，对我盛家有匡助之功，早该扶正。说着指指杏荪道，你啊，你是墨守成规，胶柱鼓琴，负了她了。杏荪听了心头绞痛，垂首不语。盛康道，于今也说不得了，男子提得起放得下，中馈不可久虚，该续弦，就早些看个人家，说个闺娘才是。我看你也忙，我才来，你就有转任的消息，好在我还健旺，还是我来替你作主罢，你听我的信就是。杏荪心中惘然不乐，又不好违了父命，唯唯而已。

送走了父亲，杏荪依然治河不歇。未几，小清河全线贯通。上游自金家桥向西取直，经博兴、高苑、新城、长山、邹平五县，直至齐东县曹家坡止，计长百里，宽深及马道堤树一如下游。支流一并开挖疏浚了，储水泄洪，再无旱涝，航运可由济南历城黄台桥直抵羊角沟出海，四百余里一航可通。自此，肆虐胶东百年的小清河为杏荪收服，两岸灾田，悉数变为膏腴，造福于民。工程一共用去规银七十余万两，全是杏荪募捐得来，不费国库一两银子。

朝廷叙功，赏盛宣怀头品顶戴，两岸士民感恩戴德，石刻《重修小清河记》，为杏荪树碑立传。杏荪见心愿已了，特意起玉蓉灵柩，自小清河西航历城，入运河南下过江，安葬江阴阳岐坟庄。但凡灵船过处，沿途那山东江苏两地受过玉蓉周济的贫民孤寡，闻风麇集，哭拜于地，撮土为香，夹岸奠祭，惹得杏荪枉自抛洒了一场又一场眼泪。真个是：依蓬窗一身儿活受苦，憔悴煞玉堂人物。

盛康因杏荪痛悼难当，感念玉蓉襄助之功，传命杏荪以嫡妻之礼茔葬。杏荪再拜领命，筑坟安葬即毕，又在玉蓉坟头前哭奠一场，自回青果巷老宅小憩。

二十回

循伦常继室主中馈
诧蹊跷布厂焚大火

盛曰：所纺之纱与洋纱同，所织之布与洋布同，庶几华棉有销路，华工有生机，华商亦沾余利

这日，父子堂上闲话，忽听远远锣响，须臾报子到门，原来是昌颐中了举。盛康因杏荪新近以倡捐劝赈，疏浚清河，奉旨赏了头品顶戴，正在欢喜，及见长孙秋闱大捷，不负所望，越发喜得合不拢嘴，亲自出来招呼，重赏报子。

一时亲友纷纷登门庆喜，常州府太尊武进县大令也造府道贺，忙乱了好一阵。盛康红光满面，乘兴对杏荪道，于今你已是头品顶戴的职官了，虽是虚衔，也是皇家恩典。我早替你相中了一门亲，就是马山埠状元第庄家的姑娘德华。今幸得昌颐举了孝廉，往后几日贺客还要多，我看再添一重喜，你的亲事一并办了罢，我这就请人去提亲。

杏荪晓得这庄氏的老祖，就是经学大家庄存与庄养恬公，因自家父祖均是常州学派信徒，崇尚经世致用，身体力行，自己也算得是养恬公的再传弟子。这庄德华，昔日年节走亲时，也曾打过照面，模糊记得貌相端庄，举止稳重，今番既然老父作主，想来必是好的，亦就唯命是从。

越日媒人回话,庄府欣然允诺,八字已经合过,女造是旺夫命。盛康心想事成,发下话来说,拣日不如撞日,诸事一概从速。缘是盛府张灯结彩,打扫房屋,越发忙碌。然速而不简,礼不可废,所有纳采、问名、纳吉、纳征、请期、亲迎之礼,面面俱到。过门那日,为取子孙满堂吉兆,花轿特意绕闹市十子街走了一回,方进盛府拜堂成亲。

老夫少妻,人生一大美事,待双双入了洞房,杏荪却坐看红盖头发呆,眼门前探梅玉蓉倩影迭现,万千思绪,萦怀不去——想当日,曾许了替玉蓉挣个一品夫人做的,于今我果然一品红顶头上戴,这诰封却落到德华身上,虽则各有天命,只是梦幻里见了玉蓉,待怎么说?啮臂之恩,何以报之?大有今宵剩把银釭照,犹恐相逢在梦中之感。忽又暗自好笑,今宵乃是大婚之日,新人当前,非平昔独对孤灯之夕,岂有前梦?正在胡思乱想,只听房外脚步声近,原来喜娘不见动静,进来招呼,请新人早早安置。杏荪方始回过神来,携了新夫人入帐,行那敦伦之礼。

三朝既过,李中堂信到,先贺续弦之喜,再则告知杏荪,或将调补天津海关道,近日以回任为上,免得别生枝节。杏荪感念中堂抬爱,遂别过老父新妇,返赴烟台治所。行前,杏荪因庄氏德言容功,靡一不备,颇为心折,便说与德华道,夫人资质天赋,开朗明洁,这家里的内事,就拜托了。德华敛衽道,老爷宽怀自去,不劳费心。自是,庄夫人坐镇老宅,主持中馈。杏荪回到烟台,过不多久,果然军机上奉旨:

山东登莱青兵备道兼烟台东海关监督盛宣怀,简授直隶天津海关道兼津海关监督。钦此。

杏荪早知消息,心中便也平平,只是在这胶东操劳六载,人地相宜,于今要转任,着实有些不舍。这日,杏荪正在签押房治公,准备交接,眼见那一大堆贺信,便取来粗粗看看。内有上海沈毓桂来书,贺道,非常之事必待非常之人任之。天津为运筹帷幄之地,上佐爵相调剂中外之情,得心应手,固应裕如。特赋贺诗六章:黄图三辅驻卿晖,仙骨香披一品衣。锁钥北门烦坐镇,湛恩会许领封圻……忽见报房匆匆送进电文来。杏荪一看失声道,了不得,织布局烧掉了。

须知这上海机器织布局,乃是光绪四年筹备,六年郑观应拟定《上海机器织布局招商集股章程》,聘美国工程师,订购了轧花、纺纱、织布等全套机器设备办起来的,规模宏大。占地二百八十亩,主厂房长五百五十尺,宽八十尺,楼高三层。有布机五百三十台,纱锭三万五千枚,雇工四千人,年可出棉纱一百万磅,布四百万码,正式开工不久。李中堂奏准,十年以内只准华商附股搭办,不准另行设局,局产布匹,或免厘,或免税。因杨宗濂杨宗翰兄弟经营得法,每月获利过万两,股东红利有二分五厘。

由是,李中堂决意扩充纺纱,数月前函告驻英公使薛福成,在该国订购机器,不想遭逢回禄烧毁,好不蹊跷。中堂不得已奏准朝廷,委派盛宣怀赴沪,规复织布局,津海关道另派员署理。杏荪正扼腕叹息,张振勋来拜。杏荪便与振勋接谈。振勋道,上回我在申城考察,租界繁华得很,酒水不愁销路,也去看了玻璃厂,做出来的酒瓶不差。烟台这里,城东城南买下的两座荒山,已经过了契,辟了一千二百亩葡萄园,大约要用两千劳工。现今小清河已然竣工,那些民夫我全要了,日后还要添用,葡萄园要扩张到三千亩。

杏荪听了,以手加额,念佛道,张兄,你这场功德做得大了,我替那些民工谢谢你,日后的这些人的浇裹不用愁了。振勋道,先前朝廷有意调补你盛观察到津海关,你拖着不去,定要将这小清河全部疏通了再交接,这功德还小吗?杏荪道,你来了,我却要走了,中堂要我去上海规复织布局呢。提到这场大火,两个人都低了头。半晌,杏荪叹道,可惜了十年功夫,百万银子。这火真正蹊跷,这是怎么说!

振勋道,只怕不是无根火。我带了张《捷报》来你看。那杨总办才苦呢,捶胸顿足嚎啕大哭,几番要往火里跳,死命拖了他出来,又要投黄浦江,真正可怜。杏荪看那新闻纸,气得红头涨脸,拍案道,这洋水会真正可恶,放任火警成灾,见死不救,还有天理么!

振勋道,观察怕是气糊涂了。这东洋的纱,英国的布,倾销中国多少年了,光绪初年,英国洋布每年在中土的售银,即有三千数百万。以前东洋是进口中国原棉,纺成纱再返销中国,上年进了五百台美国织布机,正要大规模出口洋布,能看着中国的纺织厂出头么,巴不得都成了灰才遂愿呐。

杏荪负气道,他要成灰就成灰了么?振勋道,我在船上听说,有浪人头天晚上与洋龙头目吃了一夜酒,极尽言欢,隔天织布局就烧得光光。观察你想,天底下有这么巧的事么。杏荪拭泪道,是有人最看不得别家有好东西。长毛状元回来告诉我,那国度里,小孩子玩耍作戏,尽是拿泥土沙子堆个兵船模样,一齐掷石子去砸,高喊打沉镇远,打沉镇远!直到那泥船稀烂了方算一局。这回,不管着了谁的手,东洋国总是我心腹大患,这话中堂早就说过。

振勋问道,织布局重新复建起来,有甚么难处?杏荪道,当年郑观应抓总时,中堂着我稽核银钱,怎么办厂我早有盘算。要说难处,只有一件,银子。振勋道,官办商办?杏荪道,看起来,我是打算商办。振勋道,那是要招股的了,观察放心,我来投一大股。杏荪道,我本有此意,这里先谢过。你的事呢,大致差不多了,我已在中堂前请准,酒厂开张后,拥山东直隶等省十五年专利,免税三年。振勋大喜,与杏荪相对一揖,作别而去。

不日,杏荪到了上海。因郑观应已奉李中堂扎委帮办招商局,杏荪就在局中落脚,郑观应经元善等接着,杨家兄弟虽已开革,也随了来见。杏荪追问火灾起因,宗濂道,听清花间工人说,先是地沟冒烟,有焦糊味出来,工人掀开盖板去看,见是一个磨刀石子卡住了飞转的皮带轮,火星直冒,烧焦了飞絮,一见空气,明火就窜了出来,转眼引着了边上的花包,火头轰的一声冲穿房顶,腾空而起。那屋面是牛毛毡浇柏油遮盖,遇火即着,一下蔓延开来,就此不可收拾。

杏荪诧道,这也奇了,地沟里怎么会有磨刀石呢？宗翰道,实在蹊跷,工匠说不像是中国的东西,倒像是磨倭刀的石子。众人听了面面相觑,暗自点头。杏荪道,这么说,是有的了。那,为甚么不救呢,洋水龙又是怎么回事？宗翰道,救得及时,不会付之一炬,怎奈局里的火龙取水不灵,有的反烧坏了。眼看外头黄浦江里一江的水,就是用不上,急得总账房潘纯穗双脚跳,赶紧同副手沈希生带了通事尤葛民,奔到老巡捕房,面恳总巡捕头出队救火。

宗濂恨道,岂知那捕头说,火场在租界外,一口回绝,老潘再去美捕房、救火会、会审公廨,四处求救,四处碰壁。局中同仁,只得眼睁睁看着大火从九点多钟烧到晚饭后,清花厂、弹花厂、织布厂、机器厂、生火间,棉花、棉纱、洋布仓库,还有六百多间工人宿舍全部烧光,有些机器烧得熔掉了,厂房里那批棉花成了焦炭,损失不下一百五十万银子。可怜数千工人流落街头,哭声震天。

话到此处,杨宗濂双手掩面哭出声来,众人一齐垂泪。杏荪自也凄恻,便教散了。改天再议,杏荪道,先说一件,我决意改局为厂,商本商办,屏除一切官气,旧章程彻底作废。这赔偿方式也改一改,先赔商缓赔官,为的是体恤旧商,亦可望招徕新商。说毕,看郑观应道,观应兄,盘一盘账。郑观应道,至被焚前,织布局投入官款二十六万五千两,商股五拾五万四千两,招商局及其他公私股份二十万两。焚后所值无几,据中西人等公估,烧剩下来的物资,至多值十万两。

杏荪道,观应兄综理财务,你意如何。观应道,按观察体恤旧商之意,我看可以先将烬余十万两摊赔旧商。杏荪道,可以。元善管招商,你怎么说？经元善道,摊赔十万,则旧商股还有四拾伍万四千两,我意按七折赔付旧商,教旧商添三成凑足十成,连烬余作新股投入。如此,约莫有二十多万现银子入账。杏荪道,不错,等于旧商再出十多万两,就保住了以前的本。另外呢？

　　元善道，现在行市，英国洋布每匹一两九，八四原布一两七，美国斜纹二两二，局产布一两五，有利可图，棉纱价已涨到每包六十五两以上，行情看好。我已召集绅商探过意向，新股可以招到六十万左右。杏荪道，好极，那就是八十多万了，加上张振勋那里，百万银子可望矣。郑观应道，如此最好，只是那三四十万官股……，杏荪道，不忙。我已请准中堂，所欠官款，待规复后，布厂每出纱一包捐银一两，陆续归缴，一二年就可以拨本。众人击掌道，那就齐了。

　　杏荪道，时不可待。我在天津订购的五百台美国布机、四万枚纱锭已在海上，就要运到，另外五百台及纱锭已经谈好，定金我已垫付，观应兄记着，一旦新股进账，及时拨付价款。另外，这个新厂的章程，我已在起草，要紧之处是不准洋商附搭股份，禁止洋商进口纺织机器，一旦查出，即刻吊销商业护照，华商罚银万两。回头各位看看，有甚么增删好定下来。郑观应喜道，大事成矣。于今穿手工大布的十之二三，穿机织洋布的十之七八，我等守住了利权，这新厂一开张，华人尽穿国产机布，指日可待。

　　议定了规复之事，诸人松了一口气。转瞬年节将到，杏荪借差归省度岁。小除这日，到了留园。杏荪先抵林泉耆硕之馆拜见盛康，进了八个藤箱，以为老父贺岁之礼。盛康略问数句，便教出来，说是一大家子等着。到了五峰仙馆楠木厅，庄氏夫人率阖家大小迎上，自昌颐诸子侄至有头脸的管事，一拨一拨俱见了礼。可喜那恩颐小儿亦由奶子抱着，两只小手一拱一拱的来拜。

　　这恩颐庄夫人所出，已经满了周岁，虎头虎脑，招人怜爱，喜得杏荪忍俊不禁，抱过来亲了又亲。恩颐也不怕生，只是嬉笑，摸弄杏荪的八字须。杏荪一头躲，一头笑，越发欢喜。一时众人俱退，夫妻说话。庄夫人就手于暖筒中摸出一纸，说道，这上头的人家，年礼俱已送了，老爷看看罢，有遗漏的，赶紧送过去。

　　杏荪接过，见是《常州府武进阳羡两县京官绅商府邸单》，一眼扫过，皱眉道，怎么有一百多家，记得刘亲家初拿来时，这单子上不过几十个人。庄夫人道，时过境迁，还不水涨船高么。前年我来时，检点要送的年货就近有百份，有些虽已致仕，也不好说不在位就不送了。杏荪笑道，漏了哪个，我还真说不上来。以前这么些年，我也不经手，不过有要添上的，告诉一声就完了。说话间，到了明瑟楼边上，庄夫人日常理事的涵碧山房。

堂前荷花池里，水禽嬉戏，几头白羽鸭子杂于彩禽间游弋。杏荪见了便道，哪里来这些大白鸭？庄夫人道，这几只老雄鸭可难觅呢，说是武夷山下的，养了十多年了。杏荪笑道，那不成了精了。庄夫人道，还是乌骨，配上虫草料理，滋阴润肺，最补虚劳喘咳的。这不是，我已蒸下一只在厅上，老爷乘热用罢，走了气减成色呢。一时夫妇用膳，庄夫人闲问，那批买米的护照，老爷打算怎么用？杏荪道，啊呀，我竟忘了这个事了，你说怎么用好。

庄夫人道，家里买来乘钱事小，恐人说丘话，犯不着耽个盘利的名声。这米照呢，我看就用来办了赈米罢。杏荪对庄夫人自来既敬且爱，笑一笑便不出声。饭罢，庄夫人相伴杏荪闲走消食，但见家祠中已请出神祇挂上，厅堂各处，打扫得极是洁净，摆了蒸好的馒头糕团，点上了胭脂红点子，各处换了年节用的帐幔，亭台楼阁俱贴了春联，窗棂上是新剪的吉祥花样，氤氲出一团祥和气来。

杏荪笑喟道，你做事还是这么滴水不漏。庄夫人道，这不是当家人该做的么。倒是有一件，须得老爷拿主意。缘是家中有好几房老小，住在天库前，日来日往的到这园子里不便，我看还是修条路罢，稳当些。杏荪道，修桥辅路是好事，你看是怎么个修法？庄夫人道，不若将园子外这条道扩成马路，与阊门外上塘街大马路连通，人马车轿就可往来，出入车站码头也便捷。杏荪道，是了。得空我找营造记的管事来，与他说道说道。

一开了年，杏荪忙着拜客，做年东。这日稍空，请请家下伙计人等。盛氏义庄总管，西中市富老姨太、许老姨太公馆管事，幽兰巷别墅管事，济大典档手、分号档手,高师巷久大典档手,天成银楼档手,万年桥同赐茂南货号档手,东中市同福利洋货号档手,天库前房产管事,东百花巷地产管事,胥门外盛家弄房产管事,苏州电报局房产管事,临顿路房产管事,俱来坐了席,总账房宋德宜陪着。

酒过三巡,菜上两道,杏荪出来敬酒。见电报局管房产的在,遂问,马伯亥办的德律风公司,还在下塘么,用户有无扩大?那管事道,仍在泰伯庙内。于今使的是一部廿四门交换机。说着板着指头道,电话线联通抚台衙门,藩臬两司,织造府、苏州府,另外商务总会,电报局……统共九十九处。私宅电话,还只盛府一家。这公司若要做大,马先生怕是一时无力,接线生、匠人加起来才七个,工程师还是马先生自兼。接线辰光照旧,早晚七点钟到七点钟。

杏荪点点头,敬了一巡酒就进去了。这个年,也就算过完了。杏荪也累了,歇息两天,打点回上海。行前,杏荪忽然心下惆怅,无端觉得此去前途漠漠,虎狼伏道,不知是宦海政潮,是商场诡谲,还是国难民祸?杏荪心中无底,特意到庄夫人专设的佛堂中,盥手焚香,虔诚祈求国泰民安。

下巻

二十一

毒设局恶邻谋朝鲜
虑变盘干城踞要津

盛曰：日本近年练兵颇悍，而恒以地窄为憾，居心欲吞韩地已久矣，中国所以劝令韩与欧岛各国通商者，借以止倭吞并之心耳

光绪十九年金天，上海外滩九号，轮船招商局小洋楼。秋日晴窗之下，盛宣怀端坐阅报。那新闻纸上，访员写道：

中国官方现在似乎很重视与洋货竞争。据可靠方面消息，为了维持体面，他们已经决定重新兴建最近毁于大火的杨树浦机器织布局。前此，中国报纸上曾载消息，说李鸿章派遣天津海关道盛宣怀来沪，筹划集资订购新的机器、布机和纱锭。现在已有五百台布机运华，这本是为了规复旧的织布局的；据说盛道台已拿手边所有的资金另购五百台，有了一千台织布机和足够的纱锭，即可开工。以盛道台的身份、势力和财力，都适宜担当此任。

看到这里，盛宣怀微微一笑，将手中《捷报》放于茶几，离了金丝绒靠背软椅，推开落地玻璃长窗，踱上阳台。放眼眺望，但见天高气爽，云淡风轻，浦江如黄帛般横亘脚下，蜿蜒而去。江上白帆往来，间有洋轮或招商

局船驶过，留下悠悠一声汽笛，袅袅几缕轻烟，不觉思逸神驰——

遥想当年前辈开办洋务，师夷之长技，自求强富，三十年生聚，历经磨难，今日可谓小有规模矣。这黄浦滩自上而下，机器织布局、电线电报局、轮船招商局、机器制造局沿江排开，脚下这座洋楼，就是当年旗昌的产业，业已并归我手。吁，我自束发之年，苦研经世致用之学，出仕未久即投身实业，初则多方涉猎，继则殚精竭虑，于今轮船已与强手比肩，电报内通四疆外达欧美，纺织虽经挫折而规复在望，唯矿务不尽人意，还需暇以时日。凡此种种，较之于泰西列强，无忌小巫见之于大巫，挽回利权，强国富民尚任重道远，而我行年已然五十，双鬓银丝隐现，膝下儿孙满堂，光阴不可谓不速。然当日夙愿，还有多少未曾展现，只要此身尚在，定当如新硎初发，探求不止……

爷——，一声娇呼，打断了盛宣怀的思绪。只见刘海拿着件夹斗篷进来与宣怀披上，笑道，经总办送了一蒲包才出水的阳澄湖大闸蟹来，说是比往年船上带到北边的调养货活壮，想着爷这一向难得受用，请尝个鲜罢，外带一坛惠泉香雪酒，又拉来好几大车盆菊，花儿匠已经在院子里摆开，要不下楼走看走看？

宣怀道，难为他想着。我懒得去大餐间，这阳台宽大得很，你教他们整治好了，开到这里来罢。刘海道，是了。爷待一会子，我去去就来。遂端过茶几上那盏官燕雪蛤羹来，说道，爷先把这喝了罢，别放凉了，我少放了些冰糖，爷看还腻不腻。宣怀呷了一口羹，因想这飒飒金秋，登高临远，持螯看菊，正多乐事，自己忙里偷闲，未知老父幼弟若何？料想父亲自会颐养，星怀在军中，怕是无此闲情逸致，重阳日就是有登高去处，亦是与我一般，遍插茱萸少一人了。

未几，刘海复来，请宣怀到西首阳台落座。宣怀踱到西头，入眼便是遍地黄灿，盆菊已铺满了阳台。花匠晓得老爷不喜百艳杂陈，摆了一色的黄金九连环，只留五尺见方一片白地，安了一张方几一个锦墩。几上，银盖合着个水晶冰盘。待宣怀落座，刘海上来打开银盖，热腾腾收鳌缩足满盘紫背金毛大螃蟹蛰伏，乃取手巾裹一只团脐，放入宣怀面前小碟道，爷喜欢自个动手，乘热罢。宣怀掀开蟹壳，白脂红膏满凸，盈盈欲流，挑一块蘸些姜醋尝了尝，微微点头，再饮那香雪酒，温得正好，糟香扑鼻，祛腥解腻最妙，不觉一吸而尽。

宣怀笑对刘海道，这个福，好几年没有享着了。你也看座。刘海取张小凳一旁坐了，自斟一杯，取个尖脐的剥起来。宣怀见她去了壳脐一折两半，啊呜就是一口，笑道，你还是牛吃蟹，怎么就改不了呢。刘海笑道，爷是南蛮子，吃蟹自然比我们北边女子还细，我就喜欢这个样，吃着过瘾。说着横过杏波一笑，啊呜又是一口。宣怀见她百媚千娇，不禁心头摇得一摇。这刘海，原是当日广仁堂的孤女，玉蓉爱她一张欢喜脸，干净爽利，挑她做了贴身丫头。自玉蓉走后，刘海矢志不去，守着玉蓉的屋子，一似玉蓉在日一般。

宣怀念她忠忱，玉蓉在时，只认主母一个，玉蓉去了，只晓得服侍阿蕙，便将她收了房，位列小星。煞怪这黄毛丫头，一经男子雨露滋润，不过年把便出挑得娉娉婷婷，丰乳细腰，修腿肥臀，肌肤堪比凝脂，颜色赛过桃花。更兼性情憨直，笑口常开，所谓北地胭脂，自有胜过南朝金粉之处。因之，宣怀甚是爱她，到东到西俱带在身边。

眼下佳肴陈酿，名花美妾当前，薄暮观景，花香酒香合着脂粉香，分外袭人，宣怀陶然自得，竟有些不醉自醉。一时金乌西斜，落霞满天，宣怀兴尽止饮，教取下边院中绿绣球摘瓣，凉拌来醒酒。须臾，刘海端了一玻璃缸菊花瓣，又是两盏雏菊茶上来。那菊瓣微苦带涩，菊茶生津回甘，宣怀酒醒大半，乃执刘海之手，口占欧阳学士咏菊诗一绝：共坐栏边日欲斜，更将金蕊泛流霞。欲知却老延龄药，百草摧时始起花。就此，偷过了这浮生半日之闲。

夜半，宣怀正好睡，黑甜里却教一阵紧似一阵的拍门声闹醒。宣怀好梦惊回,叵不耐烦,恼问道,甚么事？听差道,大人,经总办送来李中堂紧急电报。宣怀听是李中堂,只得移过刘海温软白腴的身子,起身裹件睡袍,到外间开门。一看经元善已候在门外,赶紧接过电报,入眼便是"限即刻到:天津海关道兼津海关监督盛宣怀即日返任,余情面示。"

这津海关道,同治九年特设,乃是北洋第一要津,非同小可。自道光年间洋兵北犯,华洋交涉日多,但凡洋人闯京,朝廷一概挡在津门,派遣大臣先行接洽,视情形再取进止。自李鸿章接任乃师曾国藩直隶总督之位,审时度势,奏称:自各国通商开埠,公使驻京,津郡为往来冲突之地,尤为京师门户,关系极重。洋人往往矫强,如有海关道承上接下、开谕调停,易得转圜。因而,朝廷专设此重要职司,折冲樽俎。

有驻华公使报告国内称,李鸿章是清帝国最有权势的官吏,尤其对总理衙门有特别的影响,所以,我们对任何事情,都先向李鸿章征求意见。泰西新闻纸评论,中国外交是北京讨论,天津决定。华洋官商,皆认可这个说法。是以,津海关道非但管辖近畿要地,屏障京师,且执掌北洋施政枢要,外交、通商、关务、税赋、军事诸端,无一不在掌毂之中。一旦有警,北洋凡洋务交涉、调兵转运、粮秣供应、敌情军令诸军机要策,皆酝酿发端于此,恰似欧美各国之总参谋部。

津海关道正四品,品级不高,却是直接听命于北洋大臣,专一对直隶总督负责,未雨绸缪,运筹帷幄,以供上峰决策,非北洋大臣心腹股肱之人,精明强干之士,资历渊深之员,万难当此剧繁重任。当日李中堂题补盛宣怀出任此职,就有"该道志切匡时,坚韧任事,才识敏瞻,堪资大用"的考语。于今星夜飞调回任,盛宣怀省得,定有军国大事。

好在规复织布厂已有成议,宣怀已一股脑儿付与郑观应经元善,吩咐按策办理,自己也就不再上床,泡一壶茶,灯下思量了半夜。待得天明,却又好整以暇的来访长毛状元王韬。到得荟芳里小银宝的香闺,王韬兀自高卧未起,听得龟奴高喊客到,惊怪哪有人一大早到这夜世界来,及见是盛道台，连忙告个罪，使娘姨去请了沈毓桂来同饮卯酒。

一时吃过银丝面，点了心，娘姨摆上精致小菜，三人推杯换盏小酌起来。宣怀道，韬兄，你还是这般洒脱，醇酒妇人，做书看竹，真正赛过神仙。王韬笑指还在梳妆的小银宝道，有她日夜缠着，我还能做甚么事来？那小银宝正嬲着王韬替她脱籍，索性老老面皮求毓桂做中人，扯到套间里去开谈判。

王韬见无有别人，遂放低了声道，有一事奉告。北洋密电码，恐早遭日军破译，杏翁身踞冲要，务请千万在意。宣怀道，何以见得，莫非有甚么说法？王韬道，日前东瀛书商来要我出书，酒后谈起，那年北洋水师访日，在长崎与日警冲突，乃是东洋人设的局，刻意为之。只因东洋人千方百计想破我电报密码，久未得手，有个叫吴大五郎的，是参谋本部的谍探，想出来一条毒计。

见宣怀只听不做声，王韬接道，这毒计，便是教艺妓故意怠慢北洋水手，引发斗殴，好乘乱劫窃我密电本。杏翁请想，历来水手上岸，都是欢场的恩客，巴结还巴结不来，哪有拿乔却客的道理，除非不做生意了。所幸，当日水手克己，抽身回舰，东洋人未曾得手。隔天，东洋人再次挑斗，我水手忍无可忍，双方互有死伤。这回，到底教东洋人得了手。原本我兵舰报房间的人，密电本是不许离身的，而这人，早教吴大五郎盯死了，就怕他不上岸，只要上了岸，饶他三头六臂，也要教他吃了洗脚水，将密电本偷摸了去。所以那回日警与我水手打斗，看似轻描淡写了事，不似东洋人一贯强凶霸道的作派，实是我方吃的暗亏，大了去了。东洋人既坏了我水师之名，又劫窃我军事机密，表里俱得。

宣怀道，不会是那书商信口开河罢。王韬道，不像。他说那本子几寸宽几寸长几分厚，四角上有小数码字，这不就是密电本么。宣怀见说，皱眉道，日商所说果然是真，那麻烦得紧。韬兄，费心得很，我自有计较。说罢拱拱手。王韬慌忙按住，又道，毓桂亦说，这一段东洋人与报馆的西洋访员及律师打成一团,热络得很,上下其手,怕有异动,只是还未知详情。宣怀道,这东洋人也算是烧冷灶,着先鞭了。我今日就要北上,韬兄有事,说与元善便是。一时,沈毓桂小银宝说说笑笑出了套间,众人打趣几句,又吃了数杯,看看无话便散了。

午后,宣怀坐招商局船北上,不想兴师动众开大菜间,就在管事舱房里歇了。晚来无事,正在灯下思量水师失密之事,茶房送茶进来,赔笑道,大人终日辛苦,可要洗个脚解解乏?船上新近来了个修脚的,客人都说手艺好得很。宣怀无可无不可的,点了点头。

那修脚的听见呼唤,进舱打个千,就手端上一木桶药材泡过的热汤,来与宣怀焐脚。宣怀见是爽爽利利一小伙,满口扬州话,便有几分欢喜。因笑道,中堂身边有个修脚师务,使得好一把扦脚刀,你倒有几分相像呢。这小伙边捶腿边笑道,小人怎敢攀比中堂大人身边的师傅,只靠船上客官赏饭罢了。宣怀道,你们扬州三把刀,菜刀剃刀扦脚刀,刀刀有名啊。

小伙道,小人没出息,既没台面手艺,又没顶上功夫,只好使使这下路刀,不然也上馆子里做大厨,出好菜与大人吃。宣怀道,你倒会说话,知道我爱吃甚么菜?小伙道,小人知道大人喜欢山蔬野味,还喜欢热干面,最好是武昌"一碗鲜"那家的。宣怀听提到一碗鲜热干面,心中一动,低喝道,你究底是甚么人?从实说来,不然我叫人了。

这小伙不慌不忙,起身叉个手,禀道,小子是天地会两湖舵主许师祖特意差遣,来告知大人机密事的,只有一句话——李中堂身边有东洋奸细,大人只在中堂亲属身上留意,便有蛛丝马迹。宣怀心下明白是干姐姐许氏告警,遂道,晓得。复又含笑道,我身上从不带钱,等下我教人取来与你。小伙道,小子为会中办事,不为钱来。再说当年大人在武穴开矿,秉公办事,小子家中也得好处,一向感念大人宽厚,望大人公事顺遂,今日就此别过。

船到天津,宣怀换乘小火轮直抵三岔河口天后宫,插烛也似拜了九拜，叩谢当年娘娘保佑之恩。掂香毕，庙祝求笔墨，宣怀念及羊角沟遇险那事，乃题联一副：击楫沂黄流，但求利济澄清，不惜艰危凭造化；翔舸来翠羽，幸赖神灵呵护，敢云忠信涉波涛。一时搁笔出殿，看见那普济泉，忆起上回来掂香时，身边有玉蓉伴着赴任，旅途品茗婉言，壮我夙志，病榻悉心照料，无微不至，临机出谋划策，解危去厄。玉蓉啊，十五载同衾共枕，恩爱非浅，岂知天不假年，转瞬间香消玉殒，抛闪下我，又教我到何处去寻你觅你……

思绪间，宣怀不觉眼闪泪光，怔怔地发起呆来。那刘海觑见，便上来把着宣怀的臂，边走边道，我知道爷又在想谁了。她不在了，还有我呐，她服侍得爷好，我也能服侍得爷好，爷就把我当作她好了。宣怀见这丫头一味娇憨，哑然失笑，心想我还缺人服侍么，只是可惜了玉蓉这么一个天赐贤助，早早离我去了。一头感慨一头赶路，待到津海关衙署接了事，那签押房里的文牍，已铺满了丈把长的乌木条案，摞了一尺来高。

原来近日朝鲜内乱，日本乘机干涉，矛头直指中国。那日本自明治登基伊始，即御笔亲示——拓万里之波涛，布国威于四方。这日人最是清楚，若要称雄海外，绕不过中国，拿不下中国，万事俱休。因此上，定下"清国征讨策略"，其一夺取台湾，其二吞并朝鲜，其三占领满蒙，其四灭亡中国，其五征服亚洲称霸世界，成其"八纮一宇"伟业。近年见大清开办洋务，振兴实业，有些中兴模样，更是心急火燎，非要将大清打出个原形来不可。

缘此，明治亲自带头节衣缩食，军官捐献薪俸，上下一致，练成新式军队，买来西洋快船，只等个天时地利，便好挑起争战。恰逢朝鲜东学党起事，声势不小，夺占了全罗道、庆尚道，与官军相持不下。日相伊腾与外相陆奥见天假其便，岂肯错过，暗教浪人首领内田良平带队伍扮作难民，偷过对马海峡到釜山大崎正吉事务所，说动全奉准两军合编，全任总督，浪人做军师拜大将，就此实力大增，金北一战，大败韩将洪启薰统领的官军，势焰复起。

韩王见事危急，恳请大清出兵相助，稳定局面。朝鲜驻大清陪臣徐相乔、李冕相，紧急拜会津海关道，请兵平乱。盛宣怀道，二位稍安勿躁。党人不足虑，倭人是大患，出兵须通盘考虑。待我禀过爵相，奏明办理。

朝廷念旷世交好，应韩王所请，著李鸿章调直隶提督叶志超，太原镇总兵聂士成，率两千淮军登陆牙山，安营防变。日本见清国中计，赶紧通过内阁决议，兵出朝鲜，派混成旅团万余人登陆仁川，进逼平壤。北洋众幕僚眼看战事一触即发，建议李中堂，或则撤军谋求外交解决，或则增兵决一胜负。中堂顾虑，撤军则主战派群起而攻，增兵则战事必开而难操胜券，一时举棋未定。

李中堂举棋不定，宣怀晓得中堂难处，但事到临头，延宕怎能躲过？然身为参赞，无决策之权，只得急在心里，再看看手头敌情，在在触目惊心：

驻日公使汪凤藻报，日军暗向对马海峡集结，并有囤积物资、限制国民消费迹象；驻韩商务代表袁世凯报，日驻汉城代理公使杉村浚，请中国尽快增兵朝鲜保护日中利益，罕见反常；天津招商分局陶湘报，驻华武官井上敏夫，与紫竹林松昌洋行职员石川伍一秘密接触，石川曾巡游旅顺、威海卫诸地，丈量海宽水深，觇觑炮台兵营，所到之处，散布大清兵无斗志，军纪败坏言论；招商局郑观应报，倭人学华语改华装，入我内地及各埠做细作者甚多，且多方采购物资，昨搜出米二千余包，菜数百担；朝鲜陪臣报，汉城电报局已遭日人把持……

二十二

援平壤手足洒碧血
战黄海英烈泣鬼神

盛曰：大连湾旅顺一失，则渤海门户失，不仅花费千万尽掷，且船坞被夺，水师难再战

却说盛宣怀日夜分析敌情，再拆一信，仍是郑观应的，说有同乡西医广东香山人氏孙文，欲出洋游学，请代递总理衙门颁给护照云云。宣怀恐怕忘记，提笔于信面注了"孙医士事"，才放入卷宗，忽见报房又送进密电来，宣怀一看，拍案道，此情不报，我误军国大事矣！遂不顾玉漏深沉，赶紧来见李中堂。

到得后院，听差唤醒中堂，宣怀呈上经元善转报长崎密电。中堂看时，只得一行字：昨闻泊佐世保倭兵船十一艘出口。便道，这是要大打了，果真是倾举国之力，以国运相赌啊。乃看宣怀道，你意若何？宣怀道，日本已连发两道绝交书，外交调停恐缓不济急，于今只有临之以兵威，以战止战，庶几可保朝鲜社稷。不然，邻邦必定沦落倭寇之手。

中堂皱眉道，看来只有这么着了。本来帝师王佐，齐齐主战，清流更是聒噪，责我北洋大敌当前，无动于衷，我是外惭清议，内疚神明。罢了，打一打也好。杏荪，你去找英国人接洽，租他几条商船运兵，我调驻津仁

字营三千兵马,增援叶聂两军,再调卫汝贵盛军、马玉昆毅军、左宝贵奉军,再有丰升阿练军诸部,从陆路入朝。这东征后路转运,全都交给你了,准你便宜行事。

越日,委札下来:着周馥总理北洋营务处,盛宣怀办理东征后路转运事宜。

宣怀晓得中堂雇用英国商船运兵,意思是避免日本军舰拦截攻击。只因我北洋水师虽已成军,叵耐经费短少,五六年未添一船一炮,老醇王已然下世,小醇王载沣虽袭了爵,海军衙门却是庆郡王奕劻总理,一味贪财媚上,又教我水师如何抵挡日本的快船速炮,只得出此无奈之举。

然军令不可违,该安排的自去安排。宣怀这边一动,却教潜伏在英轮公司的日本细作看出端倪,转报井上敏夫,井上命石川伍一探明速报,石川便邀天津军械局书办刘棻吃花酒。这刘书办是军械局总办张士珩的心腹,早就跟着东洋人花天酒地,在艺妓的榻榻米上落了水的,当下将何时有多少军械装甚么船,由哪一处启碇,细细告诉了石川。石川掐指一算,便晓得北洋出动了多少人马。宣怀回任头一件事,就是改换密电码,不想还是着了日谍之手,真正气数。

六月十九这日,英国商船爱仁号出港,隔日飞鲸号出港,分批载走了淮军仁字营将近两千弟兄。六月二十一清晨,高升号从塘沽启碇,仁字营帮办统带一千一百余名军士,航向牙山。此时日本海军已然接到细作谍报,联合舰队司令伊东祐亨命令,十三艘军舰编成三支,游弋黄海,专守伏击中国运兵船。这高升号开到丰岛海面,日舰浪速、吉野、秋津洲候个正着,当下强令高升号停船受检。北洋水师赶来接应的济远、广乙两舰见状,即刻上前保护。

吉野当先发难,浪速、秋津洲跟进,照着济远、广乙就是一顿快炮。我舰不顾船慢炮缓,奋勇还击,发炮命中吉野机器间,又命中浪速海图室,唬了倭兵一大跳,可惜炮弹未能洞穿船底,教日舰逃过一劫。缠斗良久,我舰先后带伤,西向撤退。吉野穷追不舍,却教济远水手王国成李仕茂,开后主炮连发四弹镇住,吉野连中三炮,登时船头低俯,不敢再追,转舵就跑。

不意高升船慢,教日舰赶上,强行登船验看,见满船中国军兵,当即要求缴械投降,遭我将士坚拒。浪速舰长东乡平八郎见状,即令西洋人全数离船。英国船长高惠悌一向不以为意,总当日本人要顾及国际公法,不敢攻击挂米字旗的大英商船,此时说不得了,性命要紧,赶忙下小艇逃生。

东乡见西洋人走脱,又是射鱼雷,又是开大炮,高升顿时烟雾腾天。我将士视死如归,举步枪还击。东乡眼看高升沉没清兵落水,下令只救西洋人,清兵一概击杀。霎时,枪弹如雨,血花遍海,我军非死即伤,大半殉国。天地为之泣,神鬼为之惊,那堪我中华子弟近千精壮小伙,遗恨海底。痛哉!壮哉!

日本不宣而战,朝野震惊,皇上大怒,就要开仗。倒是太后晓得,这些年花在园工上的钱多了些,拨给北洋的军费少了些,心中无底,想和戎又开不得口。因见翁同龢领衔主战,特差翁赶赴天津会李鸿章,能战不能战,究底个清楚。这翁同龢状元出身,同治光绪两代帝师,今上最听他的话。自太后嫌老尚书阎敬铭手紧抠门,明升暗降弄去做了协办大学士,就调升翁师傅接任户部尚书,管理度支,此后修颐和园、皇上大婚这许多银两,全靠翁师傅东克西扣挪来,功劳着实不小。

这回翁师傅口衔天宪,见了李中堂一句话就传了旨:今番与日本动武,能战不能战,著李鸿章明白回奏!传旨毕,一言不发,与李中堂两个大眼瞪小眼对着看。这李中堂做官是得了道的,最能体会圣意,心想太后要开仗,还用得着来问我吗?遂忍气吞声,耐着性子实说了一堆难处。翁师傅此时方有些晓得,这些年拨给北洋的军费,实在太少了点,临时抱佛脚,开仗难免险险乎乎,却也顾不得许多,连夜返京,私下留一封书子,转托亲家直隶按察使季邦桢相告北洋实情。

这季邦桢虽是文士,亦崇尚经世致用,素来腹诽书生意气。看了亲家翁的信,便对盛宣怀道,翁叔平嘱我将北洋"将士之贤愚,军报之虚实,器械之好坏"以实相告。想往常,北洋请款强军以备不测,户部动辄驳诘,刀兵临头,方来询察北洋实力,岂不令人齿冷。宣怀听了,报之以苦笑。邦桢道,还有好笑的呢,翁叔平对门生说,李少荃与汉奸无异,许给鼠公使小村寿太郎一百万银子,换其退兵,小村已经答应。皇上知道了,雷霆震怒,必欲一战。

宣怀道,这怕是附会出来的罢,市井俚语,如何当得真?不过,说翁师傅的气量欠宽,却是不冤枉他。当年曾文正参他老兄翁同书弃城逃命的奏稿,是李中堂的手笔,名句"臣职份所在,例应纠参,不敢以翁同书之门第鼎盛瞻顾迁就",传颂一时。文宗揽奏,论罪不贷。是以翁与李结下梁子,专一以国库不充为由,杯葛北洋海防经费。邦桢听了感慨道,有人说,宰相合肥天下瘦,司农常熟世间荒。原本以为言过其实,如今看所言不虚。说着,摇头叹息不止。

所以——宣怀道,太后心知这位翁师傅正色立朝,爱惜羽毛,再不肯背主和恶名,派他到天津走一遭,原是教他晓得实情,不想翁师傅果真装不懂,公事公办,不体圣意。邦桢道,是了。太后想想臣子不担纲,只好我老太后来担纲,日本蕞尔小国,不见得打不过,便将宣战诏书发了下来。这一回,我们这边临时抱佛脚,日本是处心积虑有备而来,我亦做过一任津海关道,中日实力之消长也晓得些。自我按察直隶,地方番子手屡屡报告,东洋人多有刺探情事,细作更是了得。大战在即,杏荪兄务须留心,不可大意。

宣怀拱手道,多谢士周兄提点。倭人狡谲,各口有人改装侦探,用洋文密码通电,大碍军情。我亦正为这头痛,已经做了布置,另已饬令电报各局,战衅已开,再不准为日本商民人等拍发密码电报,亦不准购运豆米返国,以杜资敌。邦桢点头称善。自此宣怀忙碌不堪,一面于天津、金州、义洲一路设立转运站,组织招商局船队,转运各营将士及枪炮子药,医药被服;一面与军机处,总理衙门,各当路大老,各部尚书,各军统领,函电交驰,下情上陈,上情下达,通报敌情及各国舆论,只恨分身无术。

自两国宣战,各自撤侨。那几个露了行藏的日本细作,宣怀早差人盯死了的,见石川伍一未曾上船,晓得还要潜伏,做公的得令,到刘书办家搜个正着。那石川虽已换了中华服色,颜面是改不了的,当下与刘菜一同绑到天津府衙门。一审,石川对其刺探军情供认不讳,又供出宗方小太郎化装成农民,潜入烟台、威海、刘公岛侦测海防情形。刘菜供出总办张士珩盗卖军械,多为日商买去。宣怀得报,惊得暗暗跳脚,赶紧差人到重庆号轮船上捕来石川同伙泷川具和,随身搜出我辽东半岛地图一张,上面山、河、村、路、树、井、炮台、营房,标画得至细至详,一目了然。

宣怀心知大事不妙,悲叹一声,急泪交流,正不知多少日谍刺探了多少军机去,惶惶不可终日。日谍如此猖狂,却还有一事棘手,这张士珩是李中堂嫡亲外甥,战时资敌,罪过不小,这却如何是好?后来想想江湖中人尚知保家护国,会党特意暗递关节示警,我身为朝廷命官,食皇家俸禄,岂可尸位素餐,置人情于国法之上?遂不再瞻顾,决意详文督府,请中堂定夺。

这日本见海上得手,陆上便大举进攻。其时,建威将军左宝贵主张集中援朝我军优势兵力,打击日军一路,以收各个击破之功,诸将赞同,只是总统叶志超力主撤退。犹豫间,战机稍纵即逝,日军乘势将平壤团团围住猛攻。左宝贵独挡北面,大战倭兵。当日,沐浴焚香,穿黄马褂,头品顶戴双眼花翎,登玄武门,立马大旆之下督战,命军士用津海关道新近赶运到的速射炮,还击日军。

一时厮杀得性起,宝贵亲自燃发巨炮,日不移影,射榴弹三十六颗,倭兵死伤惨重,无法前进,乃集中全部炮火排轰城垣,一时弹如雨下,击穿宝贵胸肋,宝贵血染征衣,裹创再战。倭兵惶恐,旅团长立见尚文少将急令,用榴霰弹专轰穿黄马褂,头上有两根翎毛的,那霰弹如飞蝗一般,终将宝贵炸倒。众将士见主将殉国,感愤不已,拼死反击,与日军相持于玄武门,死守不退。

南边卫汝贵马玉昆诸军见日军大举来犯,用炮火掩护马队反击。如雨枪弹中,卫汝贵亲自提刀往来督战,营务官盛星怀一心报国,挥舞松文古剑,连连砍杀倭兵。两军反复鏖斗,倭兵官佐死伤甚众,旅团长大岛义昌少将、联队长西岛助义、炮兵大队长永田龟均被击伤。日酋野津道贯中将见难以得手,只得暂停攻击,退回驻地,与清军胶着于大同江畔。

是夜,风雨交加,总统叶志超传令,官兵伤亡甚重,粮弹将尽,全军乘雨突围。众将只得依他,拔营北撤,却在半路中伏。眼看队伍挤在一处,施展不开,营务官盛星怀一手洋枪一手宝剑,当先冲锋,倭兵见来势勇猛,一阵排枪,将星怀击落马下,血洒疆场。可怜这星怀身中数弹,洞穿胸腹,壮志未酬,阵亡于平壤郊野。后队一拥而上,总算撞开一个口子,一路撤至鸭绿江边,退回国内。日军乘势猛进,不日间占领朝鲜全境。

援韩大军一朝败回,皇上震怒。清流攻讦,专拿淮军开刀,纷纷上疏,弹劾卫汝贵军纪败坏,临阵先逃,以致冲动大军阵脚,一溃几百里,不杀不足以平民愤。皇上下旨锁拿,押回京师问罪。有道是三人成虎,这卫汝贵百口难辩,再没有一个肯听他解说半句,教刑部下在天牢里,只待秋后算账,连李中堂也救他不得,却不知这卫汝贵是冤到海底。

原来我各路兵马一入韩境,日军便派出别动队,扮作清军烧杀抢掠,奸淫妇女,弄得民怨沸腾,又黑地里东边打几枪,西边掼炸弹,挑起我军各营内斗,自相残杀。那丰升阿统带的练军,多的是八旗子弟,几时受过这窝囊气,群情激奋,逼着长官拍电报到京里告状。京师日谍乘机造谣,唬弄清流操纵舆论,直教卫汝贵罪状,如铁板上钉了钉。

那汉城电报局,是早教日军控制住的,自是谣言各处乱飞,弄得中外皆知。日谍又乘热打铁,冒名致电天津上海中西报馆,在新闻纸上大肆宣扬中国军队如土匪一般,霎时传遍了世界。倒是袁世凯说了几句公道话,道是卫军门之败,譬如一部机器,引擎、锅炉、马达速率皆不得力,出来的货成色就差,归咎于货色本身,于理不通。却又有哪个去信他的。

好在陆军虽败,还有水师,皇上严旨,出动北洋水师与日本联合舰队决战。李中堂晓得水师老旧,攻固难胜,守则有余,于今圣旨下来,不敢不遵,心气上先输了一着。倒是水师官兵士气旺得很,这日在黄海大东沟海面与日本联合舰队碰个正着。北洋水师自成军后,提督为丁汝昌,刘步蟾为右翼总兵管带铁甲大舰定远号,林泰曾为左翼总兵管带铁甲大舰镇远号,原本有一个洋总查琅威理已经归国,李中堂奏准洋员汉纳根为北洋水师总查,衔同提督。丁汝昌坐镇旗舰定远号,汉纳根随同襄助。

当日午间,两军临阵,提督丁汝昌即升旗迎战。北洋水师以雁行阵接敌,联合舰队排成一字长蛇阵来斗。看看将近十里,定远当先一炮,霎时双方你来我往鏖战起来,数十艘战舰,翻搅得海水沸腾,百余炮怒放,直打得硝烟弥漫。我水师所用多是穿甲弹,靠洞穿敌舰使其浸水沉没,日舰所用乃是开花弹,一炮过来毁伤一片,我水师将士这就吃了亏。

未几,定远甲板中炮,震得丁汝昌跌下舰桥,洋总查汉纳根带伤。丁汝昌就势拖张交椅,挂花坐在甲板上指挥。众将士感奋不已,拼死还击,炮弹直入日舰比睿号舰长室,打死十七八个倭兵,伤者甚众,比睿大火蔓延,逃离战场。众军士再接再励,一炮将日赤城舰长坂元八太郎首级炸碎,魂魄飘飘荡荡,寻到靖国神社排了座次。舰上其余军官,非死即伤。

林泰曾见日舰围攻我旗舰,急驰镇远来救,日舰拦截,弹如雨下,林泰曾震昏。帮带洋员马吉芬接过令旗,命镇远前出,护住定远。这马吉芬在天津水师学堂做过教习,不藏不掖,极其认真,水兵甚是服他,眼见得镇远中弹二百余发,仍死战不退。那日本开花炮炸得马吉芬头破血流,浑身又是弹伤又是烧伤,双目几近失明,依然不肯躲避,直战到昏死,左右急忙抬入舱中。

　　众水兵见洋帮带忠勇，血脉贲张，誓不皱眉，操着盆口粗的巨炮连连命中日舰浪速号，吓得倭兵鬼哭狼嚎，东乡平八郎慌忙下令退开。我水兵调转炮口，连击日本旗舰松岛号，松岛闪避不及，后甲板炮塔中弹，火焰引发炸药，轰然大爆，霎时火灾大作，浓烟滚滚，舰身便歪斜了。伊东祐亨查问，听说死伤八十余人，急令吉野号赶来掩护。

　　致远管带邓世昌见吉野最是猖狂，必欲与之决一死战，无奈炮弹打尽。这邓世昌咬碎钢牙，命致远全速飞进，撞也要撞沉吉野。舰长河源要一大惊，倒车退避不迭，眼看致远就要撞上吉野，只听一声巨响，乃是锅炉老旧不堪承受压力，猛然爆炸，登时海水涌入如潮，致远便往下沉。邓世昌不惊不忙，命众军士撤离，自个肃立舰桥，英姿飒爽，与爱舰同沉海底。壮哉！其身虽殁，精神不死。我中华有此英烈，与有荣焉，定然永受祭祀，后世香火，绵绵不绝无尽期。

　　战至黄昏，我靖远来远两舰紧急抢修毕，再入战场。伊东祐亨见北洋水师士气大振，重整旗鼓来战，料难取胜，下令联合舰队撤出战场。大东沟海上一战，两军各有伤亡，就此暂歇旗鼓，自去舔血疗伤，以期再战。

二十三

屠旅顺倭兵媲怪兽
辱马关爵相惊莽汉

盛曰：中国失地矣，彼焰愈张，我智益短，更难收拾，故万不
可因有款意，悄懈战略

海战方罢，陆战再起。那侵韩日本陆师第一军团集结完毕，击破我鸭
绿江防线，攻入大清国境，越过虎山占住九连城。第二军团由联合舰队护
送，在我花园口登陆，兵锋直指金州。这金州乃旅顺后路要地，盛宣怀所
设战时粮秣辎重兵员转运之所，利害交关，不容闪失。李中堂得报，召集
幕僚会商，决定电令前线设防紧守。盛宣怀审时度势，急发军前将帅一
电，限即刻到：

倭兵大举来攻，寇氛大炽。金州前路皆宽，唯南岭关至土城子，宽止
十里，中有山岭，形如蜂腰，可守。诸军参阅前寄详图，先各调十营扼扎，
续调后队接应。山岭多安炮位，当路多设地雷。一朝摧敌兵锋，统领营官
破格爵赏，弁兵重赏花红，将士用命报国，在此一役。过此，则无险可守，
旅大暴露于敌前，旅顺有失，水师危殆，其势不能不拼，如炮火不足，水师
所存胶州快炮十八尊可以移用，诸军将士其勉之！

可惜金州一战，我军又败，日军兵分三路，攻下大连，联合舰队随即封

锁海口,将北洋水师堵在大连湾内,龙入沟渠遭虾戏,再无施展之地。日军乘势会攻旅顺,不意总理船政前敌水陆营务处总办龚照玙无令自撤,冲动阵脚,一时守军各营大乱,抵挡不住,日军遂占了旅顺。看看城内老弱残兵连百姓还有两万多人,两个军团司令大山岩与山县有朋商量处置,山县有朋道,哪里养活得了那么多战俘,既要给他疗伤,又要供吃供喝,我军无法承受,尽数杀了罢。

大山岩道,说的是,下边军士多说,清军撤退时把军粮多烧尽了,我军现在缺粮,不若连老百姓一并杀了,拿他们的口粮来军用。山县有朋道,由他去,总不能教天皇陛下的士兵饿肚。大山岩道,事实上禁也禁不住,下边已经在动手,人杀得越多,职务升得越高,不想跨指挥刀的士兵,可不是好士兵。两个日军大将三言两语,相顾一笑,就算定了局。幕僚长随即下令,见敌兵一人不留。那倭兵得了将令,雀跃不已,更是毫无顾忌杀起人来。

自十月十八起,一连四天三夜,倭兵不管平头百姓,无论妇孺老幼,直杀得血流成河。尸积如山,倭兵也觉碍手碍脚,便捉了三十六个还剩点力气的男人来,头上缠上一块白布,写上此人不杀字样,指一个叫鲍绍武的为头,编成抬尸队。除此之外,只要见头上无白布的,是个人就下刀,城内两万多活口,一时俱尽。

这鲍队长的抬尸队,每日所做之事,就是将尸身聚归一处,拉到阳花沟焚化,也有在船坞旧窑化的,窑烧塌了再移到黄金山东麓,一化化了个把月,方才化完。暗暗算算,倭兵虐杀中国人的方法有二百五十多种。鲍队长与三十余个兄弟,诚惶诚恐,将同胞骨殖葬于白玉山之阳,不敢祭奠,撮土为香,暗表心意。

旅顺陷落的消息,一朝传至日本本土,当下举国弹冠相庆,游行举宴,高呼万岁,庆祝胜利攻陷东亚第一堡垒。东京股票市场反弹暴涨,盛况鼎沸。日军大本营随即下令,将在旅顺劫掠的大批"战利品"运回国内,展示于东京靖国神社，观展人流摩肩接踵，浅草、上野观光者为之一空。"战利品"这个名称成为时尚，商家纷纷乘机推出名之以"战利品"的新商品，畅销不衰。

且说西洋列强，最讲求自由民主人权，新闻报道公正客观。这报纸访员访得日军在旅顺大肆屠杀，灭绝了人性，便一一报道出来——

西历 1894 年 11 月 26 日，英国《泰晤士报》刊出电讯：据报告，在旅顺发生了大屠杀。日本攻占旅顺时，杀戮平民四天。此间人们在得悉事件详情的同时，无不对远东的暴行感到战栗、痛心与愤怒。这种非理性的杀戮，不能得到有效的禁止，将成为统帅的终身耻辱。

西历 11 月 29 日，美国《世界报》刊登来自中国芝罘的一则报道：日本军在旅顺，不分老幼全都枪杀，三天期间，掠夺与屠杀达到了极点。

西历 12 月 12 日、13 日、19 日、20 日，《世界报》连续刊登战争特派员克里曼的长篇纪实报告，以《日本军大屠杀》及《旅顺大屠杀》为题。克里曼称，我看见一老人跪于街中，日本兵挥刀斩杀，几乎成为两段。有一难民在屋脊上，也被子弹打死。有一人由屋脊跌下街心，日本兵以枪尾刀刺插十余次……

战后第三天黎明，我被枪弹声惊醒，日军又大肆屠杀。我出外看见一军曹带一队兵追逐三人，有人抱着一个无衣服的婴孩。两人被枪弹打倒，我走上前，示以孩子父亲手臂上所缠红十字白布，想救他但未能阻止。日兵将刀连插倒地者颈项三四下走了，任其在地等待死亡……

次日（11 月 24 日），我与威利阿士到一院落，看见一具死尸，两日本兵屈身于死尸旁，一兵手执一刀，将尸首剖腹挖出心脏。我经过各条街道，到处见尸体残毁如野兽所啮。被杀的店铺生意人，堆积叠在道旁，眼中的泪，伤痕的血，都已冰结成块。有只灵性的狗，在主人僵硬的尸体旁悲伤地呜咽，其惨状不难想见……日本实为蒙着文明皮肤，具备野蛮筋骨的怪兽。

不想倭兵也来凑热闹。上等兵伊东连之助给友人写信,快意道:那一刀砍去似如秋水,身首分离,头颅朝前方三尺余处抛出,一柱鲜血向天迸腾穿出……

这些个报道,在世界掀起轩然大波。教人想不出的是,虐杀华人的非但有日本军人,国会议员,还有记者亦加于行凶之列。一名日本记者回国后公然宣称:我只是杀人,没像其他人那样抢劫。原来抢劫是罪过,杀人非过错!

西洋人称日本为怪兽,蒙文明皮肤,具野蛮筋骨,这战胜国的快意就打了折扣,日本人一直是与西洋人一样文明的,这还了得。大山岩赶紧派法律顾问有贺长雄去见西洋访员,拜托一番,无须将日军的所作所为报道出来。

这日本欺了世人,还要盗名。外相陆奥宗光唯恐引起公愤,紧急指示驻英外交官内田康哉动作。原来那英国的大通讯社,早就与日驻英公使青木周藏建立了良好关系,有的通讯社发表一篇有偿新闻,日本使费两千日元,也有的每次收取六百英镑。此刻见内田上门,心照不宣,连忙召开编辑会议,及时制止住记者从上海发来揭露旅顺遭野蛮惨害的电稿。辩称,除战时正当杀伤之外,日军无杀害一名中国人,宣传口径为之一变,不知又收费多少?

日驻美驻欧外交官跟进动作。美国《华盛顿邮报》,意大利等国若干报刊,亦刊登文章,表明日军救死扶伤,是文明部队。果然钱能通神,有洋记者报道,清军虐杀在先,日军报复在后,为的是日军占领旅顺城后,发现有日本兵被清军虐杀在一棵大樟树上。此是不知我中华地理物种,闭门杜撰了。

须知,樟树产于中国南方,北地并无此树,整个旅顺一株樟树也无。洋人不知就里,认为此论公允,既报道清军虐杀日兵,也不隐瞒日军之报复,舆论就此倒了过来,大清军队摇身一变,成世上最愚昧野蛮之部武矣!

　　文仗未已，武仗更烈。旅顺即失，威海卫已无屏障，大山岩统领第二军团两万五千人马，轻取荣成，进攻威海卫。南帮炮台守军在摩天岭强力抵抗，所部六营三千人悉数阵亡，击死日左翼司令官大寺安纯少将，倭兵死伤累累，方才拿下卫城，占据全部炮台。

　　自此，军港内北洋水师悉数处于日军炮火覆盖之下，非降即亡。伊东祐亨致书丁汝昌劝降，汝昌严词拒绝，与刘步蟾先后自戕殉国。日军登陆刘公岛，军港陷落。可怜北洋水师连带岸防炮台，耗资无数银两，皆我百姓膏血，一时俱尽，北国锁钥，就此洞开。

　　败报到京，太后六十大寿亦未安生。想想气无所出，召来协办大学士户部尚书毓庆宫行走军机大臣翁同龢，指说道，翁同龢呀翁同龢，你可真是老成谋国呐，这前头就是有个火坑，你也撺掇着皇帝去跳啊。我娘俩这一跳不打紧，可差点把大清也填了进去呐！唉……你是皇帝的师傅，忠君爱国，就是我这个太后，也得敬你三分，没有个东家办砸了事，怪西席主意出得好的道理啊。我既请不出乾隆爷的遏必隆刀，只能拜托你翁师傅再多读读圣贤的书啦。

　　这翁师傅真恨不得有个地缝钻了进去，想冠冕堂皇说一句君忧臣劳，君辱臣死，又不敢出口，怕只怕太后顺坡下驴，果真取了自家首级。一时间，窘得颜面紫涨，豆大汗珠滚落下来，嘣咚嘣咚碰头不已。

　　太后哂道，翁师傅求名得名，何必行此大礼，我老太太谢谢翁师傅啦，好好教皇帝读书，让皇帝将来报答你罢。说着，也不教跪安，离座转出后殿去了。这翁师傅未得跪安两字，掠在地上半日不敢平身。还是李莲英看出太后一时无有杀意，遂进内奏道，该叫第二起了。太后点头，第二起军机进来，与翁师傅跪在一处，方才解了翁同龢之窘景。

　　内里处置了忠臣，外头就拿罪臣开刀，盛军统领卫汝贵与济远舰管带方伯谦一并问斩。这方伯谦于大东沟海战，擅自撤出战场，忙乱中撞沉了扬威舰。先前丰岛海战，也慌张慌张挂错了旗，若不是炮手李仕茂王国成诸军士忠勇,开炮击伤吉野,济远就要教日舰掳了去,却又矫饰冒功,妄得封赏。从来文官死节,武官死战,宁死疆场,不死西市,当时顾惜性命,于今只好伏法。只是卫汝贵冤枉,无端死于东洋细作与清流之口诛笔伐。

罪臣死,功臣赏。皇上垂泪亲撰一联:此日漫挥天下泪,有公足壮海军威。又御书祭文碑文各一篇,赐祭邓世昌。追赠邓世昌太子少保,谥号壮节公,入祀京师昭忠祠。赐邓母黄金打就"教子有方"大匾,拨银十万两以示抚恤。邓氏族人于原籍广东番禺为邓少保修了衣冠冢,建起邓氏宗祠。威海卫百姓感念邓少保忠烈,于成山之阳塑像建祠,永受香火。

左宝贵谥号忠壮,追赠太子少保、骑都尉一等云骑尉,事迹交付国史馆立传,生前立功省份建左少保专祠。其余伤亡将士洋员,各有抚恤,以褒扬忠烈。洋员马吉芬授顶戴花翎,三等第一级宝星勋章;候选知府盛军营务官盛星怀,加二品封典,追赠太仆寺卿衔,附祀左少保祠。盛宣怀见了诰封,赶紧寄上老父,以慰亲心,禀道,星弟坚却官饵之利,矢志报国捐躯。人孰不死?书生效忠,求仁得仁,死亦得所。吾父其宽之,慰之!

这一仗打下来,盛宣怀心憔力悴,内悲手足,外痛袍泽。是以,旧疾复发,咳喘愈厉,还须强打精神,拖着病体料理善后,收拾残局。这日,正为着镇远舰洋帮带马吉芬战伤初愈,安排专人以招商局轮送其归国一事忙碌,忽报星怀骸骨已经运回。宣怀喉头一甜,一口血直喷出来,登时眼前金星乱跳,支撑不住,歪倒醉翁椅上。刘海听说,也顾不得许多,赶紧奔出后堂来签押房照料。宣怀呷了温开水,吞了止血丹,稍稍平服,刘海扶归卧房安歇,自有医官调治。

宣怀虽病,职责在身。歇息不得,又恐强撑病躯办事不力,坏了公事,只得将实情上告李中堂,以为先容。乃禀道,近日旧恙忽作,晚间发热,通宵不寐,咯痰红腻腥秽,肺家受伤愈甚,值此时事,不敢偷安旦夕。中堂批转,教请林联辉诊治,勿用华医补剂。宣怀遵命请林医官以西法医疗一程,虽有好转,只因天寒地冻,屋内炭气又重,喘咳难平,无奈乞假两月。

中堂准假,仍命黄建莞署理津海关道,宣怀方稍稍松了口气。

再说日谍宗方小太郎自逃回国内,受到明治亲自接见,于今更是一发不可收拾,起草了《开诚忠告十八省之豪杰》书,扬言直捣北京,教清国皇帝面缚乞降。文字传到京师,唬得朝廷大臣心胆俱裂,不和也得和了。

太后本意差翁同龢赴日,想想腐儒只会空谈,一无用处,只得命李鸿章为全权大臣,主持和戎。李中堂明知是个火坑,只因身为盐梅干城,不跳也得跳,遂带了洋员福士德,儿子李经方及罗丰禄、伍廷芳、马建忠、徐寿明、于式枚诸随员,赴日谈判。

到了马关,一引引到春帆楼,日相伊藤博文候着,双双验看了文书印信,对坐接谈。伊藤开出盘口来,唬了李中堂一大跳,也顾不得打痞子腔了,据理力争,直说得口舌焦干,伊藤只是一步不让。李中堂百计腾挪,总是教伊藤圈住,就像肚里蛔虫,才一动念,伊藤已了如指掌。

李中堂郁闷不已。看看楼外海景,倒也秀美,想想我中华壮丽河山,不知又要割去偌大一片,心中酸楚,真个是人为刀俎,我为鱼肉。故而,生片河豚鱼到口,味同嚼蜡,菊正宗清酒入喉,有如白水,凝滑温泉水泡身,恰似沸汤,几回与随员探讨对策,只是不得要领。

原来开战之前,陆奥宗光使计,借故致函我驻日公使,命秘书官中田敬义译成中文送达汪凤藻。隔天汪凤藻将日函密电发回总理衙门,请示进止,却教昼夜监听的日本电信课长佐藤爱磨候个正着。

佐藤立时召集"密战"小组解析,对照昨日陆奥发与汪凤藻之原件,参考总理衙门日常与驻日公使馆往来电文,苦心研求,终于发现清国密电码之编排规律,掌握了破译的法子。故此,非但战前清国陆军水师之一举一动,舆情战备之一言一行,日本一概括入囊中,就是这回李中堂与朝廷来回电函,所有底细尽在日方洞察之中,又教李中堂怎生跳出伊藤之掌握?

和戎关乎国家社稷,事大如天。虽遭挫折,李中堂岂肯就范,哪怕身下座椅比伊藤矮了一截,只当不看见,忍辱受着,祭出老师曾文正公的"挺经"，定要伊藤先撤了兵，再谈条件。伊藤奸狡无比，岂会上李中堂的套，只说无条件可谈，败方只有"允"与"不允"两字。李中堂挺了几挺挺不过，万般无奈，捏指念个拖字诀，再三磋磨，一时僵持不下。

这日，又是无果而终。这李中堂步出春帆楼，回引接寺馆舍，才下轿来，不意半天里跳出个浪人，挥手照着李中堂面门，砰然就是一枪。李中堂登时血流满面，啊也一声，往后便倒。

二十四

彰国法正词判细作
倡西学奇谈动公卿

盛曰：西人学以致用为本，其学校之制，转与吾三代以前施教之法相暗合，讲西学延西师，学堂之规模近似矣

却说李中堂引接寺遇刺，从人赶紧抱住，簇拥入馆舍安置。中堂半生戎马，并不张皇，及见血染襟袍，说得一声，此血，可以报国也——双目一闭，便人事不省了。侍医林联辉赶紧药石俱下，救醒过来，只是枪弹射中左眼之下，嵌入骨缝，诸医束手无策，再不敢贸然取出，唯恐伤了中堂性命。这李中堂定定神，唤于式枚执笔于榻前，口授一函照会伊藤：

本日下午，本大臣自会议处所归途，忽遇意外可悼之事，致使面定明日上午十点钟会议不能躬亲，殊为抱歉。是以，特此知会贵大臣，明日于所定之时，由本大臣委派李经方趋候贵大臣，继续晤谈，以修中日两国之永好。

诸随员听得，个个掩面失声，人人潸然泪下。和谈使臣被刺，世间少有，一时传遍世界，舆论哗然。日本乃文明之国度，闹出这个事来，实属意外。伊藤博文一面捉住刺客小山丰太郎问罪，一面道歉，告慰李中堂道，内阁已经议定先行撤兵，再开谈判。李中堂听毕心头一宽，暗想这一枪，

老夫挨得也算值了。

殊不知,泰西列强见日本野心不足蛇吞象,已露垂涎不平之意;近日电信课又破译得李中堂致军机处密电,道是"倘日人犹不足意,始终坚执,我等只有罢议而归"。伊藤深恐谈判破裂,讹诈不成,遂调个花枪,口蜜腹剑,佯许北边撤兵,南边却密派舰队驶往台湾,占住澎湖。如此抢个先手,不怕中国不就范,其阴狠狡诈,可见一斑。

部署停当,不待李中堂伤势痊愈,这伊藤翻过脸来,说与李经方道,中国使臣须深切领会日清两国形势,即日本为战胜者、清国为战败者之事实。若不幸此次谈判破裂,则我一声令下,将有六七十艘运输船,搭载增派之大军,陆续开往战地。如此,北京的安危亦有不忍言者,而清国全权大臣离开我处,能否再安然进入北京城门,恐亦不能保证,此刻岂是我等悠悠迁延会商之时乎?

李中堂招数使尽,只得电告国内,请示进止。军机处复电云,原冀争得一分有一分之益,如竟无可商改,即遵前旨,与之定约。李中堂长叹一声,遂在条约上签了字,割让台湾、澎湖及辽东半岛,赔偿白银二万万两,另再开放通商口岸,许日人在华开设工厂不等。俄、法、德三国见日本割去辽东,利益受损,表示无法接受,一面照会日本放弃辽东,限十五日之内答复,逾期便要动粗用强,一面派遣舰队驶来远东,威慑日本。

日本顿觉奇耻大辱,朝野哗然,然势有不逮,只得将我辽东吐出。伊藤等人憋屈得几乎要跳东洋大海,又讹了大清三千万白花花的银子去,方才舒了口恶气。战罢,日本内阁拨出二千万日元,进贡日本皇室,为的是感谢当日李鸿章遇刺,明治夫人亲制绷带,与之裹伤。

须知这一裹,就此裹去了大清宝岛台湾,裹去了大清二万万三千万白银,大清黎民之膏血,成明治杯中之玉液琼浆。甲午一战,我中华割地赔款,血出如浆,师夷之长求富求强的路,就此打住,三十年生聚,一朝尽丧,自此国力骤降。日本得了赔款,越发扩军备战,遂成悬在我中华头上之锋刀利剑。

再说李中堂身带入骨枪弹，铩羽而归，举国大哗，骂其惯会卖国者有之，讥其假作受伤者有之，传其儿子李经方入赘倭国做了驸马者亦有之。齐巧京里苏丑杨赶三死了，有人两下里一凑，便传出一对子来，对仗倒也工整，叫做"杨三已死无苏丑，李二先生是汉奸"。清流更是人人口诛，个个笔伐。李中堂纵然掬尽东海水，难洗今朝满面羞，倒教帝师翁同龢出了一口长气。

又有翰林院八十三位清贵之士，会同百多员廷臣联袂上奏，坚请废约，迁都再战。广东南海举人康有为写成万言《上今上皇帝书》，请变法以成天下之治，十八省公车举子会议京师松筠庵，齐齐响应。皇上念台湾誓死不从倭国，心下垂悯，乃下一道谕旨交军机处：

台湾土地肥沃、物产饶多，民亦服王化，已立行省，设官署，置吏员，纯然如本土，不能送给他国。今台民不肯服倭，条约虽经批准，将来如何办法，合应随时修改，可录入照会致倭。钦此。

军机上那班大臣，怕节外生枝，不敢奉诏，匿而不发，悄悄淹了完事。

这盛宣怀身缠病榻，也不得安生。先是闻李中堂遇刺，一日数惊，再细看马关条约，既惊且痛，拊膺长叹道，台湾一失，南边国门洞开，从此海疆难有宁日矣。终日太息不已。好在织布局自规复至今，出布已初具规模，聊慰宣怀寸心。缘是郑观应寄来《捷报》一份，自撰《盛世危言》一部。那《捷报》道：

上海织布局于去年秋天被焚，这次大灾并没有阻住中国工业的努力建设。规模更大、设备更好的织布局又建起来了，并于上星期一开工。星期三，即大火之后整整十一个月，棉花已入厂，预计数日后即可出纱。旧局有布机五百台，纱锭二万五千枚；新局现有布机一千五百台，纱锭七万枚。

宣怀再览那《盛世危言》，才看得几篇，不觉振臂而起，捶床连呼好，好！原来这部《盛世危言》，乃郑观应忠愤我中华屡伤国步，苦心孤诣探求济国良方，呕心沥血，批阅十二载，方才撰成，新近脱稿付梓成书的，专论富强救国。凡五卷，乃是道器、西学、公法、廉俸等五十七篇，采各国哲学、政治、经济、军事、外交、文化诸事所长，针我时弊，砭我痼疾，鞭辟入里，在在有所建言，真个非同小可。

宣怀一气阅毕，赞道，真乃医国之灵枢金匮，不可多得。自此不时浏览，自问自答，竟有些魔怔的模样，又请郑观应再寄二十部来。一日，闻得皇上称善，越发晓得是做对了。乃致书郑观应，欣然告道，前乞二十部，已分赠当路大老，以醒耳目。皇上御览毕，命总署刷印二千部，分发各衙门臣工阅读，若能因此而一开眼界，吾兄功劳莫大矣。

岂料读书养疴，亦有人放不过。忽有言官上折，奏称盛宣怀采买兵米侵蚀浮冒，甚至为避查验，纵火烧毁天津招商局北栈以灭迹。这明明是日谍助战所为，先烧栈房，再放谣言，希冀扰乱北洋枢纽，毁其干城，却偏有人深信不疑。朝廷命北洋复查。李鸿章奏：

前敌军米，奏明饬由臬司周馥道员袁世凯就近在奉天采买；畿防军米，向由各统军将领自行购备，盛宣怀但司运转，并未经手采办，无从浮冒。至天津招商局北栈被火，所毁商米杂货，均系客商存件，并无官米在内，该道无从侵蚀。

奏上，奉旨毋庸置议。盛宣怀算是又逃过一劫，恰逢假期将毕，病体稍愈，即上禀李中堂销假，复出视事。回任头一件，即是日谍案。原来战后日本将在华日侨付与美国管理，屡屡活动美国政府插手干预，美驻华公使田贝乃指令驻津领事官发函李中堂，声称石川并非间谍，要求将该侨民释归日本。中堂批转津海关道，盛宣怀阅函大怒，复函美领事严词驳斥：

本道查《中日修好条规》载明，两国商民，均不准改换衣冠。两国和好，尚然有此禁例，而两国失和，忽然改装易服，潜匿民家，四出窥探，其意何居？况日本领事出口之后，日本人之在中国口岸者，已由贵国兼理。石川尽可安寓租界洋行,何以假冒华人,私至城内居住?至该犯被获之时,形迹可疑之处,不一而足,其为间谍无疑。石川一犯自应由中国官府密访确情,彻底追究。来函据无根之言,殊属非是,石川未便遽行开释。特此照复。

齐巧袁世凯亦是大病初愈,这日来津海关请见盛道台。袁盛同为北洋袍泽,说起甲午战事,卫汝贵枉死,二人俱叹息不已。世凯见宣怀忙于审理谍案,乃道,小弟昔在朝鲜,屡遭倭人暗杀,杏翁还须小心,虽身在国内,亦不可大意。宣怀慨然道,是了。倭人连中堂都敢下手,何况我等风尘俗吏。从前官府凡涉洋案,多有曲法,这日谍害我无数百姓,坏我多少袍泽!今番纵使斧钺加身,我亦要秉公依法,办成铁案。越日,审结。盛宣怀判道:

查前获倭人石川伍一,自中日宣战,两国撤侨,石川改装华服,留探军情,于七月初四日潜行至刘棻家藏匿,被军械局会同官弁捕获。到案屡经审讯,供词狡展。然证据确凿,事实俱在,该犯无可诡辩,方始供认前驻津之日本海军武员井上敏夫等,曾嘱石川转托刘棻,私抄中国海军炮兵、天津军营枪械弹药数目清册,军械局枪弹产量库存等情,并与谢礼。提刘棻质证,所供俱同,甘结服罪。石川伍一行间谍事,刺探军情,罪无可逭。依律,判决石川伍一死刑!

判毕,交天津府发落。天津知府提石川到堂听判。这石川在堂上,自持有国际强梁作后盾,料中国官府不敢定己死罪,举止从容,意态颇为闲豫。及闻判决,知洋大人未能为己脱罪,登时汗出如浆,再矫情不得,伏地请死。堂下做公的一声吆喝,牵石川至西市,与了钱行酒,一枪送到靖国神社。刘棻同日押赴刑场,一刀斩讫。国人闻之,无不称快。

且说汉纳根自北洋水陆俱败,回到天津检讨失利,请求李中堂允许辞职。中堂准了,因其十年来在华多有劳绩,奏请封赏。皇上下旨,以该洋员在海军当差,教练有方,特赏双眼花翎,提督军衔,一时中外报馆访员竞相报道。有个英国人詹姆斯·艾伦看见了，便寻来拜会。汉纳根请喝下午茶，两个高鼻深眼的洋人攀谈起来，一说起战时同在旅顺，话就多了。

艾伦道，最近从国内来的友人告诉我，《伦敦黑白画报》战地记者维利尔斯披露，旅顺被攻下那天午后，日军在旅顺的屠杀已经开始了，指挥官大山岩在阅兵场主持祝捷会，一面命军乐队奏"君之代"，一面听外面杀戮平民的枪声，与部下将校在奏乐声与枪弹声的错杂中频频碰杯，微笑蹑步。可见，他不但完全清楚日军的屠杀，还为此而感到满足。维利尔斯报道，日军一连四天，野蛮屠杀非战斗人员和妇女儿童，平民有两万人惨遭杀戮，幸免于难的中国人仅剩三十六个，完全是日军为驱使他们掩埋其中国同胞的尸体而留下的。

汉纳根首肯道，在旅顺的西方人士都非常清楚，日军司令官和他的所有将军都知道，大屠杀正在一天接一天地进行。这种非理性的杀戮，灭绝人性。《世界报》的克里曼评论日本实为蒙着文明皮肤，具备野蛮筋骨的怪兽，是有依据的。

艾伦道，记得那天，日军进城后，我正在一处高地，离我不远处有一个池塘，池塘边站着好多日本兵，拼命将一群难民往池塘里赶，不一会池塘里便塞满了人。难民在水里乱成一片，池塘边的日本兵有的拿枪射击，有的用枪上的刺刀刺。池塘里断头的，斩腰的，穿胸的，破腹的搅成一团，水变成通红一片。

见汉纳根瞪直了眼，艾伦道，日本兵在一旁欢笑狂喊，快活得不得了。池塘里少数活人，在死尸上爬来爬去，满身血污。其中一个女人，抱着个小孩子浮出水面，朝日本兵发出凄婉的哀求。岸边的日本兵竟拿刺刀来捅，当胸捅了个对穿，第二下又捅那个孩子，孩子被捅到刺刀上，日本兵高高地挑起枪来，摇了几摇，当作玩耍的东西。那女人倒在池塘里，尚未被捅死，想站起来看看自己的孩子，刚挣扎了一下，又趴下了。日本兵就照屠杀别人的方法，也将这个女人斩成几段。

艾伦摇摇头,叹口气道,日本兵满城追逐逃难的平民,用枪杆和刺刀对付所有的人,对跌倒的人更是凶狠地乱刺,枪声哭喊声交杂一片。街道上,呈现出一幅可怕的景象,地上浸透了血水,满地血肉模糊,遍地躺卧着肢体残缺的尸体,有些小胡同,简直被死尸堵住了。天黑了,屠杀还在继续,尖叫声和呻吟声,到处回荡……上帝作证,恐怖极了。微妙的是,战后舆论却偏向日本一边。能够把白兰地说成威士忌,说明日本人的公共关系做得很好,在舆论上也击败了中国政府。

汉纳根道,艾伦,你为什么不把这些都写出来呢?艾伦道,有这个打算。我来见你,就是想和你交流一下这事件的广度和深度。汉纳根道,相信你的眼睛和感受。我曾和日军战斗,亲历日军暴行,那是几个昼夜都说不完的,按照中国古老的说法,叫做罄竹难书。艾伦道,我还将收集一些资料,回国写成一本书,书名几经想好了,就叫《龙旗翻卷之下》。汉纳根道,富有诗意的书名,可内容很难诗意了。不管怎样,祝你顺利,望早日出版。哦,知道高升号事件吗?

艾伦道,听说了。日本人无视国际公法,击沉了中方租用的英国商船高升号,但是女皇陛下政府的利益不会白白损失。依照日本法制局长末松的调查,剑桥和牛津的权威法学教授提供了相关依据,我国官方已最终裁定,日本在此事件中不需要承担任何责任,外交部已正式通知高升号的船东,就是那个印度支那航运公司,赔偿责任完全由中国政府承担。据说,该公司已经开出高额索赔单,看来中国政府只能接受了。

汉纳根道,这能想象得到。在这个世界上,强权即公理。日本自动实行替英国牵制俄国的远东政策,换来了英国对日本的支持和放任。我深信,在不远的将来,日本还将上演不宣而战的偷袭妙剧,胃口会越来越大。艾伦道,只要于大不列颠的利益无损,他爱干什么干什么。哦,这中国花茶香极了,请再来一杯。

这汉纳根客卿在华,日久生情,见我中华无辜受辱,被创甚重,心有不平,思尽一己之力,助华强兵,遂拟了个《练兵办法》上书当路,请以西法教练新军。因李中堂奉旨以文华殿大学士入阁办事,投置闲散,栖身贤良寺,直隶总督北洋大臣由王文韶接任,汉纳根便来请盛宣怀代递。宣怀看了道,正好我也要上条陈,带同你递上去罢。汉纳根见是《拟设天津中西学堂章程禀》,便道,原来盛道台要办西学,好得很。甚么时候可以开动?

宣怀道,定了校址就快了。汉纳根道,梁家园很好,又有房,就是我岳父德璀琳办博文书院的地方。宣怀道,北营门外的梁家园么,环境倒是不错,待踏看了再说罢。禀上,北洋大臣王文韶一并转奏皇上。一时朝中公卿大臣,也有赞叹真知灼见契合时务的,也有斥之为奇谈怪论离经叛道的,不一而足。到底主上圣明,见是一文一武,一华官一洋员,一个倡办西学,一个请练新军,龙心甚慰,一一准奏。因见盛宣怀倡议西学之说,令人耳目一新,遂提朱笔于"自强首在储才,储才必先兴学"字样上打了密圈,御批:该管衙门知道。钦此!

自是,盛宣怀简在帝心矣。

二十五

张之洞豪掷银钱钞
盛宣怀规整汉冶萍

盛曰：铁政关系制造，各国视为强弱关键，中土仅此一矿一厂，若为大局计，似未便听其蹉跌也

却说汉纳根请练新军，皇上准奏。军机上承了旨，翁同龢即召汉纳根进京，垂询一番。好个汉纳根，将说帖演义得深入浅出，色色精当。翁同龢觉汉纳根胸有韬略，非泛泛之辈，当下准定拨出专款，先练三万新建陆军。一来汰弱为强，抵御外敌，再则此时李鸿章不再是北洋之主，希冀将汉纳根收归门下，自己可隐操一军，以副书生典兵之望。计较停当，遂以汉纳根深谙兵事，虽为洋员，心向中华为由，荐汉纳根出任督练新军总统。皇上下旨：详察汉纳根所议，实为救时之策。著照所请，开招新勇，迅购军械，招募洋将，赶速教练成军。钦此！

未料不赞成者居多。大臣荣禄、刚毅、李鸿藻、张荫桓先后表示，不可假洋人以兵权，纷纷谏阻，不敢奉诏。汉纳根闻讯心凉，挂冠求去。翁同龢无法，只得求助李鸿章。李鸿章因袁世凯自甲午归国，尚无正经差使，便荐之于翁。这袁世凯倒也心诚，寻着汉纳根，开襟吐腑一番恳谈，感动汉纳根留下做了总教习。汉纳根原与袁世凯之叔袁保龄有过交集，当年

同在旅顺督修炮台,袁保龄勤于王事,累死工地,汉纳根颇为心折,故而今番不计名位,倾心襄助。

自此,袁世凯汉纳根在天津小站扎营,选精壮正直之后生,买西洋新式快枪钢炮,按西洋部伍阵法,日日操练不止。这小站就在天津地面,盛宣怀得空亦去观操,见士卒长大精壮,洋服色,洋操法,一色德国军械,上下士气甚旺,比之于绿营兵,有天壤之别。

这日,直隶总督北洋大臣王文韶,传了盛宣怀来。听差引到花厅上,文韶吩咐宣怀卸了袍褂,换穿了寻常衣帽落座,开言道,杏荪,开办西学堂的事,皇上已经钦准,你这边筹备得差不多了罢。宣怀禀道,人地俱已措手,费用一事,准定从轮船电报二局按时拨付,无须另行请款。校名就是"天津北洋西学学堂",夒帅看行得行不得?

文韶笑道,拗口。我只管叫北洋大学堂。又道,这总教习丁家立,原是李少荃府中洋文教授,亦是知根知底之人,倒也使得。唔,校址择在何处?宣怀道,就在北营门外梁家园,原来博文书院地方,有楼房平房百八十间,另又造了些房宿与教授居住。文韶称善。

正说话间,风送甜香徐来,却是听差引着五七个壮汉,抬了两大株桂花,在台基阶沿两边安放。文韶望见,听差上来禀道,盛道台着人送了桂树来,又是十二箱葡萄酒。文韶踱出廊上看时,只见两树桂花,栽在径逾两尺的开平缸盆中,高可及檐,满树金黄,开得正好,浓香熏人欲醉。

文韶欢喜,回头看宣怀道,北地居官,得赏南国嘉树名花,一大乐事。杏荪,多谢费心,只是南橘北枳,此株来年还能花否?宣怀道,有个花匠,惯会侍弄这些个名堂,教他时常来照料照料,幸许借得督署一分旺气,年年香满庭院。文韶大笑,遂命廊下摆酒,与宣怀小酌。

当下便开了葡萄酒来吃。文韶见色如琥珀,香醇利口,便道,葡萄酒我也饮过些,这个却不是西洋牌子,自何处来?宣怀笑道,自烟台来。文韶恍然道,我曾听说有个张姓侨商,在烟台辟田育种酿造,已经出酒了么。

宣怀道，便是。这张振勋是南洋华商巨子，一心打破洋人垄断，于今已然出酒，虽还在改良，但想把公司先办起来。敢请夔帅，许他三十年专利，免税三年。

文韶道，倒也是个有良心有见地的，许他何妨？改天叫他详个禀帖上来罢。因笑道，这酒好是好，在我，终不及越州花雕来得陶然。两个酌了几盏，文韶提个话头道，前些日见一篇《救时策》，谈及西学，道是"夫中西学问，本自互有得失，为华人计，宜以中学为体，西学为用"。倒是搔着痒处，这沈毓桂你熟么？

宣怀道，熟。沈毓桂是《万国公报》主笔，学富五车，西人颇为折服，与丁家立亦有学术研探，就是中日争战，于国亦有出力。文韶道，喔，又是个有良心的。那丁家立，听说英国皇家学院毕业，西学该是好的，据说此人要将哈佛、耶鲁作样板，来为我北洋办学，倒也难为他。宣怀道，是。之所以分二等学堂预科头等学堂本科，就是仿效西洋的中学大学分级制度，以扎实基础，循序渐进。

文韶首肯，问道，科目呢？宣怀道，头等学堂现设工程、电学、矿务、机器、律例五个专业，二等学堂有英文、数学、格物、地舆学、平面量地法、各国史鉴二十余门课程。头等二等各分四班，每班招生员三十，按年依次升班。预科四年，入本科深造，再四年毕业。就是学制长了些，夔帅看要不要缩短些个。

文韶摇头道，不可。浅尝辄止，治学大忌。虽说国家需才孔殷，亦不争这三两年光阴。这些西学生，亦可视之为强国之本，士子若还只读四书五经，国家是无救的了。当年，左文襄与李少荃争塞防海防，独我王夔石力主塞海并重，幸而朝廷见听。将来，强军富国，就要靠这生生不息的人才了。

说毕，举杯道，倡办西学，此我中华自隋唐开科取士以降，亘古未有之事，也算得一段佳话。若非国难当头，怎么样也要做个诗会，唱和一番。

杏荪，这是大清第一所西式学府，定要办好。要说督办，我看非你莫属，伍廷芳的总办，也甚合适，还望好自为之。宣怀干了酒道，职道谨记，谢爕帅抬爱。

二人照了杯。丫鬟来上了一盘醋鱼，居然带鬈，那薄如蝉翼的鱼脊背，片片晶莹剔透，入口脆嫩非凡。宣怀脱口赞道，此地竟得尝爕帅家乡名郡名物，恰似杭州楼外楼一般无二，真正口福。文韶笑道，这是白洋淀里的鱼。厨子怜我思乡，试着做了几回，我就当它是西湖醋鱼，倒也像模像样。杏荪既然适口，大筷拣上。下回，弄个宋嫂鱼羹你尝尝。

吃了一回，丫鬟见文韶沾一点鱼汁在身，拿手巾上来抹净了。文韶抖抖身上布袍，说道，听南边来人说，织布局规复甚好，改局为厂，名之为“华盛”，生产的华盛布人见人爱，倒也不枉你一番心血。宣怀道，只怕好景不长。马关条约一签，许日商在华投资办厂，列强利益均沾，日后怕不争先恐后。这几十年，我民族工业下了大本钱，未及获利，即遭倾轧。覆巢之下，焉有完卵？

文韶听得，把个酒盏一顿，叹道，没的教人败兴。这洋人真正可恶，这么一来，做事越发难了。劳而无功，为人作嫁，患莫大焉！宣怀道，然则不尽于此。自李中堂马关辱归，弹章数以百计，动辄波及职道，虽屡蒙圣恩宽宥，本当加意报国，只恐世道人心终难挽回。不瞒爕帅说，我心孤苦，未老先衰，颇有耕钓之思。文韶皱眉道，呔——，杏荪，你如何萌生退意？多事之秋，岂能容你悠游林下。中日这场争战，原本以北洋一隅之力，抗倭国倾巢之兵，即便失利，也怪不得李少荃，怪不得北洋袍泽。就是你盛门，亦有子弟捐躯。所以，不必自责太过，有道是多难兴邦，济时之彦，还能袖手旁观么。

宣怀拱手道，或许可以在籍士绅之身，办学堂，做实业，行慈善，还望爕帅宥谅。文韶道，不准。北洋少你不得。君子不刑不发，不冲不达，赶紧收摄心神，办正事要紧。宣怀还要再请，文韶道，李少荃主持北洋，左右呕心沥血襄助，于今我王夔石初莅此位，就有人思量退步抽身，莫非打量我挑不起这副担子么？

宣怀一听，赶紧离座躬身，未及开言，文韶摆手，哂道，不必分说，老夫岂不知杏荪寸心。乃遥指厅前桂树道，此株还等着花儿匠来伺候呢，可不要差个吴刚来，我这里须无有嫦娥。话毕掀髯大笑。宣怀亦笑。文韶道，你无恋栈之意，有人还巴不得你去。张香涛的铁厂办不下去了，来信与我商量，要你去湖北接手。杏荪，意下若何？

宣怀道，职道行止，悉听夔帅差遣。成事本来不易，创业更难，但闻香帅有意将铁厂售予洋人，不可不防。文韶道，此香涛矫情耳，以逼迫户部追加款项也。香涛凡莅官所至，必有兴作，务求宏大，不问花费多寡，把个钱钞视如泥沙。那铁厂自筹办至今，已掼了五六百万银子下去，未见一星半点精钢末子出炉，还要户部再拨一百万。杏荪你想，户部如何再肯去填这个无底洞。这文韶一头说，一头唤书童，教去签押房取来个护书，寻出一纸仿单付与宣怀。

宣怀看时，见是汉阳铁厂筹措款项：

一、户部所筹铁路经费，二百万两

二、海军衙门经费，奏留光绪十七年湖北新海防捐二万八千两

三、湖北省款，湖北厘金、盐厘三十万两

四、广东捐款，十三万一千两

五、挪借省款，四十万两

六、借江南各款，一百万两

七、挪用枪炮厂款，一百五十六万四千两

八、挪用纺织厂款，二十七万八千两

九、厂款，二万四千两

十、商款，十万一千两

计、五百八十二万六千两

宣怀咋舌道,看来香帅确已山穷水尽,怪道急于脱手。文韶道,香涛好大喜功,不到无可奈何岂肯拱手让人。再说这笔账不过是明盘罢了,还有暗盘。香涛听信陈衍妙计,改制钱为当十铜元。十个制钱一两重,一枚铜元只重二钱七,凭空克下七钱多精铜来。只此一项,就得获银元一千几百万,也不知贴了多少到铁厂上头。只是苦了三镇两湖百姓,市面上那物价,腾贵了十倍还不止。若人人这么来办实业,怕是通国庶黎,俱要喝西北风度日了。民不富,国安强?

宣怀点头道,确是,夔帅一针见血。文韶道,话归正传,这个火坑你是跳也不跳?宣怀道,只要铁厂不入洋人之手,不必亟亟,且让香帅自个腾挪腾挪再看。文韶道,也是。不过张香涛虽奉儒学为宗,绝非迂腐之辈,若于官声不利,真个做得出来,届时他卖了与洋人,必定自有一套说法,兴许还能博个美名。宣怀道,倘若真个如此,一有声息,请夔帅许我接办。文韶按按手,笑道,这个自然,稍安毋躁。北洋百废待兴,杏荪切不可身在北洋心在汉。

心不在汉阳,却也难在津门。莫说百废待兴,眼面前麻烦事就有一堆,紧要的有三件——自朝廷许洋人在口岸设厂,东西洋商一拥而入,开办纺织厂的居多,华商立脚不住,必须保护,须得在厘税上头想办法;台湾虽为日本割了去,那联结两岸的电报水线却是中国敷设,不可教东洋人顺手捞了去,须得挣回来;大东大北又要与电报局定加价公分合同,须得断其妄想。虽然件件棘手,盛宣怀还得一件件料理出来,一忙又忙得肺家旧病复发,咯起血来,亏得刘海尽心服侍,渐渐平复。而有些事,还须到上海方理得清,于是宣怀禀过北洋大臣,赴沪就医,借差养病,一得两便。

腊月将尽,到了沪上,到了也养不得病。先有张之洞派在上海的坐探赵凤昌寻上门来,力邀莅鄂视察铁厂,又是江督刘坤一请,要依样画葫芦办一个南洋大学堂。盛宣怀只得一面延医服药,一面打起精神来应酬。转瞬间到了除夕,宣怀寻条快船,直放苏州度岁。一来为椿庭拜年,再则避了年下喧嚣酬酢。到得留园，见老父康健如昔，甚慰，父子各自说些别后情形，提起星杯，亦悲亦喜，不复垂泪。庄夫人服侍夫君安心静养了一阵，宣怀自觉已经复元，乃禀过盛康，回江阴扫墓。

到了坟庄，宣怀于太公盛隆暨徐太夫人墓前，母亲费老夫人墓前，一一上香祭拜了。想起当年随太公避居于此，受教甚多，而光阴如白驹过隙，昔日孺子已年过半百，喟叹不已。再至董夫人茔，刁夫人茔祭奠，刁夫人墓木未拱，坟色尚新。宣怀伫立默祷，念及二位夫人一贤一慧，一慧一贤，内助甚力，淌下泪来。那刘海拜毕，一头拭眼，一头劝住宣怀，软语款款，哄得去了。

家事已毕，翻身再办公事。这回盛宣怀坐了局船，溯流而上，沿江察看各处招商分局，见良莠不齐，遂将分局总办悉数召集船上同行，谆谆晓谕了一番遣去。这一日，到了汉阳，先不上岸，吩咐请了钟天纬来，煮茗细谈。说起鄂省煤铁冶炼诸事，天纬竟有些啼笑皆非，乃叠两指，一一说来——

先说选址。当日香帅定要设在汉阳江滩，地势洼而湿，须填一丈多高的土，铁厂方能奠基，在晴川阁下建码头，又拆民房十丈，费银数十万，只为香帅身坐督署，抬眼即可望见烟囱，有随时督察之便。此一谬也。

再说采购。英国厂主说明，欲办钢厂，必先将所有之铁、石、煤、焦寄厂化验，方知煤铁质地，可炼何种之钢，即用何样之炉，不可冒昧。香帅曰，以中国之大，何所不有，岂必先觅煤铁而后购机炉？但请薛公使照英国所用者购办一套可耳。结果马鞍山之煤不能炼焦，不得已购德国焦炭，加上运费，每吨要十六七两，而进口铁价，每吨不过三十余两。此二谬也。

再说用人。但凡用人，委员、司事无一人不由香帅指派，其下文案、收支、翻译、矿务以及大小班差遣，挂名支领干薪者不计其数。每出一差，委员必十位八位，不问才具，挂名坐食。此三谬也。

再说花钱。香帅躬亲细务，忽而细心，锱铢必较，忽而大度，浪掷万金。又喜怒无常，寝食无节，凡事忽而急如星火，立刻责成，忽而置若罔闻，延搁数月。一切用款，皆亲操其权，总办不能专主，委员更无丝毫之权。用款至百两以上，即需请示而行，而请示者旬日难见。即便接见，言不数语，香帅鼾声大作，众皆错愕，走也不是，留也不是。此四谬也。

天纬一气说道这里，端起茶盅连饮数口，喟然道，种种谬误，不一而足。好比之裁衣，先雇缝工满堂，而布帛犹未具备，先急于办刀剪针线之类，缝工问主人衣料何在？则指田中棉花以为衣料，不知尚须采摘、轧弹、纺织诸工，方能成布而供缝工之裁剪做衣也。宣怀道，香帅身边也颇有几位能人，怎不谏阻？

天纬道，湖广不乏人才。就说蔡锡勇徐建寅两位，俱是一时之选。于今徐观察已转任福建船政局提调，暂脱苦海，蔡观察尚在幕中，只是不得施展。须知蔡观察会计最精，首取西洋复式记帐法，参以中土要理，写成《连环帐谱》一书，而香帅不惜一顾。如此长才，徒供奔走耳。非是受业危言耸听，湖北矿冶，不可为矣。今日，幸得吾师亲临，非吾师则无人能解此围。

这钟天纬虽系门生，年纪却大老师几岁，宣怀一向敬重。遂把手道，天纬兄辛苦。这几年在此蹉跎，难展大才，实实委屈。这个烂摊子，等我重新来整顿一番。据说萍乡有好煤，若是能将汉冶萍整合，定须教枯木回春，且看我这前度刘郎，手段若何？

二十六

朝天子奉旨备顾问
陈大计专折达天听

盛曰：天下事惟熟能生巧，亦惟激则生变，今人于古人尚不甘相让，何夷狄之智足多哉

越日，盛宣怀上院谒见制台。登岸进了望山门，一箭之地便是湖广总督衙门了。宣怀递上手本，中军官出来引进。

那张制台已在花厅前迎候，照面便道，喔，父母官来了，我的父母官来了。宣怀忙道，香帅莫要打趣，职道怎做得制台大人的父母官？制台挤挤眼，笑道，津海关道管辖天津、盐山、青县、庆云、南皮、静海、沧州六县一州，我这个南皮破落户，怎么不是你盛大人治下的子民呐？哈哈……

入厅，制台请上炕床并坐，宣怀再三揖让，于下手首位坐了。才说得几句，制台忽教摆饭。宣怀早餐不过半个时辰，腹中尚饱，无奈只得伴食。但见听差丫鬟来来回回搬取，盘盘碗碗将一张五尺紫檀大理石面圆桌，铺排得满满当当。宣怀看时，酒品黄白杂陈，饼面粥饭并具，热茶冷荤齐上，方信外间传言不虚。

宣怀只待制台开言，不想制台谈锋甚健，大话当年广西中法大战，近日龟山士林诗会。宣怀自是应景，洗耳恭听。这制台一说说了个把时辰，

忽地将碗筷一放，不顾须髯上汁水淋漓，就袍襟上抹抹手，睨着宣怀道，杏荪，我不瞒你，真正是一文钱逼死英雄汉，汉阳铁厂，我准定交付与你。我早说过，湖北开矿，当推盛杏荪为首功。所以你这个前度刘郎，接手也得接，不接也得接。你若矫情，我这个破落户只好量湖广之物力，掏洋人之腰包了。

宣怀看这光景，心有所危，情知略一推让，铁厂恐归洋人。乃道，蒙香帅青目，职道敢不效驽马之劳。只是这章程……，制台摆手止住，笑道，依你。就依你官督商办，若何？实说与你，只要能出好钢，无论哪个接了手，这铁厂总归在我眼皮底下，任凭谁人也搬不去。如此，我也就心安了。说毕，眼皮耷拉，就要打起鼾来。宣怀赶紧告辞，制台却不难为，霎时清醒，扶一扶茶碗送客。

隔天，宣怀即由蔡锡勇钟天纬陪着，察看汉阳铁厂。见有炼钢、炼铁、铸铁大小分厂十个，炼炉两座，工人三千。就这规模，已是亚洲第一，宣怀不觉暗自振奋，心想假以时日，悉心整顿，何愁大事不成。因再到马鞍山、大冶煤铁矿转了一圈，心中有了底，乃复来总督衙门。到了后花园，宣怀取出《铁厂招商章程八条》一通，奉上制台。这张制台搁过一边，笑道，杏荪就要返驾，我也不再耽搁你了，若还不放你回去，王夔石定然怪我劫持了你。督办铁厂的扎委，克日即下，杏荪还须身在北洋心在汉方好。来，且吃我一杯水酒，就算为你饯行。

这宣怀哪里还敢吃张制台的饭，连说改日来领，觑个方便就要脱身。制台一把扯住，哂道，杏荪何其迂也。翰林院侍讲文廷式过境来拜，此刻就在我书房看碑帖拓片，会一会何妨？宣怀笑道，香帅是探花，文学士是榜眼，俱通今博古，若是谈诗说文，职道只有逃席了。制台道，你还是秀才的底子么，藏拙，洗耳恭听总可以罢，再说论起洋务来，文廷式亦无从置喙。又附着宣怀的耳道，你不知道么，文廷式是珍妃的老师，酒到微醺，或许透露些许宫中秘辛，何乐而不为？

一时,听差引至督署后花园,就假山亭上了入席。这文侍讲虽是翰林,却喜与新派人物接近,久闻盛宣怀能干,一见如故,饮了个相见欢。席间制台与宣怀说起铁厂的事,宣怀告说马鞍山的煤用不得,须另行勘探。文侍讲插言道,敝处萍乡有煤上佳,或许可以用得。宣怀一听来劲,请道其详。文侍讲摊手道,我亦不甚了了,只晓得磺轻灰少,但闻开采险难,土镉油灯,竹筒抽水,产量有限。

宣怀道,这个倒不要紧,以后可用洋机器开采,眼下能否先采办一批,到铁厂入炉试试。文侍讲道,可以。当地绅商有个广泰福商号,做这些生意,就由其统一收购,若何? 宣怀拱手道,幸甚。有劳学士了。二人说得入港,倒把个制台晾在一边。煞怪那张制台,瞌冲也不打了,话也不多了,全神贯注,一句一句听了个真切。还是文侍讲省得,转了话头,问起龟山诗会如何雅集来。

翌日,宣怀登舟将欲行,天纬奉上踏歌声。师弟执手,天纬愀然道,杏师这一去,不知何日再来,受业真想长随足下,日聆教诲。宣怀忙抚慰道,天纬兄暂耐须臾。可以告慰者,我已将你所言铁厂弊病,细细定了八条应对之策,列明于条陈之中,对症下药,日后必有以报命。

天纬道,于今杏师穿了香帅脱下来的这件湿布衫,还须防香帅藏着甚么机关。蔡观察曾说起,香帅上书朝中大老,说盛某为人巧滑,惟湖广罗掘已穷,再无生机,不得已而与其议铁厂交接,不然无从解脱。蔡观察为人厚道,不惯香帅英雄欺人那一套,看来是有意透露,提个醒的意思。

宣怀道,是了。多谢关爱。铁厂确是个烫手山芋,只是我为了开矿冶铁,徒抱苦心十五年,空赔公款十五万,岂能就此罢了。再说,眼下略一推让,铁厂恐归洋人之手,所以我必欲为国家奠下这一份产业。吾兄放心,待总办郑观应到任,定然依法整顿,那时吾兄境遇必有改观,正好借重长才。若再不想留此,我设法荐你坐办淞沪电报局,调剂调剂。

天纬道,郑总办来汉阳展布,首在筹款,招商五百万,有谱么。宣怀道,天纬兄有何善策。天纬抬手岔开两指,往前一伸。宣怀扬扬双眉道,喔,莫非是说包销钢轨?天纬道,正是。若以卢汉铁路包用国产钢轨为号召,那商人见铁厂产出有了保障,自然心定。商款筹集,何难之有?宣怀叹道,吾兄果然胸有丘壑。此事我与观应兄已有成议,只是须得上宪说出来为妙,此时不可声张。

原来,王文韶张之洞于开建卢汉铁路,已有成议。这卢汉铁路北起京师西南卢沟桥,南至汉阳玉带门,拟从直隶保定、正定南下,穿豫省于郑县造铁桥过黄河,经湖北孝感抵汉阳。南北两端分段相向建造,于詹店接轨连线。因直隶湖广各管一半,这督办铁路之人,须直督鄂督俱信得过方好,另外也便于统筹兼顾。至要者,须能筹得巨款之人,才可成其大事。故而,王文韶张之洞不约而同,均属意盛宣怀这位济时之彦,只是铁厂之事尚未敲定,含而未发。于今直督的人办鄂督的厂,各有所得,皆大欢喜,督办铁路之事就放到了案头上,即将开诚布公。

且说盛宣怀离了湖北,顺流而下,船过江宁,登岸来拜两江总督刘坤一。这刘制台字岘庄,乃湘军耆宿,向来与李中堂不睦,你来我往暗地里交手,幕中僚属,也频频射过宣怀几支冷箭。及见李中堂兵败北洋,褫官夺爵,没来由又兔死狐悲起来,因之这回见了宣怀,平添了几分热络,拉着手寒暄了好些闲话。

说起张之洞饮食无节,起居无度,刘制台几番开怀大笑。因道,杏荪,我可没有香涛那么大本事,弄不来钱,也无香涛那么大手面,花钱如流水。所以,这南洋大学堂的事,还要你鼎力襄助方好。宣怀笑道,树人如树树,唯恐迟暮。职道不才,再无新法,只是照北洋大学堂再办一个在上海,岘帅意下如何?

刘制台见说,一拍大腿,环顾左右道,那果然好,从此南洋也要有西式大学堂了。杏荪说说,这经费怎么弄法?宣怀道,既是如北洋一般,那这经费,亦从轮船电报二局拨付,建造地皮,就是职道捐出来罢。刘制台大喜过望,灌了宣怀好些米汤,执意要留宣怀盘桓几日。宣怀因待办事多,再三告说,刘制台只是不放,约集幕宾会了一会,杯酒言欢,方送宣怀离了江宁。

到得上海,仍在招商局歇宿。这日,徐润来拜,先谢宣怀帮忙赎回了股票。宣怀道,记得是八百八十多股,如数回笼了么?徐润道,全数赎回了,端赖杏荪帮我说话。宣怀道,雨之兄抬举了。近来忙些甚么?徐润道,正有一事奉告。因洋人可以来华办厂了,本埠多年低迷的地价将涨未涨,我看好两处地方,一处在徐家汇,一处就是斜桥。我若手里有钱,就替你买下来了。宣怀道,倒巧,我恰有此意。约莫有多大?徐润道,斜桥那块一百亩,徐家汇那里还要大些。说着,打开西洋皮护书,拿出张地图,摊在茶几上。

宣怀看了道,不瞒雨之兄,我在南边的差使,应接不暇,正想着怎么在上海再安个家。这两块地皮,就烦劳雨之兄,替我过了契罢。徐润道,你不看么。宣怀道,雨之兄法眼,所言无虚,就是这两处了。款子,教经元善划过来。徐润道,怎么官做大了都一样,邵友濂定了斜桥对过那一块,也是看也不看。宣怀笑道,倒好,日后与小村兄比邻而居了。

徐润道,听说汉阳铁厂的商股,已招得了,是么。宣怀道,王夔帅张香帅都发了话,铁路要用铁厂的钢轨,商家想着有利可图,所以招得快。徐润道,那造铁路的钱哪里来?再招股么。宣怀皱眉道,我正头痛呢。你想,东洋人刚刚讹了两万万多银子去,哪里还敢指望官款。汉阳铁厂才招了五百万商股,已是勉强,这造铁路再要招商,难了。

要是像洋人那样有个银行,随时可以融资,就便当多了——说着,徐润搬着指头道,自道光廿五年英国丽如银行首登中国,英、法、德、俄、日跟进,统共开了不下二十家,这些年不知赚了大清多少银子去,还不知足。我听洋大班说,总税务司赫德,正准备组办中英合资银行呢。

宣怀跌脚道,我也才晓得。大清这个银行首办权,可再不能教洋员揽了去。徐润道，那又有甚么法子，赫德抓着海关的印把子，朝廷也要让他三分。宣怀道，我不甘心。这两天正转念头呢，我等邀集同好，开一个银行出来，雨之兄也入一股。如何？徐润道，我是有心无力了。宣怀道，老兄才回笼的股票，市价十来万银子，莫非另有所图？徐润叹道，哪里。这些股票均要退还亲友，到我手所剩无几了。宣怀想一想道，那席兄呢？

徐润道，正甫？省省罢。现今上海滩洋行的买办，多半是他席家的人，再参华股，就是蛇足了。再说，洋人岂能容他另起炉灶。唉，若是唐景星还在，必定有份。提到唐廷枢，二人都伤感起来。宣怀道，好端端一个开平煤矿，景星兄花了多少心血，就因为东陵地宫渗水，那些个黄带子就说开矿动了龙脉，硬生生封了窑，真正匪夷所思。

徐润道，王公亲贵愚昧，莫过于此。只是天不作美，将景星兄早早收了去。宣怀道，记得当时《捷报》就有评论，说景星逝世，对外国人中国人一样，都是一个持久的损失。二人想起昔年与廷枢几个人同办实业，呼风唤雨，亲密无间的光景，一时默然。徐润饭也不吃，告辞去了。

徐润才去，经元善闯了来，扬扬手道，杏公，王夒帅急电。宣怀接过电报纸看时，但见——顷接军机处电：奉上谕，王文韶张之洞会衔奏请设铁路总公司，并保盛宣怀督办一折，直隶津海关道盛宣怀著即敕令来京，以备咨询。

宣怀失声道，啊呀，皇上召见！经元善听得，满面飞金，抱拳恭喜不迭。宣怀浑如不见，略呆得一呆，理理头绪，唤元善道，几件交于你办。头一件，陈宝琛中丞急等赈济款救灾，赶紧汇一笔银子到湖南巡抚衙门，记我账上。二一件，电告川督陆滋帅，蜀藏电报线要紧，赶紧设立为好，所需材料机器，由电报总局先行拨付，不用费钱去买洋人的。三一件，你去约集张振勋、叶澄衷、严信厚、朱葆三、施则敬这几位，随你再看那有实力的，俱请来会议，我要开银行请商董，看他们怎么说。

元善俱应承了，宣怀道，再有，我买了地产，你找徐雨之接洽交割，款子还是从我愚记账户上出。徐家汇那处,是捐给南洋大学堂的,斜桥这里我要安家造屋,烦你请匠师相度地势画个图样,寄来我看。元善道,是了,杏公放心。现在我就准备舱房,杏公随时可以动身北上,进京面圣。

九月十三这日,盛宣怀奉召进宫。殿庭巍峨,内监一路前导,这宣怀平生头一回进大内,不敢观瞻,只放低了眼皮随行。至养心殿,内监止步,侧身掀开垂帘。盛宣怀进殿,低头垂手趋至御座六尺前跪了,捧下缨帽放著于地,行了大礼,山呼道,臣盛宣怀恭觐圣上。吾皇万岁!

御座上那圣天子闪龙目,启金口,垂询道,你就是盛宣怀。多大年纪了?

宣怀道,臣今年五十三岁。

圣上道,哪里人氏,一向在何处当差?

宣怀道,臣籍贯江苏常州,一向在北洋当差。

圣上道,盛宣怀,据奏,这些年你也办了几件事,于洋务上有些实绩,如何攻讦不绝,弹章何其多也?

宣怀奏道,臣罪该万死。唯臣办赈济,设公典,断人财路;开矿藏,架电线,惊人庐墓;裁书吏,撤公差,碍人前途,举举皆招人怨。当差有年,常随督臣李鸿章勤劳王事,兴办实业,但求见效,不分畛域,与疆臣士绅难免冲突。臣代李鸿章受过,也是有的,这也是僚臣分所当为。

圣上道,这些个缘故,朕略有所闻。那你何以处之?

宣怀奏道,臣总不拘泥于掣肘纠弹,只一意襄助督臣。为国家实心办事,赴汤蹈火,臣也心甘。说罢,碰下头去。

圣上道,倒还识得大体。朕问你,中土向来风气,官不习商业,商不晓官法,即便有勤于官通于商者,又多不熟悉洋务。依你看,如何改观?

宣怀奏道,臣愚。臣以为,为臣子者,不必想如何为官,只须想如何做事。虚怀若谷,勤谨肯学,践身于实地,上仰圣主天恩,下赖绅商帮扶,假以时日,必能通晓一二,有所进益。庶几,不负皇上因才施治之深意。

圣上道，如此说，你积有心得。朝廷广需人才，偏偏不可多得。王文韶张之洞一力保你，说你长于洋务、官法、商业，于今好些个事，非你办不可，无人可代。王张二卿居官日久，想来有的放矢，总不敢欺朕。

宣怀道，皇上圣明。督臣是公忠体国，鞭策驽马的意思。臣实无此大才，鞠躬尽瘁而已。

圣上道，臣工哪个是有良心的，朕自然知道。今后做事，凡于国有益，于民无损，你可放手去办。朕，准你专折奏事。见宣怀碰头，谢恩，圣上又嘱咐道，盛宣怀，你是官宦人家出身，总也晓得家运兴衰的缘故。积富则强，积贫则弱，国运亦是如此。这强国富民的理路，你要多想想。

宣怀道，遵旨。容臣熟思细筹得当，具折奏上，备皇上御览圣裁。臣惟国耻不可忘，伏愿皇上鉴覆辙之在前，发奋自强，毅然定断。

圣上道，知道。铁路的事，朕有旨意。好好当差，你跪安罢。

宣怀顿首。领旨。谢恩。

九月十四，圣旨下：直隶津海关道兼津海关监督盛宣怀著开缺，以四品京堂候补，督办铁路总公司事务。专折奏事。钦此！

二十七

守中权贷款造铁路
促通商集资开银行

盛曰：西人聚举国之财为通商惠国之本，综其枢纽，皆在银行，中国亟宜仿办，毋任洋人银行专我大利

专折奏事，是大用的先兆。自此，盛京堂得了专折奏事之权，凡有建言，直达天听，无须由堂官代递。盛京堂诚惶诚恐，恭折谢恩：闻命自天，悚惶无比。臣惟有与直隶湖广督臣，虚衷求益，随事咨承，奉大信以招商，矢实心以率作，艰难期于任事，成王道之荡平，劳怨均所勿辞，仰答鸿慈之高厚。伏乞皇上圣鉴。

复又盥手焚香，写毕《条陈自强大计》折，附《请设银行》夹片，奏上。

盛京堂这自强大计，谓中华自强有三要。何为三要？强兵之要，理财之要，育才之要。强兵者，练新军，裁绿营，设备兵，以强军固疆；理财者，重在开源，商民富则国裕君足；育才者，中体西用，则有志之士自奋于有用之学，实业人才源源不断。夹片请设银行，自然是为挽回中国经济利权。

皇上御览，朱批交议。不日，吏部承旨：盛宣怀著授太常寺少卿。钦此！

一时贺客盈门。盛京堂应酬得烦了，便早早出都，到南边公干，也是

避嚣的意思。因顺道,便来察看卢沟桥工程,看了图纸沙盘,又看了工地。临行,盛京堂唤陶湘密嘱道,兰泉,这回我在上海有交关事体,铁路、银行、学堂均要办出个头绪来,耽搁要长一些。再往后,我一多半要坐镇沪上,但这京津的情形又隔膜不得,全靠你做我的眼睛耳朵,所以特意调你到这铁路筹办处当差。你可省得?陶湘道,大人放心。兰泉识得轻重,凡有风吹草动,即刻电告。盛京堂道,不仅如此。若事事等我裁断,恐缓不济急,你要相机行事才好呐。陶湘领命。

到得天津,先来梁家园看北洋大学堂。坐堂总办伍廷芳总教习丁家立等,于正门站了个班,接入学堂陪着一处处看。盛京堂见桩桩中规中矩,件件有条有理,甚是满意,说学堂就是要搜罗今日之梓楠,培养他年之桢干,着实嘉勉了几句。午时,就在学堂与师生同桌用饭,均是六人一桌,四菜一汤,量丰食足,颇有滋味。那二等学堂的生员只得十三五岁,略问问功课志向,个个清明俊秀,志存高远。盛京堂甚慰,勉励众学子精研专业,循序渐进,不可学无次序,浅尝辄止。

看完了学堂,丁家立转上一封邮件,寄自美国匹兹堡小华盛顿镇。盛京堂料是洋员马吉芬来信,心中欢喜,拆开看时,却是马吉芬亲属写来。盛京堂看不数行,便红了眼圈,那信上说——

尊敬的盛宣怀阁下:

您的忠实朋友,我们亲爱的勇士马吉芬出发了。

那天,是马吉芬敬仰的中国舰队司令殉国二周年的日子,他选择这一天,去向他那集武士绅士于一身的老长官报到,他在病床上留下这样一张纸条说,我的心,属于中国,属于北洋水师。按照马吉芬生前的愿望,他下葬时,穿着北洋水师军服,棺木覆盖着他从中国带回的、曾在镇远号军舰上悬挂的中国海军军旗——黄龙旗。战前,马吉芬放弃了休假,给我们来信说,中国和日本马上就要开仗了,我们很可能就此永别,但我必须留在岗位上。在中国服役的十年里,他们始终以仁慈对我,如果这个时候遗弃他们,将是多么可耻!可以告慰的是,过去和现在,马吉芬都实现了自己的意愿,他必定为此而骄傲。在马吉芬的墓碑上,镌刻着美中两国国旗和这样一段文字——谨立此碑,纪念一位深爱着自己的祖国,却把人生献给另一面国旗的勇士。

感谢您一直以来对马吉芬的照拂,愿他在天堂安息。

盛京堂本来一团高兴,不意马吉芬已然故去,潸然泪下。良久,提笔书祭文一道:请允许我谨以这简短的语言,以一个感激的国家和个人的名义,献给您!用以感激您为国家而做出的光荣、忠诚而又可敬的服务,请允许我代表国家和民族,表达对您的感激之情。是您,在我们民族最虚弱的时候,给予了我们支持与帮助!写毕,又致书马氏亲属,恳请按中国风俗,焚化于马吉芬墓前。因丁家立兼着美国领事馆的差使,就托其妥当转办。

稍事安顿,盛京堂上督府谒见王文韶。王制台一见,作贺道,杏荪这回既督办路政,又加了爵佚,可喜可贺。盛京堂逊谢不遑,拱手道,宣怀何德何能,端赖夔帅栽培。制台道,皇恩浩荡。这铁路总公司何日开张?盛京堂道,资金未有着落,待到上海看情形再说。顿了顿又道,夔帅,这卢汉路,愚见以为过黄后可取直道径抵信阳,不必绕道襄樊。不单是为省钱,是免得迂折。

制台仰首想了想,点头道,我看可以,张香涛原是多此一举。遂拉了盛京堂的手到路线图前,取支西洋红铅笔,于郑县、信阳间画了一条直线。端详道,杏荪你看,这卢汉路贯通南北,恰似一条脊梁,撑起我华夏中土。呵呵,杏荪身上担子不轻啊,我送你一副对联,如何?说着,取纸笔写在案上——竖起脊梁立定脚,拓开眼界放平心。

盛京堂看了,俯首道,宣怀受教。谨当遵此钧喻,为办事宗旨。制台大笑。因道,这路款若是招商股,招得来么?据说朝中颇有人以招洋股为便利之举,唾手可得。盛京堂道,工程浩大,路款甚巨,虽千万不敷,华商恐无此大财力。招洋股则万万不可,少了不起作用,若占了大头,路权就落到洋人手中,这还了得么。实在无法,只有依着香帅借洋债,只是洋人欲壑难填,没一家是好相与的。

制台击掌道,确是。卢汉乃中权干路,日后各省支线,均要由干路枝蔓。皇上下诏自强,是故这路权第一,必得掌握于我中华之手。盛京堂道,夔帅一言中的。所以,赶紧要把银行开出来揽储,如此升斗小民,亦可以出一分力。银行可与铁厂铁路抱成一团,环环相扣。往大里说,是挽回经济利权之大端。制台笑道,这才称我的心呐。杏荪,你手里千头万绪,铁厂那边怎么样?

盛京堂道,郑观应已在整顿。那马鞍山的煤,炼不出焦炭,已派张赞宸和李寿铨,带了个德国矿师赖伦,去萍乡寻煤了。如试用得法,预备买那边的矿山,包工开采。制台道,萍乡离汉阳有一段路,又是一笔运费。盛京堂道,总比进口来得划算,将来铺了路,汉冶萍连成一气,成本就下来了。制台道,是了,这才是持久正办。哦,银行的商董,定了么。盛京堂道,大致有了人选。只是开银行还须皇上钦定,御批下来才算定局。

制台问,有哪些个人?盛京堂道,张振勋、叶澄衷、严信厚、施则敬、严潆、朱宝珊、杨廷杲、陈猷,大致就是这八个。制台道,果然不差,我也晓得些,俱是各行各业执牛耳之人,换了别个,也当不得这总董。盛京堂道,夔帅是否施以援手?制台晒道,李少荃雅兴如何?盛京堂道,入资五万两。制台笑道,那我也是五万罢。总行设在何处?盛京堂道,天下华商以上海为会归,总局设沪,津、汉各设一分局。制台点头。一谈谈得忘神,听差上来请示,午饭开在何处?

制台起身往花厅走,笑对宣怀道,上回说教你尝尝宋嫂鱼羹,这就请罢。盛京堂道,夔帅赏饭,改天来领,只可惜了这口福。制台晓得盛京堂事忙,也不强留,执手殷殷道,日后,杏荪或将以沪上为大展长才之地,听说新居亦将落成。杏荪此去,我心孤寂。北洋这边,还望关爱为怀。盛京堂道,北洋乃宣怀根本,如何敢忘?夔帅凡有差遣,宣怀必有以报命。说着,便要行大礼拜辞。制台扶住道,不可。又不是辕门堂参,何须行此大礼。不容分说,直送至仪门方回。

这日,军机处面奉御旨:银行一事,前交部议,尚未定局。盛宣怀条陈有请归商办之议,如办理合适,确于商务有益,著即责成盛宣怀选择殷商,设立总董,招集股本,合力兴办,以收利权。钦此。

这盛京堂奉了廷寄,整装离津赴沪。到了上海,先行推举总董。盛京堂设席一品香菜馆,宴请商界大佬,推定张振勋、叶澄衷、严信厚、杨文骏、刘学询、严滢、杨廷杲、施则敬、朱宝珊九位为总董。严滢病假,就由陈猷代理。严信厚年高德昭,出任董事长,张振勋一人投资十万,就做了总经理。产生了董事会,这银行算是躯壳有了魂灵,西崽托了个大银盘,奉上香槟来。砰然一响,众人俱各开颜,举杯庆贺一番。

盛京堂开言道,皇上许了我,铁路总公司用铜质关防,部里已经铸好,就要赍到,不日便可开张。各位看看,还有什么要议的。严信厚道,我等忙活半天,董事会有了,银行的名号还未提起。有道是名不正则言不顺,这行号须得早早定了下来方好。众人一听皆笑,都道严筱翁言之有理。朱宝珊道,这银行虽是奉旨开设,却是商办,就叫商业银行如何?众人道,商业,商业,似乎紧窄了些,不过这"商"字是一定要有的。

张振勋道,开这银行原为铁路筹款,我等却决不可办成铁路银行,亦不尽于商业来往,还有个挽回利权的意思在内。不若就叫大清银行。盛京堂笑道,这面旗扯得大了,若是大清银行,户部尚书就要兼领董事长。我想银行汇通百业,现今还须汇通中外,既然要有个"商"字,就是"通商银行"罢。张振勋道,最好前冠以"中国"两字。众人拍手道,好个"中国通商银行",响亮,与我等意向,名实相副。

再要议,工程上是无甚可议。北路先造卢沟至保定一段,南路先造汉口至信阳一段,明春开工,已经定了下来。就是这股本,离二百五十万这个数，还差着一大截。严信厚道，现在总董及几位督抚，算上招商局集资入股的八十万两，不过百多万，股本至少缺口一百万。叶澄衷道，上海这边看来难一点，诸商号不见兔子不撒鹰，总经理总领南洋侨务，是不是在海外想想办法？

张振勋道，可以，多少总能招一点。我看呢，上算是请户部拨一二百万官款下来，存在行里，定定商众的心。一面把淞沪铁路这一段先造起来，以壮中外观瞻视听，亦便于招商。这盛京堂听了，感慨道，那年洋人造了条吴淞铁路，朝廷却要我买回来拆了，窝囊得紧。我与英国代表梅辉立谈判，记不得多少回合，好不容易争回将近十万银子，还是花了三十来万冤枉钱。后来唐景星要去，铺在开平煤矿，总算派着了用处。

叶澄衷道，这也是盛京堂华洋交涉的功劳，当年我等听说了，好不解气。盛京堂摇首道，功也罢，过也罢，几曾想今日要造自家的铁路了，真是世事沧桑。我看部款渺茫，户部筹集赔款还来不及，安能指望？还是赶紧招商罢。众人皆道，那二万万赔款，便是朝廷顶在头上的石臼，也害苦了我等。一时意兴阑珊，又议了一回分行，除天津、汉口，增设广州、汕头、烟台、镇江、京师等处，便散了。

因这斜桥的新宅还未完工，这回来沪，盛京堂仍在招商局歇宿。刘海端了茶来，问道，爷回来了，晚饭怎么吃？宣怀道，饫饱得很，不想吃甚么，随便弄弄罢。一时开出饭来，除四色粥菜压桌，只得一盘一碗。一盘素炒茭白，两寸来长的茭白丝，不过线粉粗细，却是椒油炒的；一碗烩胶菜，尽是拇指大的黄芽，飘几朵银耳，有开洋味，只不见金钩。

宣怀道，我连日筵宴，你再来个山珍海味一锅烩。刘海道，爷只说好吃不好吃？宣怀道，也还罢了。这刘海就撅起嘴来。宣怀看见，顺手揽了刘海的腰，笑道，这是何苦来？江宁织造衙门送了好些衣料，去箱子里看看喜不喜欢？刘海道，不稀罕。宣怀道，那一品香的番菜色香味都好，哪天我带你去尝尝？刘海作呕道，我才不吃那血淋淋的生肉呢。说着，就势坐倒宣怀膝头,捏起粉拳就捶。

宣怀躲闪不得,笑道,别闹。昔日袁子才日与家厨十数钱,厨子照样做出好饭菜来,你倒无师自通。实告诉你,今晚的菜好吃得很。白菜,菘也;茭白,菰也。菘菰者,自古誉之为名蔬。菘肥而美,菰脆而嫩,若烹调得法,滋味尽出。当年乾隆爷喜食椒油豆芽,以为至味,就因为花椒有提味之功,不想你料理出来的菜,竟与天家御厨暗合。刘海撇嘴道,爷吃得快活,也不用摇头晃脑呀。甚么松菇慈菇的,怎么又和田家的于厨子缠到一块去了。宣怀听刘海缠错,忍俊不禁。

刘海一头说,一头款款腰,起身捧来一个玻璃洋瓶,往桌上一放道,喏。马头鱼人参酒,今晚偏要爷吃山珍海味。宣怀看那洋瓶道,我正想酒吃呢。哪里来的海马,还带着线纹,倒是难得。刘海道,南洋张先生送的一铁盒。当天我就泡了酒,这会子怕还没出味。宣怀道,张振勋?几时来的,我今天会着他,并未提起啊。刘海道,爷没到上海就送来了,这里司事交上来的。宣怀道,难为他总想着我。说毕,干了杯中余沥,就着扬州酱菜吃了半碗香粳米粥,早早入了房帏。

部款果然没有请到,商股亦未招到多少。户部只得许下宏愿,称有集资千万者,许其成立铁路公司,实力商办,一切盈亏,官不与闻。未几,广东在籍道员许应锵,商人方培垚,来京具呈,皆称有股千万,申请承办。盛京堂一摸底,皆有洋东在其身后。原来洋人不死心,揽不到造路权,便唆使华人出头,洋商出资,使个偷天换日的法子,好来控制中国铁路,进而控制周边地区。

盛京堂既惊且怒,急电总理衙门,陈说厉害道,岂有无名望之人能招千万巨股?背后必有洋商,洋商背后必有洋股。铁路股权授予与洋人,实乃太阿倒持。此端一开,俄国将请筑路东三省,英国请筑路滇川、西藏,法国请筑路两广,其余列强亦将纷至沓来,染指毗连疆域。初则借路攘利,终必因路割地,后患无穷。

王文韶张之洞力主其说，刘坤一亦持此论。总理衙门见南洋北洋湖广这等紧要疆臣反对，就此打住，断了洋商搭股的念头。然造路要钱，这就只好动借洋债的脑筋了。各国闻风，退而求其次，抢上来放债，比利时国独辟蹊径，驻汉口总领事法兰吉登门，向湖广总督张之洞揽贷。

张制台想着，比利时小国，不过图金融之利，于中国别无大志，隐患少些，款子利息虽高，然言辞恳切，当易就范。当下开出五项条件，一是利息四厘；二是不得有折扣；三是物料各国招标；四是借款与工程分开，比方不得干预；五是借款惟以路作押，先提款再筑路，比方不得以待筑之路作抵押。

张制台表示，此五端，若比方接受，本部堂可力劝铁路督办盛京堂采用比国借款。法兰吉一诺无辞。原则是张制台定，签字却要盛京堂来。盛京堂听得比国如此优惠，心里打鼓，与北洋王制台电商道，诚能如香帅所约五端，更有何疑，但闻比国与法国暗中联手，恐有索要耳。王制台道，香涛看得太易，唯恐比人兜揽时通融异常，定议时要挟特甚。

果然，盛京堂遵命欲与法兰吉签字订约，比方代表德福尼翻议，不特利息抬高到七厘半，还要求中方赋予铁路管理权。盛京堂如何肯依，只好重开谈判。事体弄到这个地步，张之洞退避三舍，王文韶无可奈何，法俄两国见机插手，总理衙门袖手旁观。盛京堂想着皇上重托，勉力一肩挑起，与洋人周旋。这一谈，便谈得无边无沿，一拖再拖，就此延宕了下来。

二十八

定国是光绪推新政
行家法慈禧复旧规

盛曰：中国根本之学不必更动，止要兵政、商政两端采取各国之所长，厘定章程，实力举办，此即足食足兵之道

铁路洋债难产，南洋大学堂已然问世。自盛京堂捐了地皮拨了款开建，工程顺遂，校方就在《申报》上做了广告：

现在开办示范学堂，考选师范生三十名，学历以中学成才兼西学西文为上。秉公考试，举凡亲友子弟不得滥竽其间。学员不取修膳，择优奖赏，毕业生优予出身，咨送出洋。

广告连登十一天，一时轰动南北。那少年才俊，群情踊跃，报名者多至数千人。初试一回，盛京堂亲自于六马路格致书院复试，玉尺量才。请候补知府何嗣焜总理校务，汇文书院院长加拿大人福开森做了监院。这福开森颇肯出力，定课程，选设备，亲手设计教学楼，聘来的教师，亦是一时翘楚。这头盛京堂培养新式人才，那头翰林院掌院学士徐桐忍无可忍，又不好明说，转个弯子，具折弹劾盛京堂独揽轮船、电报、银行大权于一身，全为图谋私利。

折上，皇上看了就气不打一处来，列强步步蚕食，这些个老谬昏庸的

大臣还在吹毛求疵，死也要吃冷猪肉，殊深可恨。可巧山东出了教案，德国有了借口，棣立斯海军上将奉德皇之命，统带德皇号，威廉亲王号，鸬鹚号三艘巡洋舰占住了胶州湾，照会总理衙门，索要特权。皇上想着甲午年李鸿章抗争不力，丧权辱国，便命翁同龢去伸正义张主权，与德国公使海靖办理交涉。

这翁师傅一听，登时汗流满面，顿首力辞，不敢奉诏。这倒也怪不得翁师傅，临事而惧，古有明训，只是一怕就怕得忘了皇上乃是金口，言出法随，岂能收回成命？翁师傅只得咬咬牙，勉为其难。甫一交手，始信洋人难弄，只好奏请添派李鸿章公同办理，拖来做个箭靶，自家也好乘势落蓬，低颜俯就，委曲求全。无奈求也求不下来，到底与海靖订了个《中德胶澳租借条约》，将胶州湾及南北两岸百里内，租借与德国九十九年，治外法权亦一并与了德国。

这还不算完，又将山东巡抚至县令一干涉案官员处分撤革，总算避免了事态扩大，上对得朝廷，下对得百姓。眼见翁师傅签了字画了押，列强好不欢喜，立时跟进，俄国进占旅顺大连，法国进占广州湾，英国进占威海，还要拓展九龙新界。两代帝师，堂堂状元，交涉办得如此公忠体国，把个恭亲王气得一病不起，薨了。皇上痛不可言，太后也憋屈得发了肝气。

当朝股肱大臣，崇理学者，如体仁阁大学士徐桐；尚经学者，如军机大臣翁同龢，办事如此颟顸，余者碌碌，可想而知。眼看国步维艰，敌骄民困，若死守祖宗旧制成法，华夏早晚成列强俎上鱼肉，国将不国。痛定思痛，皇上应山东道监察御史杨深秀"请定国是"之奏请，断然下诏，明定国是，变法维新。

越日，皇上命驾颐和园，请皇太后安，驻跸两日返驾紫禁城，颁下谕旨：

协办大学士户部尚书翁同龢开缺回籍，直隶总督北洋大臣王文韶以协办大学士户部尚书入直军机处，协办大学士兵部尚书荣禄兼署直隶总督北洋大臣,刑部尚书崇礼署理步军统领,嗣后在廷臣工如蒙赏加品级及被授文武一品暨满汉侍郎,均须具折诣太后前谢恩,各省将军、都统、督抚、提督等官亦同。钦此!

随后,授荣禄为文渊阁大学士直隶总督北洋大臣,派礼部尚书怀塔布管理圆明园八旗官兵、包衣在旗官兵并鸟枪营事务,派刚毅管理健锐营事务,补授那彦图为阅兵大臣。皇上纯孝,每隔几日,必诣颐和园请安,驻跸少则两三天,多则五六日,凡奏疏章折,俱摘要恭呈太后审阅,事事请命而行。

欲施新政,须起用变法之人。康有为梁启超,自公车上书,声名大震。康有为中了进士,也不去工部做那个主事,专一著文立说,鼓吹维新,连上奏疏,请推新政。梁启超办报办学,宣扬变法救亡。康梁均为保国会首领,皇上特加召见,温语连连,命康有为在总理衙门章京上行走,专折奏事,筹备变法事宜;梁启超赏给六品衔,命办理译书局。内阁候补侍读杨锐、刑部候补主事刘光第、内阁候补中书林旭、江苏候补知府谭嗣同,俱力主维新,皇上均加垂询,不时召见。

众维新之士感遇君恩,纷纷建言献策,皇上龙心大悦,多有采纳。一时诏旨连连,新政迭出——兴实业,倡新学,改科举,废八股,广开言路,准许士民上书言事,取消旗人皇粮……种种变法,乐见维新者兴高采烈,一意守旧者如丧考妣。京师如火如荼,外省亦不甘落后。湖南巡抚陈宝箴,以变法开新为己任,创立南学会、时务学堂、算学堂,支持唐才常谭嗣同刊行《湘学报》《湘报》,保荐杨锐、刘光第参与新政。一时湖南风气大开,生意盎然,皇上誉陈宝箴为新政重臣。

湖广总督张之洞亦甚热衷,因门生杨锐为新政干将之一,不时面驾,故而京中消息最是灵通。这张制台先是捐资五千两,力推强学会,特请梁启超到武昌,以恭迎钦差大臣之礼,开中门接入,奉为上宾,命全省州县购阅梁主笔之《时务报》。又兴致勃勃,花了好大功夫,亲笔写了《劝学篇》

刊行。

　　未料要旨与康梁之说不合,遭严复、章太炎驳斥,梁启超更批判道,《劝学篇》不特无益于时,反而大累于世,不三十年将化为灰烬,为尘埃野马,其灰其尘,偶因风扬起,闻者犹将掩鼻而过之。这张制台弄了个没趣,估摸新政难成,赶紧密令杨锐,相机于皇上面前贬抑康梁,预作退路。

　　却说盛京堂在上海,忙那实业上的一大摊事。几经磨难,外患列强插手干预,内迫总理衙门压力,终与比利时国代表俞贝德订了《卢汉铁路比国借款续订详细合同》《卢汉铁路行车合同》,虽然借款利息争回到五厘,却拖了个尾巴,借款偿付完毕前,比国有铁路运输管理权。盛京堂力争两年,终了窝窝囊囊,正嗟叹间,忽奉上谕,命赴津督催芦汉北路工程。盛京堂即刻北上,赶到工地指导督察。越日,接到廷寄,皇上召见。盛京堂遂进京入宫面圣。

　　皇上见了盛京堂,殷殷垂询铁路总公司、通商银行及南洋大学堂诸多事务,嘱咐道,卢汉路已经动工,粤汉路也要造起来。朕想着,卢汉粤汉应同时建成,这样,京城到粤海就一路可通了。盛京堂领旨。少顷,皇上问道,盛宣怀,上海乃洋人麇集之处,言论无所顾忌,各国于朝廷新政,有何评说?

　　盛京堂奏,近来租界洋人多有议论,泰西新闻纸多有报道,环宇海内,舆论均以为皇上行中华亘古未有之变革,重民生讲科学以积富求强,远见卓识,不愧英明睿智之主。皇上道,还有甚么? 朕愿听逆耳之言。盛京堂奏道,皇上圣明。也有洋人不体皇上振兴中华之至意,顾虑变法太锐,求治太急的。皇上颔首,降旨道,盛宣怀,你于商政多有心得,于兵政有何见解,可一一条陈,交枢臣转上,备朕参阅。盛京堂领旨,再拜谢恩。

　　这盛京堂连夜拟好练兵说帖,来请军机大臣王文韶代递。说起近日新政,二人俱有担忧。盛京堂道,皇上受惑矣,信用康有为"小变则亡,全变可强"那一套。其实,中国根本之学不必更动,只要兵政商政两端采取各国所长,厘定章程,实力举办,就是足食足兵之道。我辈遭遇圣明,千载一时,然不揣其本不清其源,变法太锐求治太急,朝局水火,萧墙干戈,只怕是愈演愈烈。文韶默然。

别过王文韶,盛京堂离京返沪。路过天津,谒见总督,荣禄留着晤谈,言语多有契合。荣禄道,京堂久在津沪治公,又执掌电报局,消息灵通,还望留意洋人舆情,略告一二,以便中枢参考决策。盛京堂道,中堂放心。宣怀必有以报命。

果然,七月初十,皇上严旨切责两江总督刘坤一、两广总督谭钟麟因循玩懈,不肯力行新法。

十一日,谕各督抚凡交查各件,皆须迅速具奏,不得延玩,谕告诸臣除去蒙蔽锢习,议奏事件不许延搁。

十四日,裁撤詹事府、通政司、光禄寺、鸿胪寺、太仆寺、大理寺诸衙门,裁撤湖北、广东、云南三省巡抚及东河总督、粮道、盐道差缺,其余京外应裁文武各缺,著有司及各省将军督抚切实办理。

十九日,礼部尚书怀塔布阻格主事王照维新条陈,龙颜震怒,将吏部满汉两尚书四侍郎全班堂官尽皆革职。

随后,赏加杨锐、刘光第、林旭、谭嗣同四品卿衔,在军机章京上行走,拟开懋勤殿论政,以新进章京入殿司职,统筹全局。怀塔布心怀怨愤,拉着内务府大臣立山跑到天津,于直隶总督荣禄前诉苦,声泪俱下。自此民间传言渐起,多说变法维新与卫道守旧两派势同水火,守旧大臣将于太后皇上驾临天津阅兵时,发动政变,废帝另立新君。传言甚嚣尘上,一时宫禁内外,深信者众,罔闻者少。

维新志士,心所畏危。二十八日,午后,杨锐请刘光第、林旭、谭嗣同一干人到绳匠胡同住宅,开言道,近日新政窒碍难行,圣心忧虑,扬弃两难。我等受皇上知遇,天高地厚之恩,岂可不报?说毕双膝跪下,庄容于怀中取出一个折子道,有圣旨在,诸君听诏!诸君子不及诧异,赶紧免冠

伏地,但听杨锐宣诏:

近来朕仰窥皇太后圣意,不愿将法尽变,并不欲此辈老谬昏庸之大臣罢黜而登用英勇通达之人,令其议政,以为恐失人心。虽经朕屡次降旨整饬,并且有随时几谏之事,即如十九日之朱谕,皇太后已以为过重,故不得不徐图之,此近来实在为难情形也。

朕亦岂不知中国积弱不振,至于阽危,皆由此辈所误。但必欲朕一旦痛切降旨,将旧法尽变而尽黜此辈昏庸之人,则朕之权力实有未足。果使如此,则朕位且不能保,何况其他?

今朕问尔,可有何良策,俾旧法可以渐变,将老朽昏庸之大臣尽行罢黜,而登进英勇通达之人,令其议政,使中国转危为安,化弱为强,而又不致有拂圣意?尔等与林旭、谭嗣同、刘光第及诸同志等,妥速筹商,密缮封奏,由军机大臣代递,候朕熟思审虑,再行办理。朕实不胜焦急翘盼之至。

宣诏毕,诸君子传观。诏旨乃是皇上亲笔,大白折子,端楷朱书。诸君子边捧读边涕泣,呜咽不止。少顷,诸君子会议,密谋保皇自保之策。

二十九日,袁世凯奉旨离津进京。

八月初一,袁世凯入宫请训。当日,谕旨下:现在练兵紧要,直隶按察使袁世凯办事勤奋,校练认真,着开缺以侍郎候补,责成专办练兵事务,所有应办事宜著随时具奏。

初二,杨锐入觐。皇上询道,朕听人说,新政太锐,康有为过于激进。依你看,此人是内用还是外放?杨锐奏,用人之道,权操自上,臣下不敢妄言。皇上道,朕实心求治,但说何妨?赦你无罪。杨锐乃奏道,皇上圣明。中外臣工士绅,多有"康不去,世不兴"的说法。皇上叹道,果不其然。就是洋人,也有不解新政本意的,须得有人与他们好好讲说讲说,朕看此人正合适。是日,军机处奉谕:康有为著赴上海督办官报。迅即出京。

初三,守旧派干将御史杨崇伊出面单衔上折,痛陈祖宗家法不可不顾,吁恳皇太后训政。密请庆亲王绕开皇上,直送颐和园。太后阅折,暗叹皇帝闹得太欢,看来这权柄须臾不可离手,该收一收了。

是夜,新进章京再集绳匠胡同,俱道,传闻今日杨崇伊上折,请太后训政。果真再次垂帘,则变法维新之前途,不言自明。圣心焦虑,君位难保。今君父有难,我等岂可不趋,护国保驾,在此一举。谭嗣同道,事急矣!非常之时须用非常手段。袁世凯已蒙皇上召见,见今就在法华寺。我谭复生当凭三寸不烂之舌,晓以大义,定教袁某忠君爱国,勤王救难。诸君子道,复生此去,不可强求,当见机行事,务必全身而退。说毕,诸君子环跪复诵皇上手诏,泣涕而别。

谭嗣同到得法华寺,袁世凯迎入,动问道,复生夤夜到此,有何紧要之事?这谭嗣同先将尸位素餐颟顸守旧之大臣痛斥一回,再将新政室碍难行圣心忧虑诉说一遍。乃离座起身,慨然道,皇上已下诏英勇通达之人,妥速筹商,以将新政遂行到底,再造中华。现今怀塔布荣禄等人串通一气,密谋废帝另立新君。自古君忧臣劳,君辱臣死。我等书生,手无缚鸡之力,慰庭手握精锐之师,何不赶回津门,带兵处置了荣禄,回马将颐和园护得铁通相似,恭请皇太后在园万年颐养。藉此,新政可一推到底,皇上可大展宏图,中华可日富日强。而你袁慰庭,则立下不世之功,载诸史册,流芳百世!

袁世凯一头听,一头哽噎,红着眼圈表心道,谁人不知今上是少有的明君,凡我大清臣子,哪一个不愿肝脑涂地,报答天恩?谭嗣同喜道,慰庭深明大义,实为大清干城。既然如此,慰庭奉不奉诏?这袁世凯揩揩眼鼻,瓮声道,复生,虽然你口衔天宪,但皇上并未明降谕旨,命我处置荣禄,围护颐和园颐养太后,我不好贸然行事啊,这不算抗旨罢。谭嗣同皱眉道,那慰庭是不奉诏的了?

袁世凯抗声道,今日我袁某放一句话在这里,无论廷寄还是密诏,只要是皇上明白下旨,要杀何人世凯便杀何人,虽粉身碎骨,在所不辞!谭嗣同见说,眼圈一红,摇头叹息道,慰庭不信我言,只恐缓不济急矣。起身便走。袁世凯忙道，复生何必如此岌岌，容我稍尽地主之谊，盘桓一宵，若何？嗣同谢道，我大清国祚，悬于一线，与其在此延俄，不如早早面君复命，再做道理。千秋功罪，全在慰庭一念之间！说罢挥泪而去。

谭嗣同一走，袁世凯好生为难，灯下思量，自感凶多吉少。细算算，天津有聂士成的武毅军及淮军练勇，长辛店有董福祥的甘军，京中亲贵手里有神机营，九门提督崇礼带着步军统领衙门的旗营，颐和园一带有怀塔布统带的护军，香山有刚毅统领的健锐营，总共不下十万人。而小站新军只得七千，岂能成事？

听听寺外，鸡已在叫头遍，袁世凯越发焦躁——如杀不了荣禄，更谈不上围园，自命一定不保，还要灭族，此一死。即便侥幸杀了荣禄，围园幽禁了太后，皇上独掌大权，为了粉饰，必将离间母子君臣的罪名扣在我头上，杀袁以谢天下，即便皇上推恩宽宥，左右近臣亦必力谏，杀袁以彰显其正色立朝之身，此二死。如我推脱拖延，这个候补侍郎不是白赏我了么，谭嗣同一旦如实复命，皇上虑我不忠，必降旨杀我灭口，随时可将我绑赴菜市口即行正法，此三死。说不定，此时带刀侍卫已在赶来的路上，就要在寺外山门前下马……，想到这里，浑身汗出如浆，股栗不已。

三死临头，然则何以自解？此事又不能装糊涂做闷葫芦，今朝置身事外，来日太后知道了，见我知情不举，颈上这颗脑袋一样搬家。而现在就算闯宫密报，又无实证，疏不间亲，太后能信么。再则，谭嗣同那班小军机见我不肯出头，也许联络会党另有动作，我此去不是自投罗网，也会露了行藏，岂可不防！

二十九

筹饷银着意翻老账
节源流有心加洋税

盛曰：某不自量，欲为国家岁增一二千万巨资，为阁问除四十余年积弊，其惟免厘加税乎

且说袁世凯自顾三死临头，战栗不已，踌躇再三，唯有等后天请训时，相机行事——如皇上明降谕旨，则我慷慨受命，起兵清君侧；皇上若无明谕，即是谭嗣同矫诏造反。日后追究起来，只要咬定了今晚谭嗣同是来贺我加官，并无密诏，更非口传圣旨，便怎么样也没有死罪，凭我袁世凯的手段，照样东山再起……

八月初四这日，太后驾返宫中。当天于勤政殿暖阁，监临日本前首相伊藤博文觐见皇帝。

初五，袁世凯入宫请训。皇上温语连连，末了嘱咐袁世凯说，你操练的兵，办的学堂都好，好好练兵去罢。今后，可与荣禄各管各事。这袁世凯下得殿来，心想好个各管各事。各管各事，即是分庭抗礼，无须顾虑。皇上只有暗示，不颁谕旨，可见我所虑不差，事情是有的，只是要我先意承旨，出兵禁锢太后。

这袁世凯痛心疾首，暗忖道，皇上啊皇上，我袁某何幸之有？既要我

担待这血海般干系，又打算拿我作祭坛上牺牲，无论成败，那"三死"我早晚难逃！遂下了狠心——君上不仁，怨不得臣子不孝了，唯有即刻飞报荣大人，请太后圣裁，方可保命，至少不会马上就出事。一念到此，袁世凯纵马从宫门口直奔火车站，西洋怀表上十一点四十分上的车，三点钟就到了天津总督衙门。

荣禄老谋深算。听袁世凯一气说完，暗中大惊，心知这天字第一号的事，任凭谁人，一无所知便罢，只要沾上边，立时就要站队，不站太后这边，就是皇上那边，半点含糊不得，首鼠两端，必死无疑。袁世凯此举，算他识得厉害，只是隔了一天才报，分明有过权衡，是为自保，并非忠心。然则，此刻拿下袁世凯，岂非为皇上清君侧，再说还有用着他之处。

盘算停当，不再踱步，唤过袁世凯道，我有公务就要离津，命你护理直隶总督，就在这大堂上看好了印信，片刻不得擅离，无论何事，待我回来再说。这荣禄不放袁世凯回小站新建陆军大营，羁縻于督署，暂夺了袁的兵权，即刻进京，五点来钟就上了火车。赶到宫门，离袁世凯离京告密，不过十来个钟点。

太后早已用过晚膳，遛过弯，回寝宫安歇了。忽闻内奏事处送进八百里加急军报，太后知有紧急情状，起身视事。打开黄盒，内有一折，是"为奏洋兵异动调军堵防事"。正在疑惑，折子下却有张字条，上写"臣荣禄伏阙候召。至盼。"太后急问，荣大人在宫门口？太监回奏道，未见。是直隶提塘官递进的黄盒子。太后道，快去，如荣禄在，赶紧叫起！

听完荣禄密报，太后啼笑皆非。想维新之初，开革翁同龢，是为其滥保康梁；调荣禄执掌北洋，是提防近畿将要裁汰之绿营，受守旧官员挑唆而骚乱；崇礼署理步军衙门统领，是为弹压京师地面，强治安以防宵小；怀塔布、刚毅统带皇家亲兵，是护驾。自古凡大政有变，怕有人不服异动，必先造舆论，巩兵权，历朝历代莫不如此。近日加赏袁世凯侍郎候补，是为天津阅兵之万安，皇家安危，岂可托付荣禄一人？这个为君上者的不二法门,臣下怎生识得透!不想今日书生造反,真个造到我老太后头上,难道这些人的脑袋,是铁打铜铸的不成?

　　想到此处,太后也不传软轿,起身便往养心殿来,边走边咐与荣禄道,传旨崇礼,快将康梁,还有那几个章京,严密看住了。出了差错,唯他是问!这边皇上闻报,听得太后夜半驾到,忐忑失色,赶紧撩开帐门穿衣带帽,趋出后殿,当庭跪迎,直待太后入了中殿,于宝位落座,方敢觑一眼太后脸色。但见太后意态闲豫,悠悠问道,前些个晚上,谭嗣同半夜里到法华寺会袁世凯,皇帝知道么?

　　太后这一问,皇上放了一大半的心,又提了起来,诧道,儿臣未知。太后又问,谭嗣同教袁世凯起兵杀了荣禄,围住园子,请我去万年颐养,皇帝知道么?皇上一听,如当头打了个焦雷,刷地雪白了脸,双膝一软,跪地变了声道,儿臣未知……。太后再问,谭嗣同说他是口衔天宪,奉有密折,皇帝知道么?话未落地,皇上浑身筛糠般抖起,张口结舌说不出一句整话来,半晌方期期艾艾道,儿臣未知……。太后道,这么说,皇帝是甚么都不知道的了?这会子,皇上已惊得魂飞天外,只是伏地碰头,抖个不住。

　　太后垂眼往地上看看,哂道,你这是怎么啦。遂提高了声音唤,来啊,给皇帝茶!殿外李莲英闻声,进暖阁斟碗茶,端出来递与皇上,这皇上只是不敢接。李莲英扶道,万岁爷喝罢,五更天凉。说着,用身子挡住太后,于皇上小臂一抚一捏。皇上会意,就势喝了几口热茶,稍稍定了定神,抬眼看着太后道,亲爸爸,儿子看那班昏昧大臣贪图富贵,赖着不肯动窝,心里焦躁是有的。大逆不道的念头,那是想都想不到的,一刻都不曾有过。亲爸爸打小抚养儿子长大成人,读书明理,修身治国,费了多少心血,儿子若有半点忤逆的心思,还是个人吗?

　　太后道,难为你还记得。那是冤枉你了?皇上磕头道,儿子不敢。太后道,你不敢?你不敢,可有人要替你出头啊。皇上碰头道,儿子实实不知。太后道,大臣昏聩,只要大清的爵禄赏赐,小臣能干,要的可是大清皇太后的命呐。做皇帝的没个好样,还能指望臣子孝道吗?皇上连连碰头,带着哭声道,儿子无能,没能为臣工百姓做表率,事事教亲爸爸操心,实在糊涂。儿子偏听偏信,只是没有半点谋逆之心,可对上天发誓。

太后喟道,这大清国,我就是天。你对天发誓,没见对我发誓,可见在你心里,根本就没有我。要说糊涂,那些昏聩大臣,大事可不糊涂,晓得头上有天。做皇帝的,一问三不知,糊涂不糊涂,昏聩不昏聩?祖宗留下的基业,任是谁也不能由着性子胡来。这才三个月,就要造反,没听说过书生造反,三年不成吗?好了,你哆嗦甚么,这可怜样我看着心疼——有病,就慢慢养着罢。说罢,起身出殿。这皇上还愣愣怔怔跪着不动,还是李莲英扯扯龙袍袖,方爬起来抢到庭中跪送。

翌日初六,内阁奉皇上明发谕旨:

现在国事艰难,庶务待理,朕勤劳宵旰,尤恐不及。恭溯同治年间以来,慈禧皇太后两次垂帘听政,办理朝政,无不尽美尽善。因念宗社为重,再三吁恳慈恩训政,仰蒙俯如所请,此乃天下臣民之福。由今日始,朕在便殿办事,本月初八日率王大臣在勤政殿请训,一切应行礼仪,著各该衙门,敬谨预备。钦此!

诏旨一下,守旧大臣弹冠相庆,总算熬到了出头之日。听说另外有诏,密拿康有为康广仁兄弟,更是喜心翻倒。

太后一手遮天,复出垂帘,自然也有不服的。御史杨深秀,痛泪写成抗疏,诘问皇上因何故以失权,请太后撤帘归政。长子杨黻田见状,扯住袍袖,涕泣谏止。深秀厉声喝退,将抗疏递了上去。太后看了折,点头道,难为他这么大胆子。及折子发下,廷臣群起而攻,唯恐不及。这维新志士也真替皇上长脸,处境虽已险到极点,依然尽人事以求天命——杨深秀与人密商,打算前往南苑,说动董福祥甘军一部起兵保皇,谭嗣同与大刀王五往还密切,约集武林谋划救主……然而,一举一动,尽在步军统领衙门密布的番子侦视之中。

　　八月初九，诏旨下：杨深秀、杨锐、林旭、谭嗣同、刘光第均著先行革职，交步军统领衙门，拿解刑部治罪。当日，诸君子从容就逮。因康有为逃得快，九门提督崇礼只将其弟康广仁捉拿归案。

　　八月初十，有上谕：朕躬自四月以来，屡有不适，调治日久，尚无大效。京外如有精通医理之人，即著内外臣工切实保荐候旨，其现在外省者，即日驰送来京，毋稍延缓。此诏一下，人心震动，臣工百姓，寰海各国，谁都明白，太后这是要废掉皇帝了。

　　十一日，盛京堂急电荣禄：近日洋报纷议，殊骇听闻。多国有觊觎之意。深宫举动，似未可操之过急，以防列强籍口干预内政。拿问诸人连类查办，似拟从宽。一面以懿旨明喻中外，一切新政持平办理，力求自强，以消乘间伺隙之心，以慰薄海臣民之望。荣禄向来最重洋人舆情，得悉盛电，深以为然，即会合庆王，进宫觐见太后，奏对良久。此后，皇上监管稍松。

　　十三日，谭嗣同、杨锐、刘光第、林旭、杨深秀、康广仁六君子，自天牢提出，押赴刑场开刀问斩。军机大臣刚毅奉旨监刑，围观百姓，不下万人，刑车必经之路的商铺药房，楼厅一座难求。车到菜市口，刘光第诘问刚毅，抗声道，还没过堂，就杀人了吗？不审而刑，凭的是哪条王法？

　　这刚毅心情畅快，也不结巴了，笑回道，教你问着了。你在刑部当差有年，自然熟习律例，可你忘了，当年秋审处八大圣人，我刚毅算是一个。要说今儿个，你就当圣上赐死好了。雷霆雨露，莫非皇恩，尔等最是忠君，还不谢恩？咆哮法场，罪加一等！说毕，勾决。

　　自此，除京师大学堂保留，新政俱废，一切规复旧制。变法维新轰轰烈烈一百零三天，就此落幕。皇帝从此幽禁瀛台，每天也上朝，木偶般伴坐太后座旁，看太后叫起理政，教不晓事的见了，还以为是皇上在训政，太后在办事。倒是太后面上风光，心里不爽，为的是洋人横插了一杠子。

　　这洋人来抢东西割地皮，太后想得开，强梁么，莫不如此。洋人不许太后行家法,太后就不明白了,行不了家法,家都不齐,还怎么当皇太后,怎么当朝治国?我老人家和儿子的家务事,关你洋人甚么事来,譬如一家子老大当不好家,换老二老三来当,普天下都是这个理啊。你洋人管得也太宽了罢,说句时髦话,不就是那甚么"干涉内政"吗?

是以,太后越想越窝囊,一口气梗在心口出不来,恼透了这些个金发碧眼的洋鬼子。齐巧个姓胡的御史,见昔日帝师悠游林下,恋栈不去,毫无愧疚之心,便胡乱上了个折子,参劾翁同龢在户部任上,贪贿工程银二百六十余万,与人对半分账。气得皇上顿足跌脚。太后想起翁同龢惑皇帝,护珍妃,浪言战,让胶州的旧事,深痛恶绝,命皇帝下了一道旨:

翁同龢授读以来,辅导无方,往往巧藉事端,刺探朕意。至甲午年中东之役,信口侈陈,任意怂恿,办理诸务,种种乖谬,以致不可收拾。今春力陈变法,滥保非人,罪无可逭。事后追维,深堪痛恨。前令其开缺回籍,实不足以蔽辜,翁同龢著革职,永不叙用,交地方官严加管束。钦此!

这道圣旨,直教这翁师傅门可罗雀,座上灰常满,樽中酒常空,身居家乡常熟,锅里的饭却不得常熟,晚景凄凉,只好由门生弟子,分俸见赠度日。最怕的,便是县太爷来家,庶民见官,不要下跪吗?真个是折腰时心已愧,伸脚处梦先惊。

且说盛京堂借洋人之口,暗暗扶了皇上一把,也算是尽了做臣子的孝心,报了一丁半点知遇之恩。这盛京堂还来不及自慰,忽报钦差大臣刚毅已到上海。原来体仁阁大学士徐桐感念太后转了乾坤,身为四朝老臣,怎么样也得来个锦上添花,报答慈恩,恨只恨新政尽废,唯京师大学堂幸存。这京师大学堂,不就是康梁学盛宣怀的样,奏请设立的么,这独一份的天大荣宠,教这盛宣怀得了去,日后那维新思潮,怕不死灰复燃!遂上疏弹劾盛宣怀,说是轮船电报创立三四十年,获利不贷,而上不在国,下不在商,所称挽回利权者安在?

这话,最为诛心,正骚着太后痒处,便差刚毅南下巡察,一来查贪腐肃纲纪，二来筹饷款充国库，一得两便。太后下旨，命盛宣怀明白回话，并督饬官员开具收支清单，酌定余利归公。这回盛京堂今非昔比，何况有了专折奏事之权，有话可直达天听，见了钦差亦不申辩，只请刚毅到轮电二局，查这些年的老账。自家关起门来，细细拟了个折子，奏明接办轮船电报十三年半，结存公积银九十余万，添置轮船十三只，栈房二十七所，两相冲抵，尚挪借三十余万两，待历年拨还。

太后揽奏，用指甲掐了两竖，乃是个草书的"行"字。刚毅这头也查不出个所以然来，与盛京堂所奏大同小异，连起身炮也放不出一个，只得打道南下。又自持奉了尚方宝剑，一路搜刮，还说甚么宁赠友邦，毋与家奴，弄得民怨沸腾，所到省分封疆大吏，纷纷上奏叫苦不迭。太后看看不是路头，想想放着响鼓不敲，却去打破锣，这盛宣怀不正是理财好手么，便下旨召对。

盛京堂心里雪亮——朝廷又要赔款，又要筹饷，穷也实在是穷透了，于今别无他法，只有在开源节流上动脑筋。想这些年美国渐强渐盛，不甘再跟在别人后头捞油，国务卿海约翰提了个对华门户开放政策，要求各国贸易利益均沾，统一输华商品入口税率，共同促进在华商业利益，通牒英、德、俄诸国遵行。

列强见山姆大叔戴上了拳套，自然允诺。然则，来而不往非礼也。你列强要赚我大清的钱，我盛宣怀就要加你的税。这洋货的进口税一加，每年还不得多进账一二千万的银子？真个成了这事，怕是笑也笑不动了。盘算停当，盛京堂便寻英国驻沪总领事恰谈，指望蹚出条路来，见了太后皇上，也好做个见面礼。

这英国人与大清交道了将近六十年，对我国情精透熟透，盛京堂一开口，他就知道是甚么盘算，当下即道，进口加税，可以考虑，但希望贵国免除厘金。盛京堂心里一跳，想果然教我估摸着了。原来洋货输华，只须缴纳一笔进口税，值百征五，这是条规，而厘金却是大清的重要财政来源。

自咸丰年间试行捐厘之法，风快行遍大江南北，厘金渐成度支源泉，最多一年曾抽取将近两千万。虽病民害商，但朝廷就靠着这厘金制度，平了洪杨，灭了捻军，苟延国祚。到了光绪年间，也还有千多万银两的收入。因抽取厘金是一大弊政，盛京堂早欲革除，以加速土货流通，利国利民，只是朝廷万难革舍，实在也是少不得这大宗进项，于今国库如洗，更是无法剔除。

洋货虽不抽厘，但抽厘阻碍土货流通，间接影响到洋商的购销成本。譬如丝茶，从产地到集散地路上这笔厘金省掉了，洋商的进货价即可压低，何况各地厘卡天高洋人远，借故留难洋货，时亦有之。所以洋人亦反对抽厘，但晓得朝廷定然不依，也就搁着不提，难得盛京堂提出来要加税，便祭出免厘这个法宝来相抗。

自是，盛京堂与总领事唇舌往来，不时拉锯。一个想着你要赚我的钱，我就要加收你的税，你虽然多缴了点税，但还总有得赚，我多收一两税，等于少出一两赔款。一个想着你要多收我的税，我就要你免厘金，减免一磅厘金，我就少出一磅收购钱。二人又都不肯露了底，尽说体面话。一个道，可将厘金收条抵完关税，洋货仍是得利，这是为贵国考虑。一个道，我也是为贵国考虑，厘金制度窒息中国经济。台面上冠冕堂皇，背地里南辕北辙，一时哪里就谈得拢。

总算总领事经不住盛京堂厮磨，意思有些活动，却未松口，盛京堂为要进京面圣，只好搁下，却又双方都不死心，便拖了个尾巴在那里——待后再议。

三十回

求自强小站荐新军
闹义和王府祭神坛

盛曰：自强只在兵商，练兵、筹饷、商务三端，皆属相维相系，所以筹饷而欲持久，必先藏富于商，商富则国无不富

　　且说这盛京堂两手空空，进京朝圣。好个盛京堂，手里空胸中却不空，不好说胸有成竹，毛竹还是有的，满心指望这几根毛竹能用起来，撑一撑朝廷这幢破屋。待进了养心殿，这回不同了，太后高踞正座，皇上偏安一隅。盛京堂第一回见太后，不免有些头皮发紧，未想行了大礼，太后开出口来，倒是和和气气，好似大户人家老太太话家常一般——

　　太后道：盛宣怀，今年多少岁数了？

　　盛京堂奏：臣今年五十六岁。

　　太后：记得你常在直隶？

　　盛京堂：回皇太后，臣是二十多岁李鸿章奏调入营，略知军务，后来蒙恩典放过山东海关道，又调直隶海关道。

　　太后：海关道常与洋人打交道，要用通事罢？近来汉奸甚多。

　　盛京堂：臣用的翻译，都是学堂培养的自己人，臣亦格外谨慎，总用两个翻译，便不致蒙蔽。

太后:这个法子甚好。甚么叫做学堂?

盛京堂:是教习洋务的学堂。臣曾经奏准,在天津、上海开办得有。办事以得人为主,而人才一半靠秉赋,一半靠教育。

太后:说得好。办事要靠人才,那铁路办得怎么样了?

盛京堂:铁路早成一日,可保一日之利权,多拓百里,可收百里之功效。卢汉路两头同做,明年可成一千里,其余一千四百里两头分做,再有两年可以完成。外国总想控制中国铁路,好借路长驱直入,现在朝廷自己做主,就是要南北相通,好运土货到海口卖出钱来,调兵亦方便。

太后:这是正办。矿务呢?

盛京堂:臣办的是湖北铁矿,汉阳铁厂用自产矿石,已能出铁炼钢,卢汉就要用自产的钢轨铺路。

太后:唔,这才是长久之计。盛宣怀,时事艰难,洋人处处打大清的主意,如何是好?

盛京堂:回皇太后,只得讲求自强。请皇太后还在自强的"自"字上打算。

太后:你说得甚是。必要做到自强。现今洋人欺我太甚,焦心得很。

盛京堂碰头。回奏:臣等罪该万死,未能替皇太后分忧。外面亦传说皇太后万机宵旰,万恳不可过于焦劳,免伤圣体。中国地大物博,出的人才亦聪明,上有圣主,下有能臣,必能自强。练兵筹饷这些事,总要先讲究得人,方能办事。

太后:现今毛病在上下不能一心,各省督抚全是瞻徇。

盛京堂:疆臣受恩深重,皆有忠爱之心,但见识各有不同,大概心中总有六个字的托辞。

太后:喔,哪六个字?

盛京堂:不外乎"办不动,来不及"。

太后:着!这话只可上头说,他们怎能存着这个糊涂心思!

盛京堂:皇太后圣明。臣以为,办不动,亦要办,来不及,只好赶紧办。

太后:不错,不错。好些事,都得赶紧办。你看北洋练的兵,可靠得住?

盛京堂:新建陆军,有袁世凯、聂士成两部,均照德国操法,看过的都说好,可惜人数太少。依臣看,至少要二十万精兵,还要有民兵,打仗时可以补充。

太后:嗯。练兵总要筹饷,可有甚么好办法?

盛京堂:天下之利不外三种。一是天地自然之利,二是中外通商之利,三是商民税厘之利。自然之利有限,税厘之利病民,那就只有于商务这头,格外考究而多取其利。

太后:说得是。商务确要讲求。盛宣怀,上头晓得你办事极认真,于今国事艰难,还要你认真好好地办。

盛京堂碰头。回奏:臣蒙恩典,总是遵旨认真办理。只是臣所办都是极繁难的事,好些人不知底细,百般谤毁,还说是清议。如不是臣感念天恩忍辱负重,早已不成事了,只恐将来总有臣办不动的一天。

太后:难为你!清议清议,都是清流这班人闹坏了,不然皇帝也不至于这么着急。你不要管,只认真去做就是了。

盛京堂碰头。回奏:臣总尽心竭力而已。

太后看皇帝道:皇帝亦问他几句话。

皇上稍一踌躇,缓缓问道:上海一带,年岁如何?

盛京堂奏:回皇上,江南夏月雨太多,稻子还无大碍,棉花受了不小的灾。近年百姓多种棉花,民间要少收好大一笔银子。

太后听了叹道,唉——,南边多雨,北边几个月不见点滴,宫里天天求雨。天时不好,外患又急,真教人睡不着觉,苦得很。

盛京堂奏:皇太后宽心。天下事只要得人,总能办好。皇太后是识得人的,只要内外有十几个人,同心协力,练成二十万好兵,不难自强。

太后：自强自然好，事事都要人去办。嗯，你几时动身出京？

盛京堂：臣与总理衙门有事商量。事毕，再行请训。

跪安下来，盛京堂到朝房暂歇。苏拉倒了茶，又绞了个热手巾把子来，盛京堂便靴筒里摸张银票子作谢。不多时，章京交来军机大臣面奉谕旨：

练兵，筹饷，商务各事宜，著盛宣怀详细具折奏闻。钦此。

这盛京堂奉了旨，便将兵饷商税诸务细细列了三十条，特别陈明加洋税的益处，写成一折奏上。不日奉旨：各口关税，如照现在时价核估，实为收款大宗，著盛宣怀、聂缉椝会同赫德查照条约，迅速筹办。钦此。

聂缉椝字仲芳，江苏布政使，盛京堂回南，便约了聂藩台，来会赫德。这赫德英国人，领事馆翻译出身，极是能干。咸丰年间来华，不到二十岁，不几年功夫便接了李泰国的班，做了大清皇家海关总税务司署总税务司，衔加按察使。这总税务司非同小可，职掌海关税课征收，总理全国关税行政与关员任免事务，所辖新关遍及通商口岸，雇佣洋员数百人，华员过千。

自大清海关权归了洋人，赫德最为卖力。到任后，厘定章程，设定总务科、机要科、统计科、汉文科、铨叙科，内债基金处、造册处、驻外办事处等五科三处。赫德不辞劳苦，成日价站着办公，直教税收逐岁递增，近年已有两千数百万两之多，为大清度支稳靠之财源。赫德除了收税，又为朝廷与各国做些牵线搭桥之事，数十年间，凡事只要无损大不列颠利益，赫德处处向着大清，官场中如鱼得水，与恭亲王亦甚相得。故此官符如火，一路扶摇，光绪十五年已是正一品，覃封三代，享大清有史以来客卿未获之荣宠。

这赫德赫大人有定期出京巡察的规矩，近些日正在江南。盛京堂因赫大人服膺华夏文化，最好的是与士大夫交往燕集，却好斜桥新居落成，便举家宴迎宾。这赫大人在华年久，国学深厚，通经史，好文学，熟读西厢红楼，汉赋元曲，于《圣谕广训》上头亦下过苦功，颇有心得。只因仰慕中土人情风物,到了痴迷的地步,赫大人非但起了个字,叫做"鹭宾",还为两个儿子延聘硕儒为师,教习四书五经,学有所成,竟有科考进身,为官中华的打算。

眼看门房老黄荣导着亨思美马车,缓缓进了缕花大铁门,于碎白石甬路上得得得得行了好一会,直到西洋主楼前停住。盛京堂与赫大人亦算旧交,当年湖北开矿时曾托其聘雇洋矿师,晓得赫大人素喜朝珠补褂顶翎辉煌摆摆官派,及见赫大人现出身来,穿戴的是长袍马褂瓜皮帽,方轻轻吁了口气,不然盛聂二位大员,还要向这位极品客卿磕头。好在赫大人谙熟官场士林礼仪习俗,这等煞风景的事,是决然不做的,倒是这回初到盛府,便按中国规矩,要请出尊翁上堂来拜谒。

盛京堂明知赫大人亦曾到过苏州留园,一游叹为观止,与盛老太爷诗酒唱和,留恋不去,今番却不好教老父台受他的拜,只推正在张家味莼园会友。赫大人爽然若失,连称失礼,方罢了。进了洋楼,有两大客厅,一中一西,盛京堂一引引到中客厅。入眼是一堂前明黄花梨陈设,赫大人见那十来步宽的多宝格上,古董文玩高低错落,便不肯就坐,近前一尊一件看个不住,白了多半的大胡子一翘一翘地,问长问短。盛京堂于此道不甚了了,聂藩台便接过话头,与赫大人断代窑口的说道起来。

这一说道,就说到了饭点。盛京堂索性请过了大草坪去玻璃花房,到早已铺排开的台面上午宴。谁知赫大人见了一房奇花异草,于日光下开得正好,逸兴大发,又观赏了好一回,对那东海神山仙岛上移载来的仙人掌,情有独钟,萦回不去,直待腹中咕噜作响,方入席来。

为的盛京堂不喜奢华,台面一色白瓷,甚是素净。赫大人早年在宁波盘桓长久,独好花雕。席上这女儿红,还是同治八年的,开坛撇清了绿毛,掺新酒调匀了烫得温温,醇香沁人心脾。赫大人干了杯,回一回味,连连点头。今日乃是盛府家厨,按主人开单子出的菜,中西合璧,芥末冻鹅肝、片皮挂炉鸭、清汤捞官燕、烟熏黄花鱼、水晶炸虾饼、蘑菇焖牛脊、红烧玉吉翅……上了一道又一道。

赫大人不用主人劝，吃一箸菜，饮一盅酒，笑着品评道，我始终认为黄酒最好，肉食海鲜都可以配，中西餐式都可一宴用到底，别的酒品就不行。说话间又上了道菜，硕大的火鸡腿金黄油亮，围着绉纱般翠绿爽清的拌生菜。赫大人拣一筷尝尝，皮脆肉滑，无筋无渣，香喷喷满口鲜汁，脱口赞道，这火鸡烤得实在好，一点不木，京里公使馆的圣诞大餐就差得远了。

聂藩台笑道，四马路一品香的大师傅，现在是盛府西灶主厨，与中厨交融有些心得，今日格外献艺。赫大人耸肩摊手，扬眉撅嘴歪歪头道，我说呢，怎么番菜馆的味道不如以前了，原来大厨在做私房菜。呃，不知他上税不上税？说毕大笑。盛聂二人亦笑。聂藩台便道，说到税，鹭翁看这商税怎么弄法，要不商量个章程出来？赫大人道，虽说皇上命我几个会商，我等还用谈细则么，有个原则就行了。盛聂二人齐道，愿闻高见。

赫大人道，杏翁在此，我哪有甚么高见。单是税收就麻烦，不要说还夹缠着厘金在里头。说着看聂藩台道，仲芳，你最清楚，这厘金呢，是当年尊岳大人曾文正公麾下谋士钱江首创，这么些年了，就像是大清这位瘦个子身上的脂肪，万不可少。盛京堂道，鹭翁真知灼见。朝廷亦是饥不择食，只要各国肯加税，朝廷不难免厘。赫大人道，那是自然。加税加的是外国的钱，免厘免的是百姓的银子，何乐而不为？这也正是杏翁的主张。

聂藩台道，我也这么想，还请鹭翁玉成。赫大人听得，朝后往圈身椅上一靠，哂道，仲芳失言了。老朽受皇家特达之知，忝为三朝老臣，早已是天朝中人，当差乃分内之事，怎么谈得上玉成？一句话说得聂藩台抹不下颜面来，连忙笑酌一杯自罚。赫大人道，仲芳可爱。说着，取盏朗姆酒冻，挑一小匙放口中，抿抿唇道，免厘加税固然好，只是外国亦非尽是愚人，大清单方面得益的事，各国是不会同意的，商人首先就不肯接受。

盛京堂道，这是管见。免抽厘金，各国商贸受益非浅。赫大人道，确是。杏翁上回与本地总领事所谈，我在京里听敝国马公使说了。不过照总理衙门的算法，进口税要加到百分之二十，方可免除厘金。果真如此，哪一国公使答应了这个方案，马上就会遭受撤职，下旗回国。所以我考虑多时，亦无善策，心有所忧呐。

一时有些冷场。恰好丫鬟又上了一道点心，赫大人看是烫面饺，笑道，我今日大快朵颐，早吃不下了，只是不尝一口，罔顾了口福。为只为杏翁府上肴馔，比当年胡财神府菜更胜一筹，说句大不敬的话，天家赐宴，御厨亦不过尔尔。慌得盛京堂忙拣个蒸饺与赫大人，连道，尝尝，尝尝，这是厨下专门敬鹭翁的。

赫大人尝道，唔，是三鲜馅，我最嗜此。喔，似乎带些西味，放了甚么东西？聂藩台笑道，鹭翁果然辨味精妙。三鲜中有一鲜，确是西洋食材，猜猜是甚么？赫大人呷呷嘴道，这回我是猪八戒吃人参果，莫可名状。聂藩台笑道，是切碎的焗蜗牛。赫大人拍手道，我说呢。难为贵价怎么想得出来，真正是匪夷所思，今日我靴页子里这张五十两头的银票，是拿不出手的了。

见宾主欢洽，那可人意的丫鬟，笑吟吟端上黄澄澄一个大香橙来，又是一柄小银刀，来敬贵客。赫大人见盘边依古法带了一小撮盐，竟抖着花白胡子吟唱出来——并刀如水，吴盐胜雪，纤手破新橙……唉，可惜我这破橙的手，毛茸茸的，倒像个熊掌啊！这一说，逗得盛聂二位几乎绝倒，那聂藩台袍袖一带，把个酒盅拂倒在面前。赫大人指道，小心了。适才我这昏花老眼，竟未看出今日是定窑白的台面，打破一皿，这套食器再用不得了。

三人说笑一回，丫鬟来回茶汤正好，盛京堂便请至茶座叙茶。赫大人呷了几口，觉肚中消停了些，遂道，今日口福非浅，中餐确是世界第一，若中西合璧，更是无与伦比。老朽在想，别的东西，是否亦该如此？譬如这商税上头，好不好弄出个中西合璧来呢。盛京堂一听，眉头一挑，接口道，鹭翁莫不是说"税厘并征"？赫大人道，着，杏翁果然高明。于今朝廷最好加税不免厘，各国偏向免厘不加税，杏翁意欲加税又免厘，好似沙司搅面酱，哪一个也咽不下去。若施个妙手，如此这般调和调和，适合华洋口味，就好办多了。

盛京堂听了不出声，只低头一口口抿茶。这边聂藩台便劝赫大人道，鹭翁，普洱最能化物，多喝两碗。赫大人见茶色红浓明亮，汤面油珠泛膜，有如金圈，晓得是大叶老树春，再呷一口笑道，这茶胜在春韵，却似秋茶般气足，气韵珠联璧合，比上贡的芽茶高长出味，实是神品。今番老朽就驴饮一回。说罢连连啜饮。

这盛京堂呢，其实心里早已盘算停当，各国洋人，一个比一个难缠，到头来至多争个平手。税厘并征，萦怀已久，不失为实用之道，今日难得总税务司说出口来，故此沉吟延俄一番，坚坚赫大人的心，教他不好反悔。当下看看火候已到，便喜盈盈作个揖，幡然受教，言词恳切，着实灌了赫大人一回米汤。

赫大人逊谢不遑，与盛京堂来来回回揖个不住。这一番做作，把个聂藩台暗暗笑得肚疼。在一边心想，二人明明早已各自定好了盘口，却不亮出来，偏要来个折冲樽俎，杯酒言欢，末了皆大欢喜。只好忍住哈哈，捧上一个装古董的锦盒，陪着盛京堂把赫大人送上马车，兴抖抖打道回衙。

议定了税厘并征这个宗旨，总理衙门行文饬盛京堂进京，会议洋货税则。到得东华门外，过了神机营，就是东堂子胡同了，远远便望见那四柱三楹琉璃瓦大牌坊耸立，题着"中外褆福"的匾额。盛京堂转过大照壁，进了鹿角栅，二门是三间大敞厅。大堂五开间，飞檐斗拱，翘角吻兽，绿琉璃瓦，两厢设英国、法国、俄国、美国、海防五股，另有司务厅、清档房、电报处，气派胜过六部衙门。

却是来得不巧，各位总理大臣都不在衙，值日章京见是盛京堂，便上来接待。盛京堂四下打量，陈设中西合璧。南为和合窗，窗下有花梨木条案，摆着摞摞卷宗，案旁摆两张加官椅，北墙上开六扇花格子纱窗，窗下围着一圈维多利亚西洋沙发。东边放着四尺高的大地球仪,西边两架文杏十景阁,陈列着瓷器文玩,旁放着落地自鸣钟。地上铺的是五彩波斯地毯,侧厅里安着打报机,倒也华美典丽。盛京堂稍坐片刻,与章京另约了时间,便告辞出来,离了这总理衙门。

太后晓得了,召盛京堂进宫奏对,命暂留京中,以备随时垂询要政。盛京堂想着,看来日后常要在京里盘桓,住电局路局多有不便,遂唤陶湘去号一所宅子。陶湘早是留意在心,便请去东城相看。到了钟鼓楼小石桥胡同,那宅邸门面不甚阔大,踏雪进去,却别有洞天。但见楼阁相续,长廊曲折,假山玲珑,苍松傲霜,惜乎一溪流水冻住了,听不得潺潺水声。陶湘道,夏日更好些,莲荷含珠,清幽雅静,更有翠竹摇风,爽心得很。

盛京堂见四至不小,跨了一条街,便问,这一进一进的,都是雕梁画栋,主人是谁?非是宗室,住进来只怕有干例禁。陶湘道,缘是一位贝勒的外宅。京堂典下来只说借住,便不算逾制,稍加修葺即可乔迁。盛京堂点头,又问,宅主为甚么要出手?陶湘笑道,若论寻常年头呢,旗人斗鸡走狗,马腾鹰扬,少的只是银子,还不是手头紧罢了,现今恐当别论。盛京堂诧道,甚么别论?陶湘道,京堂是不曾在意。近来直隶山东闹义和团,渐渐往京里聚集,说要扶清灭洋。有那胆小的大户耽心出教案,便早做打算,收束收束场面。

盛京堂道,怪道看见那装扮得神神道道的青壮汉子,夹杂提着红灯的女子,成群结队一拨一拨的进城,原来就是团民。前日还想问来,一忙就忘记了。哒,念咒烧符就能灭洋?怕只怕灭洋不成,遭洋反噬,约莫这房东亦是这个想头。陶湘笑道,胆小的有,胆大的亦有。才听人说,端王爷请了大师兄到府里,设了神坛,早晚上香磕头,虔诚得很。盛京堂暗暗心惊,跌脚道,罢了。大乱将至矣!

三十一

动刀兵列强掠京师
筹帷幄联袂保疆土

盛曰：生平但知埋头做事，功不铺张，过不辩白，吃亏在此。

即如保护东南，非我策画，难免生灵涂炭

　　且说太后自上年再度训政，本也想带着皇帝发一回奋，图一回强。不承想，康梁闹得更不像了，这两个维新魁首靠着洋人逃到海外，供起"密诏"来泣血啮恨，到处鼓吹保皇，几番下旨又拿他不着，教太后着实气闷。

　　想这保皇党，无非是捎着皇帝这块龙头牌，招摇撞骗，若是把这招牌劈了，看你还怎么闹？再说又好了却洋人的挟制，一劳永逸。故此，太后废帝心思再起，日甚一日，到底在腊月祭灶这日，教皇帝下了一道诏书，集齐了近支王公贝勒、御前大臣，南书房上书房行走、六部三院及内务府大臣晓谕听宣——

　　朕亲政后，复际时难，亟宜振奋图志。乃自上年以来，气体违和，庶政殷繁，惟念宗社至重，吁恳皇太后训政已一年有余。仰见深宫忧劳，抚躬循省，寝食难安。思朕痼疾在躬，艰于延育，统系所关，至为重大，用是叩恳圣慈于宗室慎简元良，为将来大统之归。再四恳求，始蒙俯允。钦承懿旨，感幸莫名，仰遵慈训，封多罗端郡王载漪之子溥儁为皇子，以绵统绪。

248

诏旨一下，太后废帝之心，路人皆知，十停里倒有九停半反对的，人人都说皇上委屈，个个皆称天子可怜。上海电报局总办候补知府经元善，领衔联络绅商名流及新派官员章炳麟、蔡元培、吴眺、唐才常、黄炎培等一千二百三十一人，公凑电报费，飞电总理衙门：

昨日卑局奉到二十四日电旨，沪上人心沸腾，探闻各国有调兵干预之说，务求王爷、中堂大人公忠体国，奏请皇上力疾临御，忽存退位之思，上以慰皇太后之忧勤，下以弭中外之反侧，宗社幸甚，天下幸甚。

这一电，遍告全国，开通电上书之先河。各地纷纷响应，有四十六埠之多，加之康梁煽风点火，海外鼎沸。洋人亦来凑热闹，各国驻华公使多有亲抵总理衙门，要求进宫探视大皇帝圣躬的，弄得各位总理大臣奇窘，面红耳赤招架不迭。

封疆重臣，亦敬爱皇上。两江总督南洋大臣刘坤一，邀约湖广总督张之洞合力争谏。这张总督始诺而中悔，奏疏已经拜发，又差人飞马半道里追了回来。刘总督晓得了，哂道，香涛见小事勇，见大事怯，暂且留着他以观后效罢。我老朽了，还怕个甚么？遂单衔上奏。再发封电报给荣禄，告说道，建储之议，关系国本，君臣之义至重，中外之口难防，坤一所以报国者在此，所以报公者亦在此。

张总督听说了，缩缩脖颈，不声不响。未料旧日幕友今日之《中外日报》主笔汪康年，撰文透露张总督赞同立储。张总督看了新闻纸，勃然大怒，飞电汪主笔，质问道，本总督历来待尔不薄，何以捏造此等无根之事，悖谬之言，诬我害我，并煽乱大局耶？窘迫之情形，溢于言表。

本来太后已立溥儁为"大阿哥"，定了庚子元旦日，光绪帝行禅让礼，溥儁继位，改元"保庆"。于今看看情势，万难一蹴而就，只好作罢。正月初一，太后命大阿哥恭代皇帝郊坛行礼，就此接入宫中教养，开弘德殿读书，特简同治国丈承恩公崇绮、同治帝师大学士徐桐为师傅，稍稍挽回一分颜面。自此，太后恨极了洋人，一时又无可奈何，自然先拿臣子问罪，朝命缉拿搅局首恶经元善，饬地方官拘捕监禁，以为儆戒。

因有密奏，太后晓得经元善是盛京堂得力干将，特特传下懿旨，责成盛宣怀认真设法拘拿，毋任远飏致干重咎，否则唯盛是问。这经元善之父经善人，名播江南，当年太平天国忠王李秀成亦敬他三分。经元善酷肖其父，多有善举，首创新式女学，且于电报局劳绩显著，盛京堂依之为臂膀。甲午战起，元善募义饷兴义兵，毁家纾难，抵抗日本侵略，马关辱约，元善忧国之心倍炽，愈发勤于公事。

此等忠忱之士，岂可陷身囹圄？盛京堂一面急电郑观应，暗教经元善逃之夭夭，躲到澳门，一面上奏，详陈电谏之事于己无关。太后眼光老辣，看看此案不像盛京堂授意而为，且理财征税上头正是用人之际，便开眼闭眼放了盛京堂一马。盛京堂见机，陈明赴上海考察货物时价，前脚离了都城，后脚义和团就到处设坛，风生水起，遍及京津。

原来自咸丰八年，文宗允诺"耶稣圣教暨天主教原系为善之道，待人知己，自后凡有传授习学者，一体保护"，许了洋教士在华布道，自是教民日多，本亦相安无事。然百姓与教民俱为大清臣民，祖辈在一个日头下讨生活，难免有些家长里短，互不相服，要当官判个是非曲直。

牧民理政，本是华官职分所在，而教士又最讲仁慈，但凡民教有所纠葛，教士必是护着教民，即便地方官秉公断案，只要教民不服，教士定然替他出头，多于公堂之上哓哓置辩，予取予求，坐索不去。华官惹不起洋人，只得明里暗里让教民占些便宜，求个太平。久而久之，几成惯例。

百姓受了委屈，日积月累，便有了积怨，个中不乏那曲法伤了子民，内疚自责的官儿。山东巡抚毓贤，见那教士说出话来，比朝廷命官还响亮，心想若是人人都去吃教，还要我这个抚台做甚么？因山东地方尚武，乡间多有练义和拳的，毓贤便大加鼓励，意思是练拳之人既多，入教之民便少。拳民因官府乐见，果真抱起团来，这义和拳便成了义和团，四方联络，渐渐便有了些声势。

　　有那吃过教民亏的，按捺不住便去寻仇，教民有教会在身后，又岂肯服软？故此教案迭起，日甚一日，团民索性树起"扶清灭洋"的大纛，往红火里闹起来。京里各国公使心有所危，便咬定这义和团是"拳匪"，一齐要求朝廷取缔。因毓贤阳奉阴违，专与洋人作对，朝廷便调毓贤到山西，差袁世凯署理山东巡抚，弹压义和团。这巡抚照例挂着都察院右副都御史与兵部侍郎的衔，可弹劾群吏，可节制官军，权柄大得很，故阖省文武唯其马首是瞻。

　　袁世凯那把刀锋快，团民在乡间存身不牢，纷纷往京津一带来寻路头。一来来得正好，因这"扶清灭洋"合了上意。最起劲者，头一个就是大阿哥本生父端郡王载漪，还有庄亲王载勋、辅国公载澜，承恩公崇绮这等亲贵外戚；大僚有大学士徐桐、军机大臣刚毅，礼部尚书启秀、内务府大臣立山；封疆大吏则以山西巡抚毓贤为头，直隶总督裕禄这些大员亦步亦趋。这义和团起先还只是拔拔电线杆子，拆拆铁路，未去惹那洋人，而洋人却不买账。

　　这日早晨，两团民乘骡车，从使馆前新马路过。德国公使克林德分外眼红，教捉了一个进去，还不畅意，又带了洋兵出来寻衅，一见团民便教开枪，当街打倒数人。洋兵见义和团非是刀枪不入，金身不破，登时胆大如斗，一顿排枪，又打死二十来个。

　　这下惹恼了大师兄，便带大队徒众进了崇文门，不想途径使馆区，洋兵又开枪又开炮，团民霎时死伤一片。自是，义和团不顾肉身挡不住洋枪弹，烧教堂，攻使馆，与洋人干将起来。列强见机，发下最后通牒，逼勒朝廷交出大沽炮台，自卸甲胄任其宰割。朝廷无奈只得下诏，命各省督抚，联络一气保疆土。

　　列强本来就想瓜分中国，于今借到口实，岂肯放过，赶紧从国内调兵来华。这联军自大沽登陆，日军步骑一千人冲锋在前，攻占海光寺，踏平庙宇，尽毁东西机器局。可怜海光寺名胜鞠为茂草，烟消云散；实业夷为平地，荡然无存，仅余一口万斤大钟，做个见证，听凭钟上那部《金钢经》，于冥冥中超度亡魂。

待进了城，联军将天津三停烧去一停，成立"天津都统衙门"，以为殖民之官署。天津即下，联军厉兵秣马，纠合日俄英美法德奥意一万六千人，日军独占半数，朝京师进发。那洋枪洋炮，义和团的拳脚如何抵挡，念咒语烧神符亦不管用。朝廷添上官军兵将，还是挡不住。太后心慌，只得命李鸿章赶紧北上谈和。

北方大乱，铁路电报俱已不通，东南督抚，心所畏危，各自盘算如何自保疆土。这列强呢，英国在长江流域利益最广，自然不愿受损，其余各国耽心一乱打破了格局，势力范围受别国侵削，算算一动不如一静，先保既得利益再说。故此，华洋心意暗合，都有保持南方局面稳定的意思，只待有个人出来牵头。

盛京堂看出端倪，自告奋勇，暗中联络华洋两方，以共同维持局面。刘坤一张之洞这班封疆大吏，自然非盛京堂不可，可可的洋人这一面，亦看好盛京堂。盛京堂当仁不让，想想擒贼擒王，便先杯葛英国驻上海总领事许士。

盛京堂这头穿针引线，洋人那头也未休闲。这日，法国驻沪领事白藻泰，来见美国总领事古纳，开言道，古纳先生，日前英国人已经公开表示，准备派遣海军进入长江。此间观察家认为，这暴露了英国准备独霸长江流域的野心，这是法兰西无法接受的。古纳道，是的，这也和合众国的利益相悖。日前，已经有多国领事向我抱怨，他们不愿见到这样的局面发生。白藻泰道，当然。在华利益，不能由一国独占，而是各国均沾。

古纳点头道，另外，我无意间得知，中国东南部地方政府的首脑们，有一些颇具灵活性和建设性的想法。白藻泰先生，你能否找他们的灵魂人物盛宣怀，一起喝杯咖啡，聊一聊？白藻泰道，为了法兰西和美利坚共同的利益，我愿意和这位先生一起喝下午茶。然后？古纳道，如果法国领事提议各国驻沪领事团召集紧急时局会议，作为领事团长，我乐见其成。

白藻泰会意，自去运作。这白藻泰办事效率颇高，离了古纳，隔日便去而复来美领馆,皮护书里拿出几张道林纸,递与古纳道,我已经见过盛宣怀,这个人动作很快,已经会晤英方。看了这个,我也就不必再和这位先生细谈了。请过目。古纳看那递来的文件,见是"盛宣怀先生与许士爵士谈话笔录",便往下看——

盛宣怀先生:许士爵士,您好。我想,我们有些共同关心的话题可以探讨。比如,地方的安保问题,您有兴趣吗?

许士爵士:盛先生好,很高兴见到您。不过据我所知,贵国政府并没有授予您相应的职权。那么,您以什么身份来和我商谈呢,具体地说,您代表谁?

盛宣怀:这个问题很好。爵士,您知道,目前我国首都正面临着暴风骤雨的考验,动荡有波及东南地区的可能。有许多人乐见地方的稳定。其中,有官员、士绅和商人,包括为数不少的外国人士。他们认为,我可以在一些方面起到某种作用,希望我能把他们的愿望落到实处。现在爵士首先要和我讨论的,是我的资格问题。请问,我可以把爵士的意思,转告给这些人士吗?

许士:No,No。先生既然称我为爵士,我当然也不会以您的官衔相称。这就表明,今天我们是非正式接触,完全可以就我们共同关心的问题随意交流。

我想,盛先生一定清楚,到现在为止,我仍然是一个领事,女王陛下政府并没有授予我相应的其他身份。那么,盛先生,我们都知道,贵国大皇帝已经颁布了与包括女王陛下政府在内各国的交战文告,也就是说,已经在全国范围向友邦宣战。在这样的形势下,保持局面的稳定,有可能吗?就算可能而且最终实现,那您和您所代表的那些人士,又如何向贵国大皇帝解释呢?

盛宣怀:这并不矛盾。

首先,我国的外交国策,一贯是亲睦友邦,忍让为先。许多年来,我国政府一直这样施政,这已经为包括贵国在内的各国政府所熟知。现在的事实是,多国联军正在我国首都遂行军事行动,我国皇帝陛下发布全国总动员令,是任何一国君主或元首在国家受到外来武装力量践踏时,必然会作出的正当反应。

尽管为了和平不得不战,然而皇帝陛下的真正意愿,在于和平。这已成为一种代表性意见,是众多长期在政界服务的、经验丰富的官员的共同理解。因此,我所代表的人士,认为稳定局面,就是体现皇帝陛下争取和平的崇高意愿。

许士:等等,盛先生。如我所知,贵国朝野还有一种声音,不惜与万国为敌。

盛宣怀:我想说的是,想方设法,稳定局面,这是主流意见,包括皇帝陛下本人,以及相当一部分政府要员。

许士:是吗? 请往下说。

盛宣怀:一方面,我想说说我先前尚未提到的这些人士。他们是两江总督刘坤一、湖广总督张之洞、闽浙总督许应骙、四川总督奎俊,山东巡抚袁世凯、浙江巡抚刘树棠、安徽巡抚王之春和湖南巡抚俞廉三,广东巡抚德寿和陕西巡抚端方表示支持前者。这些强有力的地方政界领袖,掌握着东南地区及内陆众多省份。上述官员,对地方的控制是显而易见的,而下级地方官员和他们的长官保持一致,士绅和商人,则在舆论和财务上发挥着特有的作用。

另一方面,我被告知,各国在东南地区有着广泛的利益,不乐见这些利益受到削弱甚至丧失。这一点,爵士比我更为清楚。各国商人非常着急,强烈希望继续他们在华的商务活动。事实上,我们的想法,很大程度上来自于各国人士的建议。我们认为,这些建议是明智的,代表了华洋双方相当一部人的共同愿望。

这种愿望,要求我国地方政府和各国领事机构,共同来维护东南地区以至长江内地更为广泛区域的稳定。我特别想指出的是，稳定，这也正是我国臣民的愿望。他们渴望宁静祥和的生活，安居乐业。因此，保护东南及内陆地区不遭受战火的破坏，有着强大的民意基础，是完全有可能实现的。

许士：既然盛先生这么有把握，我没有理由反对。但是，我想提醒盛先生，如果我们努力了，而各国的利益仍然受到损害的话，也许这些国家的舰队，会在长江游弋；这些舰队的水手，会在天堂般的苏州和杭州徜徉。

盛宣怀：明白了。爵士，我们没有幼稚到完全忘记了列强惯有的举动。所以我说，稳定局面，这是主流意见，也是渴望和平的体现。

许士：等一等。我注意到盛先生两次使用了"主流意见"这个词——如果我没有理解错的话，也就是说，虽然有众多官员持稳定局面即是体现贵国大皇帝向往和平的意愿，但如果另一种声音占了上风，就仍然存在着战争的可能性。那我们今天的谈话，还有意义吗？

盛宣怀：也许。外国武装力量不进入我们努力为之稳定的地区，是合作的前提。如果无端遭到外来武力的攻击，我国臣民将自动起来体现皇帝陛下保家卫国的意志。当然，我已经说过，如果生活安定，人们没有理由一定要举起火把刀枪。

许士：哦……我认为，这种疯狂的行为，会因为我们各自的智慧而避免。盛先生，您太明白事理了。我欣赏您的坦率，真希望您是伊顿公学的毕业生，那样，盛先生就会有和我们相同的普世观念。今天，我也坦率地说，大英帝国虽然第一个促使贵国开放了通商口岸，但并非从贵国获取利益最多的国家，这充分体现了女王陛下的友善。

盛宣怀：爵士是这样认为的吗？那应该得到我国皇帝陛下的奖赏，但也许是以后的事了。在此，我愿意赠给爵士一件小小的礼物——请看，这个鼻烟壶，据说是在被烧毁的圆明园捡到的，内画是西方艺术家的头像，这位曾在我国宫廷活动的教士，受过我国先皇的褒奖。很遗憾，壶口因高温而爆裂,有了一个不起眼的豁口,令人惋惜,却因此有了一种残缺的美。不成敬意,希望爵士喜欢。

许士:呃……真的很美,我接受了。当然,我完全领会盛先生送我这件礼物的内涵。不过,为了过去的事吵架,是没有意义的,还是留给我们的后代去讨论吧。因为,还有更重要的事,等着我们去做。今天,透过您,我依稀看到了贵国朦胧而遥远的希望,但愿那个法兰西强人没有说错,睡狮终将醒来。怎么样盛先生,说说您的具体方案吧?

盛宣怀:这不复杂。维护地区稳定,保全中外商民生命财产;长江流域及内地归当地督抚保护,租界暂由各国领事官共同维持现状。这是核心内容。

许士:是的。这符合大不列颠的利益。不过我想,这总需要有一个形式上的但也是正式的会谈,形成一个贵我双方都认可并且遵行的文件。贵方有安排吗?

盛宣怀:考虑过。我想爵士一定同意,具体的条条款款,让事务官员们去拟定,待我方人士和贵方领事官通过或修改后通过,签字生效。

许士:同意。关于双方与会代表,盛先生有否建议?

盛宣怀:我想,贵方领事团长是当然的首席代表,代表英、美、法、德、意、日、俄、西、比、荷、奥诸国,具体由贵方决定;我方将由两江总督南洋大臣指派上海道官员为首席代表,代表东南各省及内地行政当局。我将与会,以绅士身份列席,不在文本上签字——请爵士不必猜疑,这无关紧要,因为我国政府并没有明令,赋予我本人谈判保护地方的职责和权力。

许士:好吧。我想我们已经基本取得一致。盛先生,我将尽快把我们今天的谈话,通报领事团长古纳先生。

三十二

落旌旗孤臣伤国步
传衣钵枭雄统北洋

盛曰：盖强之遇弱，往往以甘言巧语漫为饴弄，沉溺其志，迷乱其识，以徐逞其和平侵占之图

且说古纳看毕盛京堂与许士领事官之谈话笔录，点头道，精彩。白藻泰先生，这份备忘录体现了我们的利益所在。您，可以向领事团发出提议了。我想，那位爵士也该到了，如果让英国人来提议的话……。白藻泰忙道，明白，您不必说了。当晚，驻沪领事团应法国领事白藻泰提议，团长古纳召集紧急时局会议，与会十一国领事原则同意，可以与中国地方官订立安保条约。

这日，盛京堂才从领事馆回府，门房黄荣来禀，有女客求见。盛京堂好生诧异，便说有请。一时老黄头带人进内。盛京堂见是二十来岁一个女子，劲气内敛，心中有几分晓得，便唤到大草坪说话。那女子叉手道，民女是许舵主座前徒弟，因唐师叔已陷张总督罗网，随时可缉捕入狱，舵主特请盛大人设法相救，改日请大人吃"一碗鲜"。盛京堂心知来人不假，便道，知道了，我想一想。

原来唐才常在上海与经元善等一道，发了通电反对立储废帝，即约集

同志在味莼园组织自立军,潜回湖广约期起事,筹建"东南自立国",拥戴张之洞为国主。张之洞对门生这个主张,不点头,不摇头。于今看看局势,东南正谋互保,北边太后催李鸿章出来折冲,大局难逃是个"和"字,故此对自立军动了杀机,唐才常留着亦无甚用处了。

如此一想,盛京堂两指一圈,比个圆洞道,这个人,把唐义士当做他手中押着的一个宝,局势越乱,越是安全,局势一稳就难说了,眼下任是谁人关说,都不中用,又不能白纸黑字写信去求。我这里正设法保这东南一方平安,一旦事成,义士有性命之忧。当务之急,是救义士脱出虎口,方为万全。赶紧,把我这话回报你舵主,她自有计较。

婢子回山一说,许氏晓得盛京堂实心相助,即刻命人选派高手,撇开张之洞眼线,传话与唐,劝其退避三舍。反倒是唐才常不肯,道是大丈夫生死在天,何惧之有?勤王事,酬死友,现在我走脱了,没的教江湖上耻笑,那才叫窝囊呢。

五月三十这天,午后,盛京堂会同上海道余联沅,沈瑜庆、陶森甲诸位华官,带着通事、随员,到了本地俗称新衙门的会审公廨,只见领事团长美国驻上海总领事官古纳,带同十一国领事官也到了。余联沅与古纳略略寒暄几句,一齐围着长条桌子坐下,盛京堂于余道台身边坐了。

古纳先开言道,今天,在这里,各位总督派员与领事团会晤,约签地方安保条约。双方各自表达的主张,于事前已经达成一致,形成了九条十款的两个文本。现在,领事团想要知道,一旦约成,贵国大皇帝又有命令剿杀友邦人士,各位总督是否遵照执行?

这余联沅听了瞠然,好生踟蹰——答以遵旨罢,这约款就不用订了,只怕洋人立时就要翻脸;答以不遵旨罢,就要落下个抗旨的罪名,如何担当得起?望望对面一长排洋人,正等着看他的好笑,不觉额头上热气升腾。

盛京堂见不是事头,便对通事道,告诉古领,今日订约,系奏明办理。余道台一听欣然,忙道,对对,准定如此答复。通事即照先前盛京堂教好的一番话翻译道,皇帝陛下颁布全国总动员令,号召地方长官联络一气,招募义民保卫疆土,终极目的是争取实现和平这一崇高旨意。今天双方在这里订约,我方为受权办理。我方同样认为,贵方已经报告各国政府并已得到相应授权。这古纳听了,虽是外交辞令,但也佩服盛京堂圜转得滴水不漏,各国领事亦点头微笑,暗暗称许。

默契既已达成,随员捧上《东南互保约款》《中西官议定保护上海租界城厢内外章程》两本文件。中外双方自首席代表起,挨次签字画押。换文毕,那些洋人一齐拍掌,香槟香槟的叫起来。古纳总领事走过来,与盛京堂拉手,庄容道,盛先生,我十分钦佩您灵活而又务实的风格。我谨代表领事团,对您,对刘坤一总督、张之洞总督及其他地方官员,表示衷心感谢,并致以最高的赞美。

盛京堂对道,总领事先生,您过奖了。条约的签订,是形势的需要。当前,贵我双方的要务,是把东南地区的安全稳定,落到实处。有理由相信,待北方地区平息下来,我国政局稳定之后,皇帝陛下一定会有符合既定国策的、交好友邦的正式旨意。古纳满面含笑,连连点头,顺势表了一番交好之意。

上海盛京堂联络封疆大吏与洋人谈判,避兵火,保疆土,京师却如火如荼,干戈不息。太后无奈,连连催促李鸿章赶紧北上与洋人谈和。这李鸿章自马关辱归,只有个大学士空衔,新近才放了两广总督,因朝中无人可用,只得再搬出这位和戎高手,赏还爵秩,回调直隶总督,授以全权代表钦差大臣名头,来收拾残局。李鸿章拗不过太后,只得动身。这日,于礼炮声中,钦差船靠上海十六铺。码头上,盛京堂余联沅率阖城文武站班恭迎,各国领事亦集齐了来接,行礼如仪。

待上了马车,这李爵相对身边盛京堂道,杏荪,我住丁香花园,请你吃饭,你要为我带一样东西来。盛京堂笑道,松江鲈鱼,已经备下。未料李爵相贪图口福,伏天多吃了几口珍馐,五脏庙造起反来,泄泻不止,这下害苦了丁氏姨娘，没日没夜的照料。李爵相延医服药的将养不打紧，却把个议和的紧要事搁了下来。

京里太后等等等不来李爵相，看看洋人的联军就要打进紫禁城，只好仿祖宗遗制，出京巡狩。行前下一道旨，于李爵相全权议和大臣之上，加了"便宜行事"四字。这日午后，太后传旨起驾。一干人正急匆匆朝宫门口走，忽见偏殿里趋出个人来，直到太后面前跪下，口称太后万安。

太后定睛一看，诧道，珍子！你怎么跑出来了。看你的人呢？珍妃道，太后西巡，带上珍子罢。太后皱眉道，是么，你也知道了。这回可带不上你，快回你屋子里去。那珍妃情急，跪行上来抱住太后的腿，颤声道，太后开恩。带上珍子罢，珍子知错，再不敢胡闹了。太后恐宫人学样纠缠，焦躁道，呔，我怎么就把你给忘了。来，把她起开。珍妃见不是事头，不顾内监拉扯，抬眼看定皇上。

这珍妃自十四岁选秀入宫，封嫔封妃，甚得皇上爱宠。因年少灵动，喜着洋式裙装，喜拍洋式小照，曾遭太后家法处置。后又传说，珍妃交通外廷，卖官鬻爵，太后大怒，褪衣廷杖，命幽闭于钟粹宫后北三所，连皇上亦经年不得一见。

此时骤然现身，皇上先也吃了一惊。及看珍妃时，原先团团粉面，已瘦成雪白一张瓜子脸，愈显得那一双杏核眼，黑漱漱大得骇人，此刻泪光盈盈，越发如渊如潭。那眼神，凄切哀婉，分明是在说，皇上救我！更有那万千情丝，剪不断，理还乱，缠得皇上本就缩紧的那颗心，几乎透不过气来，只一手抓紧了心口龙袍，怔怔的说不出话来。

太后见状，忽有所悟。遂出掌抚着珍妃的头，缓声道，珍子，你服侍过皇帝，是皇家的人。倘若洋兵进宫，你该知道，怎么个保全名节罢。珍妃听出太后声口，身子一抖，仍挣扎着仰脸哭求道，太后开恩，开恩呐。带上珍子罢，珍子再不敢了。太后叹口气，看左右道，来，崔玉桂，你陪着珍主子留下，服侍珍主子全节。

　　珍妃见太后决绝，料知此生无望，再难留恋。遂止住呜咽，站直了身子，理理鬓发，整整旗袍重新伏地，庄容道，太后不用耽心。不用人伺候，珍子这就去了，生生世世冰清玉洁。说罢，三叩首，祝道，皇太后皇上一路万安，早还圣驾。皇太后万寿无疆！皇上万寿无疆！祝毕，珍妃平身，略偏一偏头，瞥一眼皇上，似哀非哀，似怨非怨。这一瞥，瞥得那皇上万箭穿心，浑身颤个不住，面如死灰，如痴如呆，出不得一声半点，若不是李莲英暗伸一手紧紧搀住，就要倒了下来。

　　眼睁睁看珍妃转身而去，跟跄拐进了贞顺门，众人皆知那殿庭里有口井，恍然明了珍妃奔何处去，个个面露戚容，声息全无，但闻珍妃足上那花盆底笃笃踏地之声，渐行渐远。太后也有几分不忍，只为皇家体面，绷紧了脸面不出声。未几，隐隐噗通一声水响，震得人心颤不止。可怜金枝玉叶，顷刻间魂归离恨天。真个是金井一叶坠，凄凉瑶殿旁。残枝未零落，映日有辉光。

　　且说太后率皇上大阿哥及几个王公贝勒，换了寻常百姓服色，出宫上了那一长溜大车，恰似老太太带了儿子媳妇与管事的一大家子逃难，再无人识得。待出了德胜门，逶迤往怀柔而去，一路西向巡狩。

　　说话间那联军进了城，所到之处，杀人放火、奸淫抢劫。只嵩祝寺一处，便失却镀金铜佛三千余尊，绣品一千四百余幅，铜器四千三百余件，连紫禁城太和殿前大铜缸上镀的金，也教洋兵刀刮了去。藏之于南池子皇史宬里的《永乐大典》《四库全书》十多万卷，烧火的烧火，卷烟的卷烟，糟蹋殆尽，又把个翰林院烧了，无数珍版孤本，典史秘籍，历代名家书画，俱付之一炬。各国公使还放不过太后，商量要派兵一路向西追杀。

　　上海这头，李爵相与盛京堂，依仗行在军机处管理电报的孙宝琦，随时飞电通报消息，于局势洞若观火。见太后离了京师，议和又许了便宜行事，时机已到，李爵相的肠胃也就好了，便打个德律风，请盛京堂议事。翌日，盛京堂携了个大木桶来。爵相看看，半桶鲈鱼悠哉游哉，条条巨口细鳞,黑章四鳃,欢喜道,妙,足慰老夫莼鲈之思。盛京堂道,近年这秀野桥下,四腮鲈越来越少见,将将罾来十几尾。爵相道,足矣,多了就不稀罕了。

一边丁姨娘听见,便嗔道,相爷只是贪嘴,身子才好些呢。爵相听了,睨一眼盛京堂,相顾大笑。盛京堂道,姨太太放心。李时珍《本草纲目》上说,松江四鳃鲈补五脏,和肠胃,益筋骨的,多食宜人。相爷呢,包管愈吃愈壮。丁姨娘讪笑道,我哪懂这许多?可这半桶鱼,怎么烹调,总不能一锅烩罢。爵相道,不是说脍炙人口么,今日就脍一味,炙一味,羹一味,汤一味!丁姨娘笑笑,取件秋衫与爵相披上,自去后首监厨。

玻璃长窗前,李爵相收住笑容,望望云天,自语道,秋风起矣。这多事之秋,老夫也要北上了。李白诗云,此行不为鲈鱼鲙,自爱名山入剡中。我是自弃名利入京中,为的是甚么?盛京堂见状,心中恻然,强颜道,爵相为宗庙社稷,忍辱负重,为不可为之事。杏荪今日方知,元老重臣操持国事之艰难。

李爵相道,人生在世,最怕不过老来苦,不料我英雄一世,老来老来,却是劳来苦来。想我办了一辈子的事,练兵也好,海军也好,何尝能实在放手办理?不过勉强涂饰,虚有其表。譬如一间破屋,由裱糊匠东补西贴,居然成一间净室,明知为纸片糊裱,然外人不知里面是何等材料。即有小风小雨,打几个窟窿,随时补葺,亦可支吾应付。必欲爽手扯破,又未预备修葺材料,未定何种改造方式,自然真相破露,不可收拾,但裱糊匠又何术能负其责?

盛京堂听了,竟不能置一词,默然无语。爵相道,忍辱负重,又有几人知道?唐才常去做说客,教那张香涛湖广独立,奉他为大总统。香涛就是不表态,首鼠两端,不可谓不动心。及至朝廷推我出山请和,香涛看和局将成,立马把唐才常杀了,首级悬在汉阳门,这就不是一句文人无行,可以搪塞得过的。

顿了一顿,爵相道,然老夫交卸两广前,梁启超来做说客,教我李鸿章率两广独立,奉我为大总统。我答说,当世之人,只能为当世之事,礼送梁启超走了。可笑他梁孺子,怎么识得板荡之臣。须知叛清,则我半世忍辱负重,皆是卖国;保清,则我毕生所作所为,皆是护国。既然如此,我又何必计较何事可为,何事不可为?千秋功罪,任由后人评说去罢。

盛京堂未及答言,丁姨娘来请入席。宾主只得二人,酒肴不过几味,那张西洋胡桃木拼花长圆咖啡桌就满了。丁姨娘道声少陪便去了,只留丫鬟斟酒。爵相挥退丫鬟,见居中摆了一碟银丝鲈脍,一盘鹅脂炙鲈,举筷尝了尝道,亦佳。中国好东西尽有,只是一桌菜,请不了一屋子的不速之客啊。盛京堂道,确是。主人看菜待客,也就是了。爵相道,唔,有点意思。然则?盛京堂道,此番和戎,洋人胃口不小。爵相只在量入为出,细水长流上打主意,庶几为我中华存一线生机。

李爵相道,好个量入为出,只看那班强人受不受了,待老夫磋磨起来看罢。唉,若是多个帮手,亦可稍卸仔肩。近日庆王专电行在,奏调你襄办和约,刘岘庄、张香涛晓得了,上奏不放你走,说南边少你不得。杏荪,你是甚么主意?盛京堂踌躇道,不论刘张二位如何坚留,爵相为国和戎,杏荪理应追随鞭蹬。只是……

说话间,丁姨娘指挥丫鬟上了一碗金齑鲈羹来。盛京堂慢慢吃完一盅,腆颜道,不瞒爵相说,杏荪曾为此请示堂上,老父有言,时局如斯,宜退不宜进。李爵相哂道,唔——,旭人兄所虑不差,多去一个,史书上便多一个汉奸。也罢,你遵父命罢。贤乔梓江东才俊,于国出力有年,于情与理,该当替国家留一分元气,日后筹措这笔赔款,还是要落到你的头上。呵呵,签个字画个押,这不费吹灰之力的事,老夫来做,筹款这万钧重担,就留给你杏荪挑罢。

说着,一气干了杯,看盛京堂道,老夫此去,杏荪还有何见教?盛京堂道,不敢,中堂言重。然杏荪确有一事,隐然不安。爵相道,莫非是说东北？盛京堂道，确是。眼下沙俄已乘这场大乱，占了我东北三省实地，接下来必然要挟，讹我主权，逼签协定。若所谋不遂，定然于十一国议和公约上头搅局。迁延时日，则我损失更大，且有不测之祸，中土或遭瓜分。未知中堂何以应对？

李爵相点头道，杏荪火候到矣，眼光老辣，一语中的。沙俄心机，老夫了然于胸，自有锦囊对付。当年，左季高收复新疆，经年累月，花去了海样银子。今番老夫略施小计，不费一文钱，管保东北龙兴之地，主权仍在我手，教沙俄一场空欢喜。世人莫急，且看老夫手段。盛京堂一听欢喜，忙道，爵相囊中是何妙计？愿闻其详。李爵相但笑不答，回头唤道，这酒差不多了，菜齐了么。

厅外丁姨娘应声道，这不来了。说着，上了那道清汤余鲈鱼。但见一钵白水，飘几茎碧绿莼菜，沉数头紫芽黄姜，五六尾巴掌长赭红花鲈潜于浅底，活似端了个鱼缸上来。李爵相舀匙汤尝尝，对丁姨娘道，你几时用的这个厨子，倒还使得。这四鳃鲈，只可以鸡脯鲜笋吊汤余之，不可入火腿菌菇等物，用则抢味……唔，还是汤好啊，色香味俱全。若用他法料理，脍则本味不出，炙则本味全失，羹则形之不存，不啻暴殄天物，呵呵，今日我也算焚琴煮鹤了一回。

一头说，一头示意盛京堂动筷。吃了一回，李爵相道，当年苏东坡吃了河豚，说是也值得一死。今日这四鳃鲈鱼，却不值一死，不过来日我若谈成了和约，那是一定要死的了。至于寂寞身后之名，不知谁何之誉，一笑置之可耳。言毕大笑。盛京堂本就觉有不祥之兆，此时口称爵相福泽正长，心里却如刀绞，竟不知何以慰之？只是将那普洱茶啜了一碗再一碗，不肯回府，意思是多陪得恩师一刻是一刻。反倒是李爵相几番催促，盛京堂延俄再三，不胜依依，白头师弟，洒泪而别。

果然李爵相一去，与列强签下和约，力尽身死。遗折荐山东巡抚袁世凯接掌直隶总督北洋大臣，传了衣钵。

三十三

订商约就地磋洋使
觇实业千里吊封翁

盛曰：中国商务，可以与外人争衡者甚少，当此商战之际，尤以保全已成之局为倡

原来李爵相到了京师，趋东华门外冰盏胡同，在贤良寺安了铺盖。前来侍卫的洋兵，在门首安了两个桩，联军总司令见了摇头，嫌矮矬猥琐，有损军容，命换了一对西洋人，站得笔立直，煞是威风。原来洋人认为，这回李爵相来请和，是来到联军的地界，是客，理应保护，这也是地主的职责和文明的体现。

李爵相看了厌气，却也无奈他何，便办起正事，会同庆王奕劻与联军开起谈判来。因多少有些个洋人坏了性命，议和第一款，列强就要惩办"祸首"，名单一长串，第一个就是慈禧皇太后。

李爵相惊得打了几个抖战，只得耐心教化洋人，谆谆善诱道，中华以孝为本，以孝治天下，太后为一国之母，懿亲岂可加刑？洋人不耐烦做生员听说教，差兵进犯西陵东陵，意欲占领大清祖坟，兵锋直指张家口，扬言打破西安杀了太后抵命，倒逼李爵相就范。李爵相无奈，只得说老夫若应了这一款，连子孙也活不得了，诸位如要我死，现在就请动手，也不必再签

这个和约来费事了。

洋人想想,若是拿不到一文赔款,要了太后这副老皮囊又有何用?须下不得酒吃,不如多讨些银子。所以这赔款上头,开口就是不多不少十亿两,惊得李爵相又是几个抖战。抖战归抖战,还得与洋人磋磨。几番往还,洋人只是不松口,李爵相使出兵法,与洋人分别交谈,好来个逐一击破。

洋人倒也听话,排班来谈。俄国要一亿三千万,法国要七千多万,德国要四亿马克,全要现银子一次付清。李爵相不用掐指不用算,也晓得十一国总数远比十亿银子多得多,暗叫起撞天屈来。遂对洋人道,敝国政府根本原则是,量中华之物力,结与国之欢心,亦就是根据敝国的度支,量入为出来付账,希望友邦乐从笑纳,重新交好。现在诸位如此苦逼,莫非要逼得老百姓人人变成义和团不成?

洋人交头接耳一嘀咕,一致认为向李爵相讨银子,总比问义和团讨银子来得方便省事,便来拜访洋同胞赫德,请教中国究竟好榨出多少油来。赫德道,中国是个入不敷出的国家,最合适的偿付方法,是接受中国政府保证,在若干年内每年分期摊付。赫德这番答复,妙到毫颠,即免得将清帝国逼垮了台,自己极品客卿的崇高地位毫不动摇,照旧当他的大清总税务司,又保证了女皇陛下政府的长远利益。只是那许多杂七杂八的西洋东洋伙计,也混在一起争先恐后来分大不列颠的蛋糕,赫大人有些气不忿,矢志今后要更加效忠大清朝。

洋人商量,与其吃了中国这只老得快要成精的凤凰,不如教这只木得塞牙的凤凰再下几年蛋,到时连凤凰带蛋一块下锅来得上算,索性大方一回,只要大清拿出四万万五千万,所谓中华通国百姓一人摊银一两,不遑再让。

李爵相看看再拗不过强梁,便问庆王意下如何?这庆王本就是洋人惩凶名单上挂了号的,哪里还敢有甚么主张,遂拉李爵相会衔上奏行在,请太后训导。太后自巡狩到了西安府，天天心神不宁，这回一看不要她老人家偿命了，一松快便忘记了这笔赔款连本带利，通国百姓须不吃不喝不穿不着十一年方才清账，下旨准行。庆王李爵相接旨，顶风冒雪到西班牙公使馆画押。

是日，中方大清国钦命全权大臣便宜行事总理外务部事务和硕庆亲王爱新觉罗奕劻、大清国钦命全权大臣便宜行事太子太傅文华殿大学士北洋大臣直隶总督部堂一等肃毅伯李鸿章，列强以大德国钦差驻扎中华便宜行事公使大臣穆默为首十一国公使大臣，依次签了字，是为《辛丑和约》。

想大清之国运，自道光二十年英吉利兵船不请自来，一步一跌，今番更是跌到半封建半殖民地这个深窟窿里，且夕挣扎。李爵相心里不受用，便把李鸿章三字花押成个"肃"字，反正他原是肃毅伯，也无人理会。其实，就是押成个乌龟，洋人也无所谓，还以为李鸿章大人羡慕乌龟，龟龄延年么，洋人懂这个。

和约是签了，李爵相也躺到了。寒热间作，饮食不进。朝廷赏了假，却还不得消停，沙俄使臣如影随形，催着签订俄中协定，以巧取豪夺了东北三省主权。李爵相于这件事上，倒是早有算计在锦囊里的，一向合作得很，好商好量，沙俄许诺事后酬劳五十万金卢布，也不反对。这一招，连盛京堂亦看不懂，唯恐李爵相签约，连发电报劝止，苦口婆心谏道，俄约一签，列强跟进，中华有遭瓜分之虞。列邦以恶名加于俄，中外复以庇俄之名加于爵相，后世论者谁能曲谅乎！此弟子基于公义私情，所以报师恩者也。

李爵相一笑置之，只是慢腾腾磋磨，成日价与军机处大老、驻俄公使杨儒推来托去。今日军机说可以了，杨儒说不妥，明日杨儒谈好了，李爵相说再商量，直躁得老毛子三尸神暴跳，七窍内生烟。

九月十九这日，李爵相罔顾医嘱，力疾从公，应邀赴俄使馆议事。看了沙俄拿出来的协定草案,大发雷霆,怒斥道,东北三省为我大清龙兴之地,岂可交由他国全权支配?老夫从来不敢对这等协定承担责任!底牌亮出,沙俄使臣此时方知,原来这一向李爵相口是心非,只为延宕时日,竟中了老痞子的拖刀计!登时大怒威胁道,中国不愿立约,则东北三省必永为俄有!李爵相愤而离席,才回贤良寺,便大口吐起血来。急召医官诊视,乃是胃家小血管挣破。正是:活折腾银山赎媪命,死挣扎痞计退强俄。

这李爵相自知不起,便安排身后事,硬撑着唤儿子李经述面聆遗折——

奏为臣病垂危,仰求圣鉴事。窃臣体气素健,向能耐劳,服官四十余年,未尝因病请假。前在马关受伤,流血过久,遂成眩晕,时作时止。入都后又以事机不顺,朝夕焦思,忧灼五中。本月十九夜,忽喀血碗余,数日之间,遂至沉笃。

伏念臣受知最早,蒙恩最深,每念时局艰危,不敢自称衰病。惟冀稍延余息,重睹中兴。赍志以终,殁身难瞑。现值京师初复,銮辂未归,和议新成,东事尚棘,根本至计,处处可虞。窃念多难兴邦,殷忧启圣。伏读迭次谕旨,举行新政,力图自强,臣在九泉,庶无遗憾。属纩在即,瞻望无时,长辞圣明,无任依恋之至。谨叩谢天恩,乞皇太后皇上圣鉴。谨奏。

口授毕,又吟绝命诗一首:劳劳车马未离鞍,临事方知一死难。三百年来伤国步,八千里外吊民残。秋风宝剑孤臣泪,落日旌旗大将坛。海外尘氛犹未息,请君莫作等闲看。吟毕,环顾左右道,尔等人人有志,个个有才,为国宣劳,各有所长。若说到杀伐决断上头呢,都不及一个人,此人虽非治世之能臣,却是乱世之枭雄——这北洋的遗缺,就由袁世凯接了罢。说完了,阖目不视。

地上众亲友僚属赶紧换上寿衣,只等举哀。忽报沙俄使臣又来逼签协定,登堂入室,直闯李爵相榻前。说来也奇,听见俄使声口,那爵相忽地睁了眼,双目炯炯,面上似笑非笑,一副你奈我何的模样,臊得俄使无言自退。

却好老幕友直隶藩司周馥匆匆赶到，见爵相口眼不闭，一头出掌轻抹爵相眼睑，一头哭道，老夫子，有何心思放不下，不忍去耶？未了之事，我辈可以办了，放心去罢。这爵相口唇翕翕动动，似有未尽之言，双目张张合合，莫须万般苦衷，两行浊泪缓缓淌落，望八之年，撒手尘寰，瞑目去了。魂魄一路飘飘荡荡，亦不知是皋鹤引上了西天瑶池，还是夜叉牵下了阿鼻地狱。

遗折电奏西安，行在顿如梁倾栋折，骤失倚恃。太后震悼失次，自临御以来，从未有此张皇，伤感得大哭一场。半晌，方哽哽噎噎说道，大局初定，日后这么重的挑子，还有哪一个来分担？老天为了甚么，就把这么个再造玄黄的人收了去呢？几天闷闷不乐，乃下诏追赠李鸿章太傅，晋封一等肃毅侯，谥号文忠，赐白银五千两治丧，在京师、原籍、立功省份建祠十处，定期祭祀。有清以来，京师建祠，汉官仅李鸿章一人享此殊荣，太后也算是报了救命之恩了也。

一场乱局，终以议和赔款，列强撤兵了结。两宫可以回銮了，而大麻烦才刚刚开始。百废待兴，而最为甚者，就是赔款如何筹措，那可是一年年大把把白花花的现银子要捧出去的呀。国家穷到如此地步，还摊上这么档子事，西安行在的君臣佐使，个个坐困愁城。初则莫衷一是，继则抽丝剥茧，集思广益，渐渐冒出个头绪来——筹款这件事，必得着落到一个人身上，而这个人的身影，亦已在众人心目中，隐现许久了。

这日，太后与军机商量完了回銮之事，感慨道，这场大乱，靠着上下一德，里外同心，总算是扛过去了，我娘俩也可以回家看看啦。你等大家伙儿随扈日久，也能回府与妻儿老小团聚了。

王文韶出班奏曰，否极泰来，端赖皇太后皇上洪福。京师议和签约，李鸿章呕心沥血；东南互保收功，盛宣怀维持策划，即便刘坤一张之洞亦无从措手。太后道，是啊。这档子事，京里也好，东南也好，李鸿章盛宣怀师徒两个，出力着实不小。文韶道，皇太后圣明。臣想着，两宫回銮，紫禁城总得修整修整，现在工部侍郎出缺，圣意以何人调补？

太后尚未说话，一边皇上难得开言道，着盛宣怀去。文韶道，遵旨。臣等原议，奏调盛某入都掌理财政。一语未毕，太后接口道，对了。盛宣怀长于理财，等户部有缺再与他罢。遂看荣禄道，荣禄，户部有缺分吗？荣禄奏，皇太后说的甚是。现在理财、交涉等事，倚仗盛某之处很多。交涉要紧，令其在上海办事，诸多方便，内用不妨缓一缓。

太后叹道，今日看来，盛宣怀是不可少的人呐。唉，这洋人讨要的银子还没着落，有甚么法子能让百姓少勒几寸腰带子，又可以筹出一笔款子来？真教人烦心。哦，这盛宣怀的底缺是甚么？荣禄道，上年底，已奉旨补授盛宣怀宗人府府丞，随后派充会办商务大臣，准用钦差大臣关防，驻沪办事。太后道，这样罢，盛宣怀保护东南有功，赏加太子少保，教他马上着手办理商约谈判的事。尔等写旨来看。言毕离座。全班军机一齐叩首，谨遵懿旨。

未几，两宫驾返京师，但见天子脚下，昔时繁盛皆埋没，内库烧为锦绣灰。太后皇上感慨万千，只得宵衣旰食，收拾旧日山河，乘便赏功罚过，于大正月里，未及开印之期，升授盛宣怀工部左侍郎。

这盛宫保当差三十二载，服官一十六年，自是无论虚衔实职，位列卿贰。这个元宵节，上海斜桥盛府新宅可就热闹了，大草坪上，轿子车马停了一大片，中西两个大客厅，贺客满满，缕花大铁门外挡驾不见只递了手本的，不知凡几，连工部局亦来凑趣，差了一队巡铺来维持地面。主人素性好静，无奈挡不住官运冲门，只得打起精神，好好应酬了一回，心里却抛不掉那段不堪回首的伤心事——

那天，李爵相噩耗传出，盛京堂正患冬瘟卧病，一时悲病交加，喘咳大作。念起三十年追随，师弟间公情私义，感触良深，垂泪不止。哀痛未已，连连接到行在电旨，催办商约，竟有些心灰意懒。想想恩师至死不忘举行新政,力图自强,赍志难暝,只得抱病起身,与英国议约专使商务大臣马凯晤谈。

这回,盛宫保重提"免厘加税"老话,四平八稳开局。马凯岂肯就范?两位在税率上头总是谈不拢。盛宫保便学乃师李文忠公的样,与洋人磋磨起来。洋人晓得朝廷要赔银子,筹款万急,当然你急他不急,爽性撇开主题,提出大堆条条款款来,亦是慢慢与盛宫保磋磨。盛宫保心里焦躁,便来家请教老父。

这盛老太爷近年虽体健无恙,毕竟春秋已高,经不住盛宫保再三迎养,只得暂舍了留园洞天福地,来上海儿子处纳福。盛宫保是晨昏定省,曲意承欢,极尽孝道的,盛康倒也安乐。听盛宫保诉了苦衷,盛康道,世人以成败论事,李文忠前车可鉴,既然磨不动马使,这城下之盟,不签也罢。

盛宫保赔笑道,儿子岂不知文忠委屈,只是这商约谈不下来,度支恐要崩盘。近年朝廷岁入只得八千八百万上下,本就入不敷出,不从洋人身上增收些税银,剔除积弊,户部就要关张了。

盛康哂道,你办洋务这么些年,反倒糊涂了,急个甚么? 常言道,不怕讨债的狠,只怕欠债的穷。洋人看似不急,实在比你还急,他不想要银子么。须知,强邻对付弱里顶好的办法,就是教他弱而不乱,方可予取予求,这些年洋人耍的就是这套手段。固然洋人可以开了兵船来讨银子,然兴师动众,劳师糜饷,总不及债户束手奉上来得惬意安逸。这一折戏,既然洋人不入调,你也不开腔么。

盛宫保听了,心想姜还是老的辣,受教道,儿子明白了,准定照父亲教导的做。盛康道,你是心思太重,一时见不到此。不过呢,矫枉不可过正,见好须收。以中国目今之国力,能争个平手,即是上乘。不然,谈成了也是白谈。

于是,马凯要求洋人长远侨居内地贸易,盛宫保不允,马凯要求整顿币制,盛宫保不许,马凯要求多开口岸,盛宫保不准,以事关中国主权,一一驳回。马凯看看要挟不成，只得重归主题，谈起厘税征收事项来。盛宫保想来而不往非礼也，便祭出那"税厘并征"的法宝来，算是退了半步。

马凯是早在赫大人那里讨教过，晓得盛宫保早晚打出这张牌来，胸有成算的。接下来，就是税率上头的磋磨了。盛马二人放出手段，何止十几个回合，总算比以往值百抽五大进了一步，在值百抽十二成半这个点上打住。咋一看中方似乎稍亏，然盛宫保争到汇率上头计银不计金，中方暗得补益，也算是不负朝廷了。

签了与大英帝国的商约，列强鱼贯而来，盛宫保以英约为范，大抵照此办理。正忙得神思昏昏，晴天一个霹雳，大事出矣。原来老父盛康无病无灾，好端端的突然归天了。医家说，封翁是耄耋老熟，非人力药石所能为，睡梦中去了，走得稳便，非大善之人不能享此大福，天意若此。以是宽慰盛宫保。

盛宫保哪里听得进，只怨自家勤于公事，竟疏忽了老父体躬，造化弄人，子欲养而亲不待，人生莫大之憾。想谆谆教诲，言犹在耳，微言大义，受益良深，而今永违慈颜，再不能聆教闻道矣，真正万死莫赎！

因此上，几次三番，哭得昏天黑地，以至引发痰喘，不能理事。只得一面报了丁忧，奏请开去一应差缺，一面请大夫诊治。庄夫人看在眼里，边拭泪边劝道，老太爷今年八十有九，算上闰年闰月，怕不有一百岁，就是人瑞了。玉佛有灵，护佑太爷无疾归西，实在是喜丧。老爷你好好将养身子，一应设灵祭奠发丧开吊这些事，我照你的意思来办就是。

盛宫保晓得庄氏本就理家有方，又是状元第里出来的人，见过大场面，礼数上绝无差池，还有甚么不放心的，遂任由庄夫人督率管家展布，只抚镇藩臬及洋使领事来吊，出来还礼酬酢一番，余者皆是冢孙昌颐与郑思照、戴福庭一干清客相公承应。一时唁电悼信，雪片般飞来，偌大盛府，止笙歌，歇燕舞，花团锦簇尽皆撤去，只剩白茫茫一片，挽联孝幛，铺天盖地，经忏之声，缭绕不绝。

三十四

谒山陵花衣乘火车
表忠忱素服见御驾

盛曰:二十余年不过坚韧办事而已。至于利息盈亏,皆商股受之,局外不知,辄以利权独揽为诟病

忽一日,盛府门首鼓声大作,丈八灵幡无风自动,支宾高唱:直隶总督北洋大臣袁大人到——

袁世凯来盛府吊丧,盛宫保应声出到灵堂,于灵位侧前跪下。这袁世凯讨根孝带子扎上,于盛老太爷灵前行了大礼,干号数声,转身执着盛宫保的手抚慰道,喜丧,喜丧。世伯大人就是个人瑞,真正福气。

说着,便请嫂夫人出堂受礼。盛宫保逊谢不遑,袁世凯定要拜见,盛宫保只得孝幔后唤出庄夫人来。袁世凯一见便寻拜垫,意思是要叩头。盛宫保赶紧扯住,推来让去,总算袁世凯揖一揖,庄夫人福一福,平礼相见方罢。庄氏即退,盛宫保让客,到小客厅待茶。

原来盛宫保报了丁忧,按例守制,即作书一封,请北洋大臣委员来接差使,本意不过是派些个人顶个名做做样子,公事仍由自家说了算,毫无掣肘。不想袁世凯自接掌北洋,大权在握,雷厉风行,把直隶整肃出个气象一新。只是实业不曾到手,时常闹穷,新近又包了庆王府常年日用开

销，北洋经费更是吃紧，早就有染指轮船电报这些个金荷包的打算。

却好盛宫保要做表面文章，袁世凯正中下怀，便乘着回项城葬母，朝廷赏假之便，来沪吊丧。半道里，还到汉阳弯了一弯，由端方引着看了铁厂，见是个赔钱货，暗暗剔除不取，专意轮电二局。可怜盛宫保还莫知莫觉，以为袁世凯特来慰问，感慨万千，还礼时几乎多叩出一个头来。

用过素点，这袁世凯开言道，我要请教。杏荪兄今在制中，暂脱剧繁，这轮电二局，是北洋一力办起来的，弟定要守住，不可教户部以增收度支为名，括入囊中。目今既要差人护印，日后还是萧规曹随么？盛宫保精力不济，随口道，船宜商办，电宜官办。袁世凯道，愿闻其详。

盛宫保道，为的是船局商人吃本甚重，还是商办好些，电报则事关晓谕政令联络军情，自以官办为上。袁世凯道，原来如此，受教了。遂转个话头道，听说南洋公学生员闹事，这又是为的甚么？盛宫保听了心烦，叹道，本来小事一桩。为了一个墨水瓶，竟弄得起了学潮，总办不得人，真教人窝囊得很。

袁世凯道，这汪凤藻亦是做过驻日公使的，怎么连一个学堂都管不好。既然生员要退学，不如就此停办，岂不是省下一笔经费。盛宫保摇摇双手，急急道，不可，不可。慰庭有所不知。这学堂一向办得好好地，因经费半由商民所捐，半由官助，我参照西制，定名为南洋高等公学堂。现今已有了师范院、外院、中院、上院四个院，又添设了译书院。上年北洋大学堂教德国兵占了，我费不少气力，将师生接到上海，转入南洋公学继续学业。只为天长日久，学生知识渐开，日习西文西艺，阅读外洋书刊报章，逐步接受西洋民主思想，于封建制度有些抵触。

一说说得气喘，却言犹未尽，呷口茶水道，然培养专业人才是首务，学子中多有翘楚。王宠惠已从北洋大学堂法律系毕业，拿了钦字第一号考凭，现在南洋公学聘为英文地理教习。如今岂可为件意外小事，因噎废食？国家需才孔殷，南洋公学必须维持。一席话下来，袁世凯口上称善腹中暗诽,却也不遑多辩。

一时丫鬟来请入席。因盛府晓得袁大人无肉不欢,只上了一大盆罗汉斋,余者皆是荤肴。不想那鸡枞猴头口蘑加松露竹荪诸事干烧的罗汉斋,倒对了袁世凯脾胃,因是豫东人,喜面食,讨荤油银丝面来,将那罗汉斋大勺舀起,盖在面上拌了,就着色若鹅黄的洋河高粱,吃了一碗再一碗。这袁世凯食量颇宏,兴头上掉句文叫菜道,这蒸鱼最好,有再享一器之口福否?

盛宫保即示意再上一盘。那丫头噗嗤笑道,府里从没有蒸鱼,怎么上呢? 盛宫保轻斥道,没规矩,叫上就上,还不快去。不想袁世凯面上虽已泛了酒红,却灵清得很,听见了笑问道,怎么,哪里不对? 盛宫保歉然道,不瞒慰庭说,蒸出来的鱼有水汽味。这鱼是用油满浸了盖紧,上蒸笼焐熟的,下人叫它焐鱼。袁世凯恍然道,我说怎么蒸鱼跑出这个滋味来了,家去我那黄河鲤,定然照此做法。

盛宫保晓得袁世凯吃那黄河鲤鱼,是网捕出了水即放在大木箱中,注入温熟猪油冻住,装车运到天津保定的,食之如鲜鱼一般无二,此时却也无心多谈食经,唯唯而已。片刻丫头端了焐鱼来,袁世凯细看那丫头,也不动筷,眼睛里好似放出两条线,只在那女子身子上绕,待回到保定,便差人来讨。盛宫保抹不开脸面,犯了难,倒是这丫头的妹子,情愿到袁府执役,便李代桃僵,妆裹妆裹送了过去。

转瞬到了岁尾年头,朝廷连发两道谕旨,派袁世凯兼电务大臣,吴重憙会办,接掌电政局;杨士琦接手招商局为总理,徐润会办,单把个汉阳铁厂撂与盛宫保赔钱。一时官场商场群议沸腾,都说盛宫保怕是圣眷衰了,断了轮电这两个揭注,汉阳铁厂只好吃西北风,还如何办得? 连洋人也来凑热闹,《捷报》以"多么巨大的下跌"为新闻标题,评论盛宫保之仕途失宠。

及至袁世凯将电报局改为官办,却不退商本,众人又念起盛宫保的好来,纷纷寻来诉苦,务请设法圜转。盛宫保一头安抚商众,一头却在心里盘算,怎么着借些洋债来救急,好将糜去十余年光阴,耗尽千余万成本的铁厂,维持光大。想想当年草创汉冶萍的同道,如李明墀张斯桂钟天玮诸君,多已飘零星散,遂指派年富力强的铁厂总办李维格出洋,赴泰西各国参观那些大钢铁厂,考察其工作精奥之大端,借他山之石以攻错。

这盛宫保正殚虑铁厂前途,忽接朝旨,命赴津与直隶总督会商恭办谒陵大差车务。原来太后忙了一阵,兴百废,复百业,见大局初定,便欲拜谒山陵,告慰祖宗。这回老人家开通了,要坐了火车去,着落在管铁路的盛宣怀与管地面的袁世凯身上办差。庄夫人闻讯,只得指挥丫鬟仆妇打点行装。这日见身边无人,觑个便说与盛宫保道,袁某人手段厉害,巧取豪夺,老爷着了他的道道了。于今他管着北洋,事事牵手牵脚,老爷须在京里另寻路头方好。

盛宫保正负着手,在廊上闲看那鹦哥剔羽理翅,听夫人如此这般,懒懒问道,甚么路头,怎么寻法?庄夫人道,老爷不要不上劲,这也是没法子的事。听说皮小连虽是太监,荣宠得很,太后言听计从,官员若要升迁,多有走他门路的。上回,黄观察接老爷的任,也是托的皮宅,花了七八万银子,还说醇王福晋也在太后前说了话,才放的津海关道。

盛宫保笑道,这些龌龊事,你倒晓得?庄夫人道,老爷为官作宦的,夫妻一体,我虽是女流,也难置身事外。这世道,人皆如此,若是清高,就落了单了。我看庆王爷与荣大人府邸,老爷要走动走动,冷灶热烧,也还不晚。就是门子人等,亦该花些小钱,宰相门下七品官,小鬼跌金刚呢。老爷向来不送门包,这些人心里不知怎么怨,还有个好话吗?就是我家门上,来人亦要递红包,何况京里那些高门楼大宅子?今后,炭敬冰敬多要从丰,节敬更要丰腴。

盛宫保听了,微哂不语。庄夫人道,想是那些京官旗人,附庸风雅的多?我理出来四五十幅历代名人字画,只在这几个画箱里放了,目录掖在皮护书里，老爷到了京里看着处罢。盛宫保正待开口，见管家领着随从进京的家人上来，便住了嘴。庄夫人一一指派停当，方才去佛堂做她每日的功课。

这日盛宫保启程。出门时，见门房龙钟了些，心中一动。这黄荣当年原是盛康亲随，盛宫保念他家下老人，年迈体衰，便教他做了司阍，又送他儿子入了电报学堂，谋份职业。想起父亲殁时老黄头那老泪纵横的模样，遂问道，雅堂近日可有书信与你？老黄忙笑道，有信有信，年前还托人送了好些吃食来，我看他滋润得很，全仗宫保赏了他这么个好差使。

盛宫保道，雅堂于今也管着一个分局子，薪水花红不少，你还不回家享享福，做你的老太爷去么。老黄道，宫保说笑了。他原也要接我去，几回我都没有应他。我在府里这么些年，惯了，就像家里一般，只要一天走得动，就一天看好了这大门。盛宫保见说，也就罢了。忽又想起，笑道，我看你那孙子，倒是一副福相，将来怕不有贵人提携。老黄张了落齿的嘴，笑得合也合不拢来。

到了天津，盛宫保不过与袁总督攀谈一番，乘火车到西陵跑一趟，替太后皇上压一回道罢了。恭办谒陵车务大差，直隶路局这边的胡燏芬，芦汉路局这边的陶湘，早已开动，说定了各管一段。袁世凯心活，授意属下先看陶湘是何办法。

这日，陶湘请大内总管李莲英先来阅车。李莲英于站台下了轿，登车入厢。迎面晶光明亮一座玻璃屏风，转过屏风，豁然一大间，七宝龙座居中，皮影宫灯悬顶，壁缦明黄丝绒，古董挂屏，灿然满目。四周摆黄缎绣围长桌，陈设文玩、玉器、法贴诸事。地铺本色洋毡，踏足无一丝声息。宝座后侧两边有门，左手是夹道，通后车。李莲英轻推右门，入眼是张横置的西洋大铜床，朝着车窗，黄幔床帏，床上牡丹彩凤裀褥锦被靠枕俱全，脱口便说了声——晓事。

再看床侧小门内，是个绣墩。李莲英知是如意桶，去了锦套开盖一看,底铺黄沙,上头注一层水银,不觉连连点头。回过身来,对着陶湘大拇指一翘,赞道,这床安得好。佛爷闲来烧两口福寿膏压压胃气,方便得很。陶湘忙握住李莲英的手,笑道,总管说好,盛大臣就放心了,也不枉我等辛苦一场。李莲英见翘起的拇指上,多了个通体碧绿的玻璃翠扳指,拨一拨水头十足,眯起眼笑道,咱们自己人,又和我客气。不过有一件,陶执事记好了。万岁爷的车里,一应摆设必得比照这边,不可有半点异样。说着又探过头,放低了声道,佛爷不愿耽个看低了皇上的名声,明白?

陶湘连连拱手,称谢不已。及至下车临去时,李莲英指着车门下那几级铁踏板,摇头道,这上车下车可真不方便,欠妥贴。这趟谒陵,两宫主子带着王公大臣,是要着大装穿花衣的,要是佛爷脚下这花盆底歪一歪崴了脚,你这差使办砸了不说,先就送了我的忤逆了。怎么也得想个法子,弄平稳了才好。

听说李莲英来看了车,袁世凯带着人也来了。盛宫保偕袁世凯上车,袁世凯见了那壁上桌上的挂屏古董,惊怪道,点景倒是上佳,只是这车一跑起来,震动了跌下来打碎,就是大不敬的罪名,哪个敢当?盛宫保笑道,教他们开到最快速度,如有移动再说。遂吩咐开车,一个钟点一百里。

车一动,袁世凯细看陈设,皆非等闲之物,便问,办差如此仓促,怎么一下子搞来这么多好东西?盛宫保摇头不知。陶湘赔笑道,是后门刘麻子内铺里的物事,原本就是大内珍品。袁世凯拍拍陶湘的膀子,笑道,得窍,得窍。接着便细细讨教。说话间,这车往返已跑了两点钟之久,满车陈设浑然一体,如生成一般。袁世凯大赞,暗暗吩咐左右,一切照此办理。

这陶湘还来不及高兴,忽道宫里传话出来,连忙赶去海淀彩和坊李宅听信。李莲英那个侄子,自叔叔发迹,便是头戴马聚源,身披瑞蚨祥,脚踏内联升,腰缠四大恒。这不正等着,告道,家叔上复陶老爷,上回看花车,回宫即奏明了佛爷。佛爷说,车上这么光鲜,太过了。吩咐,下边跟着去的人小心些,免得打碎了,要添陪累。家叔说,上头既有这个恩典,该当盛大臣知道。

陶湘忙谢了。李侄嬉嬉一笑，搬着指头道，上回盛大臣送的那十二只大水碗，玉镜纸磬四个字包圆了，二叔爱得甚么似的，陶老爷下回来，也替我捎一套，好不好？陶湘一拍大腿道，行。大侄子喜欢，还有甚么说的。不过你可耐得住性子？白如玉、明如镜、薄如纸、声如磬，难得啊，那可是江西定烧的，开了多少窑，才得了这么一套。

李侄笑道，我就知道，哪那么容易就得了，我与陶老爷玩笑呢。陶湘道，我可不玩笑，有你的总有你的，看你造化罢。说着忙忙回来，与盛宫保说了李莲英透出来的口信，随即制了两指宽一指长的黄签条，一一标在花车里的珍玩上。回头刘麻子那里仿单开出来，不多不少十四万银子。陶湘晒道，你这个帽子戴得也太宽了，把这个零头去了罢。

刘麻子笑道，就这些还嫌多了？是您陶老爷嫌多，还是盛大臣嫌多？得，这几吊银子还嗑牙花子么，哪天上头一高兴，不定还把崇文门监督的差使赏了下来呢，那可就发海了。告诉您罢，袁宫保那边刚送了十六万过来。说着，就手将陶湘那叠四大恒的银票一抄，收进柜去。陶湘哈哈一笑，摇头自去。

三月，两宫谒陵。有旨意，除随扈王公卿贰，所有该管大臣俱在保定迎驾请安，工部左侍郎盛宣怀丁忧在制，例不入觐，特准素服冠顶迎驾。癸亥日，皇上出宫。寅刻，诣先农坛行礼。辰刻，奉皇太后启銮。到了站上，太后见一个坡桥，彩毯铺垫，正对着花车门，与车厢齐平，斜斜落地，宽心大放，遂扶着阑干缓缓步上了车。

进了车厢，果然如李莲英所说，又舒适又堂皇，及细看陈设，黄签条上俱写着"臣盛宣怀恭进"，笑着摇了摇头。待皇上登了车，庆王那顶大轿子被内监一拱，上不去了，顿时挤成一团。那站长赶紧近前弹压，内监见是个张牙舞爪的洋人，如鼠见狸，乖乖上了后车，再不敢放肆。好在太后不曾看见，省下一顿扳子。

一时车过保定，停车进膳。月台上，穿花衣的官儿一大片，匍伏于地，唯盛宫保素色服饰夹杂于中，这恩典，可真是独一份了。太后边用膳，边随意撤下菜来赏赐人，听得车厢外谢恩声此起彼伏，不觉微微一笑。盛宫保蒙赏的那一器，是福字鱼翅熘鸭条，御膳房出的菜，料丰量足，可惜海味发物吃不得，又不敢送人，落下个"大不敬"的罪过，只好讨个坛子装了回去。

拜祭过列祖列宗，两宫驾返紫禁城。这回太后一路安逸，慈颜大开，传旨此次谒陵所有经过之宛平、良乡、涿州、新城、涞水、易州、房山、清苑、定兴、安肃各州县地方，免征本年钱粮三成。念及恭办大差之人，召盛宣怀入宫觐见。及见盛宣怀神形消脱，不复当年之气韵饱满身形健硕，心里倒有点难过起来，想是庚子以来，当差当得够呛，便煦煦问道，盛宣怀，听说你近来时常卧病，身子到底怎么样，要紧不要紧？

盛宣怀叩首，回奏道，皇太后慈怀，臣感激涕零。臣自那年在山东，治理小清河受了风寒，落下个喘咳的病根，时好时作，劳累了就要发病。臣习以为常，不当一回事，力疾从公。太后道，当差要紧，身子亦要紧。请太医瞧了没有，下的药可见效？盛宣怀道，臣办的广仁堂有个郎中，吃他的药倒还对症。太后道，喔，那还罢了。眼下春寒未过，衣着须保暖才是。

说到保暖，太后想起西狩时，将到未到西安，路上寒冷，多亏盛宣怀差人间道兼程送上四件狐裘，身上似有一股暖意漾开来，不禁抽出帕子来拭眼——

三十五

祈福泽玉佛享道场
进灵药太后赐仙岛

盛曰：恩不可忘，怨则不可不忘。佛法戒嗔，吾尤致意。彼下石倒戈之徒，吾惟以大度置之，静俟公论之评判而已

且说太后召见盛宣怀，想起西狩路上的辛苦，伤感道，唉，有二三年了罢，我君臣总算又见着了。那回，我和皇帝可遭难了，好些日子没吃少喝的，住的那个地方，比大车店还不如，洋兵又在身后撵着，真教人糟心呐。

盛宣怀见说，赶紧碰头道，两宫车驾蒙尘，臣等罪无可逭，实实该死。太后摆手道，不是这么说，君臣各有各的难处——直待熬到西安，铺开了摊子才理起事来。喔，你送来的那一方玉玺，可派用场了，不然廷寄也发不出，只好用电旨。那电报可真是个好东西，转眼就到，孙宝琦译字码也快，要是用八百里加急，行在京里的往来，好多事就办不成了。

盛宣怀道，臣等颟顸无能，全仗皇太后齐天洪福，扭转乾坤，再造社稷，眼见得又是一个中兴局面。太后哂道，这是上下一心，同仇敌忾，才守住了宗庙江山呐，要不是你们几个力保东南，怕就没有今天了。这回上西陵，我在祖宗神祇前许了愿，一定要把咱们大清光复起来。盛宣怀，你可听见了？

盛宣怀道，振兴大清，那是一定的。只怕臣驽马劣质，难副其实。太后道，我和皇帝都知道你能干。听得说，你有开源节流的法子，每年国库可凭空多出一二千万银子来，那是多大的好事，赶快办成了啊。盛宣怀道，皇太后说的，就是商约谈的洋税和厘金，已与英、日两国订了约。只是英国政府以为吃了亏，要撤了马凯，怕是还有反复。

太后道，在西安，朝廷就宣示要行新政，现在有的已经推行，可这洋人也要入调啊。你看看，白纸黑字的东西，还要反悔？盛宣怀正待回奏，忽听皇上开言道，免厘加税很好，税厘并征也成。盛宣怀，你要守定分际，把商约一国一国的谈成了。盛宣怀叩首道，遵旨。臣草木余生，极应知难而退，唯近年以来，受朝廷特达之知，臣惶恐无地，只有当一日差，尽一日心而已！

这盛宫保下来，才回到钟鼓楼小石桥胡同宅中，袍褂未卸，即听院中高唱，盛宣怀接旨——原来是太后有赏赐，乃是福字、匹头、饽饽、肉食四色。盛宫保忙开了赏封，打发内监高高兴兴去了。及看那匹头，比那年荣城海里打捞上来的贡品，差了好些成色，心想苏杭织造衙门也比不得从前了，大约是蚕丝及颜料上打了折扣，可见庚子年这一场大乱，扰民之甚，洋人搜括之狠。

谁知一盏茶未毕，报丧条又到，一看是荣禄殁了。这盛宫保不觉一声长叹。想上年刘坤一下世，朝廷少了个中兴名宿，眼下又去了一位克难重臣，比之于那些颠顶的王公贵胄，这两位是能干得太多了。盐梅干城，一时凋零，大清这国运，真正气数！瞻前顾后，思竭神倦，便甩甩袍袖，回后堂早早上了炕。孤灯枯卧，无趣得很，恍恍惚惚，又念起一个人来——

那是前年，盛宫保冬瘟引发痰喘，又恰值李中堂逝世，忧病交攻，病象甚是不好。幸得不忌西医，痛下针剂药石，方才渐渐痊愈。然俗话说，三分病，七分养，一应看护服药喂食出恭擦抹添换解袄穿衣，无日无夜，俱是刘海服侍，真正到了衣不解带，握发吐哺的地步。到得盛宫保病好，却把刘海这么个皮实身子生生累垮了。人原是吃力透了硬撑着,不幸又染了时疫,内劳外感并发,躺下便起不来,人事不知,时不时胡言吃语。

盛宫保赶紧延医调看,俱说凶险难当,但愿吉人天相。勉强开个方子,灌下全不见效。眼看爱妾一日日憔悴,一天天消脱,慌得盛宫保焚香祷告,求神拜佛,几几乎说出愿以身代的话来。到第五天上,群医束手,不道刘海偏偏挣了眼,神清气爽,面上泛出晕红来,眼睛水灵灵的,满地里寻人。到底盛宫保有了几岁年纪,怕是回光返照,忙赶来抚着她的额,笑道,你大好了,想吃些甚么?

这刘海一把抓住盛宫保的手,嘶声笑道,爷,我好了。只是不再服侍爷啦,要去服侍玉蓉姐了。盛宫保一听心酸,含在眼里那泪差点滚落下来,忙强笑道,这些天你水米不进,怕是饿昏了罢。说着一迭连声叫人快做羹汤。刘海道,我不吃呢,爷陪我说说话罢。盛宫保于床沿侧身坐了,刘海遂道,我这半辈子,是又开心又不甘心。开心的是,随着爷跟走了这么些年,不甘心的,是不能替爷送终。不过,爷送我也好,省得我伤心……

盛宫保道,又说胡话,还嫌吓得我不够么。刘海道,我灵清着呢,别打乱我。爷啊,我走了,我那一双儿女,就交给爷了。这盛宫保再也忍不住,带着哭声道,你不用耽心。老五与他姐姐,还等你好了自家照管。刘海道,我不耽心。只看爷怎么待四小姐便知,替她寻了邵府这么一个门对门的婆婆家,阿蕙一天回娘家三趟,也是容易……我,还有甚么不放心的呢……

说着一阵气喘,渐渐就不出声了,那手,却抓得盛宫保生疼。堪叹这刘海韶华正好,就这么走了。盛宫保哭得甚么似的,想这刘海最是忠心,自王蓉殁后,到东到西,都是她跟着,嘘寒问暖不用说,但凡有甚么烦恼事,教她笑笑闹闹,三言两语就化解了,因是越发伤心。

自打刘海不在了,盛宫保好一阵心里空落落的,身边亦空落落的,甚是不惯,亦是不便。欲待再寻个贴身丫头料理琐碎,想来要色色称心的,必是难得,粗蠢的呢,还不如不要。倒是长毛状元王韬体贴,一眼觑破老友后堂乏人,量珠聘姝,慨然相赠,无奈庄夫人不中意,也就拖了下来。只为盛宫保不愿将就,任凭房中久虚,真个是多情去后香留枕,好梦回时冷透衾。

这盛宫保正在胡思乱想,忽报陶湘送了急电来。盛宫保一看,豁然起身,叫一声道,这还了得!电报是上海来的——通商银行发现了假钞。原来大正月里,有个钱庄伙计,拿着一叠通商钞来银行兑换。柜员验钞,见内中几张十元面值的,花纹较淡,摸模纸质较粗,心知有异,遂剔出拒兑。伙计不明就里,与柜员起了争执。经理闻讯出来,问清缘故,伸手蘸些许水,就钞票上来回一捻,两指俱沾了颜色,再看那钞票时,正反两面落下指痕,模糊一团,当场断定是假钞无疑。

须知通商银行草创之初,为使纸币流通顺畅,盛宫保煞费苦心,照汇丰银行规制,用精品纸张精良机器制造,全部在英国本土印刷。所发纸币有银元票、银两票两种,银元票面额分一元、五元、十元、五十元、一百元五种;银两票分一两、五两、十两、五十两、一百两五种。钞票正面为中文,背面为英文,与现银子相辅而行,颇有信用。

通商银行有假钞!消息传出,上海市面大哗。钱庄向来与银行不睦,此时不免幸灾乐祸,纷纷拒用通商钞。那些手中有通商钞的商家市民,也怕钞票成了废纸,争先恐后涌到外滩通商行去兑换现银。

哪知,通商银行又验出伪钞,除了十元钞,还有五元钞,柜员当场撕破,盖上"假币"字样。经理为安抚储户,特别派人将伪钞贴在大门旁边,同时贴了辨别伪钞的说明,只是人心惶惶,从众者愈众,仍然挡不住那兑现的人群。总经理张振勋见挤兑之势已成,一面报请董事长严信厚召开董事会商讨对策,一面急电京师盛宫保告警求援。

此刻盛宫保阅电,立时吩咐上海方面,无论何人,随到随兑,全力维持信用,倘现银不足,请沪上诸洋行施以援手。再则,赶紧知会上海官府捕房,尽快捉拿造假之人。陶湘忙忙地去了。上海张振勋接电,自然照办,延长营业时间,节假日亦开门迎客,一天即兑出现银二十万。

尽管如此,通商行门前依旧人潮汹涌,巡捕房见外滩交通为之堵塞,调了消防水龙来驱散人群。张振勋见事急,只得向汇丰银行求助。那洋大班心里清楚,虽然伪钞造的是通商行的假,然挤兑连锁反应会引起整个金融界信誉大跌,后果无法逆料,遂同意通商行以库存金银质押,换得汇丰七十万现银子救急。

这边通商行开闸放水,那边造假人如鱼得水。隔日,有个西装革履的男人到汇丰兑换现银,手持四千元通商钞,全数均是伪币,倒将柜员吓了一跳。那洋大班想,华人根本不懂什么是伪钞,更不用说拥有造假的技术,数额如此巨大,只有外国人做得出来,却还贪心不足,竟然骗到我盎格鲁-撒克逊人头上来了。遂紧急通知巡捕房,密派包打听来,盯住那个穿洋装的。

跟踪到家一抄,果然逮个正着。原来这是个日本人,叫中井义之助,在上海做贸易。大约是嫌银子来得慢,遂联络几个日本浪人,造起假币来。这伙人在大阪郊区秘密仿制的中国通商银行钞票,有十元与五元两种票面,第一批共三十万元,经九州分批偷运到上海中井家,通过在沪日本商社流入市场。

盛宫保得报,致电大清驻日公使蔡和甫交涉。日本政府见人脏俱在,派警察端了大阪造假窝点,将中井同犯一一抓获,销毁了机器及假钞。蔡和甫要求追究罪责,日外务部称,对伪造他国钞票者,日本法律无规定惩治之专门条文。偌大一个案子,就此了账。

有人传言,那中井义之助本就是日本军部的人,因无实据,只好看着他逍遥法外。而挤兑风潮只短短几日,各方回笼的假钞就有二三十万元之多,自然全数由通商银行埋单。这起伪钞案,猛打起步不久之中国银行信用一闷棍,重创中国民族金融业,直接造成通商银行揽储及放贷业务急剧萎缩。

日本人扰乱中国金融市场，竟然不了了之，盛宫保这一气，气得又喘起来。恰好上海来了消息，玉佛寺已然竣工落成，择日开光，盛府乃大施主，须去随喜。盛宫保想想，不如就此回沪养疴，做做出京的准备，及闻说太后新近得了个皮肤瘙痒的毛病，便取随身带京的丸药，拣出一服"王母冰肌丹"，进了上去。

太后听得是盛宣怀所进，广仁堂所合，专治湿热内蕴，慈颜大悦，遂放心服用，幸喜甚有效验，想这盛宣怀真个体念我老年人的苦处，倒要好好谢谢，最好赏他一个天方采药之处，也好合出些延年益寿的方剂来。一念到此，便唤驾前女官，吩咐道，盛宣怀进的药对症，我要把东洋大海里钓鱼台，还有黄尾屿赤尾屿那几个岛子，赏与他家采药。你写旨意去罢。

且说钓鱼台、黄尾屿赤尾屿这几个岛，古来便是我炎黄子孙渔猎之所，亦是采药之处，亦是中土到琉球必经之海路。自前明至嘉庆年间，历代册封使臣赴琉球，代天册封琉球国主，多有诗文记之，屡屡提及这钓鱼诸岛。钓鱼岛基岩裸露，尖峰突起，虽缺乏淡水，山茶、棕榈、马齿苋随处可见，仙人掌遍地丛生，长得矮且粗壮，却多的是名贵药材，太后所服丸药，内中有一味"海芙蓉"，便是采自岛上岩石缝中。

钓鱼岛与东南方的北小岛南小岛之间，有条三百多丈宽的蛇岛海峡，波平浪静，乃是天然避风港湾。湾中又盛产飞花鱼，我台湾基隆及苏澳渔民，靠此捕鱼为生。赤尾屿即《山海经》所载之列姑射仙岛神山，屿方而赤，东西凸而中间凹，凹中又有一峰。黄尾屿陡岩峭壁，屹立于海中，乃海鸟栖居之所，每年春夏之交，海鸟遮天蔽日，鸟蛋俯拾即得，故又称鸟岛。此处龙虾尤其肥美，体大如鸭，阴暗处石缝中有蜈蚣，身长盈尺，或红或黑，偶出日色下蜿蜒，熠熠有光，向为治风痹之不二良药。

且说那御前女官奉了懿旨，自去偏殿写诏。恰巧圣上走过看见，便进殿问道，嵘龄，你在写甚么？这女官赶紧行了常礼，回道，皇上吉祥。嵘龄在写诏书。圣上道，喔，嵘龄成知制诰了，今后朕要叫你上官婉儿啦。女官道，皇上又打趣嵘龄。这个封赏，嵘龄承受不起，嵘龄可不敢做婉儿，免得教唐玄宗杀了。

圣上听了，展龙颜一笑道，你倒晓得这些典故。女官道，请问皇上，太后有旨意，为甚么不由军机承旨，而要从大内发出？圣上道，这叫"中旨"，古来由人主于内廷亲自颁下，不经内阁走……，女官忽道，啊也，光顾了与皇上说话，漏写了一个字，可了不得了，皇上救我。圣上取过诏书一看，乃是：

皇太后慈谕，太常寺正卿盛宣怀所进药丸，甚有效验，据奏原料药材，来自台湾海外钓鱼台小岛，灵药产于海上，功效殊乎中土，知悉该卿家世设药局，施诊给药，救济贫病，殊甚嘉许，即将该钓鱼台、黄尾屿、赤屿三小岛赏给盛宣怀为产业，供采药之用，其深体皇太后及皇上仁德普被之至意。钦此。

光绪十九年十月。

圣上看了，果然末一句"光绪"下少了个"二"字。便道，年头写错了。不过这上边也不对啊，记得盛宣怀是太常寺少卿，丁酉岁末朕升授的，你写成正卿了。女官道，刚才是太后亲口说的。圣上想了想，点头道，哦，是了。戊戌那年，朕裁撤詹事府、通政司、光禄寺、鸿胪寺、太常寺、太仆寺、大理寺等衙门。后来，太后命朕尽皆恢复，所有堂官衔加一级，那这少卿就是正卿了。太后记性真好，倒是朕，未老先衰。这么着，你重新写一张罢。

女官道，这诏纸是盖好了太后的玉玺领下来的。圣上道，喔，用过御宝了。其实，太后要赏人东西，亲口说一声就是了，这个诏书有不有，都一样。你还小，不知皇权有多大，平常说的"口衔天宪"这个"宪"，就是法令。所谓朕即是法，就是说，人主说的话，具有法律效力。女官道，那到底该怎么办呢？圣上道，不打紧。你原原本本与太后实说，就说我一打岔，你不小心写漏了。

这女官战战兢兢捧了诏书来见太后,太后正在殿上自己看自己——细细端详美国女画师卡尔小姐画的那张像,画上那太后如四十许人,展慈颜,闪凤目,真正母仪天下的模样。太后一团高兴,格外恩赏卡尔一万银子,吩咐照下相片,留着分赠外国使臣夫人。正说着,转身看见女官跪在地下,便道,旨意写得了么,呈上来看。女官叩头道,嵘龄该死。这道赏盛宣怀海岛的诏书,年月写错了,漏了一个字,二十九年写成了十九年。佛爷开恩,教嵘龄重新写一道罢。

太后笑道,呵,你可真行啊,怎么没写成九十九年呐。不打紧,这又不是国书,就算是十九年赏的好了。女官也是实心,复禀道,佛爷,光绪十九年,盛宣怀还不是太常寺正卿。太后哂道,嗨,你这孩子真不懂事。我的话就是圣旨,君无戏言,我说他是个甚么官儿,他就是甚么官,我说甚么年头赏的他,就是甚么年头赏的,只要有大清皇太后赏大清的海岛给大清的臣子这档子事,就是金科玉律。呵呵,这可真是太后不急,急煞女官了。来,拿上来我盖了这枚"御赏"印,这几个小岛子,就是他盛宣怀家的啦。

盛宫保陛辞之日,太后殷殷道,何故又要出京?也罢,晓得你忙,好好当你的差去罢,记得顾惜身子……喔,我还有物事赏你——

三十六

崇公益红会联东西
通芦汉神州贯南北

盛曰：卢汉一路，乃中国全路之大纲，将来南抵粤海，北接吉林，中权扼要在此，生发根基亦在此，气势畅通，全局自振

盛宫保听说太后有赏赐，便在府中静候，哪知几天不见动静，便不再等，出京回沪寓养苛。原本入了夏，咳喘多有好转，今年却不行了，延医调治了个把月，方才渐渐平服，尚不胜繁剧，只能到书房理理那愚斋文稿。

庄夫人见了便道，老爷作疾这么久，可见时常在外，起居不便，身边是也少不得人。柳姨娘秦姨娘二位，都有了几岁年纪，各有儿女，再随老爷四处奔波，是不能够的了。上回长毛状元说的那个女子，又不甚合适，我看这些日萧霜侍疾，倒还尽心，不若我摆几桌酒，老爷就纳了这丫头，如何？

盛宫保见夫人口气活动，谅有勉强之意，遂淡淡的道，又麻烦甚么？我也惯了。再说，这丫头是你的臂膀，你身边原也少她不得，不用多事了。庄夫人听了，浅浅一笑道，不管怎么说，老爷的身子要紧。听说宫里递出话来，太后要把东海上仙山神岛赏与我家，我常想，差人去踏看踏看，那岛上的草木沾了仙气，若能合药，老爷服了，兴许就断了病根了。

盛宫保道，那我就念佛了。说那岛是仙家福地，原是方士神往之词。

若说实在的呢,前明《顺风相送》书载,这些个岛屿,是福建往琉球必经航道途中指标,也是行船泛舟避风歇息之处。同治初年,胡林翼严树森二公编绘《皇朝一统舆图》,清清楚楚标明钓鱼屿、黄尾屿、赤尾屿的位置。那时,我才到武昌老太爷督粮署中不久,亲眼所见。你倒提醒了我,我原想着,待太后赏了下来,派人登岛步测,丈量了画成图稿收在家里,连那道颁赏诏书一起,传之子子孙孙。这虽不是甚么丹书铁券,也是皇家的恩典,不可等闲相看。若说那岛上的药材,吃了长生不老未必,治病救人是一定的。

庄夫人道,那是自然。大凡积善之家,必有余庆。就说老太爷捐钱舍地建造菩萨道场罢,是多大的功德,自然延及子孙。目下,玉佛寺开光在即,堂头大和尚特为差典客僧奉了教帖来,再三致意,请我等去随喜呢……

原来光绪八年,普陀山僧人慧根云游五台山,峨眉山,一路向西,经西藏到印度朝圣,辗转到了缅甸。因见缅甸多藏美玉,便发个宏愿,要请尊玉佛到东土普度众生。遂募化白金二万余两,请准缅甸国王,开山取玉,经西域能工巧匠精心雕琢,得玉佛五尊,饰以宝石巨珠,真个是金容汇合月,七宝庄严相。又得华侨陈君普赞助,万水千山迎到国内。途径上海,眼看普陀不远,选定的座驾——招商局的江天号轮船,却因无有起重机器,请不动菩萨法身上船。亦是有缘,盛康听说了,便赶来恳请慧根,先将三尊小玉佛奉归东海普陀山道场,两尊大佛暂留上海,受信众瞻礼供养。

见盛康心诚,慧根法师欣然允诺。光绪二十六年,盛康捐出江湾地皮一块,法师便在地基上建起这玉佛禅寺来,三年落成,占地三十三亩。寺基三亩,寺屋四进七十二间,宏大齐整,金碧辉煌,依"伽蓝七堂"制度,主殿三重,七开间,五进深。头进天王殿,前有弥勒,后有韦驮,双侧四大天王护法。

中进大雄宝殿,如来世尊趺坐莲花,丈八金身无限慈悲,头上藻井九龙吐水,两边罗列二十诸天,佛祖身后乃海岛观音,十八罗汉环侍;后进便是玉佛楼,供奉玉佛。两厢观音堂、铜佛殿、卧佛堂、怀恩堂、禅堂、斋堂齐全。道场崇闳壮丽,蔚为巨刹,比肩沪上静安、龙华、庆宁诸大佛寺。

开光之日,盛宫保庄夫人双双莅临观礼。这玉佛禅寺祥云缭绕,宝光氤氲,法幢交叠一重重,佛幡罗列一层层,香烟袅袅,佛乐声声。吉时,洒净毕,维那高唱:迎请主法大和尚——登时钟鼓齐鸣,本照法师转出观音堂,一路香花灯烛,高僧仪仗夹护,缓缓步上接引殿,面佛端立。维那举赞,法师拈香礼佛;维那声馨,法师合掌念曰:万德庄严相,法性清净身,湛然应一切,普利济众生。念毕,牵动黄丝绳,启开帷幔,尽显佛祖法身。维那三颂本师佛祖圣号,法师率大众香花迎,香花请,一心奉请佛祖居慈莲座,降临道场,向佛合掌祝曰:

伏念众等,幸蒙世尊教法,实渴仰于胜净妙明,仰赖大慈开迷,取图报于紫金光聚,既以和土范金、圆成宝相,用是诹吉选日,开点灵光,伏愿现实相,放无量光。巍巍莲座,作群生低头礼敬之因,昱昱金躯,示弟子瞻仰如来诸佛菩萨,依相庄严,光照十方。

维那举唱,法师宣道:今者,玉佛禅寺南无释迦牟尼佛,佛相塑装金身,功德圆满,特为开点灵光——侍者应声奉上佛巾、宝镜、法笔。法师依次拂佛、照佛、点佛。维那举开光咒,举佛宝赞偈,大众同念佛号;维那举吉祥颂,大众同颂,三皈依。

礼仪毕,本照法师引领善男信女登玉佛楼,瞻仰玉佛。玉佛高六尺许,结跏趺坐,左手掌心向上,安于左股,作禅定印;右手自然下垂,手指触地,作触地印;法相整百宝之头冠,动八珍之璎珞,袈裟饰百十颗宝石,臂钏拢三五条金带;面如满月,眉如新钩,双眼半开,微含笑意,无论从何侧礼拜,佛祖均是安详注视信众,愈显佛法无边,慈悲无限。再至卧佛堂,原来佛祖侧卧榻上,右手支颊,身披袈裟,右肩偏袒,面带微笑,宁静安详,乃是个涅槃相。

　　这两尊玉佛,便是当年慧根法师自缅甸迎归,盛康奉请于沪上之佛像,通身均由整块白玉雕琢而成,晶莹剔透,宝气盎然。本照法师又请观看乾隆大藏经,此经有一百七十八函,一千六百六十二部,七千一百六十八卷,乃佛门至宝。瞻仰毕,一干人下得楼来,本照法师便请盛宫保庄夫人寺中随喜。这本照法师乃是慧根法师弟子,学佛有年,颇有夙根,于今便做了玉佛寺的住持。盛宫保庄夫人随至方丈饮了香茶,用过素斋,告辞回府。本照法师送至山门,殷殷话别。

　　盛府做了这偌大一场功德,为先老太爷祈了福。果然积善余庆,中秋佳期,朝廷电旨到来,赏袍褂及普洱茶,又赏加盛宫保尚书衔。尚书从一品,品秩高于正二品的总督,自此到东到西,疆臣俱要奉为上座。庄夫人好生欢喜,倒是盛宫保淡淡的,将普洱茶供于盛康灵前,上奏谢了恩,但凡贺客临门,一概不见。遂于八月十八这日,扶了盛康灵柩,启程赴江阴葬父,长子昌颐随行。

　　这昌颐是盛宫保病剧时,从江西归德府任上告假回来侍疾的,于今父病好转,便也不再回任,专一在家孝亲,一如当年盛宫保照拂祖父盛隆一般。这回随父葬祖,想起自小在盛康身边,老人家那种种慈爱,犹似昨日,心里难过,只是怕老父伤感,不敢大放悲声,背地里暗暗洒了一场又一场眼泪。盛宫保念及当年随祖父盛隆躲避兵火,就是从这旸岐坟庄投奔湖北父亲为官之处,一生事功从此而起,而今父祖俱殁,感慨万千,亦是老泪纵横。

　　完了为老人家落葬的大事,盛宫保感念皇恩,回沪便寻那葡萄牙使臣,开议商约。谁知这葡国使臣难缠得紧,好教盛宫保殚虑。又值英国福公司觊觎山西矿路已久,此时发作,盛宫保只得与其角力,坚拒英人非分之想。如此一来,直弄得盛宫保心焦力悴,又现了发病的征兆。

　　然烦心事不止于此,自袁世凯巧取豪夺,掘了招商局电报局这两株摇钱树去,汉阳铁厂断了接济,再无资金注入,已经到了火烧眉毛的地步,而日本对盛宫保的逼诱，也到了无所不用其极的地步。

日本对汉冶萍是垂涎已久，早有吞噬之意，此时见铁厂断了挹注，岂肯入宝山而空归，更是哭着求着，吵着闹着要贷款给盛宫保，为插足张本。日本驻沪总领事小田切之助，驻华公使内田康哉，外相小村寿太郎，制铁所长官中村雄次郎，大冶聘用技师西泽公雄函电交驰，密计诡商，甚至于监视盯梢，将盛宫保一举一动探得清清楚楚。盛宫保欲向德国借款，又被日人搅局落空，百计腾挪，实在变不出钱来，只得以冶矿物产作押，与日本签了借款三百万元的合同，虽是解了燃眉之急，却步上危途，一步步走近日人罗掘之陷阱。

一头按下，一头翘起。朝廷电旨，命盛宫保组织慈善机构，解东北难民倒悬之苦。原来日俄两国，在东三省打起来了。须知这日本早将我东三省视为禁脔，不想庚子那年教沙俄抢先占了，这还了得么，无异是割了日本人的心肝，自咶每拖延一天，甚至一个钟点，都会坐实了沙俄永久占取之野心。自此，处心积虑作武力准备，因沙俄陆军海军虽大超日本，但摆到远东，则日本实力超过俄国。

这年春上，日本正式与沙俄断交，明治当即下令开动。日联合舰队司令东乡平八郎传令全舰开赴黄海，分攻驻扎旅顺及仁川的俄舰，不宣而战，在我东北地面动起刀兵来。夜间，日舰突入旅顺军港，近距离施放十六枚鱼雷，将俄最强之三艘大舰打了个七零八落，声震全城。齐巧俄舰队司令带了军官正在城里举行晚宴，天明方弄清真相，慌忙布置，勉强守住军港不失。

日军既将俄舰窝在港内，陆军便在我辽东貔子窝登陆，背攻旅顺，随即占了狼山，旅顺岌岌可危。消息传至俄京，当年之俄太子已然登基做了沙皇，闻讯大惊，赶紧发兵增援，却是鞭长莫及，陆路军团从欧罗巴洲到远东，火车要走一个半月之久，海路舰队从波罗的海经阿非利加洲南端好望角再到海参崴，全程六万里，更不知何日可到。

　　日军见机，乘势破辽阳，下沙河，双方斗得甚是惨烈，各自死伤了四万余兵将。俄军既败，日军会攻旅顺，终将旅顺拿下，再折兵六万，俄军则又损了四万余人。军港内俄舰欲往海参崴突围，遭日舰队围堵，折损殆尽，自此远东海面归日本控制。俄再纠集兵力，与日军在奉天大会战，一决雌雄，结果又败，损兵折将十二万之多，日军虽伤亡七万，却是奠定了胜局。沙皇既恨当年一刀之仇，又苦今日兵败之痛，怎肯甘心，继续增兵，寄望于欧洲东调之太平洋舰队。

　　这沙俄太平洋舰队赶紧赶慢，直走了二百二十天，匆匆到了对马海峡，阵势却也不小，有主力装甲大舰十二艘，僚舰多多，与日舰大致相当，只是船与炮均不及日军的快。日舰以逸待劳，等候多时，仇人相见，分外眼红。司令东乡率队卯上，在敌前大回头，摆了个口袋阵，抽刀大呼曰，皇国兴废，在此一战！霎时百炮齐发，集中火力猛轰俄旗舰，一袋烟功夫便击伤俄舰队司令，只得退出战斗。

　　俄舰无人指挥，乱成一团，伤的伤，沉的沉，往海参崴且战且退，日舰紧追不舍。夜间，东乡出动大批鱼雷艇及驱击舰，围攻俄国舰队，至晨，俄舰伤亡惨重，再无斗志，悬白旗投降。是役，沙俄损失战船吨位二十七万，阵亡将近五千，被俘将近六千，战舰将将带伤走脱了几艘，几近全军覆没。日方仅失鱼雷艇三数艘，阵亡百余，伤不足六百。可怜沙皇未报得当年之仇，反倒伤了国家元气。

　　沙俄既败，日本也打得吃力了，美国出面斡旋，俄日一拍即合，遂签订朴茨茅斯和约——沙俄承认日本在朝鲜享有政军经济之卓越利益，不得阻碍干涉日本对朝鲜之任何措置；沙俄将大清辽东之旅顺口、大连湾并附近水陆租借权以及有关特权，一概移让日本；宽城子至旅顺口之铁路及一切支线，附属之一切特权、财产与煤矿，均转让与日本；沙俄将库页岛南部永远让与日本。

　　日俄这一场狼争虎斗，终以沙俄大败告结。然而，无辜死伤最众，财产损失最巨者，却是我中华百姓，只因这场战争，发生在大清领土领海之上。当初日俄开战，朝廷无力制止，无奈划辽河以东为作战区，宣布中立，这就是弱国的苦处了，实乃炎黄子孙之奇耻大辱。朝廷自觉愧对百姓，故电旨盛宫保：

日俄大动干戈，非止一日，烽燧所至，我村舍为墟，小民转徙流离，哭号于路者，以数十万计。盛宣怀久办赈济，累有显绩，著该大臣会合南省绅商，筹办粮米，速运关外以解难黎之倒悬。至盼。

盛宫保正与粤督岑春煊、江督魏光焘、鄂督端方函电往来，商议上书朝廷，密陈安危大计。及拜读了电旨，又接新任东三省总督锡良求援电，告以自旅顺迤北，直至边墙内外，凡属俄日大军经过之处，大都就地取粮于民。菽黍高粱，均被芟割，充作马料，纵横千里，几同赤地，冤死兵火者不计其数。盛宫保阅毕，长叹一声，作回书道，赈济难民事，定当身任之，不日即有章程。惟紧要者，凡我利权，当以赶紧自办为保守要着，事机极迫，过此以往，保全无策。切切！

交代过锡良，便来寻亲家商约大臣吕海寰，约了沈敦和、施则敬、任锡汾这些善士，议了个大概的章程。隔日，请来英、法、德、美诸国驻沪领事官议事。盛宫保开言道，此次日俄在我东北领土开战，为害巨大。旅顺工厂被毁，民房被焚，连寺庙也未能幸免。民间耕牛被抢走，粮食被抢光，流离失所之无辜难民几十万人，且遭日俄军兵强迫服劳役，运弹药，冤死炮火者无数，更有众多平民被诬指为间谍，随意杀戮。现在难民冻饿死者日甚一日，亟需救济。

一时连气带急，说得咳嗽起来，只得吃些西洋药水，平平喘，方道，本大臣受中国政府指派，遂行救济任务。经与吕大臣及各位绅士商量，欲仿效泰西，联合英法德美等国成立红十字会，以提高和规范慈善事业之效率，希望得到诸位领事官的鼎力支持。在座那位莅任年头较长的领事官听了，频频点头，操一口流利华语说道，日俄的不义战争，确实使贵国人民遭受了巨大的苦难，世人有目共睹，用中国话说，就是神人共愤。

说着，拿出张新闻纸，扬一扬说道，甚至，日本人办的《盛京时报》也承认，东北民众"陷于枪烟弹雨之中，死于炮林雷阵之上者数万生灵，血飞肉溅，产破家倾，父子兄弟哭于途，夫妇亲朋呼于路，痛心疾首，惨不忍闻。"有鉴于此，我本人同意盛大臣的提议。此言一出，其他三国领事官均表附议，遂议定成立上海万国红十字会，推盛宫保为负责人。盛宫保上奏朝廷，请于会名前冠以"大清"二字。皇上揽奏，朱批：依议。

名正则言顺，言顺则事遂。自此，钱粮医药源源不断，施济于东北。一头忙救危济难之事，一头与葡萄牙使臣签订通商条约。忙来忙去，盛宫保丁父忧之期也满了。大臣服阕，循例须宫门请安，又值黄河大铁桥即将竣工，卢汉铁路全线通车在即，盛宫保必得亲临勘验，便打点行装，择日启程，北上公干。

见盛宫保定了行期，昌颐劝道，元旦祭祖，父亲尚体弱不能行礼，春天正是发病之际，再出远门，大非摄身之道，不如在家节养，待体元稍复，北上治公不迟。盛宫保叹道，你也为官多年，做知府的人了，如何不知国家危急存亡之顷，岂是臣子闲暇安逸之时？但凡挣得动，我挣得一日是一日。庄夫人见状，晓得劝不动丈夫，遂道，老爷少待，我有安排。这回，准定教萧霜随了去，明日请请亲友，就将这女子收了房，贴身服侍也方便些。不然，一大家子都放心不下。

三十七

酿葡萄笑酌葡萄酒
赏丁香挥泪丁香苑

　　盛曰：自立不败，始终不移，必使之有成效，而后荐贤自代，
利钝所不敢计也

　　这日，盛宫保到了黄河边，见那大铁桥造得甚有气势，滚滚黄流，一桥飞架天堑，乃是我中华亘古未有之事，赞叹不已，乘兴又看了正太铁路，遂往京师而来。到宫门口递了请安折，奉旨入觐奏对。适春光正好，太后移驾颐和园，盛宫保进了园门，行了好大一段路，方才到得仁寿殿，早已气喘吁吁。

　　进了殿，这回又自不同，御座设在殿东，太后与皇上隔着炕几同坐一炕，面向西，太后偏南坐，皇上偏北坐。盛宫保趋御案西北隅，行了大礼，侧向太后跪。太后体恤老臣，稍等片刻，待盛宫保喘息初定，方道，盛宣怀，你来了，一路上还好罢？盛宣怀道，臣一路平安，路上只想着早日再睹天颜，兼程进发，竟不觉得舟车劳顿。太后道，是啊，人上了年纪，愈加念旧，我和皇帝也想你们呀。唔，人平安就好，只是这年景——

　　顿得一顿，太后微微皱眉道，听说湘中、淮海发大水，到底怎么样，受灾的百姓多不多？盛宫保道，臣是走水路到汉口起旱，经石家庄上京的，

灾情未见真切。不过据各方消息来看,不是小灾。太后叹道,唉,东北百姓才遭兵火,南边百姓又受水害,这一桩桩一件件的,真不教人省心呐。盛宣怀道,皇太后皇上且宽圣虑,臣于路已想好了赈济的办法。

太后精神一振,忙道,喔,你说说。盛宫保道,上年臣奏准成立了大清红十字会,东北难民多得其助。这回,臣当再筹善款,赈济南省灾民,以体皇太后皇上好生之德。太后道,就知道你有办法,能替朝廷分忧。善款既有着落,我宽心不少,只是朝廷总也要拨一笔银子,暖暖子民的心呐。

盛宫保道,这官赈,臣想截漕亦是一法,还请圣裁。太后道,哦,从京师官民的俸银禄米里省一口出来,这也是该当的。至于截几成漕米,你和那几省的疆臣商量着办。盛宫保叩首道,遵旨。臣代饥民百姓叩谢天恩。太后道,也只能表表心了。唉,若是往年,还能从东北调些粮米赈灾,现今关外一片狼藉,全是洋人闹的,这世上还有天理么!现今前门驱虎,后门进狼,老百姓遭了难不说,这祖宗龙兴之地还保得住保不住,可是我和皇帝的一块心病。

盛宫保顿首道,皇太后皇上宵旰焦劳国事,臣等惶恐无地。方今俄日交哄,相逼甚紧,无论孰胜,皆非我福。察日本之意,欲谋接替沙俄所占东北之一切权利,非止一日,而其意更加坚牢。然东北战地,是大清之地,东北铁路,是大清之路,凡属大清应有主权,岂能置之不问?国脉所关,凡我利权,当赶紧设法自保,事机极迫,过此以往,则无策保全矣。

太后听得,感慨不已,抽出帕子拭拭眼道,说得好啊。只是国弱民贫,屡受重创。盛宣怀,据你看,有甚么法子,可以保得这一片基业?盛宫保道,今虽俄败日胜,暂夺俄非法占我之利权,然日俄交战之地,即为沙俄当年立限应还我之地,战后自该全还中国。然前俄后日一齐借口,即便还了大清,大清亦守不住……

一听这话,太后生气,接过话头道,这是甚么话!洋人是又贪又狡,真正可恨。盛宫保道,所以,朝廷当毅然决然声明,合东三省及北洋练军共有十万,足以自守领土。再者,泰西英美德法列强利益交织,岂甘放手退让?若使其相互牵制,不使一国独吞,暂保我主权不失,他年国盛民壮之时,便是收我利权之日。

太后道,也只好这么着了,不知我还看得见看不见?盛宣怀,回头你细细写个折子,皇帝看了,咱们君臣商量着办。盛宫保道,是。事机固不可坐误,应变亦不可苍黄。臣有查五案、十可虑、三当筹、六层次办法,已写成奏折在此。另有整顿铁路办法三端,一并恭请御览。说着,袖中取出两通奏折,双手举过头顶。

君前召对,本朝关防最严,殿庭再无他人,皇上亲自起身接过,置于御案之上。太后道,看看,谋国之忠,还靠老臣呐。我很是慰心。说着,端起盖碗喝了口茶,转首看皇上道,皇帝有甚么话,也问问他。

皇上见太后发了话,遂道,盛宣怀,你是察看了卢汉路正太路才进京的,黄河上那大铁桥造得甚么样,还结实罢?盛宣怀道,回皇上的话。黄河铁桥桥身以钢梁铆成,钢管集束为柱,护以洋灰。桥长六里,一百零二孔,样式与进呈的图样一般,在实地看,气势甚是雄浑。恭喜两宫圣上,此桥虽由洋匠设计监造,动手操作的均是华工,臣亲眼所见,堪称坚牢。

皇上道,喔,是华工搭建的,甚好。太后听了,也频频点头。这太后庚子年西狩,来回两番过黄,那滚滚黄涛记得真切。乃道,若是早几年建了这桥,我和皇帝也少吃几多辛苦。记得上回谒陵走的铁路,是詹天佑造的,中国人既能造铁路,日后也能造大铁桥了。盛宣怀道,是。皇太后明见万里。

皇上看看太后含笑不语,方道,卢汉路所用钢材,汉阳铁厂出产的多不多?盛宣怀道,不多,只一二成,因质量不甚稳定,洋匠多不肯用。皇上道,那得想法子改进,若是全用咱们的钢,该省下多少银子来。盛宫保道,是。臣前已奏明,派李维格出洋考察泰西各大钢厂,精研炼钢工艺,待其归国,必有适当之法,以期必成。皇上道,早该这样。盛宣怀,卢汉路通车在即,你上有密陈,依你看,何事为要?

盛宫保心想,皇上虽像个算盘子,太后不拨不动,心里却明镜似的,一点就点到症结上,不觉脱口道,皇上睿见。当初借款造路,即以该路作押。通车后,以尽快还清借款,作废合同为首要。收回了洋人的代理权,不仅运输之利全归我有,最要紧者,一旦有事之秋,外人无干预的借口。皇上连连点头道,所言甚是。

稍微想得一想,皇上问,朕记得这条路借的洋款不少,如何速还?盛宫保道,臣算过,截至今年,所欠本利不过规银三千多万两,如进口洋税加收一成半,国库多进项两千万左右,可以拨归路款。如不能速成,靠铁路本身之利,十年可以清账。另外于工程、行车上节流的节流,开源的开源,臣在奏折里均有陈奏。

皇上道,可见你费了不少心思。盛宣怀,你要早日办成了这档子事。盛宫保叩首道,臣无日不想为朝廷多办些事。只是臣病躯支离,力不从心,惶恐无状,恳请皇上,待卢汉路通车后,许臣退归田里。

大臣进退这些事,自戊戌那年皇上就不作主了,一时无话,只看太后。太后哂道,喔,盛宣怀想告老,近来身子怎么样?盛宣怀道,臣喘咳的毛病,近年发得越来越勤,平复亦越来越慢了,且遇剧繁便要发作。太后道,喔,那奔波要少,理事要专,大夫下的药也要对劲——对了,上回我用了你进的药,效验不错呢,我有旨意,要把东海上那几个小岛子赏给你。

盛宣怀道,谢皇太后恩典。皇太后赏臣家海外仙岛,恩出格外。同治初年,胡林翼严树森编绘《皇朝一统舆图》,标明了钓鱼台这几个岛子,臣亲眼所见。皇太后所服方剂,内中有一味海芙蓉,即采于此岛。太后笑道,喔,那可沾了仙气,真是海上方了。盛宫保道,日后臣家有了这些岛子,一定多合良药,以体皇太后皇上济世救民之圣意。说着,磕下头去。

太后喜道,甚好,甚好。这么说我延年益寿有望,还能再帮皇帝几年。盛宣怀,你愿不愿随我再做些事?盛宫保见入了太后的彀,心里苦笑,只得碰头奏道,臣受恩深重,敢不尽心竭力,效犬马之劳。太后道,这才是。现今国家多事,你是旧人,不该有退步抽身的念头。你想想,朝廷不靠老臣,靠哪个呢?盛宫保道,皇太后教训的是,臣愧悔无可自容。只是臣还有一事,必得奏明。太后道,有话只管说。前些个,岑春煊上折子,奏请设立资政院,我也不生气,朝廷本就预备立宪么。

盛宫保遂奏道,于今各省都办起了铁路,不相统属,各自为政,路既连不起来,所筹款项亦多有列强背景。臣既不能过问,又不能不过问。臣想着,行过卢汉通车典礼,不若将铁路总公司裁撤,以解臣不知所措之窘。太后道,我知道你的心思,是怕担不起这个责任,也是为朝廷着想,这就是有良心的。这么着罢,你有难处,身子也要紧,今后就专心谈商约,铁路的事,交给少壮的人接手去办也好。出京后,对朝廷大政有话要说,写密奏来我看。盛宫保领旨,叩首谢恩。

这盛宫保陛见下来,回小石桥胡同京寓。萧霜接着,服侍换了袍褂,正歇着,内相来传旨,乃是朝廷体恤老臣,赏了紫禁城骑马。盛府遂又闹忙了一场,方罢。未久,卢汉路全线落成,盛宫保遵旨会同唐绍仪验收,行那通车典礼。

自光绪廿二年起,盛宫保督办这卢汉路几近十年,费了无数心血,眼见得今朝心想事成,神州南北一线可通,想起当年初出茅庐,在李中堂面前大言不惭,不禁滴了几点老泪。不日,朝廷果然裁撤了铁路总公司,盛宫保凡轮、电、路、矿四大实业,只汉冶萍硕果仅存,顿觉轻松,遂缴了关防,携了萧霜,上杭城西湖别墅逍遥去也。

这杭州古称钱塘,乃东南形胜,逶山迤岭抱着一个西湖,清嘉无比。春日烟柳画桥,风帘翠幕,秋夏桂子飘香,荷花十里。自宋时高宗南渡,越发繁华,参差十万人家,市列珠玑,户盈罗绮,竞豪争奢。一朝成了都会,人物愈显风流,便是钓叟莲娃,亦喜晴弄羌管,夜泛菱歌,文人骚士,更是醉听箫鼓,吟赏烟霞,真个是人间仙境,世上福地。最教人折腰的是那西子湖,波光潋滟,百顷风潭,宜雨宜晴,恰似西子一般,任凭淡妆浓抹,莫不自宜宜人。

盛宫保在湖墅盘桓,居移体,养移气,精神渐旺。这日歇过中觉,闲步回廊,远远望见萧霜在水榭坐地,不觉低吟道,依吴山翠屏高挂,卷珠帘玉人如画,一面便踱了过去。这萧霜手执一卷,正朝着湖光山色呆呆的出神,浑然不觉有人近来。盛宫保见一边红泥风炉上炖着绿釉瓦罐,就手虚摸一摸,笑道,这水约莫起蟹眼了,不怕老么,还不离火?

萧霜不提防,倒唬了一跳,忙过来揭了罐盖,果见罐底一串蟹眼泡直旋上来,便端过一旁,笑道,老爷常与孙少爷孙小姐说家规,甚么规行矩步啊,止步扬声啊,怎么到自家身上就忘了?盛宫保笑笑,拿起那卷书,伸直了臂看看,哂道,原来是元曲,我家怕是要出才女了。这元曲文字虽浅,意境却深呢。

萧霜听了道,老爷又来取笑。自那年进了府,只有理书,没有看书的。后来太太教帮着打下手,才读了几句千字文,认了几个字,好看礼贴,写账单,哪里就真懂了这才人士子做的曲文呢,只是读来上口,喜爱罢了。盛宫保道,现在外头正兴女学,送你去读书好不好?萧霜道,那可不成。太太教我跟了老爷,原是服侍起居的,我上了女学,太太不是赔了丫头又折兵么。

一句话说得盛宫保忍俊不禁,遂道,那你怎么不和我亲近,莫不是与我在一处无趣罢?也是,你才年过二九,我已年过七九,少艾老迈,委屈你了。萧霜见说,低了头道,老爷别这么说,跟老爷,是我自愿……说来羞人,才做了老爷的人,肚子里就有了块了。盛宫保一听喜道,你有了?那可是坐床喜了。萧霜道,算日子,是在京里,临回南的那个月。

这萧霜生得骨肉匀停,秉性温婉含蓄,此时既娇且羞,那模样更教盛宫保怜爱不已,遂执着她手道,那你还不好生歇着,又烹甚么茶呢。萧霜见小厮远远的在廊下站着,忙夺了手道,哪里就那么娇贵了,还不知是真不是真呢。盛宫保道,明日请大夫来,一脉便知。萧霜道,忙甚么呢,几时大夫来请老爷的脉,顺带着替我搭一搭就是了。说着半嗔不嗔笑道,实与老爷说,我生来好静,闲来看书消遣,老爷少来缠我,就是体恤我了。盛宫保亦笑道,好,那就还你一个清静。说着,取茶来吃。那虎跑水炖得不嫩不老,泡出来的狮峰龙井,又轻又醇,齿颊生津。一老一少,就在水榭品茗安坐,看那遍山夕照,半湖烟霞,好不悠闲自在。

晚饭时分,张振勋来了。盛宫保吩咐开饭。振勋道,省得厨房添菜,看这月色初上,不若来个西湖夜游罢。盛宫保便教备船。振勋道,听说湖上新出了个小宋嫂,我已经定好了船,教船家撑过来了。说话间,遥遥的见家人正引那画舫缓缓靠上前来,二人遂相挽着步下石阶,就在水榭边上了船。

盛宫保问道,甚么风把你吹来了?振勋道,来杭城觅些好东西办展览,吊吊洋人的胃口,顺便推销这个。说着,递过桌上那瓶酒来,笑道,宫保且看,这是甚么?盛宫保一看,笑道,喔,三星白兰地,那留到五月黄梅天吃罢。二人相谐大笑,振勋抚掌道,三星白兰地,五月黄梅天,好对子,对得好,真正是的对了。一时船家上菜,无非鲜鲫银丝脍,香芹碧涧羹,盛宫保只取那小核桃仁下酒,果然香气沁人,圆润适喉。

原来张振勋自当年种葡萄酿酒,别事虽忙,烟台那张裕酒厂一直未曾松手,这些年到底做出了名,单是那酒窖就教洋人折服,竟有弃了外交官不做,专来帮着酿酒的。酒窖傍海所建,大青石砌成,盘旋而下,深几十尺,拱洞交错连环,幽深有如迷宫。窖内四季常温,酒桶沿拱道安放,大小不等,共有一百余种,俱是橡木制成,酒液透气不外渗。内中三只大桶,贮酒何止万斤?乃是取法国林茂山百年橡树,剖开日晒雨淋数载,直到生出野蘑,方才优选制桶,出酒香气殊异。洋酒师品评,竟与泰西名品难分仲伯。

二人斟酌了一回,月到中天,船到湖心,小瀛洲金桂婆娑暗香徐来,水天间三潭四月交相映印,空中月,水中月,塔中月,心中月,片片清辉,扰得酒不醉人人自醉。张振勋自斟一杯干了,叹道,这月有阴晴圆缺,自古难全啊,世事何尝不是如此?某有一事,说来太煞风景。盛宫保道,那就不要说,来,吃酒。振勋道,不说不成啊。唉,自那日本人假钞案发,通商行一蹶不振,存款由四百万两降到不足二百万两,放款由六百万两降到二百多万两。银元券和银两券呢,发行只有光绪廿四年的一成半,还不到十万两……

大约说来丧气,振勋自也无趣,话又未完,只得硬硬头皮,扳着指头道,这架构呢,天津、保定、烟台、重庆、长沙、广州、汕头、香港、福州、九江、常德、镇江、扬州、苏州、宁波分行俱已陆续裁撤,迄今只剩下京师、汉口两处分行和烟台一处支行。严筱翁气得一病不起,只怕拖不到来年春上,振勋忝为总经理,无策可施,上愧对宫保,下愧对储户,无奈来此消愁,偷半日浮生之闲。

一提这事,盛宫保亦是皱眉,沉吟半晌方道,但凡票号钱庄,信用一失,万事俱难,更莫说银行了。我原指望从通商行调些头寸注资汉阳铁厂,免得受日本人挟制,现在已成奢望。难啊……想这通商行当年开张的盛况,老上海皆说,风头压过汇丰初登沪上之时,岂料转眼危乎殆哉。信用倒还不急,慢慢可以培养,只是这外患,不知何日可了?怕的是方兴未艾啊。一时二人索然无趣,打道回府,辜负了这良辰美景,煞是可惜。

未及逾月,上海来电,义国使臣到沪,待开商约。盛宫保回到沪宅,忽报李中堂遗妾丁香有请,便来丁香苑探视。岂料睹物思人,枉自抛洒了一场眼泪。

三十八

垂髫女求解作嫁诗
耆艾臣亲撰追祭文

盛曰:廉正为本,精核为用,必视国事如家事,尽我心力,可质苍穹,谤忌所不暇顾也

　　且说盛宫保携萧霜去见丁香。萧霜不惯应酬,推辞不肯出门。盛宫保道,我一个子去不便,若教太太同去,又有嫡庶之分,怕丁姨太心里不爽,你去最好。说话间,到了沪西丁香苑。

　　丁姨太迎着,到客厅见礼落座。这萧霜,丁姨太原也见过,于今婢子做了侧室,位列小星,与己身份一般,平添了几分亲近,不免笑盈盈打趣几句,嗔着盛宫保纳宠也不发帖子来请,又丰丰腆腆补了一分贺仪。萧霜局局促促谢过,想这丁姨太虽不复当年妍态,却不显老,倒与卡尔小姐画出来的皇太后有几分相似……

　　只听丁姨太道,烦请宫保过来,不为别的。一是听说通商银行的股金一直往下跌,不知如何是好;二来呢,这宅子有些年头了,尚未修葺过,想粉饰粉饰。不怕宫保笑话,妾身虽是个没脚蟹,无儿无女,却又不想惊动李府,只好为这末屑之事,劳动宫保,实是不该。

　　原来这丁香苑址,当年乃淮军驻扎之地。同治年间,李中堂勋业彪

炳,封爵拜相,授意盛宫保在上海置一别业。盛宫保承命,便将这四十亩旧日军营作价买下,聘来美国建筑名匠罗杰斯设计营造,建成这偌大一所花园邸宅。园内有洋房,也有草坪,有曲桥,也有湖山,中西合璧:

西式屋宇,绿茵环抱洋楼两幢,造成红白相间有凹凸,灵犀暗度,喻阴阳和合之深意;中式园林,花木掩映轩榭数处,间或太湖石堆成百兽,不似而似,藏万物化生之巧思。湖心亭凤凰踞顶,琉璃瓦八角攒尖,招引百鸟来朝;院墙头卧龙盘绕,十八节蜿蜒起伏,应十八子李姓。龙头昂扬,凤首盼顾,龙墙凤亭遥相望,好一派龙凤呈祥。登楼眺望,园景尽收眼底,梧桐香樟做翠屏,腊梅紫藤作点缀。最袭人者,便是那一大片丁香,灿烂似锦如霞,馥郁如兰似麝,置身花间,直教人流连忘返,为之沉醉痴迷。金屋即成,李中堂深惬心意,便将宠妾丁香藏娇于此,名之为丁香苑,以为娱老之所在。

听罢丁姨太之言,盛宫保心中歉然。想这妇人女子,为人作妾不易,为人遗妾更是不易,风光一时,落寂半世,关盼盼,鱼玄机,概莫能外,丁姨太岂能跳出三界?当年南唐中主李璟,曾有一首摊破浣溪沙,专表这重楼春恨落花无主,愁肠百结彷徨无措:手卷真珠上玉钩,依前春恨锁重楼。风里落花谁是主?思悠悠。青鸟不传云外信,丁香空结雨中愁。回首绿波三楚暮,接天流……

丁姨太见盛宫保沉吟,不安道,莫非宫保有甚难处?倒是妾身多事了。盛宫保知是丁姨太错会了,忙道,啊呀,是杏荪的不是了,未能照顾好姨太太,杏荪好不愧疚。姨太太放心,通商行的股金,姨太太依旧放着,不论市值盈亏,杏荪按年照本送一成的花红过来。楼房花园整修,回头就教营造公司遣匠师来相看,克日动工,一切不用姨太太费心。说着叹道,杏荪近年体衰多病,于府上少有走动,敷衍中堂托付,过失莫大,还望姨太太见谅。

提起李中堂,丁姨太亦是恻然,却不好惹贵客伤感,客气几句表表谢意,便请盛宫保到园子里散散心。一干人相将步过客厅,丁姨太指指当门地上,那张无大不大锦毛斑斓的白虎皮,笑道,这虎皮铺在这里多少年了,虫蛀鼠咬可惜,宫保带了回去,翻晒翻晒做地毯罢。盛宫保赶紧摇手道,不可,不可。白虎皮在此,这厅便是节堂一般,乃军机重地,朝廷枢密大臣方可踞用。中堂人虽不在,灵犀不泯,杏荪凡夫俗子,安敢僭越?

谈说间到了藏书楼,此乃李中堂昔年公余观书的处所,大清皇家赏赐,外国君主馈赠,大多收藏于内。盛宫保见门楣上仍悬着"望云草堂"匾额,厅上挂有李中堂影像,栩栩如生,便讨拜垫欲行大礼。丁姨太温语拦劝,盛宫保遂深鞠三躬,以示不忘旧主。想起当年受命造这丁香苑,风华正茂,恰是跟走中堂大办洋务,风生水起之时,而今斯人不再,墓木已拱,己身亦已老迈,千辛万苦创出来的实业,俱落他人之手,只剩汉冶萍一处风雨飘摇,潸然出涕,抛洒了一场老泪。

一连数天,盛宫保闷闷不乐,不在愚斋辑稿,便在花房读书。这日,萧霜从上房下来,传话盛宫保,庄夫人有请。原来江淮赈务结束,皇上赏了"惠流桑梓"的匾额。又是电旨,授盛宫保邮传部右侍郎,管摄路、航、电、邮四政。庄夫人好不高兴,口口声声皇恩浩荡。

盛宫保哂道,这有甚么兴头的,我本就是工部侍郎,转了邮传部,那轮船电报铁路,都是袁世凯亲信掌握实权,我说的话,这些人听得进么。再说,头上还顶着个尚书岑春煊,莫知莫觉一窍不通,我夹在中间,终年劳碌,空忙一场,不说也罢。倒是汉冶萍,始终是我一块心病,厂矿抵押了大笔借款,日本兵官经常私自到大冶勘查,不轨之心愈演愈烈,真教我莫可奈何。庄夫人听了也是焦心。盛宫保道,急也无用。你多念念佛,菩萨保佑,死棋肚里还出仙着呢。

时过数旬,盛宫保商约谈得烦难,这日正在花间独坐静思,隔着玻璃远远看见芝儿东张西望走过草坪,往花房来。这芝儿是阿蕙之女,年不过垂髫,钻过门帘一径来到盛宫保身边,拿起几上的书,边翻边笑道,公公,我猜着你就在这里。公公看甚么书呢？盛宫保道，芝儿，你来了。你娘呢？芝儿道，在小客厅和舅母姨娘几个斗牌呢。盛宫保道，娘家抬脚就到，反倒成全了她，无事只是斗牌。家去告诉你娘，就说外公说的，少摸牌，少吃烟，可记住了？芝儿道，晓得。盛宫保道，唔，芝儿乖。近些日你读甚么书，做功课么？芝儿道，三字经，千字文，早念熟了，娘教我读唐诗呢。盛宫保道，喔，这好，熟读唐诗三百首，不会吟哦也会吟，你念一首我听听。

芝儿道，昨日婆婆教府里那些裁缝，赶做送和尚庙里的布施，娘看见了，教了我一首《贫女》。说着朗声吟道：蓬门未识绮罗香，拟托良媒益自伤。谁爱风流高格调，共怜时世俭梳妆。敢将十指夸针巧，不把双眉斗画长。苦恨年年压金线，为他人作嫁衣裳。盛宫保道，倒是一字不错。不过，你懂这里头的意思么。

芝儿道，娘讲解过了，还说写这诗的秦韬玉，也是官宦人家子弟。公公，芝儿只不明白，贫富不亲，男女有别，一个公子怎么会晓得针线姑娘的心思呢？盛宫保听了点头，含笑道，教你问着了，难为你小小年纪，想得到这上头。这秦韬玉呢，也是察看了那姑娘的神态模样，设身处地感受体会，才做出这诗来。所谓体察体察，察，就是端详；体，就是揣摩。无"察"不成，无"体"更不成。然察易体难，所以古人将"体"列于"察"前，谓之"体察"。

见芝儿听得怔怔的，盛宫保抚抚外孙的头，笑道，这些你懂么，以后慢慢自会知晓。这芝儿食指点着太阳穴，歪着头想了想，一本正经道，依我说，做诗便是看人模样，猜人心思，自说自话。公公，是也不是？盛宫保未及答言，只听身后一人笑道，外孙小姐真是聪明，来年上了女学，更是了不得呢。却是萧霜来了，笑对盛宫保道，老爷快上厅罢，一家子都等着呢，这回定然开怀了。果然，神佛有灵，念盛宫保一片虔心，汉冶萍来了好消息，盛宫保笑逐颜开，喜心翻倒。

　　原来当年张之洞从比利时订购炼铁炉,从英国订购炼钢炉,配了轧钢设备,制造钢轨及鱼尾板诸事,岂料产出钢轨脆裂易断,用户敬而远之,亏损到光绪二十九年,只得停产。为此盛宫保奏准派员出洋考察,究其冶金工作精奥之大端,彼何以良,我何以糙,彼何以精,我何以粗?

　　李维格受命,特为携带矿石焦碳铁钢诸端样品,赴日美及泰西各大钢铁厂,遍拜同行。有道是他山之石,可以攻错,李维格渐渐摸着门道,心中了然。再请英国化学家梭德以西法化验,结果萍乡煤炭质量上佳,大冶矿石含铁虽富含磷亦高,汉阳铁厂出钢含磷千分之二。磷高则钢质冷脆,所以不合用者,其病在此。

　　真经到手,李维格上禀盛宫保说,炼钢有酸法、碱法之别,酸性法不能去铁中之磷,惟碱法能之。汉厂系酸法炼钢,为昔年想当然决策所误。简言之,汉厂高炉,不适用大冶矿石。维格博访周咨,若夜行得烛,并从梭德建议,决定废弃酸法而改用碱法,非但改善钢质,现所剔除之磷重矿石,亦变废为宝。钢质提高,国内销路必将大增。如中国以全力大举,不但东方销路在我掌握,并可运销美国西滨太平洋各州。敢请购制新机,再造炉座,改建扩建汉厂,以收必效之功。

　　盛宫保一诺无辞,即以李维格为汉厂总办,且上奏为之请奖晋衔。历经三年,近日大功告成,汉阳铁厂所产之钢,材质媲美泰西,国人洋人齐齐叹服,订单日甚一日。十余年未解之难题,一朝涣然冰释,汉冶萍终得起死回生,扭亏为盈,在所不远矣。是以,李维格特地来函,请盛宫保莅临视察。

　　九月初一,盛宫保乘江汉轮离沪。抵鄂,李维格遍请各国驻汉领事官及大批报社访员,随同盛宫保一道参观。锣鼓鞭炮声中,工匠抬上红绸系扎之新出钢轨,其材质之精,其工艺之良,东西两洋工程师俱极赞美,皆称中国冶金能做到如此程度,直出意外,美国领事对新闻界发表观感道:

　　钢炉巍峨,登高下瞩,使人胆裂,是为中国二十世纪之雄厂耶!观于斯厂，即知研究西学之华人，经营布置，才略不下西人也。中华铁市，将不胫而走各洋面，必与英美两邦，角胜于世界之商场。呜呼，中国醒矣！

盛宫保想起当年亲力亲为，在湖北爬山涉水寻矿，距今已然三十年过去，感慨之余，直喜得老泪纵横。遂乘兴再到萍乡煤矿，但见荒山十里，于今炉厂林立，赞叹不已，定要乘吊缆车下到矿井察看。到得井下，李维格见盛宫保意兴益然，便请乘上电气车，在井下大槽巡察了四里有余。盛宫保喜不自胜，亲自抱了黝黑发亮西瓜大一块煤，说是要带回府中，与堂上古董陈列一处。

上得井来，盛宫保深深透了口气，笑道，盘活了这汉厂，去了我的心病。看来资金是不用再愁了，风声传播出去，商情定然踊跃，明年以往，大利将见，商股必将争投，如水趋壑，集股二千万不在话下。维格，我想，这汉阳铁厂、萍乡煤山、大冶铁矿三处，须得办成欧美那样的"托拉斯"方好，永保利权，与洋人争衡。李维格也高兴，笑回道，宫保心想事成，自是再好不过。

这鄂湘赣一大圈转下来，费了一月有余，盛宫保精神是好极了，人却也累倒了，旧病复发，却又硬撑着上了整合汉冶萍的折子，奏请上缴原颁之"督办湖北铁厂事务"关防，请部另铸铜质"总理汉冶萍煤铁厂矿公司事务"关防。奉旨：依议，著责成盛宣怀加招华股，认真经营，以广成效！奏准了这桩无大不大的事，心劲一松，盛宫保一头躺倒，一病数月，久治不愈。

还是日本人体贴，邀请盛宫保到东洋治疗休养，顺便考察制造及金融各业。盛宫保允了，也是个知己知彼的意思。遂偕同庄夫人带了四女婿邵恒及五女关颐，六女静颐，洋员福开森，坐兵轮出吴淞口，换乘美国高丽号轮船，东渡往横滨而去。翌晨船过马关，福开森遥指岸上一楼，告以这楼，便是甲午战后，李中堂议约时驻节之所。洋人不体人情，哪壶不开提哪壶，倒教盛宫保暗暗啮恨了一回。

　　到得横滨,有青山、北里两医师精心诊治,果然妙手回春,也宽了日本政商两界的心,免得这个大债主有个三长两短,枉费了多时笼络之功,逼迫之劳。东道主消了隐忧,便陪着客人各处走动,参观铁厂说冶金,考察银行谈币制。每到一地,盛宫保访访政客财阀,写写东游日记,闲来与夫人子婿游山玩水,倒也逍遥。

　　盛宫保素来对图书典籍情有独钟,这日欲去帝国图书馆观摩,便教从人先去打探。随员经过明治宫门口,忽然道途堵住,近前看时,只见一队日军仪仗吹吹打打举旗前行,后头跟着大群兵丁,面红筋涨使出吃奶力气,将一个庞然大物缓缓移进宫庭里去,招引了无数市民引颈观看。一问,是日本海军省向明治进献日俄战争战利品。这战利品不是别物,赫然是我中华隗宝——唐鸿胪井刻石。

　　盛宫保闻报,一气几乎厥倒。须知这个宝贝,乃是唐朝玄宗皇帝遣驾前鸿胪卿崔䜣从长安出使辽东,册封靺鞨首领大祚荣为渤海郡王的见证。崔鸿胪不辱使命,次年夏日原路返程,途经旅顺黄金山,为纪念册封盛事,于山下凿井两口,即《唐书》所载之"鸿胪井"也。崔鸿胪又勒石一块,树于井边,上镌"敕持节宣劳靺鞨使鸿胪卿崔忻井两口永为纪验开元二年五月十八日"二十九字。

　　盛宫保记得清楚,当年醇贤亲王巡阅海防,视察黄金山炮台,曾有意到山阴看这刻石,因事多未及成行。后来,淮军袍泽刘含芳经理军港时,在刻石上建了个四柱头石亭遮风挡雨,名之为"唐碑亭",并于石上加刻"此石在金州旅顺海口黄金山阴其大如驼唐开元二年至今一千一百八十二年其井已湮其石尚存光绪乙未年冬前任山东登莱青兵备道贵池刘含芳作石亭覆之并记"小字数行。

　　这唐鸿胪井刻石重一万八千斤,大如骆驼,及日俄在我辽东开战,日军占据旅顺,刻石引起日军注意,见是稀世之宝,当下做了调查报告国内,继而堂而皇之装船运至东京,且效孙大圣"到此一游"故事,留下个表记,特意于刻石遗址立下记功碑一座，为日军记功，实为盗移我中华文物之铁证。

盛宫保胸痞郁结，决定打道回国。且行且归，想这日本，比我四十余年前奉李中堂之命来此游历，作战略观察时，不知强盛了多少，与我中国一进一退，乾坤已然倒转，而日本之强之盛，又是我中华多少血肉之沃饱！一路纠结，这日船到神户，大清领事官早已鹄立码头，登船匆匆奉上电报一封。盛宫保见那领事帽顶上光脱脱地没了红缨，吃了一惊满腹狐疑，也不遑多问，打开电文一看，呆得一呆便双泪交流，复又顿足嚎啕。庄夫人五小姐六小姐不明所以，顾不得有陌生汉官在，急急出舱来探个究竟，邵恒告以太后皇上均已大行了。

庄夫人也吃一惊，只得一头抹泪，一头将盛宫保扶进舱房。盛宫保痛哭一场，唤领事问详情，领事亦说不清楚，只晓得皇上先崩，相隔一日，太后便升天了。盛宫保问不出个究底，只得吩咐领事恭备香烛供品，连夜亲自动手撰了一篇祭文。翌日，盛宫保率领事馆职员，在海边设了香案，隔海向西哭拜祷告，焚化追思文，祭奠先太后先帝。举了哀成了服，即时登船，来奔这国丧。

缘是这年夏天，太后贪嘴多吃了几口生冷，闹起肚子来，便命传太医。登时四个太医上来，跪着依次诊了脉，叩头道声皇太后万安，便一人开一张药方，奉上太后看过，送御药房照方抓了四副药来。四个太医就在殿上安四个药炉，一人一副煎起来。待药成，太医滗入碗中，再将四碗药汁合注一大碗内调匀，倒出四盅，四太医一人手举一盅，当着太后的面服下。待大碗中药汁稍凉微温，倾出一饭碗。李莲英接过，斟入太后那只乾隆粉彩明黄盖碗中，奉于御前。

太后体质素健，吃了几服也就好了。清淡了几日，老人家有些按捺不住，用膳时进了些膏腴之物，不想五脏庙又造反了，只得再传医用药。

三十九

捐图书多士得惠周
揽路权千夫共仇雠

盛曰：中国官商久不联络，在官莫顾商情，在商莫筹国计，夫
筹国计必先顾商情，倘不能自立，一蹶不可复振

这一回，太后就好得不利索了。老人家又不以为意，瞒着不肯说，照
样上朝视事，外廷一概不知。由是自夏至秋，寝殿里的药香时停时续，竟
未断过。

老人家任性不打紧，身子却经不起磋磨，到底是上了年纪的人，撑到
十月里，太后熬不住了，自家亦急起来，却为时已晚，药石难效，遂至面黄
肌瘦，不时下痢，渐渐沉重，病入膏肓。

十月初十，乃是皇太后万寿之日。皇上起个大早，按例亲率王公大臣
为太后庆寿，外廷祝嘏毕，诣仪鸾殿请安，却被总管太监挡了驾。皇上信
得过李莲英，心知必有缘故，遂命返驾回宫。

未到瀛台，突奉懿旨：皇帝卧病在床，著免率百官行礼。消息传开，百
官暗惊，悄悄板着指头算起来——十月初二，皇上出临勤政殿，接见日本
使臣伊集院彦吉；十月初六，紫光阁赐宴来京朝觐的达赖喇嘛……宫门钞
上俱载得明明白白，未听说有甚么违和啊，好端端的，怎么忽地里就圣躬

不豫呢？还未想出个所以然，懿旨再下，命庆亲王奕劻征医，为皇帝诊病调治。

庆王想起当年李中堂西医官屈桂庭，医术甚佳，召来带进宫里诊治。屈医官细细检查，报以皇上腑脏无病，稍加调理，自然强健。中医呢，太医院太医周景濂请脉下来，禀告军机大臣，皇上无大症，圣躬六脉平和，已进平和之剂调理。中西医所见略同，一时臣工庶黎以手加额，相庆皇上万安。倒是体仁阁大学士军机大臣张之洞看出太后心思，公忠体国，密请太后早定大计。

太后会意，隔天差庆亲王赴普陀峪勘察地宫，随即召来文华殿大学士军机大臣世续及张之洞，开口便道，我想好了。立醇亲王载沣之子溥仪为同治皇帝子嗣。写旨来看。世续张之洞一听，面面相觑——溥仪是个黄口小儿，一朝登基，不又来个女主垂帘听政？几十年间，伺候女主还没个够吗？不约而同奏道，国有长君，社稷之福，不如径立载沣。太后双眉一皱，叹口气道，理是这个理，只是同治无后，我心里不落忍呐。立溥仪为嗣，再教载沣主持国政，公义私情就两全了。

世续颟顸，不知所措，张之洞看太后主意铁定，赶紧收篷道，遵旨。然名不正则言不顺，请为载沣正名。太后道，这个自然。用个甚么名号，一时想不起来，前朝有老例么？张之洞道，有。前明有监国之号，国初有摄政王之名，都是先例。太后道，喔，那就好。要用，我看都给了他罢，就是"监国摄政王"好了。

张之洞磕头遵旨，复奏道，臣想着，皇上临御三十余年，也不能无后。请旨，溥仪可否兼祧同治光绪？太后睨一眼张之洞，沉吟良久，方道，凡事不必拘泥，姑且就照你意思办，先接溥仪入宫，你两个写旨去罢。两位大学士便拟道懿旨：

皇帝病甚，醇亲王载沣之子溥仪，著即日在宫中教养。钦此！

醇亲王受命，连夜护卫长子溥仪进宫，直送仪鸾殿。溥仪看见太后那张瘦骨嶙峋的老黄脸,吓得又哭又闹。太后摆摆手,教抱到皇后怀里,托付道,静芬,这孩子就交你了,抚养教育,都是你的责任。这溥仪一进宫,便有风声,皇上大渐。太后遂对皇后道,医家说皇帝不好了,你俩夫妻一场,去看看罢。

皇后命驾瀛台,进了涵元殿,却见皇上直挺挺卧在龙床,面上盖一方白绫帕子,头顶点一支白蜡,小太监跪在脚边瑟瑟发抖,哭奏万岁爷登天了。皇后大惊,亦不敢瞻仰遗容,慌忙退了出来,传旨司礼监,皇帝龙驭上宾,大行了。可怜光绪皇帝幼年进宫,冲龄践祚,贵为万乘之尊却受尽委屈,意气难舒,有心振国,无力回天,就这么不明不白撒手去了,享年三十八岁,在位三十四年。

皇上一朝宾天,太后懿旨迭下——

一道是:摄政王载沣之子溥仪著入承大统为嗣皇帝。钦此!

一道是:现在时势多艰,嗣皇帝尚在冲龄,正宜专心典学,著摄政王载沣为监国,所有军国政事,悉秉予之训示裁度施行,俟嗣皇帝年岁渐长,学业有成,再由嗣皇帝亲裁政事。钦此!

大计已定,慈禧皇太后挥退诸臣,独留醇王,挣扎着从躺椅欠起身子,双目炯炯,执着醇王的手柔声道,载沣,有句话说与你——我能让你家出皇帝,也能带走你家的皇帝。好孩子,往后,你可要让我在菩陀峪睡得安生呐。醇王一听,魂飞天外,登时汗出如浆,口张舌结,木木讷讷一句话说不出,只是伏在地上嘣咚嘣咚碰头不已。

老太后是看惯他父子两代这个样子的,晓得是怕到心底,不敢有半点异心,乃长出一口气,往后一靠,闭目养神。醇王见太后再无话说,悄悄起身退到外殿。也不知过了多久,李莲英趋出,泪流满面跪告道,佛爷升天了。醇王登时放声大哭,诸大臣一齐擗踊号啕。

且说盛宫保奔国丧,于路想起出京陛辞,蒙赏江绸袍褂料两端,太后尚问,何故又要出京?甚是关切。两宫殷殷垂询的情形,历历在目,心中

更是难过。甫进国门,陶湘与邮传部司官陆梦熊联袂来接,稍事安顿,盛宫保即索看大行皇帝脉案。但见:

> 脉数弦颇减,重按俱见少力。以脉论证,耳响复发,胸闷,腰酸连及胯痛,总之少阴肾家为虚,土木两经亦为不协,转为上盛下虚。上而为热,下而为寒。头晕频乘,食后尤甚,纳食少运,大便为溏,并肿及脚背,胫膝欠健,夜寐欠安。调理诸恙,谨拟固摄去阴通调其气。

看毕,盛宫保皱眉道,这脉案,怎么样也没有个晏驾的症候啊。陶湘道,都是这么说。大行皇帝是有病,一是肾亏遗泄,一是肝郁气滞,却从无性命之虞。盛宫保道,那究底怎么回事?

陶湘见陆梦熊已去,四下无人,遂贴耳悄声道,老人家快不行那几个时辰,够资格的官儿都候在仪鸾殿外,见一太监端个明黄盘龙盖碗从寝宫出来,礼部尚书溥良多了一句嘴,问是甚么。回说是佛爷赏给万岁的酸奶子。这宫里的规矩,上人赏赐吃食,无论是谁,那是必要当着传旨人的面吃尽的。不多久,皇后的太监就出来传旨说,万岁爷驾崩了。据传,是突然肚子痛,在床上乱滚。

盛宫保欲哭无泪,半晌方道,老人家何必定要有此一举?就是块石头,摸了这几十年,也摸出个情分来了啊。陶湘道,可不是。不过,但凡人到了一定地位,就要考虑身后令名,更不用说史书必载的一国女主了。怕只怕,大行皇帝亲了政掌了权,政道有变,一旦竹帛上落个褒贬,那就不美了——这流芳百世和遗臭万年,关系的可是千秋功罪。

盛宫保点头,复叹道,果然是"又抱孩儿作主张",《烧饼歌》真是准啊,嗣皇帝才是个奶孩子,只能依赖母后,不意女主当政,复见于今日。吁,皇家的事,不说也罢,可这皇家事,即是国家事啊。

说着,食拇两指圈个圆洞道,先皇无大病,通国皆知,这个人身为中枢重臣,岂有不晓之理,偏偏跳出来请定大计,其心可诛!示好亲贵,图拥立之功,他这是逼着老人家下手啊。陶湘嗤笑一声道,此翁戊戌年庚子年俱是首鼠两端，见风使舵，大行皇帝临御多年，还能看不透他，倘若在位，还有此翁的好吗？包里归堆一句话，皇帝不升天，好些人不安生，甚么事都白操心了。

冬吉日，嗣皇帝溥仪御太和殿登基，改元宣统。尊光绪皇后为隆裕皇太后，父王载沣摄政监国。张之洞拥立有功，晋太子太保。军机大臣袁世凯，也不知为的甚么，腿脚突然不行了，站立不住，由两个家人扶着上朝。不日朝廷即有旨意：

袁世凯现患足疾，著开缺本兼各职，回籍养苛。钦此！

又有传说，小恭王溥伟肃亲王善耆镇国公载泽一干皇族，进言监国摄政王，诛杀袁世凯为先帝报仇，为亦劻与张之洞谏阻。袁世凯奉旨，赶紧退归河南彰德老家，洹上钓鱼去了。随即，邮传部尚书陈璧革职，唐绍仪开缺，徐世昌请辞，袁之羽翼，纷纷落寂。

皇族得势，宗室自然结成奥援，皇六叔贝勒载洵、皇七叔贝勒载涛，分掌海陆军权，铁良、良弼、毓朗诸少壮新贵，俱握重权。这一干黄带子，立志光大祖宗基业，重整八旗雄风，迩年南奥革命党频频起事，只是整军经武，在在要钱，怎奈国库空虚，经济萧条，而且，顶在头上的那海样赔款，压得这些惯会花钱却不知生理的旗下大爷，直不起脖颈来。因此上，理财有方经世致用之人，颇获青眼。

且说盛宫保自东游归国，请来同里叶嘉棣先生看风水诹吉，于通商行愚记项下划出五万银子，指斜桥沪宅签押房正东一块地，合六亩五分，定下通和洋行承建上海图书馆。特聘缪荃孙先生总纂编目，以家中多年封秘珍藏之典籍图书，供天下士子广搜博览，以还昔年所发之宏愿。

这日，盛宫保正召集人谈那收赎电报局商股的事，忽报工程告竣，图书馆落成，盛宫保大喜，遂带了幕僚及子婿等一干人前往观看。但见大厦高耸，赭红西式，筑篱墙与内宅隔开，另开马路由读者出入。馆分普通看书处，特别看书处，女客看书处，二层是阅览区，四层便是藏书之所，庋架图籍,何止十余万卷。

缪先生陪着边走边看,解说道,馆藏图书计九千七百十二种,一万零一部,十万四千三百七十六册;善本二百四十种,二百四十一部,且有珍本孤本。盛宫保见有些书,卷首钤有朱红"元和江氏灵鹣阁所藏书籍记"藏书印,"巴陵方氏小玲珑馆所藏书籍记"藏书印,晓得便是当初觅得之江标藏书及方功惠藏书了。

念及当年收罗之苦心孤诣,盛宫保喟然道,我壮岁即有纵窥书穴之志,从政余闲,喜欢收集图书,后来当了京官,收罗益富,广购遗篇,甄录载籍,下过不少功夫,若能搏个天下士子尽开颜,也不枉我一片心血了。缪先生道,那头还有黄丕烈、周锡瓒、顾之逵、袁廷梼原藏,多是"旧山楼"的。

盛宫保翻看道,这司马温国公手书《资治通鉴》草稿,朱夫子手书《大学章句》草稿,还有这徐霞客手书游记底稿,钱牧斋日记、信稿、红豆山庄杂记、手笔,贯花道人手写的藏书目录,这些汪阆源旧藏"艺芸书舍"的《四库》未收之书,俱是赵次侯手里流出来的。所以藏书还是捐出来,公之于众才是正道,束之高阁,总是守不住要散佚的。

说着,拿起一卷道,看这《季沧苇藏书目》,他家康熙年间藏书之富,甲于天下,钱牧斋"绛云楼"烬余残本,辗转皆入沧苇之手,而今还不是在我这里。缪先生接口道,是以今人誉季沧苇为善本目录之泰斗,却也不算谀辞。当年沧苇汇编全唐诗,历时十年,始得告成,却有三个版本,便是三种颜色字校雠的原稿本,誊清本,再就是重抄本。可惜正要付之枣梨,刻版以广其传,沧苇突然亡故了。壮年下世,莫非天妒英才乎?

盛宫保道,季氏之败亡,只在豪奢,有籍载之。当年季氏起居王侯难比,几乎无日不宴,养着三班女乐,各各头戴珠冠,身穿绣袍,手执象笏,脚着锦靴,浑身所饰千金有余,个个舞姿妙曼,音容出色,真个艳绝人寰。筵宴时,更番侑酒,那一种妩媚娇憨之态,座上宾客莫不目眩神迷。直到康熙末年,季家过日子仍然奢侈,所谓百足之虫,死而不僵,到了乾隆年间,才慢慢沉寂下来。这也是天道使然，但凡富贵之家，莫不如此。

看了一回，盛宫保回头对恩颐重颐道，别的也罢，这《皇朝经世文续编》，你祖父与汪先生费了多少功夫，这《常州先哲遗书》，收录隋朝至国初典籍七十七部七百四十五卷，不下千万言，是我请缪先生搜罗经史子集四个部类汇编而成。日后，你等若还想着父祖的心血，千万要守护好了。

恩颐重颐诺诺连声，应答不迭。缪先生道，先前宫保说起，季邦桢有批家藏旧书要送过来，怎么至今未到？盛宫保道，说不得了。邦桢自戊戌年在福建布政使任上，维新心切，百日后遭开缺回籍，家道中落，欲将藏书转让与我，我怎好要他的？不时资助他些浇裹，才是朋友之道。

正说着，庄夫人差人来请，原来京师来电，监国摄政王催盛宫保入朝觐见。盛宫保未知何事，只得打点行装，赶速上京，依旧是萧霜随行侍奉。庄夫人少不得叮嘱，看时节勤勤的饮食，沿路上好好的将息。

这一日，盛宫保入宫进殿，监国摄政王端坐炕床，安受了盛宫保三叩首，礼绝百僚却优礼老臣，亲自起身搀了盛宫保一把，赐座赐茶。温言道，杏翁，一路上还好罢，身体怎么样？盛宫保一一回禀了。摄政道，图书馆完工了？私家藏书能向士子开放，是善举，开风气之先。我很赞成。喏，这不是，才写了"惠周多士"四个字，杏翁带了回去刻匾，开馆之日挂起来罢，也是朝廷旌表的一番意思。

盛宫保谢恩，正要说些感激的话，摄政转口道，前些时邮传部备价收赎电报局商股，杏翁拥股最多，带头低价先缴，听说打了个七折，亏累不少罢？盛宫保道，亏累倒还不至于。这是臣分所应为，臣若不先缴，商人肯缴？激出变故，朝廷收归电报局国有的决策，就要落空了。摄政连连点头，甚是嘉许。

盛宫保遂道，臣有一事，正想上禀王爷。近日，招商局在上海召开股东大会，推举臣为董事会主席。臣以为，现任邮传部侍郎出任民间商职，不合体制，臣准定推辞不就。摄政道，不必。商人相信杏翁，杏翁效忠朝廷,政商圜转和睦,于国有利,于民有益,我看杏翁就顺应舆情罢。盛宫保道,谨尊令旨,臣当晓谕众商,不负王爷政商和睦之深意。摄政道,杏翁果然识得大体。

说着,抬眼望着虚空道,当年先王在时,很是器重杏翁,说起经济实业来,或遇着荒年赈灾,老爷子总是感叹,多几个盛某人就好了。提到醇贤亲王,盛宫保感念识拔之恩,唏嘘哽噎道,王恩高厚,臣铭于心中,何尝一日有忘?摄政抚慰道,近些年,杏翁受了不少委屈,袁世凯拉拢中枢几个昏聩老臣,于杏翁多有贬抑。好在星转斗移,时势不同了,杏翁正该大展长才,报效朝廷才是。盛宫保道,今臣虽糟朽,亦当勉力效那老牛,不用扬鞭自奋蹄。

摄政道,杏翁有这分心,朝廷自然知道。往后办事不必拘泥,只要利国益民,朝廷无有不准的。说着,啜一口茶道,不过身体也要紧,身强体健,才能久宣其劳。盛宫保见摄政用茶,便要跪安。摄政摆手道,杏翁不用亟亟,还有事咨询。话毕,提高嗓门唤声掌灯,登时电光大亮。摄政道,这宫里的电灯,还是那年杏翁安设的,又快又亮。所以这洋东西只要好,便不可埋没了,若再因循守旧,想要比肩洋人,不知何日?

这摄政年轻激奋,感慨之余,起身踱了几步,皱眉道,可也不能说风就是雨啊,就说这铁路,近年各省看有利可图,也不管有钱无钱,有力无力,一哄而上都要筑路,反正可以借洋债,聘洋匠,用洋设备。可这粤汉路、川汉路,招股集资启动有年,却又造不起来。朝廷有心收归国有,下边偏又顶着不依,广东、两湖、四川闹腾得最厉害。杏翁,你是开路元老,看这事该当如何收束?盛宫保道,此事甚为棘手。王爷不问,臣也有话要说。

摄政道,愿闻其详。盛宫保道,地方意欲筑路谋利富民,原无不可,只是各自不相统属,既无全盘规划,钢轨宽窄不同,且为造路额外征税,乱象迭起。最要者,铁路事关主权,若由外人掌握,后果不堪设想。洋人放债,帮忙造路,就是想由路及地,扩展势力范围,地方为利所蔽,见不到此。最怕的是洋人暗中入股，日后未厌所欲，列强不责草野，必将杯葛朝廷，割地赔款，恐复见于不远矣。

盛宫保一气说来，也顾不得礼仪，啜口茶水道，可虑者，现今粤汉川汉两路，声势造得极大，穷家小户，人手有股，莫不以为厚利可期，而据说招到的股金，为几个执事之人投入交易所，做投机生意，损失不下百万——

一语未必，摄政惊道，还有这事，这些人忝为绅商，胆大包天，一旦东窗事发，岂不激起民变，贻害大局！盛宫保道，这是一件。再者，借贷洋款，必用洋商设备，地方无力争衡，若不得已而屈从，则汉冶萍所产钢轨等物，销路全无，大利为外人夺占，中华民族工业，行将日薄西山。摄政连声称是，扼腕道，杏翁缕析，鞭辟入里，然则朝廷何以应对？

盛宫保道，路权收归国有，原是正道，但也要照顾商情舆情。臣以为，若论粤汉川汉这等干路，必归国有，朝廷可拨款备价收赎商股，改换官办股票，照原定官利按时给息，路成之后一律分给红利。不愿换领股票者，原股如数给还，不使亏损，以安商民之心。至于枝蔓省路，地方可量力自办，但须奏准而行。

摄政道，有理，准定如此。杏翁公忠体国，如此劳心，可还是有人上折子参劾，说你卖路卖国。盛宫保道，臣问心无愧。先太后先帝在日，臣曾表心迹，但凡利国利民的事，臣必实心办理，个人进退，绝不萦怀。摄政道，哎，明面上攻讦杏翁，其实是冲着朝廷来的，这些个乌鸦嘴是身后有人，腰子硬得很呐。哼，朝廷有兵在，还怕他们闹？这么着罢，杏翁且先回本任，朝廷自有后旨。

四十回

溺宦海辛亥响霹雳
革故鼎新元现霁霞

　　盛曰：中国所恃者在民心，外国所恃者亦在民心，欲于此道探本穷源之论，惟于君德人才加意耳

　　不日，上谕下：

　　军机大臣呈递开缺江西提学使浙路总理汤寿潜来电，据称盛宣怀为浙路罪魁祸首，不应令其回任，请收回成命，或调离路事以谢天下等语，措辞诸多荒谬，狂悖已极。朝廷用人自有权衡，岂容率意妄陈，无非借此脱卸路事，自博美名，故作危词以耸听，其用心谲诡尤不可问。汤寿潜著即行革职，不准干预路事，以为沽名钓誉巧于趋避者戒。钦此！

　　自归了邮传部本任，盛宫保便着手整顿铁路。忽一日，陶湘来报，摄政王府递出话来，宫保位晋尚书，消息千真万确。果然，军机处奉旨，盛宣怀著授邮传部尚书。过不几天，朝廷下谕：吕海寰等奏酌拟中国红十字会试办章程请立案一折，著派盛宣怀担任红十字会会长，余依议。随即，颁发"大清帝国红十字会"关防，又是吏部奏准，盛宣怀长孙盛毓常给予正二品荫生。

　　恩旨迭下，至此盛宫保方才喜笑颜开。自上年长子昌颐患时疫病殁

沪第,盛宫保骤丧冢嫡,白发人送黑发人,实乃人生一大伤心事,只是强作达观而已。幸喜皇恩浩荡,长孙沐荫,眼见得功名仕途坦然,心里好生安慰,自是精神转旺,理事越发勤谨。这日正在治公,萧霜遣人来禀,四少爷夫妇及五少爷到了,问安顿在小石桥胡同还是府学胡同新宅。

原来庄夫人所出老四恩颐,与孙宝琦长女用慧结了连理。这孙宝琦自庚子年扈驾西狩,掌理军机处官报局联络四方立下大功,回京后便升了顺天府尹,又出使泰西诸国,归国后与庆亲王结了儿女亲家,与合肥李府、彰德袁府俱成了姻亲,一路官符如火,不几年即擢升山东巡抚。

近日,盛府迭蒙皇恩,真个是鲜花着锦,烈火烹油,庄夫人喜不自胜,应酬贺客之余,打点了好些江南土产名物及书画文玩,欲将诸物事送京,预备盛宫保结好四方。四媳用慧正想归宁省亲,便说与恩颐讨了这桩差事,重颐晓得了亦同着出来,一路旅游一路北上。一干人至济南府抚院见了孙宝琦,流连旬日,这日到了京里。盛宫保多时不见儿子媳妇,自也欢喜,便教就在小石桥胡同身边盘桓,热闹热闹,畅叙天伦。

待小辈拜见了,萧霜上来替盛宫保脱了宝石红顶官帽,取下珊瑚朝珠,解开仙鹤补子海水江崖一品朝服,换了家常服色。重颐见老父穿一身吴棉褂裤,外边套的是件一字襟羊皮坎肩,便道,爹爹为甚么不穿大毛,这京里的春天冷得很呢。萧霜笑道,五少还不晓得你爹爹么,大毛袍褂只过年穿穿,一过正月半,必定换下收起来。劝了多少回,总说不舍得不舍得。

恩颐笑道,爹爹就听姨娘一句罢,北地到底不比南边,受了寒要发喘呢。盛宫保道,放心罢,我自知道。喏,当年江南那季家,夏天晒大毛衣,一房一房开了箱,挂出来的多是紫貂、青狐、银鼠、金豹、猞猁之类。收起时,家人用藤拍一件件掸过,那裘皮上脱落下来的兽毛,堆积地上有三寸厚。这许多皮货,穿得过来么,豪奢太过,所以败家也快。

话了一番家常,盛宫保见儿子只顾谈说一路上游山玩水饮食风味,就有些不高兴,转话道,嗯,时常想起有话要说,齐巧你们来了——老四,我听得你还是作业时少,应酬时多,花钱无度,如何是了?又转头对媳妇道,你倒是三从四德的,贤惠太过,也不是好事。一席话说得恩颐低了头,用慧红了脸子。萧霜笑道,啊呀,少爷少奶奶大老远的来探亲,老爷不夸他们孝顺,怎么说起这些不相干的来呢。盛宫保道,我还不是为他们好。说着摆摆手,招呼诸人近前坐下。

环顾子媳,盛宫保清清喉咙,教诲道,我家三代簪缨,到我身上大发,皆是祖宗德行所致。但凡一家人,一个人,不可享受太过。寒酸易得进步,素封裹足不前,所以世家子弟更要崇尚节俭,惟有自奉俭约,方能常处宽余境地。这上头,用慧就好,不喜奢华。用慧听见,忙道,爹爹说得我好,我还常觉大手大脚呢。

盛宫保道,我不乱赞人,这也是家风所致。你爷爷世家出身,做过户部堂官,却一点不惯你父亲。庚子年你爹爹跟着太后皇上逃难,路上那个苦,寻常人吃不来,这就得益自小受的教。我呢,虽生了这许多子女,看看没几个能自立的,莫道家里有钱,银子也不是生了脚自走进门来的。说着,饮一口祛痰清肺的茶汤。

歇得口气,盛宫保接着道,为官一场,有人坐享海关道大俸大禄,留给子孙,我是领头冒天大风险,变卖家产入股办实业,总算做成几件挽回利权的事,可亏空了是要赔出来的,几几乎倾家荡产,王法无情啊。有人说我私心重,你们说说,我为私还是为公?昌颐、和颐,倒是能继我志向承我家业,可惜又短命死了……

说着说着,越说越慢,声音亦低下来,白发飘萧,面显戚容。萧霜赶紧上来,扯起盛宫保往花厅上去,说道,饭摆好了,今晚有关外来的鲟鳇鱼,南边难得尝到,正好请请小辈。恩颐重颐亦一边一个携着老父的手走,学儿时娇语闹着要吃鲟鳇,一家子方团团坐了一桌,用了一顿热融融的酒饭。

天伦是享着了,公事却不顺。邮传部奉旨彻查川汉铁路公司的账,有了结果。至宣统三年,川汉铁路共筹股款一千六百七十余万两,而挪亏之多,令人瞠目,最不堪的是铜元局挪用股款案,再便是施典章倒款案。盛宫保又惊又气又急,传了路政司的人来问个究竟。

陆梦熊上来,禀道,司里已然查出,重庆铜元局前前后后亏空一百八十万,经费如石沉大海,永无清偿之日。川汉路公司总收支、上海办事处保款员施典章,在广州知府任上就手脚不干净,革了职的,到了沪上又暗挪股金投机,卷进橡皮股票风潮,倒款二百五十万两,购买火油股票,再倒款五十五万两。

盛宫保顿足道,这么大个窟窿,看他们怎么补? 陆梦熊道,哪里补得了? 这些人的算盘早打好了——只要川汉路权还手里,就可以照收农户租股,土药盐茶商股,亏空就穿不了帮。若是收归国有,亦不是不可以,正好教朝廷把窟窿一块收了去,帮他们了了这笔烂账,可谓左右逢源。盛宫保怒道,岂有此理! 私人挪亏,怎可教国家来赔补,我这里就首先通不过。日后国家收赎时,升斗小民,小家商户须要顾到,劣绅一概不管,看他们怎么着罢。

尚书大人在邮传部勃然大怒,不数日外边就传开了,资政院议员亦是大怒。这日,一干议员聚做一处,罗杰道,这盛某人是一朝权在手,便把令来行。我看他是利令智昏,不知道自家姓甚了。牟琳道,于今盛某出掌邮传部,轮船、电报、铁路、邮政诸端,重归其掌握,还有汉冶萍厂矿,通商银行,俱是日进斗金的利薮,还不知足么。易宗夔道,有哪个嫌钱多的呢,轮船招商局的股金一共两万股,盛某一人就占了一半多,一个招商局值到两千万,一股就是一千两,算算一万一千股是多少?

刘荣勋接口道,盛某的家财确是取之不尽,用之不竭。别的不说,他上海斜桥那所大宅,铺个草皮就花了一万银子,都说那草是名种,西洋人种好了漂洋过海运过来的,冬夏俱是翠绿,从不萎黄。这,不是用钱钞如泥沙,又是甚么? 籍忠寅笑道,你没听人说么,他家小姐出阁,别样一概不算,光现大洋就是一百万。平日里斗起牌来,手边放个景泰蓝小罐,一旦筹码不敷,随手从罐中拣粒金刚钻了账。这是贻害子孙,豪奢太过了。

黎尚雯四指一伸,比划道,盛老四那部奥斯丁汽车,牌照 4444,洋场上随他开至何处,人皆知是盛四公子到了,据说那牌照上万银子还捐不来;斗一场牌,挥手间就输了一条弄堂。这盛府,人人皆说富可敌国,银子来的容易,就不当回事了。刘荣勋道,除却轮电铁邮这些利薮,盛某人地皮房产不计其数,甲第连云,财产毛估估有几千万,须知国家岁入不过八九千万,说他富可敌国,却也不算虚言。

罗杰道,这才说到根上了,富可敌国,还不是来自于国。自光绪二十二年起,盛某人十年筑了四千四百多里铁路,路款从英国就借贷了一千万英镑出头,半成回佣,便是五十多万磅,合到四百多万两规银,如此巨贪,这还了得么。

易宗夔道,最叫人气恼的,盛某可以借洋债筑路,别人就不行。只准州官放火,不许百姓点灯。是可忍,孰不可忍!罗杰道,不如此怎么发财?范御史告诉我,粤路商股十足偿还,是因为盛某人在朝廷宣布铁路国有之前,派人到广州低价收购了许多粤路股票,大捞一把,所以在川路商股上克扣呢。众人一听皆惊。

黎尚雯道,便是他做慈善,募捐赈灾,也是一本万利的事。籍忠寅道,这怕是耳食之言罢?那老大一笔一笔善款,可是要真金白银捧出来的啊。易宗夔道,哪里,诸位有所不知。我听人说,但凡荒年奉旨募捐赈灾,若募得善款百万,只须实缴七成,善堂能落下三成。众人道,三成?那还了得,怪道抢做慈善,乐此不疲呢。

易宗夔道,这些算甚么?善堂收了百万善款,官府照例发下空白部照,由善堂填了姓名,发于那纳款捐官之人,有一个填一个,以七十万为限。这捐五万十万的人固然有,领了部照,兴抖抖做那候补道府州县去,可那多数人是捐五元十元,甚或一元两元的,纯粹做好事,根本不想捐官,也捐不上官,然集腋成裘,颇为可观。这余下来的空白部照呢,善堂打个七折再卖出去。譬如捐一个候补道原本十万,要价七万,一个候补知府原本五万,要价只三万五,炙手可热,好卖得很呢。

众人俱张开了嘴,听得忘了神。易宗夔道,诸位算算,这前前后后,善堂一共昧下多少银子? 募捐时顶多开销一成花费,余下的,俱是那几个大善士瓜分笑纳了。众人一齐拍掌道,原来如此,好个空手套白狼。这些年,也不知黑了朝廷多少银子去,还得个旌表,加官进爵,真正是"实至名归"了。

激愤之余,众人复又叹道,天道好还,莫看现在闹得欢,只怕将来拉清单。汪荣宝道,不过说来说去,皆无真凭实据,这么些年,查了盛某人多少回,还不是一句"事出有因,查无实据"了事。易宗夔道,不然,众口铄金,盛某早晚难逃其咎。再说事情闹大了,朝廷也未见得保得住他。

到了春上,内阁改制,庆亲王奕劻出任总理大臣,是为揆首,十几个阁员,汉官只得四人,数盛宣怀资历深,简授邮传大臣。所有阁员均为国务大臣,因多是皇族,人称皇族内阁,破了大清开国延续至今,部院大臣满汉等额的规矩。而且,疆臣无奏事之权,皇帝亦不召对群臣,各省事务一概交由内阁统辖管理。

诏书即下,朝野骚然,汉官僚、立宪党大失所望,革命党同声谴责,群起攻之。自此,立宪党革命党惺惺相惜,联袂鞑伐之势已成。内阁诸大员方弹冠相庆,充耳不闻,以为兵权财政在手,高枕无忧,不知心有所私,将致贤者裹足,智者养晦,大厦之将倾;民众饥不择食,不安于草莽,星星之火,即可燎原。

既然无所顾忌,内阁便将批准给事中石长信《铁路亟宜明定干路枝路办法》的上谕发了下来:

中国边疆辽远,绵延数万里,程途动辄需数月之久。朝廷每念边防控御,唯有速造铁路之一策。从前规画未善,并无一定办法,以致全国路政错乱纷歧，不分支干，不量民力，一纸呈请，辄行批准。商办数年以来，粤则收股及半，造路无多，川则倒帐甚巨，参追无着，鄂则开局多年，徒资坐耗。竭万民之膏，或以虚糜，或以侵蚀，旷时愈久，民困愈深，上下交受其害，贻误何堪设想。

用特明白晓谕，昭示天下，干路均归国有，定为政策。所有宣统三年以前，各省分设公司集股商办之干路，延误已久，应即由国家收回，赶紧兴筑。除支路仍准商民量力酌行外，从前批准干路各案，一律取消。至应如何收回之详细办法，著度支部、邮传部凛遵此旨，悉心筹画，迅速请旨办理。该管大臣无得依违瞻顾，一误再误。如有不顾大局，故意扰乱路政，煽惑抵抗，即照违制论。钦此！

上谕一下，举国大哗，川中尤甚。消息传到成都，士农工商各界纷纷发表通电，集会演说，痛陈干路收归国有乃务国有之虚名，坐引狼入室之实祸，政府务须俯顺民情，收回成命，维持商办原案。

然政府无视民意，按既定方针施政，四月初六，内阁奉上谕，特借英美德法四国银行一千万磅，日本横滨银行一千万元，专备考定币制，振兴实业，以及推广铁路之用。此举不啻火上浇油，都说政府日以卖国为事，卖路夺款，而允诺退还之铁路公司股本，湘粤优厚，却独独刻薄四川。

一时千夫所指，万众仇雠，邮传部成了众矢之的。随即，川中成立"四川保路同志会"，赴京请愿，会员四出讲演，号召川民拼死保路。全川各地闻风响应，州县乡镇及各团体保路同志分会相继成立，会员众至数十万，教师学生，农夫苦力，商人士兵，回羌同胞，僧尼道士奔走呼号，罢市罢课，抗粮抗捐，一心一力共图自保。声势波及全川，且以商榷地方自治为名，鼓吹四川独立。

川督赵尔丰颇为头疼，遂施计扣押保路首领，欲成群龙无首之势，进而扑灭保路风潮。川民闻讯，不分老幼男女，头顶光绪帝神位者有之，手举燃香一炷者有之，潮水般涌进督署请愿。赵尔丰命格杀勿论，次日又开枪乱击示哀群众,下令解散保路同志会,酿成成都血案。至此,以同盟会、哥老会为盟主,全川各地保路同志军揭竿而起,顿成燎原之势。迅即,火种蔓向两湖。

宣统三年八月十九,是晚,湖北新军工程第八营革命党人举火为号,发动起义,武昌城内外各标营革命党人纷纷响应,进攻总督衙门及驻军第八镇司令部。总督瑞澄打破督署后花园围墙,坐长江兵轮逸走,第八镇统制张彪抵挡不住,战至天亮,整个武昌已落义军之手,汉阳汉口随之而下。

起义军掌控武汉三镇,成立湖北军政府,推协统黎元洪为都督,号召各省民众起义,推翻清皇朝。眼见得湖南广东等十五省陆续宣布独立,皇族内阁命陆军大臣荫昌,率军赴武汉镇压,屡败,且指挥不动北洋诸军。是以,朝中召请袁世凯出山勤王呼声渐起,盛宫保亦持此论,一面写信催请,一面上奏保举。

奏上,众皇族鄙夷之心顿起。度支大臣载泽道,我看盛杏翁是昏了头,竟然推荐袁世凯出来平乱,这不是纵虎归山么。海军大臣载洵嗤鼻道,这老悖晦是何居心?莫不是暗中与袁联手,趁乱取粟谋反罢。农工商大臣溥伦道,那倒还没这么大胆子。想来盛杏翁老糊涂了,多半是怕事情闹大,自家财产官位难保罢了。资政院那些议员的攻讦,说来说去也都查无实据……商议一阵,众人皆道,这些也不须说了,下头闹得厉害,如不归咎邮传部,赶个肥羊出去叫众人宰了,不然火要烧到度支部泽公身上,内阁也危乎殆哉。到时候,看着办罢。

这回,这些黄带子倒是和资政院衮衮诸公合了拍,资政院乘势上了《部臣违法侵权激生变乱据实纠参》的折子。折云:

窃维治天下莫急于安人心,安人心莫急于除祸首。盖今日祸乱之源,发于铁道国有政策,在朝廷方以体恤民艰,故俯从邮传部之议。而海内愤怨,效实相反,皆邮传大臣欺朦朝廷,违法敛怨,有以致之。自盛宣怀掌部以来,横肆冲决,祸难骤发,乃如飘风迅雨,不可测度。去盛宣怀,则公愤可以稍平,大难庶几稍息。若容留姑息,则天下即有以窥朝廷,后患之来,实非臣等所堪设想。据实纠参,拟请明降谕旨,立予严惩,天下幸甚。

越日,众议员不见内阁动静,便于午后在资政院会议,议员牟琳和易宗夔上台提案,要求惩治盛宣怀,将盛宣怀明正典刑,杀一人而谢天下。刘荣勋高声附和道,盛宣怀其罪当诛!黎尚雯则称,盛宣怀罪大恶极,应该依法绞死。汪荣宝按捺不住,高呼教盛宣怀来院答复!

一语激起千层浪,众议员呼声迭起,人声复人声,嘈杂复嘈杂,资政院群情鼎沸,倒盛情绪进入高潮,共谓盛宣怀违宪、乱法、激兵变、侵君权,定要弹劾盛宣怀。扬言一弹不准,就再弹之,再弹不准,就三弹之,不扳倒盛宣怀,誓不罢休。邮传部特派员陆梦熊意欲辩解,将言未言,即遭围攻,只得钳口不言。

是日,盛宫保枯坐书斋,空待那金乌渐西渐沉,忽觉一阵心惊肉跳,不知主何征兆?赶紧收摄心神,默念佛经打坐。未知是弹指刹那间,还是天荒地老时,陆梦熊匆匆闯进斋来,见盛宫保老僧般入定在蒲团上,顿时僵住,进退不得。这盛宫保眼闭身不动,口中吐言道,贵司辛苦,有劳了,请回罢。陆梦熊正不知如何禀报噩耗,闻言心下一松,不觉期期艾艾问道,敢情宫保已经了然?良久,盛宫保默然不答,陆梦熊悄然退下。

仲秋的京师,夜凉如水。盛宫保的手,也和这秋夜般,凉凉的,然而他的心还没凉,他心有不甘,他要抗辩。天河似银,夜已深沉,他仍不停笔地在写,写奏章,写给那年仅六龄却至高无上的皇帝,为自己剖白,为朝廷谋划,试图以一己之无限忠忱,裹扶住那摇摇欲坠的大清皇朝,保住自己,保住功业……笔未掇,章未竟,天已明,朝廷旨意亦到。那钦使拉长了声调,抑扬顿挫宣旨道——

内阁奉上谕:铁路国有,本系朝廷体恤商民政策,乃盛宣怀不能仰承德意,办理诸多不善。盛宣怀受国厚恩,竟敢违法行私,贻误大局,实属辜恩溺职。邮传大臣盛宣怀,著即行革职,永不叙用!

钦使方退,陶湘急急到门,带来了山东巡抚孙宝琦急电,告盛宣怀道,情势紧急,孙中丞请宫保速去胶东暂避一时,望即刻命驾,稍缓恐有不测。盛宣怀坦然道,怕甚么,我虽是革员,却背着一身债,人不要我的命,只要我还他债,就是不肯动身,直急得家下人等六神无主团团转。

过了两天,当不得子女家人声泪俱下,再三恳劝,庄夫人亦连电催督速离险境,盛宣怀方到天津登船往胶州而去,直至进了山东亲家翁辖地,一家子才安下心来。倒是天地会许舵主遣人传来口信,邀盛宣怀赴鄂聚义,盛宣怀一笑置之。

朝廷推出了盛宣怀这个替罪羊,仍于局势无补,湖北前线依旧吃紧。诸皇族无奈,只得请监国摄政王上奏隆裕皇太后亲裁,授袁世凯以钦差大臣节制鄂省水陆各军,抵挡革命军。袁世凯见时机已到,便也不再做作,抛下钓鱼竿出山勤王。

这袁世凯果然了得,北洋旧部唯其马首是瞻,与革命军几番厮杀,渐渐就占了上风,眼看收功在即,却又做张做致歇了手。朝廷知是袁世凯要权,因依袁为柱石,遂任命袁为内阁总理大臣,组织责任内阁。自此,朝政大权尽归袁氏掌握,太后及小皇帝成其掌中玩偶。鄂省前线,南北两军若即若离,袁世凯南与革命军媾和,北逼小皇帝退位,上下其手,忙得不亦乐乎。

且说盛宣怀在胶州,晨钟暮鼓,看尽古道西风瘦马,阅遍枯藤老树昏鸦。今见大局如斯,知势不可逆,亲家孙宝琦亦已脱离朝廷,宣布独立,思量再三,但觉形禁势格,前途莫测,遂决意抛家别业,出洋流亡。

这日,转道大连登船泛海,待得启碇出港,盛宣怀徐徐舒了一口气。船,轻轻地有些摇,使人昏然,催得盛宣怀微微合了眼假寐。忽然,船颠簸起来,愈颠愈烈,盛宣怀几乎滚下床来。正在诧异,从人匆匆推门来报,不好了,船要沉了,宫保赶紧跟我走,扶起盛宣怀一摇一摆就往舱外奔。

顷刻间,海上狂风大作,巨浪比船还高,瞬时一个浪头打来,就把船掀翻了。盛宣怀未及呼救,已然落到海里,连连呛了几口水。盛宣怀乱踢乱蹬,两只手扎煞着乱抓,哪怕是一根稻草也好。煞怪这汪洋上黑彻彻的海天一色,全然不辨方位,只浮着大大小小无数官帽,忽闪忽闪泛着荧光沉浮飘荡。急切里盛宣怀打量捉几个帽子,来借其浮力,却只顾够不到,好不容易荡来一个大的,赶紧抱到怀里,还未来得及喘一口气,这官帽已吃足了水,坠着人只顾往海底沉。盛宣怀想叫又叫不出声,心想今番死也,不意奋进一生,却葬身在这黑水大洋里。正探头探脑没奈何间,忽然空中爆响,一个霹雳直往头上打来。

盛宣怀心胆俱裂,拼命一挣一蹿,却一跤跌落在温软的卧床上。恍惚四顾,舱房里灯火荧煌,舷窗外已经露白,方知做了南柯一梦,心头兀自突突地跳个不住。盛宣怀安一安神,再睡不着,索性起身踱出舱外来。

是日,正是公元一九一二年元旦,但见细雨初收,新风徐来,波澜不兴,天青海碧。盛宣怀顿觉心旷神怡,举头东眺,海天遥漠,回首西望,故国苍茫。环顾间,重颐近前请安道,爹爹这么早。外边凉,请回舱洗沐罢,早饭已经摆好。

盛宣怀道,不忙,我在看那边呢。这海深处,有几个岛子,向来是我家采药之处,一向想去踏看踏看,终未得闲,今日到了海上,却又无缘识得真面目。重颐道,日子长着呢,待天暖和了,儿子陪爹爹去。正说着,恩颐手执一纸走上甲板,禀道,船长转来电报,中华民国成立,孙中山做了临时大总统。

重颐道,不想路潮路潮,引发了一场革命,闹了个天翻地覆。盛宣怀无语,半晌,方缓缓道,不来路潮,也会来学潮工潮别的潮,这大清撑不了几天,一碰就要倒的,改朝换代是早晚的事。恩颐道,这倒又好了,记得福开森说过,中山先生庚子年就筹组过新中央政府,发表父亲为内政委员。不定,这回还要借重呢。

盛宣怀摇首道,时过境迁,此一时彼一时也。想我盛某,生身在武进,发轫于武昌，事功之地，或逢武事，或带武字，不想武昌起事，终了我一生功业。当年出仕时，家乡天宁寺高僧赠我八字偈语，道是"因武而起，缘武而止"，今日果然应验，方悟我不过是天地间一过客。一饮一啄，莫非前定乎！虽有人说我手捞一十六颗明珠，于今看来不如一串念珠。是非功过，任由后人去评说罢。

正磋叹间，忽见云水间飞起一道霓虹，七彩斑斓，高挂天穹，一头起于中土，一头跨在海心，磅礴非凡。盛宣怀喟然道，当年，朝野争论陆防海防，其实一样。陆防离不了海防，海防少不得陆防，防陆必防海，防海必防陆。今我国势不振，百姓孱弱，蛟蟒争衡，各主沉浮，皇天后土，屡遭侵蚀。吁，挽社稷于累卵，救黎民于倒悬，光大五千年祖宗封疆，皆拜赐于后世雄主矣。唯祈天佑中华——

轮船渐行渐远，那苍老的声音在海天回荡，渐消渐散……

此危世盛言乎？

看官！我泱泱中华，终究有站起来的那一天。据望气者夜观天象，天之骄子已然降临，龙潜于湘水楚云间，时不过数纪，定然横空出世，泽润万亿兆炎黄子孙；坐地巡天，挥斥中华跻身于世界民族之林，屹立在东方，雄起于东方！

后　记

　　中华民国成立伊始,临时大总统孙中山,通过他的代表告诉流亡国外的盛宣怀说,民国于盛并无恶感情,若肯筹款,自是有功,外间舆论过激,可代为解释。盛宣怀闻讯,极愿出力。然而,变幻的历史风云,没有给孙氏这位中国封建帝制终结者和盛氏这位近代实业开拓者更多的交集。

　　余下的岁月里,风烛残年的盛宣怀,想方设法,抵挡住了日本财阀对汉冶萍钢铁联合企业处心积虑的吞并图谋。

　　公元一九一六年春,劳碌了一生的盛宣怀寿终正寝。庄氏夫人为盛宣怀举行了规模空前的大出殡。社会各界组成的送殡队伍,从斜桥盛公馆出发,先头已经抵达外滩金利源码头,蜿蜒曲折数华里之遥,而后续人马尚未出门,浩浩荡荡,走了整整一个下午,沿途万人空巷,观者如堵。葬礼的排场身后的哀荣并不意味棺盖论定,但从侧面折射出逝者曾经的影响力。盛宣怀的灵柩,在苏州留园停放数年,归葬于江阴旸岐盛氏墓园,董夫人与刁夫人的棺椁,左右相伴。

　　在盛宣怀十六岁走向社会的公元一千八百六十年,我中华经济体量巨大,位列世界前茅;到盛宣怀事业高峰时,国内经济状况却严重倒退,濒临崩溃,而此时,盛宣怀已为国民经济的发展,付出了四十多个年华,殚精竭虑将近半个世纪。这与其说是个人的无奈,毋宁说是时代的悲哀。盛宣怀穷其壮盛之年全身心投入的洋务运动,虽然遭受重创,但作为中坚人物,盛氏展现出的前瞻眼光和实务精神,有目共睹。盛氏对于中国近代教育、交通、通讯、纺织、能源、钢铁、环境、金融、商务诸事,以及慈善事业所作出的不懈努力,是不争的事实。

民族危亡时刻,振臂发出"盛世危言"呐喊的郑观应,以这样一副挽联来吊唁老友盛宣怀:

忆昔同办义赈,创设电报、织布、缫丝、采矿公司,共事轮船、铁厂、铁路阅四十余年,自顾两袖清风,无惭知己;

记公历任关道,升授宗丞、大理、侍郎、尚书官职,迭建善堂、医院、禅院于二三名郡,此是一生伟业,可对苍穹。

图书在版编目(CIP)数据

危世盛言/梁龙溪著. —上海:上海三联书店,2016.6
ISBN 978-7-5426-5561-5

Ⅰ.①危… Ⅱ.①梁… Ⅲ.①长篇小说-中国-当代
Ⅳ.①I247.5

中国版本图书馆 CIP 数据核字(2016)第 083007 号

危世盛言

著　　者 / 梁龙溪

责任编辑 / 冯　静　郑秀艳
装帧设计 / 汪要军
监　　制 / 李　敏
责任校对 / 张大伟

出版发行 / 上海三联书店

　　　　(201199)中国上海市都市路 4855 号 2 座 10 楼
网　　址 / www.sjpc1932.com
邮购电话 / 021-22895559
印　　刷 / 上海肖华印务有限公司

版　　次 / 2016 年 6 月第 1 版
印　　次 / 2016 年 6 月第 1 次印刷
开　　本 / 710×1000　1/16
字　　数 / 300 千字
印　　张 / 21.25
书　　号 / ISBN 978-7-5426-5561-5/I·1129
定　　价 / 40.00 元

敬启读者,如发现本书有印装质量问题,请与印刷厂联系 021-66012351